Für Mama,
weil sie so gerne liest und einfach die Beste ist.

Marco Drigo

Und, wie war`s in New York?

Eine anschauliche und spektakuläre Reise, durch die wohl schillerndste und eindrucksvollste Stadt der Welt. Eine Tour, sechs aufeinander folgender Trips, durch eine schillernde, bunte, atemberaubende, multikulturelle Weltmetropole. Oder einfach nur eine Liebeserklärung an New York City.

Marco Drigo wurde vor geraumer Zeit in einem kleinen Städtchen irgendwo in Süddeutschland geboren. Er arbeitete die vergangenen Jahre unter anderem als Mechaniker, Mediengestalter, Lehrer, Briefträger und Security. Marco spielte dreißig Jahre in diversen Pop-Punk Bands Drums, Klavier und Trompete. Lange Zeit beschäftigte er sich mit Malen und Zeichnen – nun mit Schreiben.

Bibliografische Information der Deutschen Nationalbibliothek:
Die Deutsche Nationalbibliothek verzeichnet diese Publikation in der
Deutschen Nationalbibliografie; detaillierte bibliografische Daten sind
im Internet über http://dnb.dnb.de abrufbar.

Herstellung und Verlag:
BoD – Books on Demand, Norderstedt

ISBN: 9783748107484

Inhalt

Einleitung

Ich habe einige bemerkenswerte Städte bereist und war in ein paar beeindruckenden und interessanten Ländern unterwegs. Ich war in London. Ich war im wunderschönen Paris. In bella Italia Mailand, Venedig, Pisa und vielen anderen Städtchen mit Blick auf das azurblaue Meer. Ich war in Zürich, Bern und Genf. In Ägypten bereiste ich Kairo, Luxor und Sakkara und stand unter den ehrfürchtigen Pyramiden von Gizeh. Ich war in Berlin und Hamburg. Bin ein paar mal die sonnige Küste entlang der Côte d'Azur gefahren, gestartet in San Remo über Monaco, Cannes, Nizza, Antibes, Juan-les-Pins, Saint Tropez bis hinunter nach Marseilles. Und ich war auf den Kanaren Teneriffa und La Palma.
Aber – ich war noch niemals in New York.

Wenn ich von New York spreche, meine ich nicht den Bundesstaat New York, ich spreche von New York City. New York City ist wohl die aufregendste Stadt auf diesem Planeten. Nein, ich muss mich korrigieren, New York City ist ein Planet. New York City ist ein siedender Kochtopf, der jeden Moment zu explodieren scheint.

Diese Stadt, die auch der Big Apple genannt wird – unter anderem, weil sich jeder davon ein Stück abbeißen darf und auch sollte –, schläft fast nie. Vielleicht zwischen vier Uhr und fünf Uhr morgens, wenn man nach einem Nachtlokal Besuch vorbei an den Arbeitern der Stadtreinigung und der Warenzulieferer schwebt.

New York City ist der Nabel der Welt – im wahrsten Sinne des Wortes.

Vor langer Zeit, als die Erde noch aus einer einzigen Kontinentalplatte bestand, teilten sich die Kontinente an der Stelle, an der sich heute New York City befindet. Von dort aus drifteten die unterschiedlichen Kontinente schleichend über den ganzen Globus.

New York City ist mit knapp neun Millionen Einwohnern die größte Stadt der Vereinigten Staaten und es werden 170 unterschiedliche Sprachen gesprochen, wie in keiner zweiten Stadt anderswo auf der Welt. Die Bewohner New Yorks verbrauchen im Schnitt fünf Milliarden Liter Wasser pro Tag und sind stolz auf ihr Trinkwasser. Ich nicht, es ist mir zu chlorhaltig, aber durchaus genießbar. Die Stadt besteht aus fünf Stadtteilen: Manhattan, Brooklyn, Queens, Bronx und Staten Island. Außer der Bronx, die als einziger Stadtteil mit dem Festland verbunden ist, sind alle anderen Stadtteile, genannt Boroughs, Inseln. Die unterschiedlichen Boroughs wiederum sind in verschiedene Nachbarschaften, die Neighborhoods unterteilt.

In New York City steht das größte Gebäude der westlichen Hemisphäre, die Stadt besitzt das größte Kaufhaus der Welt, die George Washington Brücke, die New Jersey mit Manhattan Harlem verbindet, gilt mit 275.000 Fahrzeugen pro Tag, als die meist befahrene Brücke der Welt. Es gibt hier den größten Bahnhof der Welt, das größte Kino, die meist besuchten Sehenswürdigkeiten und das zweit größte U-Bahn-Netzwerk. Entlang der Ostküste New Yorks, verläuft der größte Stadtbadestrand der Vereinigten Staaten und die größte Badeküste der Welt überhaupt. Rikers Island ist der größte Knast der Welt (was auch viele Jahre notwendig war), dessen Insassen wiederum den größten, naheliegenden Friedhof der USA bearbeiten. Der Madison Square Garden wird als die berühmteste Arena der Welt bezeichnet. New York besitzt, seit der Weltausstellung 1964, den größten Globus den es auf der Erde zu sehen gibt. Hier steht die größte Konzerthalle, einer der größten Parks, eine der führendsten Bibliotheken der USA und das größte bunte Kirchenglasfenster.

New York City ist die einzige Stadt in den Staaten, in dem Frauen oben ohne und sollte es dem künstlerischen Zweck dienen, auch komplett nackt auftreten dürfen. Der New Yorker geht zu Fuß, während in den meisten anderen Staaten die Einwohner jeden Meter mit dem Auto zurücklegen. Ob ihr es glaubt oder nicht, New York City gilt als das größte Durchzugsbegiet von Wanderfalken weltweit. In New York stehen die meisten Wolkenkratzer der Welt, die größte gotische Kirche, es gibt die besten Hotdogs der Welt und natürlich die Freiheitsstatue. New York steckt voller Kunst. New York ist Groß-Artig.

Aber ich vermute, das wusstet ihr schon.

Ich versuche hier nicht einen Reisebericht zu schreiben. Vielmehr möchte ich versuchen, euch hiermit meine Erlebnisse und meine Eindrücke, die ich von dieser atemberaubenden und faszinierenden Stadt – die auf alle Fälle mehr als eine Reise wert ist – im Verlauf meiner sechs aufeinanderfolgenden Aufenthalte gesammelt habe, nahe zu bringen.

Erster Teil
Midtown

Ich wollte schon immer nach New York, fragt mich nicht, warum. Ich kannte es nur aus den Medien und vom Hörensagen. Dort wären nur Verrückte unterwegs, dort schert sich keiner um den Anderen, dort kannst du sein wie du willst.

Das waren Gründe genug. Dort gehöre ich hin, da will ich sein.

Da ich aus der Provinz stamme, dachte ich mir: „Allein auf in die große weite Welt?" „Nein!"

Den ersten Trip ins Ungewisse, wage ich nicht ohne Begleitung. Nach kurzer Überlegung, kam eigentlich nur eine Person in Frage, mein guter und langjähriger Freund Nick. Kurzerhand entschloss ich mich, ihn zu kontaktieren. Ich hatte Glück. Spontan wie er ist, meinte er nur: „Ja klar, warum eigentlich nicht?"

Am Tag darauf gingen wir, auf etwas unsicheren Beinen, ins Reisebüro und informierten uns. Von dort aus beantragten wir eine Aufenthaltsgenehmigung, wir suchten uns einen günstigen aber seriösen Flug und mieteten uns ein durchschnittliches Hotel in Midtown – mitten im Geschehen von New York City. Alles roger.

Jeder für sich zu Hause angekommen, rief mich Nick an und meinte: „Mein Gott, was haben wir getan?"
Darauf hin beruhigte ich ihn: „Ähem, wir haben eine Reise nach New York gebucht, alles wird gut werden."
So war es dann auch. Alles wurde gut. Alles wurde verdammt gut.

Wir ließen uns von Nicks Freundin zum Bahnhof chauffieren und von dort aus mit dem Zug zum Flughafen. Eingecheckt, flogen wir von München nach Düsseldorf und von dort aus,

über den Atlantik, mit ausreichend Verpflegung und einer großen Auswahl an Filmen, auf den JFK Airport in Queens, New
York City. Dort angekommen, liefen wir erst mal, auf einem
flauschigen, blauen Teppich, der sich über das gesamte Flugplatz Areal zog, der Masse hinterher – die wird schon wissen,
was zu tun ist. Bei acht Terminals, wirkt der Airport erst einmal
unüberschaubar. Ist er aber nicht. Ich finde mich hier besser
zurecht, als auf so manchen Deutschen Flughäfen, die nur aus
zwei Terminals bestehen. Ein Grund dafür ist sicher auch, das
an Personal nicht gespart wird, das hilfsbereit für alle Fragen
bereit steht.

Beim einchecken, nahm mich Officer Davis erstmal zur
Seite und musterte prüfend meinen Reisepass. Ich war natürlich
ein wenig nervös. Was stimmt denn nun mit meinem Pass
nicht. Nick schaute auch etwas skeptisch vom Nebenschalter
aus zu mir herüber und zuckte Fragen mit den Schultern. Ich
gestikulierte, keine Ahnung. Nach kurzer Überprüfung, (alles
war in Ordnung) kam dann noch das übliche Prozedere: „Was
sind ihre Absichten, wie lange wollen sie bleiben, sind sie das
erste Mal in den Staaten und was sind sie von Beruf."

Ich beantwortete (so weit es meine Englischkenntnisse zu-
ließen) korrekt alle Fragen. Logisch, wir wollten so schnell wie
nur möglich weiter.

Raus aus dem Flughafen, teilten wir uns ein Taxi, – das
muss schon drin sein, mit der Subway können wir noch während des ganzen Aufenthaltes fahren. Wir entschieden uns für
einen orange-gelben Ford Crown Victoria, auch genannt Yellow
Cap. Vor den schwarzen Caps sind wir gewarnt worden, die
Betreiber dieser Firmen wollen einen gerne über den Tisch ziehen.

Natürlich hatte ich mich im Voraus informiert, über Ge-
bräuche, Sitten und Gefahren in den Staaten und natürlich auch
über öffentliche Verkehrsmittel, den Umgang mit der Bevölkerung und über die Verhaltensweise beim Speisen. Und, ich hatte
mir schon von zu Hause aus, ein paar Routen für die Sehens-

würdigkeiten notiert, die wir unbedingt besuchen sollten. Ist aber nicht so wichtig, da man in New York überall hin kann, sollte und zum größten Teil auch darf.

In das Taxi eingestiegen, fuhren wir kreuz und quer, begleitet von ständigem hupen, die Kurven schneidend und sämtlicher Teilnehmer über den Verkehr schimpfend, (typisch Großstadt eben) durch den Stadtteil Queens. Die Fahrt führte durch Corona, Flushing Meadows, und vorbei am Tennis Court, in dem die alljährlichen US Open stattfinden. Nach ungefähr einer weiteren Stunde erreichten wir die Queensboro Bridge. Schon von weitem konnten wir die Skyline von Manhattan wahrnehmen und mir war klar, hier bin ich richtig. Was sich im Verlauf der Zeit nur noch bestätigen sollte.

Nach einer weiteren Stunde durch die Rush Hour Manhattens, in Richtung Süden, gelangten wir an unser Hotel „Park Central" in der Seventh Avenue, Ecke 57th Street, zwei Blocks südlich vom Central Park entfernt und schräg gegenüber der Carnegie Hall, die als die berühmteste Konzerthalle der Stadt gilt. Namhafte Interpreten aus der Klassik, wie auch aus der Popszene, gaben dort schon ein Intermezzo. Von Rachmaninov, Pavarotti, Miles Davis, Frank Sinatra, Bob Dylan bis hin zu den Beatles und vielen anderen.

Als wir nach einem ordentlichen Trinkgeld aus dem Taxi stiegen, kamen wir uns vor wie im Film, es war unglaublich. Es ist genau so, wie es in den Blockbustern gezeigt wird: Die Hektik, das Chaos, die Farben, der Lärmpegel ...

Wir betraten die Lobby des Park Central und meldeten uns am Empfang. Die Lobby selber, erinnerte mich ein wenig an die 1960er Jahre, karierter Fließenboden, grüne Samtsofas und an den Wänden, bunte Fotografien von Audrey Hepburn.

Also! Hinein ins neue Zuhause, Karte als Türöffner in Empfang nehmen und mit dem Fahrstuhl hoch ins Zimmer, welches sich als vollkommen ausreichend und sauber herausstellte. Mit einem Doppelbett, einem geräumigen Bad und Flachbildfernseher. Wir waren in der vierten Etage untergebracht, mit einem Ausblick auf den ruhigen Hinterhof.

Die Bediensteten, allesamt Afro- und Südamerikaner, in schicken weinroten Uniformen, wiesen uns zurecht und zeigten uns die Räumlichkeiten.

Erstmal waren wir ein wenig schockiert. Ja wie, wir sollen uns ein Bett teilen, die dachten wahrscheinlich wir kommen als Paar. Aber schon nach der ersten Nacht, voller neuer Eindrücke und wegen des Jetlag erschlagen, haben wir uns daran gewöhnt. Hauptsache Bett.

Auf die Schnelle im Hotelzimmer eingerichtet und ein wenig frisch gemacht, machten wir uns auch schon auf den Weg ins pulsierende Stadtleben. Das Hotel Richtung Süden verlassend, liefen wir die Seventh Avenue hinunter. Aus der Ferne sahen wir ein helles, gleißendes Licht, wie aus einem großen, flammenden Inferno, dem wir entgegenliefen. Was noch keiner von uns wusste, wir steuerten auf den Times Square zu. Nach ein paar Minuten begegneten wir dem Naked Cowboy mit seiner Gitarre im Anschlag, bekleidet nur mit knappen weißen Shorts, Cowboyhut und -stiefel.

Am Times Square angekommen, erwartete uns eine große Flut an bunten, flackernden, grellen Lichtern. Eine unglaubliche Anzahl an Leuchtreklametafeln und Werbefilmen auf meterhohen und ebenso breiten Monitoren. Eine Menschenansammlung von Touristen, aber auch eine Menge Straßenkünstlern wie Jongleure, Streetdancer, junge Models, die außer Farbe am Körper nichts trugen und eine große Anzahl von Verkleidungskünstlern. Vom Mann in Gold, der einen Besen auf dem Kopf jonglierte bis hin zu Freiheitsstatuen jeglicher Art und Größe. Das ganze war inszeniert, wie eine große Liveshow. Wir standen da mit offenen Mündern und konnten es nicht fassen.

Das anstrengende, wenn man das erstmal in New York ist, ist das ständige nach oben blicken. Diese Mischung aus sechstausend Hochhäusern und Wolkenkratzern, verleitet einen dazu, man kann nicht anders, das wird mir an dieser Stelle jeder, der schon einmal zwischen den hohen Bauten dieses Betondschungel stand, bestätigen.

Nach einem längeren Aufenthalt und Glotzen, Wundern und Staunens, verließen wir den Times Square und suchten uns ein nahegelegenes Pub um unsere Ankunft gebührend zu feiern. Natürlich wurden wir um die Ecke, in der 44th Street, Eighth Avenue, sofort fündig.

Dort, im Bullmoose Saloon angekommen, führte eine – für New Yorker Verhältnisse üblich – Treppe hinunter ins Pub (oder in den Keller, wie man es sehen will). Das Pub, war im Old Irish Styl eingerichtet. Ein langer Tresen an der Bar, die wiederum mit einer unüberschaubaren Anzahl an Spirituosen vor der Spiegelwand ausgestattet war. Acht verschiedenen Zapfhähnen für Biersorten und einer Vielzahl von Monitoren für Live Übertragungen von Basketball, Baseball und American Football Spielen. Und einem Billardtisch hinten in der Ecke. Das ganze Lokal war recht düster gehalten. Alte, in dunklem Holz gehaltene Tische und Sitzgelegenheiten. Und gerade mal soviel Licht um eine gemütliche Atmosphäre zu schaffen. Ganz nach meinem Geschmack. Wir genehmigten uns ein paar Brooklyn Lager, stießen an, mit ein paar Samuel Adams und vielleicht noch einem (oder Zwei) Scotch Whisky.

Auf dem Rückweg ins Hotel, besorgte ich mir an einem Fahrbaren Imbiss, am Rand der Straße, meinen ersten Hotdog. Ich bestellte ihn mit gedünsteten Zwiebeln und Senf.

Der Hotdog besteht aus einem sehr weichen Weißbrot und aus einem, mir bis heute nicht erklärbaren Würstchen, undefinierbaren Geschmacks. Ich bezeichne es als Phosphor Würstchen. Das wird mein erster Amerikanischer, also original, Hotdog.

Aber was macht er denn damit?

Was ist das denn für eine Zubereitung?

Immer wieder schlug der Würstchenbudenbesitzer auf das Würstchen, das sich auf einer Herdplatte befand, mit einer Art flachem Bügeleisen, ein. Natürlich um es so schnell wie möglich heiß zu bekommen, wie ich später erfuhr. Soll ja schließlich ein Hotdog sein. – Die anderen male wurde mein heißer Hund fürsorglicher behandelt.

Nach dieser Prozedur versuchte er mich, da er erkannte, dass wir Neuankömmlinge sind, auch noch zu bescheißen, indem er mir sechs US Dollar aus der Tasche ziehen wollte. Aber ich durchschaute das Spiel, gab ihm grinsend drei Dollar und genoss meinen Hotdog, der von nun an mein Leibgericht werden sollte.

Ähnlich wie mit dem Hotdog, erging es mir einmal, als ich entlang des Central Parks auf der Fifth Avenue, am Straßenstand eine Flasche Wasser kaufte. Erst später, als ich beim Öffnen der Flasche keinen Wiederstand spürte, merkte ich, dass die Flasche schon mal geöffnet wurde und beim ersten Schluck, merkte ich zudem, dass sie mit Leitungswasser gefüllt war. Unverkennbar das New Yorker Leitungswasser. Durchaus genießbar, aber extrem chlorhaltig.

Gemütlich, durch das New Yorker Nachtleben dahin schleichend, ohne uns von der Hektik der Masse anstecken zu lassen, kamen wir nach einem weiteren beeindruckenden Spaziergang an einem Souvenierladen nach dem anderen vorbei, die es zu inspizieren galt.

Zu unserer allgemeinen Belustigung führte, dass es in diesen Stores alles zu kaufen gibt was man nicht braucht, aber vielleicht möchte. Angefangen von Freiheitsstatuen (natürlich in jeder Größe), bunte Kühlschrankmagnete jeden Motivs, Flaschenöffner, tausende T-Shirts, Caps, Fahnen und Wimpel, Tassen, Teller, Notizblöcke, Buttons, Kalender, Zigarettenetuis, Feuerzeuge, gelbe Taxis, alles erdenkbare über das NYDP, sämtliche Politiker oder den aktuellen Papst als Comic Figuren mit wippenden zu großen Köpfen. VIP als Karikaturen und einiges mehr. Natürlich alles mit Motiven der Stadt New York oder was annähernd damit zu tun hat. Wie dem auch sei, irgendwann rissen wir uns los und setzten unseren walk, begleitet von ständigem Sirenengeheul, hupender Autos und sich amüsierenden Menschen, zurück ins Hotel, fort.

Glücklich und angenehm müde, hauten wir uns sofort in die Koje und ließen den Tag nochmals Revue passieren.

Am Tag darauf, an unserem ersten wirklichen Tag, machten wir uns nach einem spärlichen Frühstück, das wir umgeben von hohen, riesigen, Bauten in einem schönen Cafè gleich um die Ecke unseres Hotels einnahmen, auf den Weg Richtung Hudson River gen Westen. Es nieselte an diesem Tag und war dementsprechend frisch.

Was ist zu tun in New York, wenn schlechtes Wetter angesagt ist? Richtig! Man bewegt sich entweder unterirdisch oder man geht ins Museum. Wir entschieden uns für eins der über zweihundert Museen der Stadt.

Am Pier 86, im oder am Hudson River, in Höhe der 46th Street befindet sich das „The Intrepid Sea, Air & Space Museum". Dabei handelt es sich um einen ausrangierten Flugzeugträger nebst Unterseeboot.

Ich steh nicht unbedingt auf Kriegsschiffe, wobei, Flugzeugträger fand ich schon immer faszinierend, einmal einen betreten, hat schon was. Mir stellt sich bei diesem Anblick die Frage: Wie ist es möglich, dass ein solcher Koloss schwimmt? Einleuchtend erscheint mir diese Erklärung: Ein Schiff kann dieselbe Masse an Gewicht tragen, was es an Wasser verdrängt. Logisch oder?

Es gab einiges zu sehen, auf dem Deck dieses riesigen Schiffes. Neben einer großen Anzahl von Flugzeugen verschiedener Bauart und Fabrikaten und ein paar Hubschraubern als

Ausstellungsstücke, gab es im Inneren des Trägers, die für allgemeine Begeisterung sorgenden Showeinlagen, wie Flugsimulatoren, die Vorführung damaliger Radargeräte und dergleichen. Im daneben schwimmenden U-Boot, konnte man die Schlafräume der Mannschaft, Küche und natürlich die Torpedo Rohre begehen und bestaunen. An Deck waren diverse Haubitzen, Kanonen, Maschinengewehre und eben der übliche Kriegskram, den kein Mensch braucht.

Das Oberdeck und die Innenräume des Flugzeugträgers dienten zudem als Filmkulisse für Filme wie: „Das Vermächtnis der Tempelritter" mit Nicolas Cage.

Nach einer Weile bedrückte uns die Enge des U-Bootes ein wenig, also suchten wir bald das Weite.

Der Himmel hat sich, im Verlauf des Aufenthaltes im Museum, geöffnet und das Wetter lud ein auf einen Spaziergang durch die City. So bewegten wir uns von Südwesten in den Nordosten Manhattans, bis wir – nach gefühlten vierzig Kilometern – auf der First Avenue, Höhe 59th Street, an die Queensboro Bridge kamen. Die galt es nun zu überqueren. Auf jeden Fall.

Beeindruckt von der Architektur und den gigantischen Ausblick genießend, liefen wir die Brücke immer weiter Richtung Osten, über Roosevelt Island bis hinüber zum Queens Boulevard in Long Island City. Nach diesem langen Fußmarsch dort angekommen, überfiel uns der Hunger. Wir suchten uns das am nahe gelegenste Lokal um etwas in unsere Mägen zu bekommen. Wir lokalisierten eine Pizzeria irgendwo entlang der Straße. Da es in ganz New York, unter anderem, nur so von Italienern wimmelt, gibt es Pizza an jeder Ecke.

Als wir die Pizzeria betraten, erinnerte sie uns ein wenig an ein Schlachthaus aus einem Splatter Movie. Der komplette Innenraum war die Wände hoch und den Boden entlang, mit weißen, blanken Fliesen ausgelegt, als müsste abends nach Lokalschluss erstmal das Blut der Mordopfer von den Wänden gespritzt werden. Die Gäste schienen auch etwas fragwürdig.

Etwas verrucht mit Zahnlücken und nicht die neueste Mode tragend. Wir dachten noch, ja keine falsche Bewegung jetzt, wer weiß. Aber es stellte sich als das Gegenteil heraus, sie behandelten uns mit Respekt, sie fragten uns sogar, ob sie den Toilettenschlüssel benutzen durften. Uns! So kann man sich täuschen. Die Pizza, die es in großer Auswahl gab, war vorzüglich.

Pizza gab`s oft zu essen. Man darf sich das allerdings nicht als eine Pizzeria im herkömmlichen Sinn vorstellen – die gibt es natürlich auch – aber, hierbei handelt es sich eher um Imbissbuden, in denen die Pizzas in großen Dreiecken angeboten werden, als so genannte Slize, in verschiedenen Variationen. Gegessen wird sie, indem man das Slize in der Mitte faltet und es sich dann Biss für Biss in den Mund schiebt.

Wohl genährt schlenderten wir noch ein wenig in Queens umher, besuchten einen Liquor Store und noch ein paar verrückte Boutiquen, bevor wir uns erneut auf den Rückweg, über die Queensboro, zurück nach Manhattan machten.

In Manhattan – es wurde schon leicht dämmrig – angekommen, liefen wir Richtung Süden in die 42th Street, Park Avenue, direkt zum Grand Central Terminal, dem größten Bahnhof der Welt, der ausgestattet mit 67 Gleisen auf zwei Ebenen verteilt, für den Bahnverkehr zuständig ist.

Das Gebäude im Beaux Arts Stil umfasst mehrere Stockwerke, die in – wie es ausschaut – gelbem Marmor erschafft worden sind. Das Deckengewölbe zeigt die Sternzeichen auf einem türkisfarbenen, seitenverkehrten Himmel. Von unten betrachtet macht es den Anschein, als würde man vom Himmel auf die Erde schauen. Im Innern befinden sich viele Boutiquen, Restaurants, ein Supermarkt, Mikel Jordans Steakhous, ein Apple Store und jede Menge Menschen, die entweder auf der Durchreise sind, sich was zu essen gönnen oder einfach nur zum shoppen unterwegs. In der Haupthalle werden die nostalgischen Fahrkartenschalter noch, wie in alten Zeiten, von Menschen bedient und in der Mitte der großen Halle, thront eine massive goldene Uhr, die fortlaufend den Reisenden die Zeit anzeigt und wenn man genau hin hört, vielleicht auch ansagt. Tick-tack, tick-tack …

Den Rest des Abends verbrachten wir mit langen Fußmärschen durch Midtown, vorbei an Bettlern, Snobs, Straßenmusikern und anderen Künstlern. In New York ist der Weg das Ziel. Das Beste erlebt man unverhofft wenn man zu Fuß unterwegs ist. Zu später Stunde, irgendwo beim Inder noch gemütlich ein Dinner, nochmals in unser Pub in der 44th Street, etwas später im Hotel angekommen, noch schnell auf ein paar Longdrinks in die Hausbar und ab ins Bett um noch Spaghetti zu essen und um am nächsten Tag wieder fit für neue Erkundigungen zu sein.

Auf meinem Plan, den ich mir schon zu Hause angefertigt habe, stand auf jeden Fall das Flatiron Building. Also suchten wir – nach einem minimalistischen Frühstück –, am darauf folgenden Tag danach.

Laut meiner Info, befand sich das Flatiron Building in der 23rd Street, Fifth Avenue. Vom Hotel aus liefen wir, zwei Blocks Richtung Osten in die besagte Fifth Avenue, vorbei am Empire State Building in Höhe der 33th Street und noch vielen anderen imposanten Bauten, hinunter in die 23rd Street. Zuerst verliefen wir uns natürlich, als nichts ahnende Touris die wir waren, aber dann. Es war kaum zu verfehlen.

Das Flatiron Building wirkt – trotz seiner 22 Etagen –, geradezu klein, im Vergleich zu den sonst in die Höhe ragenden Wolkenkratzern der Stadt, ist aber wunderschön anzuschauen. Es ist in der dreieckigen Form eines Bügeleisens gebaut – daher bezieht es den Namen Flatiron.

Es wurde deshalb in dieser Form gebaut, da in der gesamten City Platzmangel herrscht. An der Kreuzung des Flatiron Districts befinden sich der Broadway, die Fifth Avenue und die

23rd Street, das wiederum ergibt die Fläche eines Dreiecks. Und deshalb wurde das Gebäude der Fläche angepasst.

In den 1950er und 1960er Jahren, war das Fotografieren rund um das Building untersagt, da es die Röcke der Damen anhand der Luftzirkulation, die durch die Gebäudeform entsteht, hoch wirbelte. Das dürfte Heute noch der Fall sein, nur tragen die Damen heutzutage so gut wie keine Röcke mehr. Nachdem wir uns eine gute Weile im und um das Gebäude aufgehalten haben, überquerten wir die Straße in den sich schräg gegenüber befindenden, mit alten Bäumen, einem Wasserbassin nebst Springbrunnen, großen Rasenflächen und alten, hölzernen, gusseisernen Bänken ausgestattete, Madison Square Park, welcher sich zwischen der Fifth Avenue und der Madison Avenue, im selben District befindet, und erholten uns dort. Während wir auf den Bänken herumlungerten, beobachteten wir zutrauliche, nach Nahrung suchende Eichhörnchen – die wiederum uns fragend beobachteten – und wir verfolgten mit unseren Blicken die Vielfalt interessanter Menschen aller Nationalität.

Wie erwähnt, ernähren wir uns auch ab und an, aber eher sporadisch. Hauptsächlich von Pizza auf dem Weg. Hin und wieder ein Restaurant, aber eher seltener. Einmal kehrten wir ein in einen Mc Donald, der mich an eine große Scheune, eine Tenne, erinnerte. Er war dreistöckig und zusammengehalten mit einer Vielzahl von Stahlträgern. Von der oberen Etage aus, war uns ein weitreichender Ausblick entlang einer der Straßenschluchten geboten, was uns ermöglichte, dem Treiben der Stadt zuzuschauen. Als würde man auf dem Logenplatz eines Theaters einem Schauspiel beiwohnen. Aber im Moment gab es nur einen kleinen Snack an einem Stand am hiesigen Madison Park, der alles beinhaltete was man benötigt und ausreichend genug war, da hier in anderen Dimensionen gerechnet wird.

Frisch gestärkt, erklommen wir das Empire State Building, was sich ebenfalls in der Fifth Avenue, zwischen der 33th und der 34th Street befindet. Es umfasst, wie alle größeren Gebäude, einen ganzen Block, der wiederum einer Breite und Länge von ungefähr Achtzig auf Hundert Metern entspricht. Im Falle des Empire State Buildings, umfasst es nur einen halben Block in der Breite, da die Fifht Avenue und die Sixth Avenue weiter auseinander liegen als die meisten anderen Avenues.

Am Empfang kauften wir uns jeder zwei Tickets. Ein Ticket für die 86. Etage und eins für die 102. Etage. Heute wollen wir hoch hinaus. Bezahlt wurde per Visa Karte, wie fast alle Geldtransaktionen. Nach dem wir eine gute halbe Stunde in der Menschenschlange, auf dem Weg zum Aufzug standen, kontrollierte eine bezaubernde Afroamerikanerin in weinroter Uniform (alle Bediensteten in den Staaten tragen irgendeine Uniform. Alle!) unser Ticket und gewährte uns nach einer gründlichen Leibesvisitation den Zugang in den Aufzug.

Nach einer rasanten Fahrt nach oben, auf der Plattform der 86. Etage angekommen, bot sich uns ein atemberaubender Ausblick. Ein rundum Blick auf die komplette Stadt und weit darüber hinaus. Von unten türmten sich uns die Wolkenkratzer entgegen, das Flatiron Building, der Madison Square Garden, das Chrysler Building mit seiner markanten Spitze, der Bank of America Tower, nicht weit die Stadtbibliothek NYPL mit ihrem Briant Park im Hintergrund. Die Brooklyn Bridge und die Manhattan Bridge, welche nach Brooklyn führen und wieder zurück und in weiter Ferne die Verrazano Narrows Bridge, die von Brooklyn nach Staten Island führt. Wir blickten nach Queens, in die Bronx und über den Hudson River nach New Jersey. Und natürlich über den sich bis nach Harlem erstreckenden gigantischen Central Park. Und das aus schwindelerregender Höhe.

Bis auf die gedämpfte Unterhaltung der hier oben anwesenden und dem rauschenden Wind, ging der Lärmpegel der Stadt gänzlich unter. Nur ganz dezent, waren die Sirenen und der immer während Verkehr auszumachen. Und natürlich wieder einmal Live Musik einer Band die sich nach hier oben verirrte. Es handelte sich hier vermutlich um irgendeinen Werbeauftritt, einer uns nicht bekannten Musiker Gruppe einschließlich ihrer arroganten Sängerin.

Nach etwa einer Stunde des Staunens und Fotografierens, begaben wir uns, mit ein paar anderen Anwesenden, in den Aufzug der uns in die 102. Etage bringen soll. Der Aufzug samt Liftboy der den Aufzug, welcher noch mit zur Seite öffnenden Gittertüren ausgestattet war bediente, stammten vermutlich beide noch aus der Entstehungszeit des 1930 eröffneten Art Deco Gebäudes.

Es war ein schätzungsweise Anfang Achtzigjähriger, hagerer, weißer Mann, in der gleichen weinroten Uniform die alle Angestellten des Empire State Building tragen, in gebeugter schlaksiger Haltung. Recht gleichgültig und gelangweilt öffnete er anhand eines langen Hebels das Gitter der Aufzugtüre, drinnen angekommen musterte er uns und fragte, wo her wir kommen würden.

„From Germany", war unsere Antwort.

Unser Gegenüber war aus Brasilien.

Ohne eine Miene zu verziehen, kommentierte unser Liftboy: „Ah! To of the Best Footballteams in the World."

Womit er nicht ganz unrecht hatte.

Die 102. Etage befindet sich im Gegensatz zu der 86. nicht im Freien, es handelt sich um eine geschlossene runde Fläche, angefertigt aus einer Stahl, Glas Konstruktion. Der Ausblick ist noch umfangreicher als von der 86. Es gibt noch eine Etage darüber, die wiederum den VIP vorbehalten ist, auf deren Dach sich damals King Kong verteidigte. Es lohnt sich definitiv die Platform der 102. zu betreten und wenn es nur wegen der filmreifen Fahrt im Aufzug ist.

Am darauf folgenden Tag liefen wir als erstes Richtung Downtown ohne wieder einmal ein bestimmtes Ziel vor Augen zu haben.

Es ist nicht unbedingt notwendig in New York einen bestimmten Anlaufpunkt zu haben, es sei denn, man zieht es vor, die berühmten Sehenswürdigkeiten zu besuchen und zu besichtigen. Ansonsten ist die ganze Stadt eine einzige Sehenswürdigkeit. Die Attraktionen begegnen einem auf dem Weg, egal in welche Richtung.

Auf alle Fälle, bewegten wir uns in die untere Sphäre der Stadt, nach Lower Manhattan, die Fourth Avenue entlang, bis sie zusammen mit der Third Avenue, in die Bowery geleitet wird und weiter nach Chinatown. Entlang unseres Wegs, blickten wir einmal oder auch zweimal, nach oben und beobachteten ein Pärchen, das auf einem Balkonvorsprung einer Feuertreppe saß, kuschelte, tuschelte und sich amüsierte. Das hat mir gefallen, so hoch oben, mit Blick auf die Menschen der Stadt, unten auf der Straße. So möchte ich auch wohnen, mit einer Feuerleiter und deren Stehfläche als Balkon, geschmückt und dekoriert mit Blumentöpfen und Vasen.

Weiter nach Chinatown. An dem Punkt angelangt, an dem die Canal Street die Bowery kreuzt, bogen wir ab auf die östliche Seite, Richtung East River, bis an den Anfang der Canal Street. Dort, einen Paris ähnlichen Triumphbogen durchquerend, erreichten wir die Manhattan Bridge.

Die Manhattan Bridge, mit ihren zwei neugotischen Pylonen, ist Verkehrsmittel für Subway, Kraftfahrzeuge und Fußgänger. Wir wählten (logischer Weise) den Fußweg über den vierzig Meter darunter liegenden East River, nach Brooklyn. Zu Beginn der Hängebrücke, bietet sich eine Aussicht über die Dächer und entlang der Straßenschluchten Chinatowns, bis hinunter in den Financial District. Wir überquerten grüne Parkanlagen und den unter uns verlaufenden, stark befahrenen FDR Drive.

In der Mitte angekommen, blickten wir in Richtung Meer, auf die Freiheitsstatue und auf Ellis Island und wenn das Wetter klar ist, sieht man bis Staten Island. Uns gegenüber erstreckt sich die Brooklyn Bridge und etwas weiter die Williamsburg Bridge. Alle drei Brücken verbinden Manhattan mit Brooklyn.

Nach etwas über zwei Kilometern, kamen wir im Stadtteil DUMBO (Down Under the Manhattan Bridge Overpass) in Brooklyn an und bewegten uns entlang des East River bis zum Brooklyn Bridge Park im Stadtteil Brooklyn Heights um anschließend auf der Brooklyn Bridge wieder nach Manhatten zu gelangen. Das überqueren der beiden Brücken, bietet einen atemberaubenden Überblick über das Ausmaß Manhattan, über die Stadtteile Midtown, Lower Manhattan und des Financial District, das wir kurz zuvor aus einer anderen Perspektive, vom Brooklyn Bridge Park aus, bestaunen konnten. Die monumentale Silhouetten der Bezirke Midtown und dem Financial District sind einzigartig. Man kann Stunden auf den Brücken verweilen, ohne das einen die Langeweile trübt.

Das taten wir natürlich nicht, da wir noch einiges zu erledigen haben, aber wir sind ja noch eine Zeit lang hier …

Die Metrocard für die Nutzung der Untergrundbahn, erwarben wir an unserem zweiten Tag. Wir lösten jeweils ein sieben Tage Ticket. Es hat eine Gültigkeit von – wer hätte das gedacht – sieben Tagen und bringt uns, vierundzwanzig Stunden am Tag, sieben Tage die Woche, so oft wir wollen, wohin wir wollen, auf diesem weltweit zweitgrößten U-Bahn-Netz.

Nachdem wir eine Karte erworben hatten, machten wir uns, via Subway, erneut auf den Weg nach Brooklyn und liefen den ganzen Tag ziellos durch Downtown Brooklyn. Irgendwann befanden wir uns in der Nähe von Boerum Hill und Fort Green, weiteren schönen und durchaus ruhigen Ecken dieses Borough.

Der lange Fußmarsch, die frische Brise die durch die Stadt wehte und die warme Sonne machten uns durstig, also suchten wir erst einmal nach einem Pub.

Auf der Suche nach solchem, durchquerten wir, es muss sich wohl um ein Stadtteil, Anhänger jüdischer Religion gehandelt haben, da die Schulbusse dort auf hebräisch beschriftet waren und die Bewohner sich leicht als solche, an ihrer typischen Tracht erkennen ließen. Sie trugen, je nach Glaubensangehörigkeit, Hüte oder den Schtreimel. Alle hatten sie die typischen Locken entlang ihrer Ohren hängen und trugen schwarze Tracht mit weißen Hemden. Auf die Jüdischen Mitbewohner stößt man natürlich in der ganzen Stadt, doch hier schien ein großer Teil zu Hause zu sein.

Endlich fanden wir ein sehr komfortables, einladend wirkendes Pup, ebenfalls, für die helle Tageszeit, düster gehalten und mit einer überdimensionalen Leinwand im Hintergrund. Eine der Wände zierte ein großer Elchkopf samt Geweih, der durchgehend dumpf auf uns herunter blickte. Wir setzten uns an den langen, aus dunklem Holz angefertigten Tresen und bestellten uns jeder ein frisches Heineken. Das New Yorker Bier ist sehr dunkel und malzhaltig, eher etwas für die späteren Stunden, aber nichts für warme Spätsommertage.

Nach einer Weile des ziellosen wandern durch Brooklyn, vorbei an historischen Gebäuden, durch verlassene Gassen, und den jugendlichen afroamerikanischen Einheimischen beim Baseball und Basketball spielen zuschauend, machten wir uns wieder auf den Weg zurück nach Manhattan.

Wir waren des Laufens müde, daher suchten wir eine Subway Station. Im ganzen Viertel war aber keine zu finden, wir wussten nicht einmal genau, wo wir uns befanden. Also dachte ich mir, ich versuch es mal mit Handzeichen, wie sie es im Fernsehen immer zeigen.

Ich stellte mich an den Straßenrand und hielt Ausschau nach einem Yellow Cap. Als eines kam, hob ich den Arm und tatsächlich, das Taxi steuerte mit quietschenden Reifen den Bordstein an und stand unmittelbar neben uns. Wie es sich für Profis schickt, nahmen wir im Fond Platz und dirigierten den Turban tragenden Chauffeur nach Downtown Manhattan.

Den größten Teil an Weg legen wir, da es in New York überall etwas zu sehen, bewundern und zu bestaunen gibt, zu Fuß zurück. Wir passen uns den New Yorkern an um nicht als Touris aufzufallen. Es ist dann nämlich so, eine der Tourifallen ist: Wenn in New York eine Kreuzung überquert wird, bleibt man nicht wie man es vielleicht von zu Hause her gewohnt ist, an einer Fußgängerampel stehen, nur weil sie Rot ist. Nein. Man blickt, wie es die Einheimischen hier machen, während man auf die Kreuzung zuläuft, rasch nach links und nach rechts, überzeugt sich, dass die Straße frei ist und läuft zügig hinüber auf die andere Straßenseite.

„Dont Walk". Von gehen war nie die Rede, also überquert man die Straße zügig. Das setzt ein wenig Übung voraus, weil die Straßen einigermaßen breit sind. Kommt kein Fahrzeug, überquert man die Straße. So einfach ist das.

Der New Yorker hat keine Zeit für solche Mätzchen, er ist immer in Eile. An einer Kreuzung warten, behindert den Verkehrsfluss. Wer das nicht toleriert, bleibt entweder im Hotel oder zu Hause.

Von Downtown liefen wir hoch nach Midtown, bis wir auf die Kulisse des Rockefeller Center stießen. Das Rockefeller Center besteht aus insgesamt zwanzig Bauten (oder auch zwanzig in die Höhe schießende Betonbunker). Nein, das stimmt nicht ganz, es handelt sich auch hierbei – bei genauerem Betrachten – um die wunderschöne Bauweise des Art Deco Stil.

Alles in allem, handelt es sich um neunzehn Hochhäuser, die wiederum drei Straßenblocks umfassen und sich zwischen der Fifth Avenue und der Avenue of the Americas oder auch Sixth Avenue und von der 47th Street bis zur 52nd Street erstrecken.

Das höchste Gebäude mit 70 Stockwerken, welches auch als Aussichtsplattform dient, ist das Comcast Building, es wird auch, ist man erst mal oben angekommen, Top of the Rock genannt.

Unterhalb des Komplexes, tief in der Erde, befindet sich eine große Einkaufspassage mit unterschiedlichen Stores. Es gibt einen Barbier, einen Friseursalon, einen Waschsalon, Schuhputzstände natürlich, verschiedene Designerläden und Supermärkte die hauptsächlich Organic Food anbieten. Außerhalb der Stores, in den Gängen, gibt es die Möglichkeit sich auf erhöhten Podesten, für einen Obolus von fünf US Dollar, die Schuhe putzen zu lassen. So weit unter der Erde, gleicht die Anlage einer Stadt unter der Stadt.

Da in New York jedes Gebäude (außer den privaten natürlich) der Öffentlichkeit frei zugänglich ist, betraten wir das Hauptgebäude durch eine Drehtüre samt Doorman, der uns freundlich nickend begrüßte. Im Inneren angekommen, hat es uns fast erschlagen vor Prunk und Reichtum. – Eben fast wie bei Rockefellers zu Hause.

Durch die intensive Beleuchtung erscheint die gesamte Einrichtung mit ihren Gemälden an den Wänden, Gold schimmernd. Berühmt ist das Rockefeller Center außerdem, für seinen, auf der ganzen Welt bekannten, bunt leuchtenden, Weihnachtsbaum, auf einem Podest, oberhalb der Eisfläche für die Schlittschuhläufer und durch die goldene Prometheus-Statue, die sich ebenfalls über der Eisfläche befindet.

Im Inneren des Gebäudes befindet sich neben dem NBC auch das MSNBC Studio, als auch diverse Studios der Fernsehanstalt für die Übertragung von Late Night Shows, sowie unterhalb des Gebäudes, die Radio City Music Hall, welche nach ihrer Fertigstellung als das größte Theater der Welt galt, und heute als das größte Kino der Welt angesehen wird, sofern es zu solchem umfunktioniert wird.

Eingetaucht in güldenem Scheinwerferlicht fuhren wir noch ein Stück die Rolltreppe hoch um das Ausmaß von oben zu betrachten, das erklimmen des Top of the Rock aber, ersparten wir uns, das muss warten, das kommt ein andermal.

Gegenüber dem Rockefeller Center, vorbei an der Atlas Statue, die Fifth Avenue überquerend, gingen wir auf einen Besuch in die St. Patrick`s Cathedral.

Ein wunderschöner, neugotischer Bau aus strahlend weißem Marmor. Mit ihrer Länge von 123 Metern und 53 Meter Breite, können sich im Innenbereich 2400 Menschen zum Gebet versammeln. Sie wurde zwischen 1858 und 1885 gebaut. Ihre Vorgängerin befindet sich im Stadtteil SoHo an der Ecke Prince und Mott Street. Der Innenraum der Kathedrale, ist auf beiden Seiten der Länge nach mit Altären aus ebenfalls weißem Marmor angefertigten Figuren verziert.

Die dezent zurückhaltende, Gelbgold schimmernde Beleuchtung, die Buntglasfenster und die andächtige Ruhe, verbreiten ein angenehmes Klima, das wiederum, vollkommen abgeschottet von jeglichem Lärm der Stadt, zum Bleiben einlädt.

Einen Block vor der St. Patrick`s Cathedral, dem Meisterwerk der Neu Gotik, in südlicher Richtung, ebenfalls auf der Fifth Avenue, befindet sich das Luxuskaufhaus Saks.

Ich habe ein paarmal versucht darin zu shoppen, aber ohne Erfolg. Es ist nicht unbedingt der Preis, bestimmt ließe sich auch dort irgendwo ein Schnäppchen ergattern. Es ist die Atmosphäre, die mir eindeutig zu steif erscheint. Nun denn, es gibt noch genügend andere shopping Möglichkeiten in dieser Stadt.

Am nächsten Tag – es war der 08. Oktober und somit John Lennons Geburtstag. Also war es für mich ein muss, hoch ans Dakota Building an der 72nd Street und Central Park West zu gehen.

Dorthin kamen wir wieder einmal, durch das Gedränge der Menge gleitend, über die Fifth Avenue, bis hin zur Ecke Central Park Süd. Auf dem Weg dorthin, an der Ecke 57th Street, sagte ich zu Nick:

„Lass uns doch noch schnell zu Tiffany & Co reinschauen!"

Darauf meinte er: „Da kommen wir nicht rein!"

Ich wiederum: „Da kommen wir sehr wohl rein!"

Und ob der Doorman uns Einlass gewährte. Er empfing uns mit einem willkommenen Lächeln und wies uns den Weg ins Innere des schmucken Juwelierladens.

Auch dazu ein andermal mehr.

Am Dakota, dem hochgewachsenen, düsteren Gebäude im Stil der französischen Renaissance, angekommen, schaute ich hoch zur siebten Etage, es brannte noch Licht, also musste Yoko Ono, die die komplette Etage bewohnt, zu Hause sein. Wir verzichteten darauf, sie zu besuchen. Vor dem Dakota herumzustehen drückte mir ein wenig aufs Gemüt. Die Vorstellung, hier wurde einer der bedeutendsten Musiker und Künstler erschossen, machte mich schwermütig. Also weg, hinüber in den Park.

Angrenzend, über der Straße im Central Park, befindet sich Strawberry Fields, das von Yoko Ono angelegte Memorial von Herrn Lennon.

Eine Gruppe von unterschiedlichen Musikern aller Nationen reihten sich um das schöne Mosaik mit der Aufschrift IMAGINE und spielten zum Anlass John`s Geburtstag, non stop Beatles und John Lennon Songs. Viele hatten ihr Instrument mitgebracht: Keyboard, Tamburin, Höfner Violinen Bass und mehrere Gitarren, von Elektro-, angeschlossen an batteriebetriebenen Verstärkern, bis hin zu duzenden unplugged spielenden Akustikgitarren. Es war herzergreifend.

Das Mosaik war bedeckt mit Blumen, Bildern, Kerzen, Schallplatten und mehreren Äpfeln, dem Logo des Plattenlabel. Wir verbrachten einige Zeit mit den Musikern, ich schwelgte in

Erinnerungen und gemeinsam trauerten wir ein wenig in Gedanken, trotz der aufheiternden Stimmung. Es herrschte eine seltsame, melancholische und trotzdem fröhliche Atmosphäre.

Am Fahrbaren Imbiss an der Straße, holte ich mir einen, an Ort und Stelle, frisch zubereiteten Schaschlikspieß mit Barbecue Soße und schaute mir die Lennon T-Shirts und Button durch, die es haufenweise an den Straßenständen zu kaufen gab.

Nachdem wir erst einmal genügend Musik intus hatten, liefen wir weiter im Park, Richtung Sheep Meadow und gönnten uns eine Pause im weichen Gras des großflächigen Rasens. Danach liefen wir barfuß und planlos durch die Parkanlage. Wir begegneten Alice im Wunderland, ein paar Bronzestatuen namhafter Musiker, Dichter und Komponisten. Wir durch- und überquerten unzähligen Brücken und kletterten Felsen, die noch die Spuren der Eiszeit trugen, empor. Hunderte von Joggern kreuzten unsere Wege, die wie wir, in Begleitung von Livemusik, in aller Gelassenheit ihrer Wege gingen.

Es ist unmöglich den Park an einem Tag zu durchqueren. Der Central Park ist mit seinen 350 Hektar größer als das Fürstentum Monaco, er misst von der 59th Street bis an den Anfang von Harlem in der 110th Street 4,07 km und in der Breite, zwischen der Fifth Avenue und der Eighth Avenue 860 Meter. Im Central Park verläuft alles in Zeitlupe, selbst der New Yorker der ständig unter Strom steht, schaltet hier ein paar Gänge herunter. Wer will kann sich per Pferdekutsche oder Fahrradrikscha chauffieren lassen. Man kann sich natürlich auch, wie überall in der Stadt, ein Fahrrad mieten. Oder, wer nicht seekrank wird, auf einem der Seen hier im Park mit dem Boot fahren. Die Möglichkeiten sind grenzenlos.

Unser zweiter Museumsbesuch galt dem „American Museum of Natural History", es befindet sich an der Central Park West, Ecke 79th Street. Der erste Eindruck ist der Beste. Gleich nach dem Eingang erwartete uns ein in Lebensgröße stehendes Gerippe des ehemaligen Dinosauriers T-Rex. Das war allerdings beeindruckend.

Ansonsten ist es gewöhnungsbedürftig, man muss es mögen, die große Anzahl ausgestopfter Tiere hinter Glas. Und man sollte viel Zeit mitbringen um die umfangreiche Geschichte der Menschheit zu durchwandern. Das Museum, an und führ sich, ist großartig. Auf vier Stockwerken verteilt, befinden sich über 30 Millionen Objekte. Dazu kommen noch: ein Planetarium, ein Kino, eine eigene Forschungsabteilung und ein lebensgroßer Blauwal. Die Präparation der Tiere ist einzigartig auf der ganzen Welt, aber man muss sich eben dafür interessieren, wir taten es nicht und das Wetter war viel zu schön um den Tag im Museum zu vertrödeln. Falls ihr mehr über die Vielfalt der Objekte erfahren wollt, schaut euch den Film „Nacht`s im Museum" an.

Wieder im Central Park angelangt und nochmals John Lennon bye bye durch die immer noch anhaltende Musik zurufend, verließen wir die Show Richtung Chrysler Building. Wir verließen den Park, wie wir ihn betreten haben, auf der Seite Central Park West und liefen hinunter zum Columbus Circle am Time Warner Center, vorbei an den Pferdekutschen bis hinüber zum The Plaza Hotel vis-à-vis der Grand Army Plaza am Central Park Süd. Wir bewegten uns entlang des gegenüberliegenden gläsernen Cube des Apple Store, der sich im Untergeschoß des General Motor Buildings befindet und weiter Richtung Osten in die 405 Lexington Avenue, Ecke 42th Street. Da steht es, das Chrysler Building. Majestätisch ragt es empor, das elegante, ebenfalls im Art Deco Stil erschaffene Gebäude. Leider konnten wir nur bis zur, mit strukturiertem roten Marmor dekorierten und mit großen Gemälden an der Decke ausgestatteten, Lobby vordringen. Die Durchgänge zu den Fahrstühlen, sind mit Drehkreuzen blockiert, die es nur den dafür Berechtigten ermöglicht in die weiteren Etagen vorzudringen. Schade, gerne hätten wir die schöne leuchtende Stahldach Konstruktion und die wasserspeienden Adlerköpfe von nahem betrachtet. Das Chrysler Building, das noch bei seiner Einweihung 1930 als das größte Gebäude der Welt galt, wurde ein Jahr später vom Empire State Building überholt.

Als wir das schöne Chrysler Building wieder verließen, liefen wir hinüber zur Eighth Avenue, in die 31st Street. Dort befindet sich der Madison Square Garden und das riesige Postgebäude der Stadt. Manhattan ist der kleinste Stadtteil in New York City und daher, vorausgesetzt man hat genügen Zeit, ist alles zu Fuß erreichbar. Manhattan ist, im Vergleich zur kompletten City, ein Nest. – Das sollte nur gegenüber den New Yorkern nicht ausgesprochen werden. Natürlich ist es groß, mit einer Fläche von 87 qkm und 1,6 Millionen Bewohnern – aber eben im Vergleich!

Der Madison Square Garden gilt als die größte Arena der Welt. Der Garden wird auch gerne Musik Mekka genannt. Dort finden unter anderem Konzerte berühmter Musiker, Boxkämpfe bekannter Sportler, Basketball, Eishockey und American Football statt. Die Halle bietet bei Konzerten bis zu 20.000 Sitzplätze.

Unter dem Madison Square Garden befindet sich die Penn Station. Auf diesem großen Durchgangsbahnhof werden täglich 600.000 Pendler und Reisende auf 21 Gleisen bewegt. Keine Ahnung, ob diese Angaben stimmen, ich hab sie nie gezählt, aber es bewegt sich einiges hier unten. Das typische New Yorker Gewusel, ob auf oder unter der Straße.

Da der Tag noch jung war, gingen wir noch schnell mal hinunter nach Chinatown. (Wie gesagt, alles zu Fuß erreichbar) Auf dem Weg dort hin, kamen wir durch SoHo, dem bekannten Designer Stadtteil, in dem in diesem Moment ein Rockertreffen stattfand. In welcher Straße genau, kann ich nicht mehr sagen, es erstreckte sich auf jeden Fall über mehrere Blocks. Circa 40-

60 Harley Davidson Motorräder standen aneinander gereiht die Straße entlang. Harley's und Rocker in allen Variationen. Ein unglaublich lautes Getöse und Gelache, wenn die zum Teil furchterregenden, aber dennoch harmlosen Typen, auf den Hinterrädern ihrer Maschinen, auf und davon brausten.

Aufs gerate wohl gingen wir in einen mehrstöckigen Store, in dem es alles zu geben schien – aber wirklich alles. Abgesehen von den T-Shirts und Sweater die es ja überall gibt, nur hier waren es eben die Aufdrucke der Shirts. Ich weiß nicht, ob man das öffentlich tragen sollte. Was sich mir als bleibender Eindruck ins Gehirn brannte, war eine der Möglichkeiten der Freizeitgestaltung die im Store angeboten wurde. Es gab eine kleine, aus grünem Filz auszubreitende Rasenfläche, die den Zweck eines Golfplatzes erzielte, mit kleinen Golfschlägern und Bällen. Das Spiel diente dazu, es nebenher, während man sein Geschäft auf der Kloschüssel verrichtet, zu spielen. Nicht schlecht für Langsitzer. Dies war nur ein Beispiel für die endlosen abstrusen Angebote in diesem Store.

Wenn man durch Chinatown geht, fühlt man sich als wäre man irgendwo auf dem asiatischen Kontinent. Bis auf die Häuser und Wohnungen, erinnert alles an China. Allein die Atmosphäre, die durch die musikalischen Klänge, asiatischer Musik entsteht, die unterschiedlichen Gerüche, das auf der Straße angesprochene Handeln, wie zum Beispiel beim Versuch des Verkaufs gefakter Rolex Uhren: „Rolex, Rolex? Do you need Rolex?"

Natürlich nicht, was wir wollen ist euern Fischmarkt bestaunen. Ich dachte nicht, dass aus den Gewässern in und um New York, soviel heraus zu holen ist. Ist es auch nicht, es wird hauptsächlich importiert. Das Angebot, das sich uns bot, war überwältigend. Die Händler an den Marktständen, schrieen und feilschten, was die Stimmbänder hergaben um ihre Ware an den Mann zu bringen. Für ihre Geschäfte nutzen sie außerdem jeden Zentimeter an Platz, den sie ergattern können. Es befinden sich dort Metallwaren Läden, die eine Fläche von vielleicht vier Quadratmeter messen. Der Laden ist mit Ware behangen, vom Boden bis über die Decke. Es befindet sich kein freier Zentimeter in diesem Raum, die komplette Fläche wird genutzt. Ebenso der Shoe Repair, der die Schuhe seiner Kunden auf dem Gehweg repariert und pflegt, weil sich im Innern des Ladens das Werkzeug befindet und somit kein Platz für das Handwerk vorhanden ist.

Noch eine hübsche Entdeckung bot sich uns. Ein Fahrrad, angekettet an einer Straßenlaterne. Das ist im Normalfall nichts besonderes, doch das Fahrrad war von oben bis unten, mit samt den Rädern, Speichen und Pedalen, bis hoch zu Sattel und Lenker, mit bunter Wolle zu gestrickt oder gehäkelt. Nicht ein freier Quadratzentimeter des Rades war mehr zu erkennen und somit auch nicht fahrbar, aber ein schönes Ausstellungsstück allemal.

Wer sich in Chinatown bewegt, kann anschließend das angrenzende Little Italy mitnehmen. Eine Straße weiter in die Mott, Elisabeth oder Little Italys Hauptstraße, die Mullberry Street gehen und man befindet sich erneut in einem anderen Land, auf einem anderen Kontinent, unter einer anderen Kultur wieder. Dort wo die Menschen fröhlich und wild gestikulierend miteinander kommunizieren, dort wo die Häuserfassaden schon mal in den italienischen Nationalfarben gestrichen sind, dort wo an den Straßen, vor den nach kulinarischem Essen duftenden Restaurants Harmonika gespielt wird und lauthals Arien gesungen werden, dort wo einst die Mafia Legende Lucky Luciano sein Unwesen trieb und noch einige andere mehr.

Frühmorgens, am Tag darauf. Wir verkündeten gerade unserem Zimmermädchen – einer aus Südamerika stammenden New Yorkerin –, das wir heute in die Bronx wollen. Sie sah uns erst stillschweigend an, nahm uns dann in die Arme und meinte: „Wer nicht wirklich etwas in der Bronx verloren hat, sollte sie meiden!"

Wir nahmen zu Herzen was sie uns empfahl und änderten unseren Plan. – Vorerst.

Da an diesem Tag erneut wunderschönes Spätsommerwetter war, luden wir uns nochmals zu einem Besuch in den Central Park ein. Dort gibt es noch allerhand zu entdecken, das wir während unseres gesamten Aufenthalts nicht schaffen werden. Aber irgendwann muss man ja anfangen. Bronx hin oder her.

Nach Greenwich Village, wollte ich unbedingt. Dort befindet sich, unter anderem, der Washington Square Park mit seinem markanten Triumphbogen, seinen grünen Rasenflächen und einem runden, großen Wasserbecken, samt Springbrunnen, in der Mitte des Parks.

Schon als wir den Park betraten, bedeuteten uns etwas zwiespältige, aber unaufdringliche Afroamerikaner an, Dope zu verkaufen. Wir lehnten dankend ab.

Immer wieder huschte eine Ratte, die es zu Massen in New York gibt, zwischen unseren Füßen hindurch. Auch fliegende Ratten, genannt Tauben, gab es haufenweise. Auf einer dort im Park anwesenden Bank, sah`s der Taubenmann. Zuerst war er nicht zu erkennen, da er von oben bis unten von Tauben, die er mit etwas Futter anlockte, bedeckt (und ebenso zugeschissen) war. Er trug vorsorglich einen langen Mantel, von daher war er gewappnet. Erst als er sich aus seiner sitzenden Position erhob, flogen ein Großteil der Tiere davon und er wurde sichtbar.

Am Haupteingang des Parks, unter dem Torbogen, von der Fifth Avenue her betretend, sowie auch um den in der Mitte thronenden Springbrunnen, versammelt sich eine große Schar Musiker und Straßenartisten, um ihre Show darzubieten.

Durch einen Blick des Triumphbogens hat man das Empire State Building im Visier, was für mich das imposanteste Gebäude der Stadt darstellt. Es gibt bestimmt schönere und aufwendigere Bauwerke in New York City, aber das ESB ist durch seine Schlichtheit und seine Bauart in Art Deco (für mich) unübertrefflich.

An einem unserer Abende, wir liefen gerade Richtung Süden, auf dem Weg ins Geschehen die Seventh Avenue entlang. – Die Seventh Avenue oder auch Fashion Avenue, wie sie genannt wird, war unser Ausgangspunkt, da sie direkt am Hotel, das wir bewohnten, vorbeiführte. Auf alle Fälle, liefen wir auf besagter Straße, vorbei an wunderschön, aufwendig dekorierten und meterhohen Schaufenstern. Da sah ich sie.

In einem Designer Schaufenster stand eine vielleicht dreißig Zentimeter hohe Vase. Ich war mir auf Anhieb sicher, sie wurde nur für mich entworfen. Sie war ganz in Weiß und stellte ein Gesicht dar, konisch, von unten nach oben verjüngend, mit schwarzen Augen am oberen Vasenrand. An der Stelle, an der sich normalerweise die Ohren befinden, ragten zwei Arme mit langgliedrigen, quirligen Fingern heraus, flossen entlang ihres Körpers nach unten und stützten sich an der Seite. Eine zierliche Nase inmitten des Gesichts und ein kleiner Mund mit schürzenden Lippen verzierten sie zur Vollendung. Ich verliebte mich sofort und meinte: „Die muss ich haben!"

Darauf Nick wiederum einmal: „Die kannst du dir nicht leisten!"

Ob ich sie mir leisten kann oder nicht, ich muss das Schmuckstück haben.

Wir gingen hinein und schauten uns nach anderen vorhandenen interessanten Designerstücken um, die es auch genügend gab. Aber ich hab mich schon entschieden. Ich erkundigte mich, fackelte nicht lange rum und bezahlte mit Karte. Einhundertsiebzig US Dollar. Ich würde sagen, ein Schnäppchen. Der Verkäufer meinte es gut mit dem Verpacken, da er mitbekam, woher wir kommen und wohin sich das gute Stück auf die Reise begibt. Er umwickelte sie, nicht mehr enden wollend, mit Blasenfolie, dass ich annahm er wolle sie über den Atlantik schmeißen.

Nicht weit vom Washington Square Park, in nördlicher Richtung, befindet sich der Union Square. Die Parkanlage, in der viermal wöchentlich der Greenmarket stattfindet, in dem fast ausschließlich Organic Food aus der nahen Umgebung verkauft wird, liegt zwischen dem Flatiron und dem Gramercy District und wird vom Broadway durchkreuzt. Auch hier zeigen hunderte Statisten und Musiker täglich was sie zu bieten haben, auch unabhängig vom Markt.

Am Rande des Parks, unterhalb der Treppenstufen, kann, wer will, die an quadratischen Klapptischen wartenden, in großen Kapuzenpullis verhüllten Schachspieler, zu einem Spiel herausfordern. In den Tiefen des Union Square befindet sich eine große Subway Station, die einen, wenn man des Laufens müde ist, in alle Richtungen führt. Auf Flohmärkten, die an bestimmten Tagen auf diesem Platz stattfinden, bieten verschiedene Künstler ihre Gemälde an. Es wird wie überall, alles und für jeden etwas geboten. Einmal kam ich an einem strickenden Afrikaner vorbei, der von den Zehen, bis hoch zu seinen Haaren, in Strickware gehüllt war. – wahrscheinlich derselbe, der in Chinatown das Fahrrad bestrickte – Somit machte er Werbung für seine Ware, und bot gestricktes und gehäkeltes vom Topflappen bis zur Cardigan an. Aber dazu später noch mehr. In diesen beiden Parks und nicht nur in diesen, werde ich noch viel Zeit verbringen – in den nächsten Jahren.

Alls es schon dämmerte, schauten wir noch einmal in den Central Park zu Johns Party. Es war Nicks Vorschlag, was mich etwas wunderte, da er sich nicht all zu viel aus dieser Musik macht, aber es waren seine Worte: „Komm, schauen wir nochmals zu Johannes hoch!"

Und das machten wir dann auch. Die Party war noch voll im Gange und würde wohl auch noch die Nacht überdauern. Mittlerweile war das NYPD anwesend und überblickte die Lage, die komplett friedlich und harmonisch bis zu ihrem Ausklang verlief.

Auf dem Heimweg ins Hotel, besuchten wir noch ein Pub in Midtown. In Bezug auf Einrichtung oder Publikum, gibt es große Unterschiede zwischen den Pubs. In Midtown geht es etwas steriler zu, betreffend Kneipe sowohl auch Besucher. Trifft man in Midtown, im Vergleich zu Downtown oder gar Brooklyn oder Queens, hauptsächlich Weiße an, geht es in den anderen Regionen schon etwas gemischter zu. Was mir um einiges interessanter erscheint.

Ich liebe das bunt gemischte Publikum, vor allem wie hervorragend das Zusammenleben im Städtchen funktioniert. Das sich gegenseitig tolerieren und auch respektieren. Seit New York Bestehen, leben dort verschiedenste Völkergruppen mit- und nebeneinander auf engem Raum. Es ging natürlich nicht von Anfang an friedlich und ohne gewalttätige Übergriffe über die Bühne, was lange Zeit, unter anderem, anhand von Bandenkriegen ausgefochten wurde. Aber die Zeit zeigte, dass der Bevölkerung nichts anderes übrig blieb, als mit- anstatt gegeneinander zu leben. Und es scheint nun zu funktionieren. – meistens jedenfalls.

Preislich gibt es natürlich auch einige Unterschiede, ob man ein Getränk, noch dazu eine kleine Mahlzeit, in Manhattan oder Brooklyn zu sich nimmt.

Apropos preislich! Wer in New York nicht shoppen geht, ist natürlich selber Schuld, da Fashion oder Elektronikartikel um einiges billiger sind als zu Hause. OK! Kommt darauf an. Ich entdeckte ein Hemd, das mir gefiel, bei Bloomingdales, für 370.- US $. Das ist jetzt nicht unbedingt meine Preisklasse – stattdessen kaufte ich mir eine Short und ein paar Socken.

Also gingen wir zu Macy's am Herald Square, auf der 34th Street zwischen der Sixth und Seventh Avenue, dem – nach Macy`s Aussage – größten Kaufhaus der Welt. Da lässt sich bestimmt etwas finden. Natürlich wurden wir fündig. Das Kaufhaus besteht aus neun Stockwerken, die sich auf einer Fläche von 198.500 qm verteilen, da müsste für jeden Geschmack etwas dabei sein. Ich erwarb ein Hemd für ein Zehntel des Preises von Bloomingdales – natürlich nicht annähernd die Qualität, aber das Design war ähnlich – und deckte mich ein mit Souvenirs. Aber hauptsächlich flirteten wir mit einer gazellenhaften, dunklen, karibischen Schönheit aus der Kosmetikabteilung.

Durch die Lautsprecheranlage des Macy's hallte der Song, wie auch in anderen Stores oder auf der Straße, „Emire State of Mind" von Alicia Keys durch die verschiedenen Räume. Dieses Lied bringt die Atmosphäre und meine Empfindungen für diese Stadt recht deutlich zum Ausdruck.

New York ist ja bekannter Weise, wie auch Mailand, London oder Paris, Vorreiter in Sache Mode. So kann man jedes Jahr aufs Neue beobachten, was vielleicht in ein oder zwei Jahren über den Teich nach Europa schwappt. Nun, dieses Jahr, es war das Jahr 2010, bewunderten wir sämtliche modebewusste, weibliche Models oder welche die es werden wollten, in hautengen Leggins oder Strumpfhosen. Die richtigen langen Beine kleidend, schaut es umwerfend aus, dennoch etwas befremdlich. Wir fragten uns zu Anfang, ob sie nicht etwas vergessen haben anzuziehen? Röcke vielleicht? Shorts? Hotpants? Der Trend setzte sich durch – bis Heute.

„Die schönsten Frauen gibt es in Manhattan". Sagte Jude Law in dem Film „Alfie". Und er hat Recht! Dergleichen hab ich noch nie gesehen. Derart konzentriert auf einem Fleck. Wie ich weiter oben schon erwähnte, war ich schon in ein paar sehenswürdigen Großstädten, aber gebündelt, auf so einer doch kleinen Dichte wie hier, ist mir solches noch nicht untergekommen. Ich nehme an, jedes Model, das etwas auf sich hält, versucht es in New York City. Es ist vielleicht auch die Mischung der unterschiedlichen Nationalitäten. Die langen Beine Russlands, die geschwungenen Mandelaugen des Orients, der Mokkabraune

Taint Afrikas und die langen, glatten, blauschwarzen Haare Chinas.

Bei manch einem Anblick dieser schönen Frauen, wurde mir schwindlig und ich ging dabei regelrecht in die Knie. Vor ihr auf dem Boden, dachte ich mir ab und an, wenn ich schon vor ihr auf den Knien bin, fleh ich die Göttin an, auf ewig an meiner Seite zu bleiben. Ich kam aber nie dazu. Warum auch immer.

Am interessantesten ist, man geht in New York City zu Fuß. Somit erlebt man die Stadt hautnah und erhält die besten Eindrücke. Es ist natürlich nicht alles zu Fuß erreichbar, dafür gibt es zum Glück die Subway oder auch Metro genannt.

Es ist ein Erlebnis für sich, die Metro zu benutzen. Wir legten, an manchen Tagen, nicht enden wollende Strecken zurück, einfach nur, weil es interessant ist.

Trifft man in der Metro vielleicht dreißig verschiedene Fahrgäste an, kann man davon ausgehen, dass es sich dabei meist um dreißig unterschiedliche Nationalitäten handelt. Da gibt es den alten südkoreanischen Mann mit grauem Bart, der sinnierend auf der Bank sitzt. Dann gibt's den ganz in schwarz gekleideten Chinesen, der sich vollkommen erschöpft an die Halteriemen klammert. Es gibt den singenden, gestikulierenden Italiener. Den amerikanischen Broker, direkt von der Wall Street, im maßgeschneiderten Armani, entweder sitzend die Financial Times lesend oder sich, die Handflächen mit Taschentücher schützend, an die Haltestange klammernd, es gibt den Haare schwingenden Rasta, verschleierte Inderinnen und Inder in roten und goldenen Gewändern. Und es gibt natürlich auch, wie über der Straße unter freiem Himmel, jede Art von Künstlern.

Die Subway der Linie 5, brachte uns in den Financial District, den südöstlichen Teil von Manhattan, Lower Manhattan um genau zu sein, in die Wall Street.

Wir liefen durch das von mit Helm und schusssicherer Weste ausgerüsteten und mit Maschinengewehren bewaffneten Cops des NYPD bewachten Chaos, hoch zur Trinity Church und die Wall Street wieder hinunter bis zum New York Stock Exchange an die Börse. Ich fand es ziemlich erdrückend und auch etwas unheimlich durch die engen Gassen zu laufen, mit ihren links und rechts bis beinahe in den Himmel ragenden Finanzgebäuden, Bürotürmen und Hotelanlagen. Hier unten gibt es kein Straßenraster, so wie es ab oberhalb der Bleeker Street beginnt.

Wobei, das Interessante hier im Financial Distrikt ist, dass alt und neu, sehr intensiv miteinander verknüpft sind. Kaum an der Glasfassade moderner Banken oder des Hilton vorbei, stößt man auch schon wieder auf ein kleines Gebäude aus der Gründerzeit. Was besonders reizend ist, ist die Stone Street. Pflasterstein Straße trifft auf alte Fachwerk Gebäude, wo da und dort Bayrisches Bier und Spezialitäten angeboten werden, ist die Straße dazu noch mit blau weißen Rauten dekoriert. Oder das alte in orange Töne gestrichene Delmonicos Restaurant, das wegen seiner Form, ein wenig an das Flatiron Building erinnert.

Durch die engen Schluchten hindurch, bewegten wir uns in nördliche Richtung, zum Ground Zero. Zu diesem Zeitpunkt, gab es noch nicht viel zu sehen. Das komplette Gebiet glich einer riesigen Baustelle. Der Turm des One World Trade Center erstreckt sich nur langsam in die Höhe. Auch das Memorial wird allem Anschein nach noch ein paar Jahre auf sich warten lassen. Was es zu besichtigen gab, war die St. Paul`s Chapel, mit ihrem, wie schon in der Trinity Church, angelegten uralten Friedhof mit seinen verwaschenen, Sandstein Grabsteinen. Und natürlich, wie im gesamten Lower Manhattan. Wolkenkratzer, Hochhäuser und nochmals Wolkenkratzer.

Um letztendlich der drückenden Atmosphäre zu entfliehen, bewegten wir uns an die Südspitze von Manhattan, in den Pattery Park. Ein großer, ruhiger Park mit freier Sicht aufs Meer.

Der Batterie Park ist eine wunderschöne und eine der ältesten Parkanlagen der Stadt, er dient, da er an das Meer grenzt, als Ausgangspunkt und Anlegeplatz für allerlei Schiffe. Darunter auch Fähren, die die Nachbarinseln wie Liberty Island, Ellis Island, Governors Island bis hinüber nach Staten Island, ansteuern. Im Park selber befinden sich neben Ruhemöglichkeiten wie Parkbänke oder Grünflächen auch Sehenswürdigkeiten wie das Castel Clinton. Die ehemalige Festung sollte den ankommenden Feind davon abhalten, weiter auf die Insel vorzudringen.

Wer für ein paar Stunden dem Getöse der Stadt entfliehen möchte, kann sich, unter anderem, hierher begeben und sich mit dem Blick auf die Freiheitsstatue oder über den Hudson nach New Jersey, eine Auszeit gönnen und eine frische Brise Meeresluft, im Klang der kreischenden Möwen, schnuppern.

Am Abend als es dunkel wurde – und es dämmert um diese Jahreszeit schon vor 20.00 Uhr –, liefen wir nochmals ein Stück den Hudson entlang. Die Anlegestellen der Schiffe, die so genannten Piers, wurden größtenteils stillgelegt da der Schiffsverkehr drastisch zurückging. Die Piers wurden im Verlauf der Zeit einfach sinnvoll umfunktioniert, anstatt abgeschafft. Südlich, entlang des Hudson River, befindet sich eine große Sportanlage, die vom Fußballplatz bis zur Trapezschule einiges an Sportmöglichkeiten zu bieten hat. Darunter befindet sich auf einem ausrangierten Pier zum Beispiel ein Abschlagplatz für Golfspieler. Ich kann mir vorstellen, dass an dieser Stelle, der Hudson überfüllt ist mit Golfbällen, vielleicht gibt es aber auch ein Netz, ich hab mich weniger damit beschäftigt. Golf ist nicht so mein Ding.

Oberhalb, in Höhe der 55/56 Street, befindet sich Pier 96, er dient als Plattform einer überdimensionalen liegenden Weinflasche, in deren Inneren sich die Einrichtung einer Schiffskabine des Ozeandampfers Queen Mary befindet. Läuft man hinaus in die bis zu 300 Meter in den Hudson ragenden Piers, bietet sich ein unglaublicher Ausblick auf New Jersey, und der Fluss reflektiert die schimmernden Lichter der Wolkenkratzer beider Seiten, Manhattans und New Jerseys.

Am Hudson Ufer entlang dem Westside Drive, gingen wir Richtung Downtown, vorbei an einem großen Hustler Nachtclub mit bulligen Türstehern und einer Menge Publikum in maßgeschneiderter Robe, bis wir auf einen Diner stießen, ganz in der Nähe des Flusses. Auf ein oder zwei Drinks, betraten wir ihn und fläzten uns in eine Ecke mit Blick aus dem Fenster. Im Gegensatz zu den Pubs, war dieser Diner hell erleuchtet und mit an die eineinhalb Meter hohen orange farbigen Lederbelehnten bequemen Sesseln ausgestattet. Die große Fensterfront bot einen ausgezeichneten Ausblick auf das New Yorker Nachtleben.

Es war vorerst unser letzter Abend in New York City, also beschlossen wir, noch einmal eine selbst erstellte Sightseeing Tour abzuklappern.

Begleitet vom Verkehrslärm und Sirenen, liefen wir, die in Downtown sich befindende, Chambers Street entlang bis zur Subway Station Linie 3. Mit ihr fuhren wir hoch bis Columbus Circle am Südwesten des Central Park und wechselten in die Linie B bis in die 72th Street, Dakota Building. Nach dem ich mich von John am Dakota und Strawberry Fields verabschiedet hatte, liefen wir entlang dem Central Park die Central Park West bis zum Columbus Circle, Time Warner Center zurück und holten uns noch aus dem im Untergeschoß befindlichen Supermarkt ein paar Leckereien, – sprich Bier und Schokolade. Von dort aus ging es die 59th Street entlang der Pferdekutschen bis zum Hotel The Plaza. Noch schnell ein Blick in den gegenüberliegenden Apple Store, durch den gläsernen Würfel, hinunter in die Katakomben des General Motor Buildings um dann weiter entlang der Fifth Avenue bis hin zum Empire State Building zu gelangen. Von dort wechselten wir zwei Straßen weiter in die Seventh Avenue und wieder hoch bis in die 57th in unser

Hotel und verschwanden auch gleich in der Hotelbar und experimentierten mit den köstlichen Longdrinks die zur Auswahl standen.

Am darauf folgenden Tag war Abreise. Nick managte die Fahrt mit dem A-Train bis zum JFK Flughafen in Queens. Er sah mir an, dass es mir schwer fällt abzureisen.

Als wir in unserem Train zum Flughafen zwei Officern begegneten, die zur Beobachtung der Fahrgäste an der Frontwand der Subway lehnten, meinte er: „Das ist die letzte Möglichkeit, den Aufenthalt zu verlängern. Entweder du gehst jetzt zu diesem weiblichen korpulenten afroamerikanischen Cop, berührst ihre beiden Brüste mit den Worten, „Ah, nice Tits". „Oder du fuchtelst ihrem Gegenüber stehenden Officer an seiner im Holster steckenden Waffe herum und fragst ihn": „What's this?" „Schätze dann kannst du noch eine Weile bleiben!"

Ich ließ es. Schließlich hab ich vor wieder zu kommen.

Die Rückreise war ein Desaster, obwohl der Flug und das Einchecken ins Land problemlos verliefen. Trotz dem nicht verzollen einer nicht ganz billigen spektakulären Vase, die ich mir gekauft habe und noch ein paar Kleinigkeiten, deren Wert dann doch die zollfreie Grenze überschritt, kamen wir ganz gut durch.

Die zähe Fahrt vom Flughafen aus weiter mit dem Zug, laugte uns komplett aus. Zur Stärkung zog ich meine angeknabberte Schokolade, die ich am Abend zuvor noch im Supermarkt gekauft habe, aus meiner Umhängetasche. Ich hielt sie hoch und zeigte sie Nick. Wir schauten auf das große kantige angenagte Stück, schauten uns an und brachen in schallendes, fast schon hysterisches, nicht mehr aufhörendes Gelächter aus. Dieses Gelächter, das aus Überanstrengung und totaler Erschöpfung heraus entsteht. Das Stück brauner Schokolade sah aus wie ein riesengroßer Kanten Dope. Die Einreise ins Heimatland hätte auch anders Verlaufen können.

Zweiter Teil
Brooklyn

Natürlich reiste ich wieder in meine gelobte Stadt. Diesmal allein. Nick ist verhindert und ich kenne mich ja nun schließlich aus. Dachte ich auf jeden Fall.

Ich wähle absichtlich den Spätsommer, da die anderen Jahreszeiten nicht auszuhalten sind. Außer dem Frühling vielleicht. Die Hundstage im Sommer, zwischen Juli und August, sind in New York unerträglich heiß, wenn sich die Hitze zwischen den Häuserschluchten anstaut. Und im Winter finden zwischen den immer häufiger werdenden Blizzards keine Konzerte auf den Straßen und in den Parks statt. Frühling wäre noch eine Option, wenn alles zum Leben erwacht, aber diese Stadt erwacht so oder so jeden Tag aufs Neue.

Ich ging nochmals ins Reisebüro, Aufenthaltsgenehmigung ist noch gültig, was ich brauche ist ein günstiges Hotel und einen Flug. Nach einigem hin und her, entschieden wir uns für ein privates Apartment in Brooklyn – warum nicht Brooklyn, mir gefällt es dort – und einen Flug mit Zwischenstopp auf dem Charles Du Gaulle in Paris, nach Newark New Jersey.

Bevor die Reise losging, machte ich mir einen Plan, wie ich vom Flughafen Newark nach Brooklyn gelange. In Newark nehme ich den Air Train bis in die Stadtmitte New Jersey, von da aus mit dem Path Train nach Manhattan und dann mit einem Taxi nach Brooklyn. Ganz einfach.
Die Anreise sollte sich als ein schier unüberwindbares Himmelfahrtskommando herausstellen.
Ich fuhr mit meinem Auto zu einem angemieteten Parkplatz außerhalb von München, von dort brachte mich das Parkplatz-

team, mit ein paar anderen Reisenden, anhand eines Shuttlebus zum Flughafen. Pass einscannen, einchecken, warten.

Auf dem Flughafen in Paris angekommen, hatte ich einen Aufenthalt von fünf Stunden. Alles kein Problem. Der Anschlussflug lief auch problemlos. Ich liebe das Fliegen. Acht Stunden Flug sind akzeptabel, die Passagiere werden rund um die Uhr versorgt: mit Essen, Trinken, Filmchen gucken, Musik hören, schlafen. Aber was erzähl ich? Wisst ihr ja selber.

Endlich in New Jersey, Newwark gelandet. Koffer in Empfang genommen, einchecken und – über abermals flauschigen Teppich schwebend –, hinaus ins Freie, vorbei an jeder Menge uniformiertem Personal.

Nun stand ich da wie ein Depp.

Aber klar, ich hatte ja einen Plan. Ich musste erstmal nur den Air Train ausfindig machen. Aber wo? Wieder einmal lief ich der Meute hinterher und fragte mich durch. Nach langem umherirren, stieg ich in einen Zug, der mir als ein Air Train schien. Ich konnte nur hoffen, vollkommen auf mich allein gestellt, dass ich in die richtige Richtung fuhr. Ja, es hat geklappt. Wo aussteigen? Ah jetzt. Ich erkundigte mich nach dem Path Train, der mich unter dem Hudson River nach Manhattan bringen sollte. Wo Ticket lösen? Hat nach einer Weile auch geklappt. Ich war in Manhattan. Es war schon stockdunkel als ich den Zug an der Penn Station, mitten in der Stadt verließ und stand – mich fragend und hilfesuchend umschauend –, im tosenden Verkehr, inmitten der grellen Großstadtlichtern.

Ein bulliger Afroamerikaner sah mich und erkannte meine Lage – ich muss ziemlich verzweifelt drein geblickt haben, mit meiner Reisetasche in der Hand und diesem orientierungslosen Blick im Gesicht –, er nahm mich an der Hand und fragte: „Do you need a Taxi?"

„Yes, Why not?"

Er sprang mitten in den Verkehr, bremsen quietschten, die Fahrzeuge hupten und die Insassen schimpften und nannten ihn

… das will ich an dieser Stelle nicht erwähnen. Er stoppte ein Taxi für mich. Ich bedankte mich tausendmal und wollte schon einsteigen, aber das genügte ihm nicht.

„Give me Money!" forderte er mich auf.

Logisch für seine Bemühungen wollte er entlohnt werden, also gab ich ihm drei US Dollar.

„More, more, more".

Also gab ich ihm fünf Dollar und er gab sich damit zufrieden, verschwand in der Dunkelheit und suchte sich das nächste hilflose Opfer.

Endlich saß ich im Taxi, jetzt kann nichts mehr schiefgehen. Ich wies den gelangweilten Fahrer des Yellow Cap an, mich zu der Adresse zu bringen, die ich ihm nannte, aber er machte keine Anstalten los zu fahren. Ich wiederholte mein Begehr und er schüttelte nur den Kopf. Er würde ganz bestimmt nicht nach Brooklyn fahren, schließlich bekäme er dort keinen Fahrgast mehr und müsse leer zurück nach Manhattan fahren. Ich gebrauchte meine ganze Überredungskunst und reagierte ziemlich sauer, da ich total erschöpft und ausgepowert von der langen Reise war. Schließlich konnte ich ihn nach einem eindringlichen Gespräch doch noch dazu bewegen mich an besagte Adresse zu fahren.

Es ging weiter. Wie schön, sich im Taxi durch das hell erleuchtete, pulsierende, tosende Manhattan chauffieren zu lassen. Vorbei an mir schon bekannten Schauplätzen, hindurch zwischen den gleißenden Großstadtlichtern, überfuhren wir bald die Brooklyn Bridge. Die Fahrt schien nicht enden zu wollen. Machte aber nichts, ich konnte es genießen und mich ein wenig erholen.

In Brooklyn angekommen, fuhren wir die Flatbush Avenue entlang, bis wir links in die Rutland Road einbogen. Da soll ich wohnen? Sieht irgendwie nach einer Hinterhof Gegend aus. Er stoppte an angewiesener Adresse, drehte sich zu mir um und fragte mich, ob ich mir sicher wäre. Ich zuckte mit dem Schultern. Keine Ahnung. Er bot sich an zu warten bis ich drinnen bin – oder auch nicht. Vielleicht in der Hoffnung, er hat mit mir einen Fahrgast zurück nach Manhattan.

Ich bezahlte und gab Trinkgeld. Da schaute er mich fragend an und meinte, was das solle. Meinem Kofferträger gebe ich fünf Dollar und ihn möchte ich mit vier abspeisen. Ich hatte keine Lust und auch keine Nerven mehr für weitere Diskussionen, also gab ich ihm, was er verlangte. Ich stieg aus ins Ungewisse und er suchte das Weite.

Ein wenig ratlos stieg ich die Eingangsstufen des schönen alten Apartments empor und klingelte etwas schüchtern an der Tür. Wer weiß, wo ich da gelandet bin, inmitten einem dunklen und fremden Brooklyn. Nach kurzem warten, kam eine rundliche über beide Wangen strahlende, überaus sympathische, kahlköpfige Afroamerikanerin auf mich zu, öffnete die Tür und hieß mich willkommen. Ich nannte meinen Namen und fragte, ob ich hier richtig wäre. Mit einem herzlichen Lachen bejahte sie meine Frage. Endlich zu Hause. Ich muss ausgesehen haben wie ein Häufchen Elend. Sie nahm mir die Tasche ab, erklärte mir den Türcode und geleitete mich ohne Umschweife in mein neues Zimmer in der zweiten Etage. Ich hatte das Paradies Zimmer.

Nachdem ich meine Reisetasche abgestellt habe, zeigte sie mir das Gemeinschaftsbad, erklärte mir die Küche in der das Frühstück zu sich genommen wird und überließ mich meinem Schicksal. Ich fühlte mich sauwohl und alle Strapazen waren im nu vergessen.

Ein wenig frisch gemacht, machte ich mich auf den Weg ins Freie. Nobia, wie meine Vermieterin sich nannte, erklärte mir, das die Gegend safe wäre und das wir uns im Zentralen Brooklyn befinden. Nun gut, dann kann ja nichts mehr schief gehen. Lachend und gut gelaunt lief ich einmal um den Block und dann hinüber Richtung Westen, die Bedford Avenue überquerend, in die Flatbush Avenue hinein ins Brooklyner Nachtleben. Mir ging`s gut, ich war wieder hier, fühlte mich wohl und heute Nacht werde ich gut schlafen. Und ich schlief gut, in meinem aus einem Messinggestell gezimmerten Bett, auf zwei übereinander gestapelten, super weichen, Matratzen.

Mein neues Heim war ein Haus im Alten Englischen Stil. Und wie es bei den Amerikanern üblich ist, steht man nach dem durchqueren der Eingangstür direkt im Wohnzimmer, welches mit dunklen, soliden Möbeln, mit einem großen runden Tisch in der Mitte und einer Hausbar im Hintergrund, ausgestattet war. Angrenzend befand sich die Küche, durch die es in den Hinterhof geht. Die Schlafgemächer und das Bad befinden sich in der zweiten Etage, die über eine, ebenfalls in dunklem Holz angefertigten geschwungene Treppe, zu erreichen war. Außer mir befanden sich noch, so viel mir bekannt war, vier weitere Gäste im Haus, wir begegneten uns vielleicht mal morgens auf einen kleinen smalltalk beim Frühstücken, aber eher selten.

An meinem ersten Morgen – die Nacht zuvor musste ich noch einen Tausendfüßler aus meinem Zimmer verbannen, danach habe ich wohl geschlafen –, begab ich mich erstmal ins Bad, nachdem es nach einem Mitbewohner frei wurde um mich auf den Tag vorzubereiten. Erfrischt und den Kreislauf motiviert, ging ich die Treppe hinunter in die Küche, die großzügig mit Lebensmitteln ausgestattet war und genehmigte mir einen schon fertig zubereiteten Kaffee und einen Muffin. Das musste fürs Erste reichen. Bald werde ich mir endlich wieder einen Hotdog einverleiben können, auf den ich ein Jahr verzichten musste.

Gut gelaunt, dennoch vom Jetlag ein wenig gezeichnet, begab ich mich hinaus auf die Straße und lief die Rutland Road entlang, bis zur Flatbush Avenue und schaute mich in der Gegend, die ich zum ersten mal bei Tageslicht wahrnahm, um.

Zuvor fragte ich Nobia nach der nächsten Metro Station. Die befindet sich in der Ocean Avenue an der Ecke Prospect Park.

Ich erreichte den Prospect Park nach vier Blocks Richtung Westen und drehte erst mal eine Runde in einem Teil der großen Anlage, vorbei an Familien die mit ihren Kindern spielten, abhängenden Jugendlichen und wieder einmal hunderten von Joggern. Dem New Yorker seine, egal in welchem Borough, liebste Freizeitbeschäftigung ist Joggen, könnte man meinen. Ne, ist so!

Die Parkanlage ist schön, sie ist vielseitig, sie ist groß. Der Prospect Park wurde von den gleichen Machern, die auch den Central Park in Manhattan letztendlich anlegten, gestaltet, von Olmsted und Vaux. Nur ist er nicht rechteckig, sondern rund. Zur Orientierung dienen auch nicht diese markanten Wolkenkratzer rund um den Park. Es gibt keine Orientierung. Dies sollte mir jeden Morgen, bei meiner Wachwerdrunde, zum Verhängnis werden. Ich verlief mich an jedem Morgen aufs Neue. So weit so gut, ich fand an jedem neuen Morgen, wenn auch an verschiedener Stelle, wieder heraus. Auch an diesem Morgen.

Ich ging hinunter zur Metro und ergatterte mir erstmal ein sieben Tage Ticket am Schalter und überquerte mit dem N-Train, via Manhattan Bridge, den East River nach Manhattan, bis in die 23rd Street, Haltestelle Flatiron District. Als ich aus dem U-Bahn Schacht die Straße erklomm, ergab sich mir ein vertrauter Anblick. Das Flatiron Building und der Madison Square Garden. Wie schön.

Und schon begann die Hektik der Stadt, hunderte von beschäftigten Menschen, Straßenverkehr und das andauernde Sirenengeheul aus weiter Ferne, begleiten mich in meinem Vorhaben. Das gefällt mir – das hatte ich vermisst.

Es gibt Menschen, die verlassen bei ihrer Ankunft am JFK Airport, postwendend ihr Ziel und reisen wieder ab, weil ihnen angeblich die Hektik zu anstrengend erscheint. Die sollten mal besser bis nach Manhattan vordringen, diesem Chaos hier kommt der Airport einem Streichelzoo gleich.

Ich lief die Fifth Avenue hoch, am Empire State Building vorbei und blieb erstmal auf Höhe Tiffany & Co, an den wunderschön, aufwendig dekorierten, meterhohen Schaufenster der Fifth Avenue stehen. Alles kam mir so vertraut vor, das fand ich gut.

Am nächsten Straßenstand holte ich mir erstmal meinen wohlverdienten Hotdog, wie immer mit gedünsteten Zwiebeln und Senf. Unglaublich lecker. Während dem essen, setzte ich mich auf eine freie Bank, beobachtete das Treiben und überlegte mir den ersten Schritt, den ich unternehmen werde. Ich nahm mir vor mit einem Museumsbesuch zu starten, und zwar das Guggenheim Museum. Ich lief die Fifth weiter nach Norden, welche dann in Höhe Central Park, Upper East Side, in die Museumsmeile übergeht. Ich spazierte entlang dem Park bis in die 89th Street und stand vor dem weißen, kolossalen schneckenförmigen Bau des Solomon R. Guggenheim Museums, dessen Architektur einzigartig ist und förmlich zwischen den geradlinigen Betonbauten heraussticht.

Im Inneren des Museums, nebenher den variierenden Sonderausstellungen, findet man unterschiedlich gesammelte Werke verschiedener namhafter Künstler wie: Kandinsky, Chagall, Klee, Mirò, van Gogh und, und, und. Selbst wenn sich kein einziges Ausstellungsstück im Innern des Museums befinden würde, wäre es der Eintritt schon wegen seines terrassenförmigen Auf- und Abstieges wert. Beim hoch und runtersteigen der spiralförmigen, ganz in Weiß gehaltenen Etagen, kam mir der Film „The International" mit Clive Owen in Erinnerung, in dem das komplette Gebäude, unter Dauerbeschuss, demoliert wurde. Dabei handelte es sich allerdings (oder zum Glück) nur um einen Nachbau des Guggenheim Museums.

Einen Raum fand ich vor, der ausgehend vom Boden, die Wände und Säulen hoch, bis einschließlich der Decke, auf den letzten Millimeter ausgelegt und bepflastert mit Ein Dollar Noten war. Inmitten dieser Räumlichkeit, könnte man regelrecht einem Geldrausch verfallen. Oder der Betrachter glaubte sich in einer Gummizelle aus Geld zu befinden.

Nach ein paar Stunden lehrreicher Kultur, verließ ich das Museum und durchquerte einmal den Central Park in Richtung Central Park West, meinem Freund John hallo sagen. Auf der gegenüberliegenden Seite, auf der Upper West Side, geriet ich mitten in die Filmarbeiten einer Fernsehserie. Der Bereich war großflächig abgesperrt, dennoch marschierten immer wieder ahnungslose oder wissbegierige Leute ins Blickfeld des Geschehens. Ich bewunderte die Geduld der Filmcrew, die immer wieder versuchte die Menschen darauf aufmerksam zu machen, dass hier im Moment Dreharbeiten stattfanden und sie doch bitte einen kleinen Umweg gehen sollten. Ein schier aussichtsloses Unterfangen, wie mir schien.

Im Jahre 2006 war es – soviel ich erfuhr –, da recherchierte die Behörde anhand eines 100 jährigen Filmjubiläum, wie viele Filmaufnahmen täglich in New York City stattfinden. Es sind, sage und schreibe, im Schnitt sechsundachtzig unterschiedliche Aufnahmen pro Tag. Hauptsächlich für Musikvideos, Werbespots, Blockbuster und Serien. Damals zu Beginn der Filmproduktion, war nicht Hollywood, sondern New York die Filmhauptstadt. Bis es dann, durch den Straßenverkehr und die ständigen Bauarbeiten, zu laut wurde, verlegte man die gesamte Filmproduktion nach Hollywood.

Ich ging nochmals zurück in den Park – ich hab ja die Auswahl – und machte es mir eine Zeit lang gemütlich in Strawberry

Fields, auf diesem Fleckchen im Park, auf dem sich immer Musiker, egal welcher Art befinden, bevor ich mich wieder zu Fuß auf den Rückweg ein Stück Richtung Downtown machte.

Als ich Midtown durchqueren wollte, und in Höhe der New York Public Librery angekommen bin, es war bereits dunkel, waren die Straßen schon wieder dicht gemacht, komplett abgeriegelt, aber diesmal um einiges umfangreicher. Es waren Straßensperren errichtet, anhand von Sand gefüllten Trucks und Beton Barrieren mit der Aufschrift NYPD. Ich erkundigte mich bei einem der zahlreich herumstehenden Officern, was denn los wäre.

Er antwortete nur trocken: „The President is here!"

Ich wollte schon fragen: „Welcher Präsident?"

Hab es dann aber gelassen. Obama war auf Besuch im Städtchen und hatte ein Treffen in der Stadtbücherei NYPL. Einige Blocks die Straße hinauf und hinunter waren abgesperrt, der Bezirk glich einer Geisterstadt, die Straßen waren bis auf ein paar einzelne Cops gespenstisch leer. Es gab kein Entrinnen, also stellte ich mich an eine der Absperrungen und wartete, ob ich vielleicht einen Blick auf den Präsidenten erhaschen kann um ihm eventuell zuzuwinken.

„Hello Mr. President".

Da war aber nichts zu machen. Beim verlassen des Gebäudes, wurden die Herren der Regierung durch einen Abgeschirmten Baldachin geleitet und am Ende des Tunnels, an der Straße, fuhren circa dreißig schwarz gepanzerte Limousinen vor, es war nicht auszumachen in welche Limousine der Präsident zustieg, keine Chance. Da ich schon mal in der Nähe der NYPL war, betrat ich anschließen noch den Briant Park, der sich hinter dem Gebäude befindet. Bei Dunkelheit ein schöner Anblick mit seinem hell erleuchteten Springbrunnen, natürlich auch am Tag. Aber dazu später noch mehr.

Ich warf noch schnell einen Blick hinüber in die Lexington Ave. und begab mich auf Marilyn Monroes Spuren. In der Lexington bewegte ich mich entlang des Gehsteigs – unter mir die donnernde U-Bahn –, bis zur 52nd Street, Hausnummer 590 und stand an der Stelle, an der einst Marilyn Monroe im verflixten siebten Jahr ihr Kleid im Luftzug der Metro in die Lüfte heben ließ. Auch heute noch fahren die Bahnen im zehn Minuten Takt und blasen den Wind durch den Schacht nach oben, nur welcher von den Schächten es genau war, ließ sich für mich nicht nachvollziehen, aber die Gegend, gerade bei Dunkelheit, erinnerte mich doch sehr an den Film.

Irgendwann zu späterer Stunde – ich durchquerte noch auf Umwegen den Times Square –, nach einer Fahrt mit dem N-Train, wieder in Brooklyn angekommen, nahm ich mir vor, bevor ich nach Hause geh, ich besuche noch ein Brooklyner Pub. Ich lief vorbei an nebeneinander gereihten schönen Brownstone Gebäuden, auf denen es sich Jugendliche mit ihren Ghettoblastern gemütlich machten und steuerte ein Pub an. Aber allein der Blick von der Straße aus ins düstere Innere, ließ mich abrupt stehen bleiben. Ich bin die Pubs aus Manhattan gewohnt, in denen sich das Leben abspielt und eine Menge fröhlicher Menschen sich vergnügen. Aber in Brooklyn, wo die Zeit langsamer läuft? Das Pub, leer bis auf eine dünne blonde Barfrau und zwei massiv bullige Afroamerikaner am Tresen. Allein wie ich an der Tür stehe und mir einen Einblick verschaffe, bekomme ich Panik. Die zwei an der Theke sitzenden drehen sich in Zeitlupe synchron zu mir um, mit einem Blick der zu sagen schien: „Was will der denn hier."

Das alles bildete ich mir nur ein. Das sind ganz friedfertige Menschen, die nur in Ruhe ihr Bier oder was auch immer trinken wollen. Ich fühlte mich noch in keiner Situation bedroht. New York ist die sicherste Stadt in den Staaten. Aber es war unglaublich unheimlich. Ich ging nach Hause und legte mich ins Bett. Genug für Heute.

Am nächsten Morgen, nachdem ich mir meinen Kaffe und meinen Muffin einverleibt hatte, machte ich mich wieder auf zu meiner all morgendlichen Tour durch den Park. Diesmal galt es ihn zu erkunden, zu sehen was er, im Vergleich zum Central Park, zu bieten hat, da der Prospect Park doch von den gleichen Erbauern stammt.

Zuallererst muss ich einen Orientierungspunkt ausmachen. Da war nichts, kein markanter Punkt an dem ich mich hätte orientieren können. Aber ich hatte ja meinen Kompass in meinem Handgepäck. Ich lief erstmal ins Innere des Parks in Richtung Nordwesten. Die Parkanlage ist schön gestaltet, wenn auch nicht so sauber wie der Central Park. Aber klar, hier macht sich die Stadt nicht gar soviel Mühe, wie im, von Touristen überlaufenen, Manhattan.

Durch Zufall kam ich zu einem kleinen Zoo mitten im Park und schaute mir eine Vorführung mit Seehunden und deren anschließender Fütterung an. Es gibt hier, auf diesem Gelände, beinahe so viele Möglichkeiten zur Freizeitgestaltung, wie im Central Park. Unter anderem, ein großes Bootshaus an einem mit Entengrütze bedecktem See – eine so dicke Schicht, dass man meinen könnte, man kann ihn zu Fuß überqueren. Mehrere Pavillons, natürlich jede Menge Brücken und Unterführungen, Schlupfwinkel für Tiere und Straßen. Und logischerweise, Wege für Jogger. Und noch einiges mehr an Irrwegen, als im Central Park.

Ich verlief mich erneut an diesem Morgen.

Als ich nach längerem umherirren wieder an ein paar Familien die im Gras lagen und picknickten und an einer großen Schar Joggender Menschen die Ocean Avenue erreichte, war ich mehr als erlöst.

Ich ging die Treppe zur Subway Station hinunter und nahm den B-Train über den Fluss nach Manhattan, erstmal in den mir vertrauteren Central Park. Von da aus galt es, im weichen Gras des Sheep Meadow liegend, Pläne zu schmieden. Ich hatte einen. Ich wollte mir etwas im Apple Store, an der Ecke Fifth Avenue, 59th Street kaufen. Es sollte dauern bis ich den Store gegenüber dem The Plaza Hotel erreichte. Es ist nicht einfach seine Pläne in dieser atemberaubenden Stadt zu verwirklichen. Allein auf dem Weg zum vorgenommenen Ziel, begegnet man so viel sehenswürdigem, dass man ständig gezwungen wird anzuhalten und zu staunen. Und schon ergibt sich das nächste Ereignis.

Ich blieb zum Beispiel an der Bethesda Terrace hängen, mit ihrer Fountain, dem Angel of Waters. Die Bronzestatue auf der Bethesda Fountain, ist die einzige von Frauenhand erschaffen Statue im Park. Sie soll wohl den Engel der Jesus erschienen ist darstellen. Auf der Bethesda Terrasse wiederum, überhalb des Brunnens, hat man einen wunderbaren Ausblick über einen Teil des Parks, über den Lake, bis hinüber zum San Remo Building.

Eine Menge Menschen, bestehend aus Musikern, Künstlern wie Jongleure oder Riesenseifenblasen Bläser für die Kinder und wer sich sonst noch dafür begeistert, unterhielten die Anwesenden und sorgten für gekonnte Abwechslung. Sämtliche Models und Hochzeitspärchen posierten schick gestylt für ein Fotoshooting und Erinnerungsfotos für zu Hause, vor dem großen Brunnen und auf den Stufen der Treppe empor bis zur Terrasse.

Ich lauschte eine Zeit lang dem Sound der Band, vielmehr es war ein Duo, bestehend aus einer Violine spielenden adretten Frau und einen Kontrabass bedienenden Mann, bevor ich mich wieder auf den Weg machte.

Ich überquerte die geschwungene Bow Bridge, die über einen Teil des The Lake führt und begab mich in The Rumble, einem Urwald ähnlichem Waldstück, das alle Mögliche Arten von Tieren beherbergt. Im Inneren des Rumble angekommen, begegnete ich scheuen Waschbären, zahmen Eichhörnchen – aber die gibt es sowieso überall im Park – und ein paar Fotografen, die nach Vögeln Ausschau hielten, da es bis zu dreihundert verschiedene Vogelarten in diesem Teil des Central Parks gibt, die aus aller Welt einfliegen und vorwiegend auch bleiben.

Als ich The Rumble verließ, erblickte ich erneut das San Remo Building, zu dem ich mich auch gleich auf den Weg machte. Dazu musste ich den großen See The Lake umlaufen um mich ans andere Ende des Parks auf die Central Park West zu begeben. Das San Remo befindet sich zwei Blocks nördlich vom Dakota. Ich setzte mich auf eine Bank und wartete, meinen Blick auf das Gebäude gerichtet, ob vielleicht Steven Spielberg, Dustin Hoffmann, Demi Moore, Bono oder wen es sonst noch beherbergt, auf einen Spaziergang heraus kämen, aber vergebens. Wahrscheinlich hätte ich sowieso niemanden erkannt. Ist auch nicht so wichtig. Die große Anzahl an Prominenz die es in New York gibt, lebt hier um in Ruhe gelassen zu werden. Und sie werden auch in Ruhe gelassen.

Ich lief weiter zu meinem eigentlichen Ziel, dem Apple Store. Den Columbus Circle am südwestlichen Ende des Parks überquerend, vorbei an den geschmückten Pferdekutschen und durch eine Flut an Menschen und Auto durchkämpfende Straße, in den Store. Hinter dem gläsernen Cube des Apple Stores befindet sich der Eingang des General Motor Buildings, in dessen Kellergeschoß sich der eigentliche Store befindet.

Im Inneren des General Motors, das ich sogleich betrat, blendete mich der weiß strahlende Marmor, in dem die gesamte Inneneinrichtung gestaltet ist. Hinter der etwa zehn Meter langen Rezeption aus ebenfalls weißem Marmor, befanden sich fünf pechschwarze, groß gewachsene, in maßgeschneiderten schwarzen Anzügen steckende, zu Säulen formatierte Afroamerikaner als Empfangspersonal. Was für ein Kontrast.

Endlich im Apple Store angelangt, checkte ich erst mal meine E-mails, um festzustellen, was sich in der übrigen Welt noch so ergeben hat. Dann dacht ich mir, ich möchte mir unbedingt etwas kaufen und wenn es nur als Souvenir dient. Also entschied ich mich für einen iPod, damit ich künftig, wenn ich durch die Straßen zieh, Musik hörender Weise, dem Lärm entfliehen kann.

Mit meinem neuen iPod in der Tasche, verließ ich den Store und bewegte mich die Fifth Avenue hinunter Richtung Downtown. Auf dem Weg schaute ich noch auf einen Sprung in die St. Patrick`s Cathedral um ein wenig zu entspannen und wegen der Stille. Von wegen Stille. Der volle Klang einer der zwei Orgeln auf der Empore hallte von den Kuppeln und Fresken zurück und beschallte die komplette Halle. Ich saß auf einer der verzierten Sitzbänke, lauschte der Musik, schlich nach einiger Zeit die Wände entlang, vorbei an den Marmorgräbern im Inneren der Kathedrale und trat, nachdem ich mich erholt fühlte, wieder ins Freie.

Es war bereits dunkel da draußen und ich überlegte mir schon, ob ich mich auf den Heimweg nach Brooklyn machen sollte, aber zuvor möchte ich noch ein Pub in Manhattan aufsuchen, da es höchste Zeit für etwas Essbares und ein oder zwei Bier war.

Ich trat zwei Blocks weiter in der Seventh Avenue in eine Bar und bestellte mir ein Budweiser, das mit dem Essen ließ ich ausfallen. Ich betrieb ein wenig Smalltalk mit dem Barkeeper und trank nochmals ein oder zwei Biere, bevor ich auf dem Time Square einen Train bestieg und mich über den Fluss nach Brooklyn begab.

Da ich nichts gegessen hatte, merkte ich die Biere ganz ordentlich um nicht zu sagen, ich war ziemlich angeheitert. In diesem Zustand, an der falschen Adresse die Metro verlassend, stand ich erstmal da und überlegte, wo ich mich befand. Ich hatte keinen Schimmer. Wenn einem solches in Manhattan passiert, ist das kein Problem, da fragst du einfach einen der tausenden von Passanten. Aber in Brooklyn, da kann es passieren, dass man erstmal auf keine Seele trifft und daher allein und verlassen dasteht.

Nach ein paar Meter laufend, traf ich auf einen kleinen Typen mit einem Käppi tief ins Gesicht gezogen. Er lehnte an einem Brückengeländer und wartete vermutlich auf bessere Zeiten – oder auf mich. Im ersten Moment wirkte er auf mich, wie ein chinesischer Messerstecher, aber das war mir in meinem Zustand erst einmal egal. Also ging ich auf ihn zu und fragte ihn nach dem Weg. Er erwies sich als überaus freundlich und zuvorkommend. Er erklärte mir, da müsse ich zur nächsten Metro und zwei Stationen weiter in Richtung Flatbush Avenue fahren. Vielen Dank, kein Problem. In der Metro, die ich alsbald fand, verlief ich mich erneut, doch gleich kam ein anderer Passant hinter mir her und erklärte mir ich müsse diesen Ausgang nehmen, die Treppe links hoch. – Woher wusste er eigentlich, wohin ich wollte? Auf jeden Fall, sehr hilfsbereit.

Ein anderes Mal stoppte die Subway, wegen Wartungsarbeiten, mitten auf der Strecke. Wir wurden aufgefordert, die Station zu verlassen und aus dem Untergrund, empor zur Straße zu steigen, dort würden wir mit einem Bus weiter befördert werden. Ich blieb vorne beim Busfahrer stehen und musste ihn – weil es für einen Mitteleuropäer wie mich außergewöhnlich ist – ständig anstarren. Ein junger schlanker Afroamerikaner, pechschwarzer Teint, in dunkel und hellblauer Uniform mit der dazugehörigen Mütze auf dem Haupt. Kerzengerade aufrecht sitzend, stumm und konzentriert, seinen Job erledigend. Er machte echt was her, dieser schneidige Bursche. Nicht so souverän, wie seine uniformierte Cop-Kollegin, der ich später noch Bewunderung schenken durfte, aber dennoch.

Am darauf folgenden Tag, nach einem weiteren, längeren Orientierungsmarsch durch den Prospekt Park, war ich drauf und dran in die Bronx zu fahren. Auch wenn uns letztes Jahr, von unserer netten Kammerzofe davon abgeraten wurde. So schlimm kann es dort nicht sein.

Diesmal nahm ich den D-Train, da er mich auf direktem Weg in die 162nd Street in die South Bronx bringen sollte. Die Fahrt führte mich unterirdisch, von Ost nach West, unter den East

River hindurch, quer durch Manhattan, entlang dem Central Park West. Wir durchquerten Harlem, unterfuhren den Harlem River und kamen endlich, nach circa einer Stunde Fahrt, in der Bronx an. Dem einzigen Borough New Yorks, das mit dem Festland verbunden ist.

Als ich die Subway Station verließ, stand direkt über mir das Yankee Stadium. Das Baseballstadion der New York Yankees. Das riesige, aus Granit erbaute Stadion bietet 50.000 Sitzplätze und ist von einer großen Sportanlage umgeben. Ich verbrachte ungefähr eine Stunde auf dem Gelände, bis ich mir vornahm – da ich versuche in jedes Gebäude zu gelangen – einen Blick ins Innere des Stadions zu werfen. Es stand auch schon ein Eingang offen, ich glaube, es war das Gate 6. Mit dem größten Recht lief ich ins Innere und wurde prompt abgefangen und mit den Worten: „It's closed" und ein wenig Protest meinerseits, ins Freie befördert.

So begab ich mich ins Zentrum der South Bronx. Wollen doch mal sehen, ob es dort wirklich so gefährlich ist.

Ich wollte die Bewohner erkunden und bewegte mich deshalb erstmal in die Mitte des Borough um von dort aus in verschiedene Richtungen auszuschwärmen. Es geht hier im Vergleich zu Manhattan, auch ziemlich gemächlich zu, und von dem Elend, das dieses Viertel noch vor zehn bis zwanzig Jahren beherrschte, ist nicht mehr viel zu erkennen. Bis auf ein paar Ghetto ähnlichen Siedlungen die überwiegend von Hispanics bewohnt werden, geht es recht belebt und fröhlich zu. Was wahrscheinlich nur der erste Eindruck vermittelt.

Ich bewegte mich in südliche Richtung durch eine Anzahl multikultureller Menschen, hauptsächlich Einwanderer aus der Dominikanischen Republik, Jamaika oder Mexiko, natürlich auch aus Afrika, aber nicht überwiegend. Mir kamen vier nebeneinander, ineinander eingehakte, Kaugummi kauende Teenie Mädchen entgegen. Mit toupiertem Haar, übertrieben geschminkt und in rosa und grünen Strümpfen steckend. Die

Mädchen selber waren Schokoladenbraun und erinnerten mich ein wenig an? Na ja! Ganz anders als in Manhattan, kam ich mir hier ein bisschen vor wie auf dem Land. Allein schon wegen des unterschiedlichen Stils der Menschen.

Mit forschendem Blick, lief ich noch gemütlich durch eine mit Reihenhäuser bestückte Siedlung. Vorbei an dem Betonklotz von Gerichtsgebäude in der 161st Street, bis ich mich dann in einem Park niederließ. Die hier, da die Bronx zu vierzig Prozent aus Grünfläche besteht, reichlich vorhanden sind.

So langsam, nach Stunden des Suchens und Entdeckens, machte ich mich wieder auf den Weg Richtung Subway, wollte mir aber noch ein T-Shirt mit der Aufschrift „BRONX" besorgen. Ich ging in eine Boutique und fragte die freundliche Verkäuferin nach eben so einem Shirt.

„Haben wir nicht!" Sie beschrieb mir noch wie ich einen anderen Store finde in dem ich eventuell das gewünschte Shirt bekommen könnte. Ich hörte gespannt zu, letztendlich war es mir aber dann zu kompliziert. Stattdessen ging ich, da ich langsam Hunger verspürte und da ich kein anderes Lokal auf die schnelle fand, in einen Burger King. Das war auch vollkommen in Ordnung. Irgendwie ist der Fastfood in seinem Ursprungsland bekömmlicher.

Mag sein, dass es sich hier in der Bronx um eine unterprivilegierte Gegend handelt. Davon ist allerdings zu diesem Zeitpunkt nicht mehr viel zu spüren. Das war Jahre zuvor wohl anders.

Ich zog nochmals durch die Hauptstraßen, wenn man es so nennen kann und sammelte abermals ein paar Eindrücke, bevor ich mich wieder auf den Rückweg machte. Alles ganz friedlich hier. Ich weiß ja nicht wie es hier nachts zugeht. Will es auch gar nicht herausfinden.

Zurück auf meinem Fußmarsch zur Metro, vorbei an Fachwerkhäusern, einem riesigen Graffity Gemälde der Yankees an irgendeiner Mauer, winkte ich noch einmal dem Yankee Stadium zu und verschwand unter der Erde im D-Train nach Harlem.

Ich verließ den Train in der 125th Street. Die Hauptstraße Harlems, die auch Martin Luther King Jr. Boulevard genannt wird und schlenderte Richtung Osten ins Zentrum.

Wenn ihr mich fragt, ist Harlem das coolste oder lockerste Viertel Manhattans. Der New Yorker ist an und für sich schon cool. Keine gespielte Coolnes, wie man es von manchen Möchtegerns vielleicht kennen mag. Nein. Es ist eine Lockerheit, geprägt durch die Erlebnisse und die Eindrücke, die hier Tag täglich geschehen. Der New Yorker lässt sich nicht mehr so leicht aus der Fassung bringen, er hat so ziemlich alles erlebt, und trotzdem verliert er dadurch nicht seine Hilfsbereitschaft und Freundlichkeit. Hut ab!

Auf meinem Weg also, Richtung Zentrum, erspähte ich das berühmte Apollo Theater und ging darauf zu. Das Apollo ist ein Aufführungsort fast ausschließlich schwarzer Musik, was nicht immer so war, aber im Laufe der Zeit dominierte die afroamerikanische Bevölkerung in Harlem, und das Publikum und die Stars wie: Ella Fitzgerald, Duke Ellington, Lois Armstrong, Bille Holliday um nur ein paar zu nennen, das Apollo.

Natürlich betrat ich das Theater und begab mich somit wieder auf eine Zeitreise. Ich vermute, dass seit bestehen, im Jahre 1914, kaum etwas an diesem Gebäude verändert wurde. Flauschiger in Rot-Braun Tönen gehaltener Teppich, die Wände zum Teil mit großflächigen Spiegeln versehen und mehrere leuchtende Kronleuchter hingen von einer hohen gewölbten Decke.

Ich wollte ein (oder mehrere) Foto(s) schießen, da meinte die Aufsichtsperson, ich solle es unterlassen, das wäre hier nicht gestattet. Warum verstand ich nicht.

Im nächsten Moment nahm er mir meine Kamera aus der Hand, forderte mich auf an die Wand vor Fotografien namhafter Stars zu stellen und schoss ein Foto von mir. Das verstand ich noch viel weniger.

Ich lief noch ungefähr ein, zwei Stunden durch diesen nördlichen Stadtteil von Manhattan, unter anderem den Malcolm X Boulevard hoch, weiter nach Norden, vorbei an Kirchen aus denen ein Gospel Chor zu hören war, Straßenstände die ihre Ware anboten und an hohen Wänden und Mauern, bemalt mit Graffiti Kunstwerken und erklomm anschließend eine Bahnsteigtrasse um mir einen Überblick von Harlem zu verschaffen.

Mir gefällt dieser ruhige Stadtteil, hier ist es nicht so clean oder steril wie in südlicheren Teilen Manhattans, aber das macht nichts, es ist dafür weniger überlaufen und hat noch mal einen ganz anderen Charme.

Als ich in der Nähe eines Spielplatzes Rast machte und meine vom laufen müde gewordenen Beine hochlegte, freundete ich mich mit ein paar spielenden Kindern an. Sie betrachteten mich wie einen Exoten und hatten es ganz wichtig mit mir. Ich sah mich in der Gegend um, und musste feststellen, dass ich das einzige Weißbrot vor Ort war.

Nachdem ich den Eltern der Kids zugewinkt habe und mich verabschiedete, begab ich mich, da ich des Laufens müde war, in der 116th Street in die Linie 2 und ließ mich Richtung Downtown in die 72nd Street Ecke Amsterdam Avenue chauffieren. Von da aus ich dann noch hinüber in den Central Park lief und interessiert einem Filmteam bei den Dreharbeiten zu sah. Es schien sich um eine Fernsehserie zu handeln, der Regisseur war ziemlich aufgebracht und machte einen nervösen Eindruck. Wahrscheinlich durchkreuzten wieder einmal zu viele Touristen seine Arbeit. Hoch oben auf einem fahrbaren Podest überblickte der Kameramann die Lage. Ich war verblüfft wie groß so eine Filmcrew ist. Was für eine Menge an Statisten, Visagisten, Kabelträger. Doch der größte Teil der Crew bestand aus Ordnern und Sicherheitsleuten, die damit beschäftigt waren, die Menschenmassen abzuhalten.

Langsam wurde es Zeit, ich war erschöpft und wollte mich auf den Heimweg nach Brooklyn machen. Ich war bereits unten im Park in Sheep Meadow angelangt und versuchte diesen am Ostausgang zu verlassen. Da es aber schon stockdunkel war, registrierte ich nicht mehr genau, was um mich herum passierte. Bis auf einmal, in noch weiter Entfernung, eine Person laut rufend und händewinkend auf mich zu gerannt kam. Ich begann schon in Panik zu verfallen, weil ich auf diese Distanz nicht verstand was er von mir wollte. So beschleunigte auch ich meinen Schritt in Richtung Ausgang, doch die brüllende Person kam immer näher und näher. Langsam bekam ich es mit der Angst zu tun, hört man doch nicht immer wieder Horrorgeschichten über den Central Park bei Nacht. Als er mich endlich eingeholt hatte, erklärte er mir mit einem strahlenden Lächeln, dass ich diesen Ausgang nicht benutzen kann, da er um diese Uhrzeit bereits geschlossen sei. Na dann! Ich bedankte mich, atmete einmal kräftig durch und verließ den Park auf der Südseite, lief hinab bis Höhe Rockefeller Center, bestieg den D-Train und fuhr in Begleitung unterschiedlichster, verstummten, lesenden, musikhörenden, schlafenden Mitfahrer nach Brooklyn in die mir mittlerweile vertraute Flatbush Avenue, schlenderte gemütlich in die Rutland Road, schnappte mir ein Bier und begab mich in meine Koje.

Als ich am nächsten Tag erwachte, war es recht ruhig im Haus. Wahrscheinlich waren schon alle ausgeflogen. Ich schaute ins freie Bad und musste feststellen, dass die Tür zur Duschkabine aus der Fassung gebrochen war. Ich versuchte sie einzuhängen, doch ohne Erfolg. Während meinem Morgenkaffee kam Nobia in die Küche und ich berichtete ihr von diesem Dilemma. Ein wenig verdutzt, skeptisch dreinblickend, holte sie anschließend Bohrmaschine, Schraubendreher und einen großen Hammer. Wir gingen nach oben und verbrachten ungefähr eine Stunde damit die Duschkabinen Tür zu reparieren. Das hatte schon fast Wohngemeinschaft Charakter. Wir hatten viel Spaß. Und natürlich behoben wir den Schaden ohne Probleme. Nachdem Nobia sich tausendmal bedankte, machte ich mich auf den Weg ins Freie, hinüber in den nahe liegenden Prospektpark um meine morgendliche Runde zu beginnen.

Dieser Tag sollte ein kurzer werden. Ich fuhr mit der Metro nach Ground Zero in Lower Manhattan um mir den Fortschritt der Bauten wie zum Beispiel dem One World Trade Center anzuschauen. Es war ein regnerischen Tag. – Einen sehr regnerischen.

Normalerweise, bewege ich mich an solchen Tagen unterirdisch, aber da ich schon mal vor Ort war, nach dem ich eine längere Fahrt mit dem R-Train bis zur City Hall gefahren bin und den Rest, bis Ground Zero, zu Fuß zurück gelegt habe, schlug ich mich durch den prasselnden Schauer, vorbei an den Baustellen und verschanzte mich erstmal, dem Regen zu entfliehen, im World Financial Center, das schon so gut wie wieder hergestellt war. Von dort aus hatte ich einen umfangreichen Überblick über die Bauarbeiten. Aber, umherblickend im Gebäude, merkte ich bald, dass das, unter den Schlipsträgern der Broker und Finanzhaien, nicht meine Welt ist. Ich suchte den Ausgang und machte mich auf den Weg nach einer Subway Station, die mich Uptown bringen sollte. Dort würde ich dann in den Grand Central, ins Museum oder unterhalb des Rockefeller Centers verschwinden um mich dort, da ich für dieses Wetter im Moment nicht auf länger ausgestattet war, im trockenen zu bewegen.

Auf der Suche nach einer Station wurde ich klatschnass. Und wie ich feststellen musste, war ich aber der einzige dem der Regen etwas anhaben konnte. Ich sah mich um und sämtliche beschäftigte Menschen, die sich im Freien bewegen mussten, schienen mit ihren Anzügen und hellblauen Hemden unter dem Regen hindurch zu schlüpfen. Andere wiederum besorgten sich einen Regenschirm, die, sobald es anfängt nass zu werden, an jeder Ecke angeboten werden, von Verkäufern, die allem Anschein nach aus dem Nichts erscheinen.

In der Chambers Street wurde ich endlich fündig und verkroch mich erstmal im Untergrund der U-Bahn, aber selbst dort kam das Wasser unaufhaltsam durch die Decke und durchnässte alles. Selbst die schönen, alten massiven Holzbänke, die seit bestehen der U-Bahn als Sitzgelegenheit für wartende Fahrgäste zur Verfügung standen, waren, trotz dem, dass sie an den Wänden stehen, bedeckt mit Wasser. New York City schien dem Untergang geweiht. So brauchte ich nirgendwo mehr hinzufahren, also kapitulierte ich an diesem Tag und fuhr nass bis auf die Knochen zurück in mein Domizil nach Brooklyn.

Zu Hause angekommen, begegnete ich Nobia, die eben mit einem Handwerker die Wand des Treppenaufgangs verputzte. Sie fragte mich: „What's happend?"

Ich lächelte sie an und antwortete: „It`s only wather" ging in mein Zimmer, hing meine Klamotten zum trocknen auf, öffnete mir ein Heineken und machte mir einen gemütlichen Lesetag und schmiedete Pläne für den darauf folgenden Tag.

Von nun an, da das Wetter auf den Inseln New Yorks sehr launisch ist, war meine rote Regenjacke, die ich in meiner Umhängetasche deponierte, mein ständiger Begleiter. Später um es den Einheimischen gleich zu tun, entschied ich mich für einen handlichen Schirm.

Der darauf folgende Tag erwachte mit Sonnenschein und ich mit ihm, – in trockenen Klamotten.

Natürlich habe ich Sachen zum wechseln dabei, das hätte am vorherigen Tag aber nichts gebracht, da ich keine Gummistiefel habe.

Gummistiefel gibt es hier in der Stadt in allen Variationen und es wird mir immer ein Rätsel bleiben, wo sie, die Einwohner New Yorks, sobald es draußen auf den Straßen nass wird, die

Stiefel so plötzlich herbei zaubern. Tragen sie sie bei sich? Kann ich mir nicht vorstellen. Es wird mir ein Rätsel bleiben.

Es gibt die Stiefel, im normalen Gummistiefel Oliv Ton. Aber es gibt sie auch in allen erdenklich anderen Farben, wie: Angefangen von Pink über kanariengelb, in einem knalligen Rot, Grün und Blau, Schottenmuster, schwarzweiß Karos, bunt gestreift, bunt gekringelt und natürlich Schwarz, mit Schnallen, mit Stulpen, mit flachen und mit hohen Absätzen. Aber auf keinen Fall langweilig.

Wie dem auch sei, auf meinem Plan steht heute Chelsea, das Viertel der Kunstszene und Galerien und ganz wichtig, das berühmt, berüchtigte Chelsea Hotel.

Chelsea liegt südwestlich von Manhattan unterhalb von Hell`s Kitchen und über West Village. Die Linie 3 sollte mich dort hin bringen, in die 23rd Street Ecke Seventh Avenue. Das tat sie auch. Ich steig ein, die Türen schließen sich mit einem Schnauben und Zischen. Doch bevor sie sich in Bewegung setzt, der tausendmal gehörte Spruch: „Stand clear of the closing doors, please!"
Chelsea ist nicht von Wolkenkratzern geprägt, das Viertel besteht überwiegend aus Wohnblöcken und leerstehenden Lagerhäusern, die, (da es kaum noch etwas zu lagern gibt) zu so genannten Lofts umfunktioniert wurden. Schwerpunkt sind Restaurants, Bekleidungsgeschäfte und natürlich sehr viele Galerien, die für Besucher frei zugänglich sind. Auch die Anwohner in Chelsea oder auch von weiter her, mieten die sich hier befindlichen Lagerhallen um, da sie sich zum Teil nur kleine Wohnungen leisten können, ihre Habseligkeiten unterstellen zu können.

Ich verließ die Linie 3 an der Haltestelle 23rd Street im Flatiron District und bewegte mich nach Westen bis zur Seventh Avenue Hausnummer 222 W und stand direkt am Eingang des Chelsea Hotels. Das historische Hotel ist in diesem

Sinne kein Hotel mehr, da die Apartments nicht mehr vermietet werden, sie dienen lediglich als Wohnungen berühmter Künstler wie Leonard Coen, der bis dato darin wohnhaft ist. – Oder mittlerweile war.

Des Weiteren, – ist aber schon ein paar Jahre her, – residierten dort Musiker, Künstler und Schriftsteller wie: Valerie Solanas, Janis Joplin, Falco, Jimi Hendrix, Bob Dylan und last but not least Sid Vicious von den Sex Pistols, der das Zimmer mit der Nummer Einhundert bewohnte und auch darin starb, nachdem er Wochen zuvor seine Freundin Nancy in selbem Zimmer umbrachte.

Bei der Eröffnung des Hotels, im Jahre 1902, war es das höchste Gebäude der Stadt, wurde aber bald vom Flatiron Building abgelöst. Da im Foyer einige Gemälde der einst bezogenen Künstler hängen, maßte ich mir an einzutreten. Was untersagt war, dennoch konnte ich nicht widerstehen und konnte mich sogar, da der Rezeptionist abgelenkt war, einige Zeit im Innern der Lobby aufhalten. Nur in die obersten Etagen gelangte ich nicht, also ging ich wieder, weiter vorbei an zahlreichen Boutiquen und Kunstgalerien bis nach Downtown zum Meatpacking District, in die Gansevoort Street, an den Anfang des High Line Parks.

Bei der High Line handelt es sich um eine stillgelegte Bahntrasse, umfunktioniert zu einer 2,3 km langen, in zehn Metern Höhe gelegenen Parkanlage. Bepflanzt ist die Anlage mit von Menschenhand angelegten Naturgräsern, -sträuchern und -büschen. Außerdem befinden sich auf der Anlage Ausstellungsobjekte verschiedener Art. Ein Ruhepol über der Stadt, entlang des Hudson River bis hoch nach Hell`s Kitchen. In aller Ruhe, eingehüllt von einer leichten Brise die vom Meer herüber wehte, genoss ich den Ausblick über den Hudson nach New Jersey, in die andere Richtung zum Empire State Building, auf den Pier 54 oder was davon übrig ist, an dem einst die Titanic anlegen sollte und verfolgte das Geschehen auf dem Meatpacking

District. Ich besorgte mir etwas zu Essen, das hier oben auf der High Line reichlich angeboten wird und legte mich auf einen, zur freien Verfügung aufgestellten, Liegestuhl und döste eine Weile.

Nach dem ich wieder zu mir kam und meine Füße in den kleinen künstlich angelegten Bächlein erfrischt hatte, kletterte ich die Stufen des Parks hinunter, übergab mich wieder dem Getümmel der Stadt und machte mich auf den Weg sämtliche Galerien in Chelsea zu durchstöbern.

Es gibt an die dreihundertfünfzig, nah aneinander liegende, Ausstellungshallen in der Gegend. Bei den Ausstellungsstücken die es dort zu entdecken gibt, handelt es sich meist um zeitgenössische Kunst auf sehr hohem Niveau. Das Spectrum reicht von Social Media über Gemälde verschiedener Künstler aus verschiedenen Genre, die ebenso in Weltklasse Museen hängen könnten. Dies alles zu beschreiben, bedarf es ein Buch für sich. Was mich sehr beeindruckte, war eine Ausstellung des Musikers, Autors und Künstlers Nick Cave.

Nach Stunden des Staunens, der Ahs und Ohs, ging ich ins belebte Viertel SoHo und sog die Energie und den Impuls des Viertels in mich auf. Obwohl ich nicht vor hatte etwas zu kaufen, ging ich shoppen (wenn man sich in SoHo aufhält, bleibt einem nichts anderes übrig, als shoppen zu gehen). Ich erkundigte mich im Schuhshop nach Dr. Martens Schuhen und stöberte in Boutiquen die ich mir sowieso nicht leisten kann. Macht nichts, kommt noch. Danach setzte ich mich Hotdog kauend auf einen Fenstersims außerhalb eines Gebäudes und beobachtete die Schönheit und das Treiben der Menschen im Viertel, die an mir vorbeizogen. Anschließend holte ich mir beim Bäcker einen Snack und später noch einen Hotdog – natürlich.

Ich unternahm einen Abstecher nach Greenwich Village um die Ecke und ging ins Archiv. Ein Bau aus massivem roten Granit, im Innern die Wände moosgrün gestrichen. Das Gebäude, das eher einem überdimensionalen Bunker gleicht, wurde in den letzten Jahren zu loftähnlichen Luxus-Maisonetten-Wohnungen umgestaltet. Mittlerweile sind Wohnungen gefragt, hier unten in dieser sehr schönen, beeindruckenden und einigermaßen ruhigen Gegend, südwestlich in Manhattan. Ganz anders, im Vergleich zu Midtown, beherrscht hier vorwiegend die Cast-Iron Gusseisenbauweise das Stadtbild. Der Untergrund in dieser Gegend erwies sich als zu weich, zu instabil um darauf tonnenschwere Hochhäuser zu stellen. Deshalb beließ man es bei dieser Cast-Iron Bauweise, deren Höhe meist neun Etagen nicht überschreitet.

Weiter westlich dominieren wiederum die Backsteinfasaden der umgebauten Lagerhallen die Gegend. Eines davon, in Tribeca, ist der Tribeca Grill in der Franklin Street. Ein von Robert de Niro geführtes Restaurant. Ich verspürte Appetit und nahm mir vor in diesem Restaurant zu speisen. Meine Aufmachung sagte mir etwas anderes. Ich nahm an, dass es sich bestimmt um ein sehr vornehmes Lokal handele und das man mindestens einen Sakko samt Krawatte tragen sollte. Aber, dachte ich mir, wenn ich schon mal hier bin, und? Was habe ich zu verlieren? Vielleicht laufe ich noch Mr. De Niro über den Weg und kann einen kleinen Plausch mit ihm halten.

Ich steckte mein kurzärmliges Hemd in die Hose und versuchte einen ordentlichen Eindruck zu machen. Das Lokal war leer, die Tische und das Besteck arrangiert, die Einrichtung gemütlich schick aber nicht zu pompös.

Aber kein Gast anwesend.

Ich lief in die Mitte des Restaurants bis hin zur Kasse und erkundigte mich bei einer jungen freundlichen Dame, ob ich einen Tisch für eine Person bekommen könnte. Daraufhin entschuldigte sie sich mehrmals bei mir und lies mich wissen, dass das Lokal noch geschlossen hat und sie erst gegen Abend öffnen würden. Und sie würde es sehr willkommen heißen, mich zu später Stunde nochmals begrüßen zu dürfen.

Ich war wie vom Donner gerührt. Erscheinungsbild spielt keine Rolle. Ich hätte auch in Shorts und Badeschlappen vor ihr stehen können. Ich lief noch eine Zeit lang die gepflasterte Franklin Street entlang, bevor ich mich wieder zurück in meine Lieblingsecke SoHo aufmachte.

Zurück zu meinen, zum Glück, denkmalgeschützten Cast-Iron Gebäuden, zur Gusseisen Architektur, zu rostigen, zum hundertsten male überpinselten, Feuertreppen. Zurück zu den nachempfundenen mit Fassadenstrukturen und Versatzstücken versehenen Häuser im Stil des italienischen Barocks und der Renaissance. Ganz zu schweigen von den runden, hölzernen Wassertanks über den Dächern.

Apropos Wassertanks! Was wäre New Yorks Stadtbild ohne seine hölzernen Wassertanks hoch über den Dächern? Es wäre gigantisch, Zweifels ohne. Aber sie tragen schon auch ihren Teil dazu bei. Für viele, sind sie das Wahrzeichen der Stadt. Es gibt keine Stadt, die annähernd so viele Wahrzeichen hat wie New York City. Für die einen ist es das Empire State Building, ganz klar. Es zählen aber auch die Freiheitsstatue dazu, sowie das One World Trade Center, die Brooklyn Bridge, die Skyline, das Flatiron Building, das Chrysler Building, der Central Park und die Wassertanks, die nach wie vor gebaut werden und auch gebraucht werden, da der Wasserdruck ab der sechsten Etage zu schwach wird, bezieht man das Wasser, das wiederum mit Pumpen befördert wird, aus den Tanks. Das Trinkwasser wird von der Oberfläche der Tanks abgepumpt, während das Wasser, welches sich unterhalb der Tonne sammelt, für eventuelle Löschtätigkeiten verwendet wird. Seit mehr als hundert Jahren sind sie auf tausenden von Dächern angebracht und – so oder so – für das Bild der Stadt unverzichtbar.

Aber ich wandele ja gerade über die Straßen und nicht über den Dächern von SoHo. Ich bleib stehen bei einem Künstler, der seine Gemälde, unter Anwesenheit des Publikums auf dem

Gehsteig malt, ich stöbre durch die T-Shirts am kleinen Floh-markt an der Kirchenmauer der alten St. Patrick`s Cathedral in der Prince Street, schau mir Schallplatten jeglicher Stilrichtung an, durchstöbere Vintage Emailschilder, schaue mit einem Schmunzeln den Karikatur Zeichnern über die Schulter, hole mir einen Pumkin Cake in der Bakrey, gehe browsen in teuren Designer Läden und besuche noch ein halbes Dutzend Galerien, die es hier ebenso oder fast so häufig gibt wie in Chelsea. Aber das Beste in diesem Viertel, ist das durchlaufen der Stra-ßen, vorbei an den schönen nostalgischen Gebäuden und das bunte Treiben der beschäftigten, vielfältigen Menschen.

Ich lief die Spring Street hoch bis zum abstrakten Bau des New Museum in der Bowery, runter bis in die Canal Street und hinüber nach Litle Italy, wo im Moment ein Straßenfest in der Mullberry Street stattfindet. Ein unsagbares Gedränge, Mensch an Mensch.

Hab ich eigentlich schon erwähnt, wie rücksichtsvoll die Men-schen – die hier auf engstem Raum miteinander Leben – sind. Sie entschuldigen sich für alles, auch für Dinge, die sie nicht begangen haben.

Ich wollte es auf die Probe stellen, hier in diesem dichten Gedränge. Ich lief ohne auf die Passanten zu achten in die Mas-sen und wollte testen wie weit ich komme ohne angerempelt zu werden. Aber es passierte nichts, die Meute glitt an mir vorbei, ohne dass mich eine Menschenseele berührte, es war unglaub-lich und das auf einer Strecke von bestimmt hundert Meter. Nach meinem Test hielt ich kurz inne und beobachtete eine Frau neben mir, die etwas in ihrer Handtasche suchte. Beim rumstöbern berührte sie dann kurz und nur ganz schwach mit ihrem Ellenbogen meinen Unterarm. Sie drehte sich, mit einem Blick des Entsetzens, zu mir, sah mir in die Augen und ent-schuldigte sich vollkommen aufgelöst, als hätte sie mir so eben ein Messer zwischen die Rippen gerammt, mit einem: „I'm sorry!" „Oh my God, I'm so sorry!"

Und sie meinte es wirklich so.

In der Prince Street stieg ich in eine Metro, die dermaßen überfüllt war, wie ich es noch nicht erlebt habe. Das hatte wohl mit
dem Straßenmarkt in Little Italy zu tun. Das Straßenfest ging
dem Ende zu und alle wollten zur selben Zeit abreisen. Diesmal
ging es nicht ohne Berührungen. Ich wurde wie in einem rei-
ßenden Fluss ins Innere des Wagons gesaugt, die Tür stand
offen, da hieß es einmal kurz ausatmen, die Tür konnte sich,
nach mehrmaligem stocken, endlich schließen und nun wieder
einatmen und schon ging es weiter, Richtung Uptown, ins
nächste Gedränge, nach Midtown.

„Stand clear of the closing doors, please!"

Ich befand mich im C-Train und bewegte mich hoch bis in
die 50th Street, Eighth Avenue. Von da aus lief ich dann gera-
deaus nach Osten bis ich am Waldorf Astoria ankam, das sich
auf gleicher Ebene in der Park Avenue, nach dem es 1929 in
der Fifth Avenue dem Empire State Building weichen musste,
steht. 1931, zur Zeit seiner Eröffnung, war das Waldorf Astoria
das größte, höchste und teuerste Hotel der Welt. Was mich
nicht groß beeindruckte, da ich dort so oder so nicht wohnhaft
werde. Interessant fand ich allerdings, wie sich die angetrunke-
nen Millionärstöchter abends um neunzehn Uhr aus der Seiten-
tür des Hotels, lachend und sich amüsierend, in den New Yorker Abend davon stahlen.

Ich ging gerade die Park Avenue entlang, es dämmerte schon,
als vor mir eine Frau wie aus dem Nichts auftauchte. Sie trug
ein eng anliegendes, ärmelloses, bis zu den Knien reichendes
knallrotes Kleid, eine Handtasche und High Heels mit Kork-
sohlen. In diesem abendlichen Dämmerlicht, erschien sie wie
eine Figur aus der Matrix, ich folgte ihr einige Meter, da ich
den gleichen Weg hatte, und zack, knickte ihr linkes Bein weg
und sie lag flach auf dem Bordstein. Ich eilte sofort zu ihr, sie

richtete sich auf, sammelte ihre Habseligkeiten, die aus der Handtasche verstreut auf dem Gehweg lagen zusammen und tat als wäre nichts geschehen. Ich fragte sie ob sie Hilfe brauche, sie verneinte mehrmals. Ich half ihr wenigsten in die Vertikale, bis sie einigermaßen Halt in ihren hohen Schuhen gefunden hatte. Es war ihr unglaublich peinlich. Ihre Gedanken waren wahrscheinlich: „Wie kann mir versnobten Person, so etwas in der von Millionären dominierenden Park Avenue geschehen?"

Wacker auf etwas wackeligen Beinen suchte sie das Weite und verschwand um die nächste Seitenstraße. Die Matrix hatte sich aufgelöst.

Durch die beleuchteten Straßenschluchten wandelte ich hinüber in die Fifth, von dort aus fröhlich durch die Abendatmosphäre vorbei an der NYPL, deren Stufen des breiten Treppenaufgangs mit tausenden von brennenden Teelichten bedeckt war. Weiter vorbei am, heute in schlichtem Weiß beleuchteten, Empire State Building, bis hin zu dem in der Dunkelheit strahlenden Flatiron und dem Madison Square Park, bevor ich mich in einen Wagon der Subway kuschelte, Musik anstöpselte und mich auf den Weg nach Brooklyn machte und zur Ruhe kam.

Am folgendem Tag, sollte mich eine Zeitreise um Jahrzehnte zurückversetzen. Ich fuhr nach Coney Island. Der am östlichsten liegenden Zipfel von Brooklyn, direkt an der Atlantik Küste und zwanzig Kilometer von Manhattan entfernt. Dorthin brachte mich die Linie D, die ich die ersten paar Stationen ganz allein für mich hatte. – Ja, es geht zeitweise auch ohne Trubel und Gedränge.

Ich fuhr auf direktem Weg zur Station Coney Island, stieg die Stufen des Subway Areals hinunter, überquerte die Surf Avenue und bewegte mich, vorbei an einem riesigen Nathan's Einkaufsstore, auf das Meer zu. Auf dem Boardwalk, der sich nach rechts bis an das Ende der Halbinsel Coney Island und zur linken bis nach Brighton Beach erstreckt, spielt sich alles nur erdenkliche überhalb des acht Kilometer langen Badestrandes ab.

Fast die gesamte Anlage wurde im Stil der Gründerzeit gelassen, und wenn es etwas zu renovieren galt, wurde es auf alt getrimmt.

Das Riesenrad Wonder Wheel zum Beispiel, das sich durch seine Schwer- und Fliehkraft selber antreibt, ist ein Original aus dem Jahr 1920. Die Achterbahn Cyclone, feierte vor kurzem ihren neunzigsten Geburtstag und ist noch voll funktionsfähig, wie ich später noch erleben werde. Ein Kinderkarussell im gleichen Alter, und vieles andere, wurde auf Vintage getrimmt und einiges an fahrbaren Sensationen war auch neu. Aber das Gesamtbild, versetzte mich um Jahre zurück. Ich verbrachte den ganzen Tag auf Coney Island.

Es muss wohl ein Sonntag gewesen sein. Da um diese Jahreszeit, Anfang Oktober, die Badesaison vorüber ist, was soviel heißt, das Meer ist zugänglich, es gibt nur keine Lifequards, die das gesamte Gelände überschauen und keine geöffneten Kabinen. Allerdings hatte der Luna Park geöffnet und die meisten Strandbars, Stores und Stände. Das wiederum bedeutet, dass es Sonntag sein muss.

Zuerst ging ich ganz gemächlich die Promenade entlang, von einem Ende zum anderen und schaute mir alles in aller Ruhe an. Es herrscht dort eine wunderbare, ausgeglichene Stimmung. Die Menschen kommen nach Coney Island um sich in weiter Entfernung zu ihrem Alltagsstress und dem täglichen Lärm der Großstadt zu erholen und um zu entspannen.

Bevor ich es mir am Strand gemütlich machte, musste ich natürlich einen original Nathan's Hotdog probieren, die es hier in unterschiedlichen Variationen zu haben gibt. Ich entschied mich für einen mit Chili und Käse und kam zu der Überzeugung, dass die Konsistenz und der Geschmack der Würstchen und des Weißbrotes der Hotdogs aus der Stadt, von nichts zu überbieten ist. Danach zog ich mich am Strand aus und stürzte mich, in Shorts gekleidet, –Badehose hatte ich diesmal nicht dabei, – in die Fluten und das erfrischende Nass, des Atlantik. Die Brandung war stark, das Wasser arschkalt und salzig, was mich nicht davon abhielt, mich in die Fluten zu stürzen und lachend ein paar Runden zu schwimmen.

Beim verlassen des Ozeans, trat ich auf etwas weiches glitschiges, das unter meinen Füßen nachgab und erschrak einigermaßen. Am Strand angekommen, vermutete ich, dass es sich höchstwahrscheinlich um einen Pfeilschwanz Krebs handeln musste. Ein Überbleibsel aus der Zeit der Saurier, die es hier am Strand und im Wasser zu vielen gibt. – Nicht die Saurier, die Krebse. So auch eine große Anzahl an Möwen, die, wie die Vögel und Tiere der Stadt, im Einklang mit den Menschen leben. Ich legte mich zum trocknen in den warmen Sand und beobachtete das Geschehen.

Als ich wieder einigermaßen trocken war, wollte ich es wissen. In meinem ganzen Leben bin ich noch mit keiner Achterbahn gefahren, nun sollte es so weit sein. Wenn schon, dann mit einer die 1928, also vor neunzig Jahren, in Betrieb ging.

Ich zog mich an und wandelte mit Sack und Pack hinüber zum Rollercoaster Cyclone, löste ein Ticket für acht US Dollar und suchte mir einen von diesen in rotem Leder gepolsterten Wagons aus. Die Achterbahn roch nach altem Fett und das Holz auf denen die Schienen verliefen, stöhnte und knarzte verdächtig. Kurz hielt ich inne und überlegte mir mein Vorhaben nochmals. Aber Quatsch, was soll denn passieren?

Die Ordner erklärten mir, es wäre besser, ich würde Sonnenbrille und mein Handgepäck bei ihnen in Verwahrung geben, aber ich wusste es besser, schließlich wollte ich die Fahrt mit der Kamera filmen. Nach dem die zwei kräftig gebauten afroamerikanischen Ordner meine Aussage mit einem Schulterzucken mehr oder weniger akzeptierten, schlossen sie den Sicherungsbügel über dem Sitz und kümmerten sich um das Pärchen hinter mir. Ich war etwas aufgeregt, weil ich keine Ahnung hatte, was mich erwarten würde.

Es ging los. Gemächlich setzte sich der Zug in Bewegung und es ging sehr steil nach oben. Ich positionierte meine Kamera und dachte noch. Oh! Wie schön, Coney Island von ganz weit oben. Am höchsten Punkt angekommen, setzte der Wagen zum Sturzflug an und raste mit einer Geschwindigkeit von knapp einhundert Kilometern pro Stunde bergab in die erste Rechtskurve. Schon dort viel mir die Kamera aus den Händen und ich begann zu schreien, der Schrei hielt an bis wir ins Ziel einliefen. Aber zuvor ging es erneut mit rasender Geschwindigkeit nach oben um anschließend in einer steilen Kurve wieder nach unten zu fallen und immer weiter und weiter und schneller und schneller. Während der Fahrt, die nicht Enden wollte, verlor ich auch noch meine Sonnenbrille die mir von der Nase rutschte und im Nichts verschwand. Während der unvorstellbaren, rasanten, schnellen Reise merkte ich aber von all dem nichts.

Es ist bestimmt nicht die spektakulärste Achterbahn die es gibt, ganz bestimmt nicht, aber ich war fix und fertig. Es war klasse, Zweifels ohne, aber ich wusste nicht mehr wo ich stand. Kopfschüttelnd, auf weichen Beinen, holte ich meine sieben Sachen und machte mich auf den Weg, das Gelände zu verlassen. Ich kam ein paar Meter, da holte mich ein junger Mann ein und fragte mich, ob das meine Brille wäre. Ich sah sie mir an und bejahte. Ich bedankte mich ein paarmal für seine Aufmerksamkeit, hielt kurz inne um zu realisieren was da eben geschah, drehte auf den Hacken um und besorgte mir noch mal ein Ticket für die Fahrt.

Diesmal wird es ganz anders. Ich wollte sicher gehen, ob das Geschehene eben wirklich passiert ist oder ob ich ohne es zu wissen, in einem Film mitwirkte. Ich gab mein Gepäck brav bei den beiden Herren von vorhin ab, samt der Sonnenbrille, lies mich anschnallen, klammerte mich mit Händen und Füßen am Bügel und dem Sitz fest und flog die Strecke ein zweites

Mal. Ich schrie von Anfang bis zum Ende, es ging nicht anders. Ich überlebte auch diesmal. Was für ein Feeling.

Nachdem ich mich wieder gesammelt hatte, lief ich erneut hinüber zur Promenade, da eine große Ansammlung von Menschen (schönen Menschen) meine Neugier erweckte. Dort fand in der Abenddämmerung ein Fotoshooting statt.

Ich setzte mich auf eine der zahlreichen gusseisernen Bänke mit Holzverschlag und beobachtete die Vorbereitung der Fotografen, der Visagisten und das Warten der Models. Dabei handelte es sich um einen Jungen gestylten, tätowierten Mann, einer zierlichen Afrikanerin mit langem, glatten, schwarzem Haar, in einem eng anliegenden, kurzen roten Kleid steckend und einem, ich nehme an aus Russland stammenden Model, groß gewachsen, etwas kräftiger von der Statur als ihre Kollegin, mit bleicher Haut und hellrotem, hoch gestecktem Haar, das ihr markantes Gesicht betonte. Der krasse Kontrast zu ihrer Kontrahentin.

Nachdem ich mich satt gesehen habe und mir dachte, ich muss nicht auch noch im Weg stehen, lief ich die Promenade entlang, bis zum südlichen Ende. Dort stand ein sehr altes Gebäude im Western oder auch Mexikanischen Stil, was höchstwahrscheinlich als Filmkulisse dient. Als ich wieder kehrt machte, saßen meine zwei Models auf dem Geländer, das die Promenade zum Strand abgrenzte, pausierten und unterhielten sich. Ich fragte sie, nachdem sie kurz ihr Gespräch unterbrachen, ob ich ein Foto von ihnen schießen dürfe. Als die große Russin schon Protest einlegen wollte, bejahte die hübsche Afrikanerin. Ich drückte ab und hatte sie im Kasten.

Es wurde langsam dunkel. Musikboxen wurden aufgestellt und zum allgemeinen Tanz zu Reggae aufgefordert. Ich war noch immer etwas benommen von meinen zwei Irrfahrten. Mit einem Bier, dass ich mir an einer Strandbar besorgte, genoss ich noch ein wenig den Sonnenuntergang zu karibischer Musik und

machte mich bald, vorbei an einem oldstyle Auto aus den fünf-
ziger Jahren, mit hellblauer Unterbodenbeleuchtung, auf den
Weg nach Hause. In Höhe der Surf Avenue drehte ich mich
nochmals um und verabschiedete mich mit den Worten: „Ich
komme wieder".

Zu Hause angekommen, erzählte ich Nobia von meinem
Achterbahn Erlebnis. Sie beglückwünschte mich mit einem
herzhaften, in die Hände klatschenden, Lachen.

Ha ha – gute Nacht.

Ich drehte meine morgendliche Runde im Prospekt Park um ein
bisschen Sauerstoff zu tanken und um wach zu werden. Ich
wagte mich weit hinein, ich wollte eigentlich ans andere Ende
des Parks oder an den Anfang, je nach dem wie man es betrachtet.

Der Haupteingang des Parks ist am nordwestlichen Ende,
wird Grand Army Plaza genannt und von einem mächtigen
Triumphbogen geziert. Es war ein unmögliches Unterfangen,
jetzt und hier dorthin zu gelangen. Wieder einmal irrte ich zwischen amerikanischen Ulmen, Eichen, Ahornbäumen, gelben
Pappeln, Orangenbäumen, Kirsche, Lorbeerrosen und so weiter, umher. Und manchmal kreuzte ich einen Weg doppelt. Ich
muss es irgendwann von der anderen Seite her probieren.

Im übrigen hatte ich mir vorgenommen eine Rundreise mit
dem Schiff, mit der Circle Line um die Insel Manhattan zu unternehmen.

Nachdem ich mich wieder gefunden hatte, beendete ich
meinen Morgenspaziergang und begab mich über den Fluss.

Mit dem N-Train lies ich mich, begleitet von Musikern die die
Reisenden der Subway unterhielten, direkt an den Times Squa-
re in die 42nd Street bringen und machte einen Fußmarsch zum
Hudson River an den Pier 83. Dort sollte meine Tour beginnen.

Ich löste ein Ticket und fragte den Verkäufer, wenn es denn los gehen soll. Er antwortete, ein mir unverständliches: „Twaf a klak!"

Ich fragte erneut, bis ich dahinter kam was er meinte. „Twelve a clock!" alles klar, ich hatte also noch Zeit.

Nochmals bestaunte ich den Koloss an Flugzeugträger der ein paar Piers weiter unten andockte, auch das Passagierschiff Aida Luna war anwesend und wogte gelangweilt wartend auf ihre Gäste im Hafen.

Als es dann endlich soweit war, stürmte ich als einer der ersten die Fähre um einen Platz auf Deck, an der Aussenseite des Schiffes, zu ergattern. Und schon wurde ich ein wenig seekrank, hoffentlich legt sich das wieder, war mein Gedanke, schließlich sollte die Tour dreieinhalb Stunden andauern.

Punkt zwölf legte die Fähre ab, das Wetter versprach gut zu bleiben. Traumhaft, leicht bewölkt ansonsten sonnig. Die besten Voraussetzungen für meinen Ausflug.

Eigentlich bin ich kein Fan von solchen Tourismus Attraktionen, aber manches muss eben sein, ich kann ja nicht um die Insel schwimmen, klar könnte ich auch ein Ruderboot chartern, aber so ist es bequemer.

Nachdem der Kapitän die Fähre Achtern aus dem Pier manövrierte, begaben wir uns in Richtung Südspitze. In einem hohen Bogen hinaus, Richtung Liberty Island und Ellis Island, umrundeten wir den Battery Park und bewegten uns sanft wogend hinaus zu Lady Liberty. Was für eine Aussicht, die Skyline links von Midtown und dann die uns zuwinkende Lady. Von weitem sah man den Fortschritt des One World Trade Center, das schon zur Hälfte stand. Wir umrundeten die Südspitze Manhattans und steuerten auf die Brooklyn Bridge zu, vorbei an Segeljachten und der Staten Island Ferry. Zur linken die Skyline Lower Manhattans, dem Financial District, das Woolworth Buildin, der Beekman Tower und nun unter den Brücken hindurch, erst die Brooklyn und danach die Manhattan Bridge. Zur Rechten der schön angelegte Brooklyn Bridge Park. Noch die Williamsburg Bridge unterfahrend und immer weiter. Rechts entlang der Midtown Skyline, vorbei am Empire State Building, dem Rechteckigen, grün schimmernden UN Hauptquartier, das majestätische Chrysler Building und hoch zur Queensboro Bridge, an Roosevelt Island vorbei. Unglaublich beeindruckend, und unglaublich ruhig, begleitet nur von leichtem Motorengeräusch und Möwengeschrei. Von der Ferne hörte man leichtes Sirengeheul und den unterdrückten Großstadtlärm. Die Fahrt ging weiter, vorbei an der Washington Highschool und hoch in die South Bronx. Nun hatten wir den Norden von Manhattan, Harlem erreicht. Wir umfuhren, nachdem sich eine Schleuse öffnete, Harlem und quetschten uns durch den engen Kanal Richtung Westen zurück in den Hudson River. Vorbei an einem Leuchtturm unterfuhren wir die George Washington Bridge. Die monumentalen Bauten der Upper West Side zeigten ihre ganze Pracht. Wir begegneten anderen Schiffen, Wasser Taxis, Segelbooten und Privat Jachten, bevor wir nach gut dreieinhalb Stunden wieder am Pier 83 andockten.

Voller neuer Eindrücke verlies ich das Schiff und begab mich wieder nach Midtown um erst einmal, zurück auf festem Boden, etwas zu essen. Ein Slize Pizza und eine kleine Flasche Wasser müssen fürs Erste reichen. Zurück im Central Park angekommen, setzte ich mich auf eine Parkbank, aß meine Pizza und fütterte die dankbaren Vögel die neben mir Platz nahmen. Nachdem ich eine Zeit lang einer Jazzband zugehört habe, verließ ich den Park Ecke 59th, Fifth Avenue und bewegte mich auf das Empire State Building zu, das heute in den Farben Rot und Blau leuchtete.

Je nach aktuellem Anlass, wird das Empire State Building in unterschiedlichen Farben bestrahlt. Am St. Patrick`s Day scheint es in einem einheitlichen Grün, wenn die Deutschen Fußballweltmeister werden, strahlt es in den Farben Schwarz, Rot, Gelb, am Breast Cancer Tag kann es schon mal passieren, dass es komplett in der Farbe pink leuchtet. Oder es dient an

Fashion Tagen als Werbeplattform und unterschiedliche Fotos von bekannten Designern und ihren Models, werden auf das Building projiziert.

Ich bewegte mich hinüber zum Broadway um von dort aus zum Times Square zu gelangen und ging noch auf einen Abstecher ins Hard Rock Cafe.

Wie in jeder großen Stadt, bietet das Hard Rock Cafe eine Ausstellung diverser, bekannter Musiker. Im New Yorker Cafe dominieren die Beatles, da die New Yorker irgendwann einmal angenommen haben sie haben die Beatles erfunden, dabei haben die Beatles New York erobert. Wie auch immer, präsentiert die Ausstellung die Fab Four in ihren typischen Anzügen, Georges Gitarre ist zu sehen, die er im Madison Square Garden für das Benefiz Konzert für Bangla Desh spielte, Pauls Violinen Bass ist zu bewundern, eine Menge Konzert Plakate und eine Menge John Lennon.

Genug für heute. Überflutet von den Eindrücken der Schifffahrt und dem anschließenden Times Square, übergab ich mich in den Untergrund des Selbigen. Wartend auf meinen D-Train der mich nach Hause bringen soll, lauschte ich noch einer Dixi Band, besetzt mit drei Afroamerikanern an Posaune, Trompete und Schlagwerk und begab mich, nachdem ich wieder in Brooklyn einreiste, in mein Schlafgemach in die Rutland Road.

Der heutige Tag begann mit einem langen Spaziergang in meinem Neighborhood in Brooklyn. Man soll den Tag ja bekanntlich ruhig starten, das kann man hier durchaus. Im Vergleich zu Manhattan, geht es hier sehr gemächlich zu, eigentlich sind es zwei verschiedene Städte, wenn man es genau betrachtet. Das waren sie ja auch bis zu ihrer Eingemeindung im Jahre 1898.

Ich wanderte bei strahlendem Sonnenschein und Musik durch den Stadtteil Flatbush bis nach Brownsville. Vorbei an wunderschönen Brownstone Reihenhäuser, mit ihren gusseisernen Geländer gesäumten Steintreppen, die steil bis hoch zur massiv hölzernen Eingangstür in die zweite Etage ragten. Nach einem Besuch in einer schönen Grünanlage, ging ich noch in einen Store um mir eine Flasche Wasser als Reiseproviant zu holen und machte mich nach etwa zwei Stunden Brooklyn Tour auf nach Manhattan, da ich mir vornahm wieder einmal hoch hinaus zu wollen. Diesmal galt es den „Top of the Rock" am Rockefeller Center zu erklimmen.

Ich lief zügig um mich dem Verkehr in Midtown anzupassen, vorbei an der Radio City Music Hall, zu den gigantischen Gebäuden des Rockefeller Centers – dem Gebäudekomplex architektonischer Einheit im Zentrum einer Metropole, moderner urbaner Architektur, im Art Deco Stil. Durch den Eingang des NBC Studios, gelangte ich hoch in die 70. Etage, der Aussichtsplattform des höchsten Gebäudes des Center, Comcast Building, das sich bis 2015 noch GE Building nannte.

Die Aussichtsplattform befindet sich, wie auch auf dem Empire State Building, im Freien. Abgesichert werden die Besucher von meterhohen Glasscheiben, durch die wenn man blickt, sich eine umwerfende Sicht über die ganze Stadt bietet. Anders als auf dem Empire, reicht das Blickfeld über den Central Park, die Upper West Side und die Upper East Side bis nach Harlem und, wenn es das Wetter erlaubt, bis in die Bronx. Ich blickte hinunter auf das Dach der St. Patrick`s Cathedral, die, von hier oben betrachtet, ziemlich unbedeutend wirkt. Ich sah eine Autoschlange von orange-gelben New York Caps, Menschen, klein wie Ameisen, das winzige Dakota, samt San Remo Building, das Met Life nähe Grand Central Terminal, das Bank of Amerika Building, natürlich das wunderschöne Chrysler und was sich von der Plattform des Empire State Building aus nicht finden lässt, das majestätisch anmutende Empire State Building in seiner vollen Pracht und Größe. Und wer das Fernrohr benutzen möchte, kann die Bauarbeiten der World Trade Center am Ground Zero verfolgen.

Unterhalb der Plattform werden dem Besucher – sofern sie wollen – auf mehreren Etagen, amerikanische Kultur, Kunst und Geschichte geboten. Und natürlich jede Menge Souvenir Shops, für eventuelle Mitbringsel und Andenken für zu Hause.

Nach ein paar Stunden der Bewunderung, zogen allmählich Wolken auf am Himmel und ich begab mich wieder in die Obhut der Stadt. Gut! Ich habe wieder festen Boden unter den Füßen und der Wind hat ein wenig nachgelassen.

Ich fühlte mich, trotz Höhenangst, rund um die Uhr sicher in dieser schwindelerregender Höhe, sowohl hier als auch auf dem Empire, es ist alles tadellos abgesichert.

Nach einer kleinen Stärkung an einem Straßenstand, die es in der Stadt in Massen gibt, ging ich ohne Eile – ich ließ mich nicht von der Hektik der Menschen anstecken, heute nicht –, die Fifth Avenue entlang, vorbei an wundervoll dekorierten, in die Höhe ragenden Schaufenster, hinunter in den Flatiron District um genau zu sein, in den Madison Square Park.

Auf dem Weg dorthin erklangen erneut Sirenen der Feuerwehr, was ja nichts außergewöhnliches ist. Es ist nur so, dass die Sirenen, da sie so oft ertönen, von den meisten Bewohnern ignoriert werden. Deshalb wurden die Feuerwehrfahrzeuge der FDNY, zum Teil, mit zusätzlichen Bustern nachgerüstet. Direkt neben mir – da eine große Zahl der Passanten und auch Fahrzeuge die Straße nicht räumten –, betätigte einer der Feuerwehrmänner einen solchen Buster von seinem Fahrzeug aus. Augenblicklich zwang es mich in die Knie, mein ganzer Körper vibrierte bei diesem unglaublich lauten, verzerrten, schrillen Bass. Mir wurde augenblicklich schwindlig. Dieses schrille Gezeter war nun wirklich nicht mehr zu überhören, ob man wollte oder nicht. Die Leute in unmittelbarer Nähe blieben trotz des aufdringlichen Lärms ziemlich unbeeindruckt. Ich nicht. Nachdem ich mich kurz an eine Fußgängerampel lehnte und nach Luft schnappte, setzte ich meinen Marsch fort.

Im Madison Square Park angekommen, beobachtete ich die in Scharen vorhandenen, zutraulichen Eichhörnchen. Ich ging nah heran an einen der Maschendrahtzäune, weil ich ein Eichhörnchen aus nächster Nähe beobachten wollte. Da schaute eins der neugierigen Nager fragen zu mir hoch, machte einen Satz auf mich zu, krallte sich in meinen Oberschenkel und kletterte mir bis unter mein Kinn. Dort verweilend, schaute es mir direkt ins Gesicht und wollte natürlich etwas zu fressen. Ich zuckte mit den Schultern, verneinte und es machte auf der Stelle kehrt, kletterte wieder nach unten und verschwand beleidigt in den Büschen.

Eins der Museen nehme ich noch mit, bevor ich abreise. So steht es auch geschrieben auf meinem Plan der Ausführungen. Ich möchte mir das wohl wichtigste, – aber das liegt ja, wie bekannt ist, im Auge des Betrachters –, doch auf jeden Fall das umfangreichste Museum anschauen. Das Museum of Modern Art, besser bekannt unter dem Namen MoMA.

Das MoMA befindet sich in Manhattan Midtown, an der 53rd Street zwischen der Fifth Avenue und Sixth Avenue und besitzt Sammlungen der weltweit bedeutendsten und einflussreichsten modernen und zeitgenössischen Kunst. Mit umfangreich meine ich, dass es sich nicht nur in ein oder zwei Richtungen hin bewegt, wie so manch andere Museen. Das MoMA umfasst eine Sammlung an Werken des Design und der Architektur, der Malerei und Bildhauerei. Es befinden sich in verschiedenen Etagen, Photographien und Drucke, schwarzweiß oder in Farbe, Skulpturen, Gemälde verschiedenartiger Künstler, Zeichnungen und Illustrationen. Es werden Filmproduktionen gezeigt und elektronische Medien.

Was mir, unter anderem, sehr gut am MoMA gefällt, ist die abwechslungsreiche Vielfältigkeit. Man findet so gut wie alles im MoMA. Verteilt auf sechs Etagen und einer Freiluftanlage mit Ausstellungen, in der sich eine Vielzahl an Objekten, hauptsächlich Skulpturen befinden. Wenn ausreichend Zeit mitgebracht wird – die hatte ich –, kann es ein ausgefüllter Tag werden.

Wobei, beinahe wäre es ein recht kurzer Auftritt meinerseits geworden. Aber dazu später mehr.

Im MoMA Store besorgte ich mir noch schnell eine Jazz CD mit New York Jazz Interpreten, damit ich auf meiner Heimreise in Erinnerungen schwelgen kann.

Gleich nach dem Eingangsbereich geht die kunstgeschichtliche Reise mit einer Ausstellung über Fluxus los. Kann man mögen, muss man aber nicht. Ich finde Fluxus Art großartig. Ich finde alles großartig was nicht der Norm entspricht, schräg ist und somit aus dem Rahmen der Normalität fällt.

Vorbei an diversen Ölgemälden über Jazz und Abstraktheit, kam ich in einen Raum, in dem Möbel des Jugendstil ausgestellt waren. In den Vorräumen und Fluren hängen Werbeplakate von damals und heute, verschiedene technische Gegenstände, von vor einhundert Jahren, bis in die Moderne reichend. Es gibt außergewöhnliches, wie zusammengebundene bunte Schubladen zu einem kreisförmigen Turm gestapelt, einen funktionsfähigen ATM Automaten, (hätte ich ein Ticket für die Metro gebraucht, hätte ich hier eins lösen können). Es gibt einen Flatscreen an der Wand mit live Übertragung zweier Bauarbeiter, die auf einem Betonboden einen großen und kleinen Zeiger, geformt aus Müll, im Uhrzeigersinn vor sich hin kehren. (?) Nostalgische schwarzweiß Fotografien, angefangen von Schulkindern der frühen 1960er, zurück bis zu sich auflehnenden KZ-Häftlingen. Festgehaltene Bilder vom Bau der Skyscraper. Aufwendige Malereien und Siebdruck von Lichtenstein, Andy Warhol, Mirò, Kandinsky, Dali, Picasso, …Apropos Picasso!

Ich dachte mir, als ich irgendwo in einer der oberen Etagen angekommen vor einem Picasso stand: „Einmal in meinem Leben möchte ich einen original Picasso in der Hand halten".

Vor Ort sollte es doch ein Leichtes sein, da hier sämtliche Objekte der Kunst, nur mit einer Haltelinie, die es auf keinen Fall zu überschreiten galt, abgesichert waren. Ich pirschte mich langsam an ein Gemälde heran, versicherte mich, mit einem raschen Blick nach Rechts und nach Links, das keiner des Wachpersonals mich sieht und als ich mir meiner Sache sicher war, berührte ich ein zweieinhalb Meter hohes an der Wand hängendes Gemälde. Die Zeit um mich herum verschwamm, ich fühlte nur noch die Raue Struktur der unterschiedlich aufgetragenen Ölfarbe. Ich roch die vergangenen Jahre die dieses Bild geprägt haben. Ich hatte eben noch eine Ausstellung in Paris vor Augen, als mich eine Laute Stimme aus meinen Träumen riss: „What are you doing??"

Ein Wächter, der nicht unbedingt von meinem tun begeistert war, kam schnellen Schrittes auf mich zu, mit einem Blick, als wollte er mich hinaus prügeln.

OK, dachte ich mir, das war`s, jetzt wirst du aus dem Mo-MA geschmissen – schöne Scheiße. Ich zeigte ihm mit einer Handbewegung, er solle mal den Ball schön flach halten und versuchte seinem Zorn aus dem Weg zu gehen, in dem ich in den Nebenraum floh. Doch er, ohne ein weiteres Wort, hinter mir her. Nach ein paar Ablenkungsmanövern entwischte ich ihm und wechselte die Etage. Also gut die vorherige Picasso Etage brauche ich heute nicht mehr zu betreten. Hätte auch anders ausgehen können.

Ich wechselte von Kubismus zu Dadaismus und weiter zu Edvard Munch. Was mir auch sehr gut gefiel, waren in mehreren Dunklen Räumen abstruse schwarzweiß Aufnahmen, die an die Wände projiziert wurden. Eine Mischung aus Dokumentar- und Amateurfilmen. Man konnte auf Sitzbänken platz nehmen und an dem, was eher einem Projekt gleichkam, teilnehmen.

Nicht immer waren die Filme sehenswert, da es sich teilweise um schreckliche Kriegsgeschehen handelte, aber es war durchaus für jeden Geschmack etwas dabei.

Draußen im Außenbereich des Museums gab es noch eine Ausstellung verschiedener Skulpturen von Max Ernst und anderen Bildhauern.

An einem Bücherstand holte ich mir noch eine schöne Ausführung eines Buches in Kunstdruck über alte und neue Store Front in New York. Da ich noch etwas wirr im Kopf war, nach meiner Picasso Aktion, versuchte ich das Buch mit meiner Metro Bahnkarte zu bezahlen. Die bezaubernde junge afroamerikanische Verkäuferin schaute mich fragend an und murmelte etwas, da hob ich ihr die Karte erneut hin und verstand nicht so ganz was sie wollte. Sie schaute mir in die Augen und dann mit erhobenen Augenbrauen zum zweiten Mal auf die Karte. In dem Moment, als ich kapierte was nicht stimmte, bekamen wir beide einen so herrlichen Lachflash, der mich noch bis in die späten Abendstunden begleitete.

Da es mein letzter Abend sein sollte für diesen diesmaligen Aufenthalt, wollte ich nochmals meine Lieblingsroute ablaufen, auf der ich mittlerweile mit geschlossenen Augen zurecht finde.

Ich begann meine Tour meistens in Sheep Meadow im Central Park, lief hoch zu Strawberry Fields, von da aus über die Straße in den Central Park West hinüber zum Dakota, verabschiedete mich in Gedanken bei John und Yoko, dann Richtung Süden, die West Side runter bis zum Time Warner Center und dem Columbus Circle. Die South West entlang dem Park, bis zum The Plaza und dem Apple Store auf der Fifth Avenue. Die belebte Straße vorbei am Empire State Building bis zum Flatiron District und von da aus bestieg ich dann den N oder Q-Train der Subway und fuhr nach Brooklyn.

Doch diesmal lief ich den Weg etwas anders. Es begann schon zu dämmern und ich machte noch einen Abstecher zur Bow Bridge und wollte noch ein bisschen in The Rumble, vorbei an den Waschbären und der großen Anzahl bunter Vögel. Ich lief mitten ins Dickicht des Dschungels und bemerkte bald die vereinzelt, fast schon versteckt herumstehenden jungen Männer, die auf irgend etwas zu warten schienen. Erst dachte ich mir nicht viel dabei, doch irgendwann kam mir die Erleuchtung. Klar, die hoffen hier auf ein kleines Stelldichein, mit Lovern ihresgleichen. Das war hier unter anderem, wenn es beginnt dunkel zu werden, ein Treffpunkt für Homosexuelle. Und ich befand mich mittendrin. Ein Ausgang schien nicht in Sichtweite. Allmählich wurde mir ein wenig mulmig bei der ganzen Angelegenheit. Was wenn dich jetzt einer überfällt, ich bin hier komplett abgeschlossen von der Außenwelt. Ich versuchte den lüsternen Blicken auszuweichen und so schnell wie möglich wieder in die Zivilisation zurück zu gelangen. Mittlerweile war es stockdunkel und Panik beschlich mich langsam. Hier ein Lichtblick, ich erblickte durch das Gestrüpp das schimmern des Wassers vom See The Lake. Meine Schritte wurden schneller, ich hörte Stimmen, ich war gerettet.

Nichts wäre mir passiert, das weiß ich heute. Diese netten Herren wollten nur ungestört unter sich sein. Dennoch war es unheimlich und der Gedanke, am Abend vor meiner Abreise noch …

Erleichtert setzte ich meinen Weg – auf hell erleuchteten Straßen diesmal –, wie beschrieben fort, bestieg eine Subway:
„Stand clear of the closing doors, please!"
Und kam wieder einmal heil in der Rutland Road an.

An meinem letzten Morgen, nachdem ich meine sieben Sachen gepackt hatte, verabschiedete ich mich nochmals vom Prospekt Park, nahm zum letzten Mal ein kleines Frühstück zu mir, verabschiedete mich mit einer herzlichen Umarmung beiderseits bei Nobia und machte mich wieder auf meine Odyssee zum Flughafen nach Newark, New Jersey.

So schön es in Brooklyn auch ist und so wohl ich mich dort und bei meiner lieben Gastwirtin gefühlt habe, das nächste Mal lande ich wieder auf dem JFK und nehme mir eine Bleibe in Manhattan, die ich bequem mit dem Shuttlebus erreichen kann.

Noch was! Ich bin jetzt bei Gott nicht der Shopping-King, aber als ich meine Reisetasche beim einchecken am Airport auf die Waage des Schalters legte, erschrak ich ein wenig, auch vom herumstehenden Publikum glaubte ich ein dezentes raunen zu hören. Ich reiste mit dreizehn Kilo ein und mit dreiundvierzig Kilo aus!?

Dritter Teil
East Village

Meine dritte Reise nach New York, buchte ich auf eigene Faust von zu Hause aus am Computer. Erneut füllte ich ein Formular für die Aufenthaltsgenehmigung aus, da diese nur zwei Jahre gültig ist und die vorige somit abgelaufen war. Ich suchte mir einen günstigen Direktflug von München nach New York Queens, zum Airport JFK. Fluggesellschaft spielt keine Rolle, da so oder so alle denselben Service bieten.

Diesmal galt es, wie schon beim ersten Aufenthalt, eine Unterkunft in Manhattan zu suchen und ich wurde fündig in East Village, einem wunderschönen, im großen ganzen, ruhigen Viertel in Manhattan. Das Hotel nennt sich Hotel 17, wahrscheinlich weil es sich in der 17th Street befindet. Außerdem lag es zwischen der Third und der Fourth Avenue, nahe dem Stuyvesant Square Park.

Die Anreise gestaltete sich unspektakulär, alles lief reibungslos, bis zu meiner Ankunft am JFK. – Irgendetwas ist ja immer. Wir landeten, nahmen unser Gepäck auf und warteten bis wir den Zoll durchqueren durften. Und warteten … und warteten.

Bis irgendwann die Durchsage kam, dass es sich noch um ein paar Minuten (gefühlte Stunden) hinauszögern könne, da der Präsident der Vereinigten Staaten vor kurzem eingetroffen sei.

Da die Sicherheitsvorkehrungen bei einem solchen Staatsempfang äußerst umfangreich sind, warteten wir drei Stunden bis wir endlich, vorbei an der Passkontrolle, ins Landesinnere durften. OK! Mr. Obama darf das, der Präsident hat Vorrang. Er war ja auch vollkommen in Ordnung, im Vergleich zu dieser momentanen Pfeife. Aber ich will hier nicht politisieren.

Endlich wieder in New York City, erwischte ich nach einiger Anstrengung einen Shuttlebus, der mich mit einem gemischten Publikum und gut und gerne drei Stunden Fahrt, nach Manhattan an den Grand Central Terminal brachte, von dort aus hielt ich ein Taxi an der Straße an und ließ mich direkt an meine neue Unterkunft kutschieren. Ich gab dem freundlich lächelnden Dreadlocks tragenden jamaikanischen Rstaman ein anständiges Trinkgeld und checkte im Hotel 17 ein.

Nach dem ich die Personalien aufgegeben hatte und meine Türkarte in Empfang nahm, bezog ich mein Zimmer in der dritten Etage. Es war ein ruhiges, kleines aber sehr komfortables und vollkommen ausreichendes Zimmer mit allem was das Herz begehrt. Mit einem Bett, ein kleiner Tisch stand an der Wand, ein Waschbecken, einem Schrank und einem Fernseher. Das Gemeinschaftsbad musste ich mir mit zwei Nebenmieter teilen, was aber kein Problem darstellte, da es im oberen Stockwerk nochmals eins gab, das mitbenutzt werden durfte.

Ich schmiss sogleich meine Sachen ins Zimmer, spritzte mir ein wenig Wasser ins Gesicht und begab mich auf schnellstem Weg nach draußen um das Viertel, das ich schon ein paarmal durchlief, neu zu entdecken.

Unweit von meinem neuen Zuhause, in Richtung Westen, befindet sich der Union Square. In einem Store auf dem Weg, deckte ich mich mit einer Flasche Wasser und ein paar Bier, die wie üblich in zwei übereinander gestülpte, braune Papiertüten gepackt waren ein um später auf meinem Zimmer meine Ankunft zu feiern. Aber zuvor lief ich noch mit einem grinsenden Ausdruck der Freude im Gesicht die Gegend ab und genoss den Impuls den die Stadt auf mich übertrug. Ich lauschte den klängen der Musiker am Union Square, lehnte mich auf einer Parkbank zurück, schaute dem machen und schaffen der Menschen zu und genoss wieder einmal die Lichter und das Getöse der Großstadt. Endlich wieder hier. Die Strapazen der Reise waren vergessen.

Den Schwerpunkt setzte ich diesmal auf die Gründerzeit, heißt: Ich bewege mich Anfangs und im späteren Verlauf meines Aufenthalts, im unteren Teil von Manhattan, an der Südspitze, an dem Ort an dem alles begann. Ausgangspunkt soll der Bowling Green sein, dem ältesten Park auf der Insel.

Ich hatte meine Unterkunft ohne Frühstück gemietet, deshalb ging ich in ein Café in der Nähe des Union Square, setzte mich ins Freie außerhalb des Cafès an die Straße mit Blick auf den Park und genoss ein Croissant und dazu einen großen Kaffee. Im Grocery um die Ecke besorgte ich mir eine kleine Flasche Wasser und einen Apfel für unterwegs. Frisch motiviert ging ich die 17th Street entlang, bis ich in die Third Avenue einbog, die wiederum in die Bowery mündet. Vorbei an der Bowery Savings Bank überquerte ich nach ein paar Metern die Canal Street in Chinatown, entlang am Triumphbogen der Manhattan Bridge, bewegte ich mich kreuz und quer nach Westen, auf den Broadway zu, hinunter ins Civic Center.

Auf meinem Streifzug durch Chinatown, sah ich von weitem, verschleiert durch eine Nebelwolke, den Fortschritt der Bauarbeiten am One World Trade Center. Jedes Jahr ein bisschen höher, aber noch lange nicht vollendet.

Das Woolworth Building, das nach seiner Fertigstellung 1913 – bis es nach der Entstehung des Chrysler Building eingeholt war – das höchste Gebäude der Welt war und als achtes Weltwunder galt, ragte rechts von mir in die Höhe. Das Gebäude, mit seinen 57 Stockwerken, bestehend aus gotischen Elementen, die mit der modernen Idee eines Hochhauses verbunden sind, wundervoll verziert mit Wasserspeiern und einer Anzahl von Ecktürmchen und Terrakottatafeln. Ich musste das schöne Bauwerk betreten, dachte ich mir und holte mir im Erdgeschoss bei Starbucks, der sich glücklicherweise im Gebäude befindet, einen Coffee to go und zog weiter.

Ich legte eine kurze Atempause in der Trinity Church ein und ruhte noch ein paar Minuten andächtig auf dem Friedhof der Kirche und versuchte die Innschriften der alten Grabsteine aus Sandstein zu entziffern.

Weiter die Wall Street links liegen lassend, erreiche ich nach wenigen Minuten Bowling Green. Die Parkanlage ist öffentlich, von hier aus beginnt der Broadway. Der Park geht zurück zu den Anfängen von Fort Amsterdam. In der Mitte des im Park anwesenden Brunnens, befindet sich eine große Fontäne, der Park ist bestückt mit Stühlen die auf einem Untergrund aus feinem Kies stehen, die wiederum zur Zeit hauptsächlich von den Bauarbeitern des Financial Districts besetzt werden. Ich übersachte aber auch ein paar Teenager die es sich hier nach dem Besuch der Schule bequem machten, beim Bau einer Tüte? „Ist das legal in New York City?"

Ich denke, die Cops haben hier andere Probleme zu bewältigen.

An der nördlichen Spitze der Umfriedung des Parks, steht die 3,5 Tonnen schwere, 3,4 Meter hohe und sechs Meter lange Bronzestatue Charging Bull und wird belagert von zig fotografierenden Touristen. Ein besonderes Highlight ist es wohl, dem Bullen an den Hoden zu fassen, angeblich soll es Glück bringen. Ich unterließ es.

Die schöne Parkanlage ist umgeben von mächtigen, alten, verschnörkelten Bauten, mit Dachvorsprüngen, Säulen und pompösen Statuen die die Eingängen zieren.

Ich lauf weiter in den Battery Park an die Südspitze und hole mir am Stand einen Schaschlikspieß und unterhalte mich mit dem Verkäufer, nach dem er wissen wollte, woher ich komme, über Klinsmann und Fußball. Klinsmann war doch ihr Trainer die letzten Jahre oder sollte ich mich irren? Durch den Battery Park laufend, beglückwünschte mich ein junger, auf einer Parkbank sitzender Afroamerikaner, zu meinem T-Shirt, bedruckt mit einer Jesus Darstellung, mit den Worten: „Oh man! That's a really great Shirt!"

Recht hat er.

Ich stieg auf den Pier A am südwestlichen Ende des Battery Park und war wieder am Meer, mit dem Blick auf Lady Liberty. Die Sonne schien und eine leichte Brise wehte vom Wasser her. Jede Menge Boote und Fähren, die die Leute nach Staten Island, Liberty Island und Ellis Island bringen sollten, legten an und fuhren ab. Das Castle Clinton im Battery Park, in dem ich mich eine geraume Zeit aufhielt, war einst eine vorgelagerte Artilleriestellung und dient heute als Museum und als Ticketverkauf für die Fähren nach Ellis und Liberty Island.

Wer behauptet, dass New York hektisch ist? Ich vermute das sind diejenigen, die sich nur in Midtown und um den Times Square aufhalten. New York bietet so viele Möglichkeiten zur Ruhe und Entspannung. Das wirklich anstrengende ist die nicht enden wollende Lauferei. Ich bewege mich zwischen fünfzehn und zwanzig Kilometer am Tag, schließlich möchte ich etwas sehen und erleben. Und meist, ist der Weg das Ziel.

Ich habe von einem Verrückten gelesen, der sich zum Vorhaben gemacht hat, jede Straße, Avenue und noch so kleine Seitengasse dieser Stadt, zu Fuß abzulaufen. Wenn er es nach ein paar Jahren geschafft hat, hat er an die zwölftausend Kilometer runter gelaufen. Ich bin bald soweit.

Wenn ich mich dann also zu Fuß entlang der Straßen bewege, mache ich mir so meine Gedanken. Was haben sich die Entwickler dieses Straßenrasters gedacht, als sie im frühen 19. Jahrhundert dieses Schachbrettmuster anlegten, wussten sie schon damals, dass die Wege zum Teil von großen Lastwagen und Stretchlimousinen befahren werden. Hier sind die Gehwege, entlang der Avenues, meist breiter als die Straßen bei mir zu Hause.

Weitere Distanzen lege ich natürlich mit der Metro zurück, was ja auch immer ein Erlebnis ist, aber einmal längs durch Manhattan kann man auch zu Fuß bewältigen. Also riss ich mich los vom schönen Park und dem Meer und machte mich auf, zu dem im Jahr zuvor, 2011, eröffnetem Gedenkpavillon 9/ 11 Memorial.

Seit meinem ersten New York Besuch, warte ich auf die Eröffnung des 9/11 Memorial am Ground Zero. Der Hintergrund des Mahnmals ist natürlich kein Grund zur Freude, denn es symbolisiert als Gedenkstätte der 3000 Opfer des Anschlages vom 11. September 2001. Trotz allem, oder gerade deswegen, ist es eine wunderschöne und sogleich ehrfürchtige Anlage geworden. An den Stellen, an denen einst die Zwillingstürme emporragten, wurden zwei kupferumrandete Wasserbecken, gleich zweier quadratischer Fußabdrücke, in die Erde eingelassen, mit in den Rand eingefrästen Namen der Opfer. An allen vier Innenwänden der Becken fließt Wasser, gleich einem Wasserfall, neun Meter in die Tiefe. Die Gedenkstätte ist bepflanzt mit dreihundert zwei verschieden farbiger Eichen und in der Mitte mit einem Überlebensbaum der direkt aus China importiert wurde. Die Anlage wird umrandet von den gigantischen Türmen der World Trade Center. Das gesamte Gelände ist für die Öffentlichkeit frei zugänglich. Spenden werden gerne entgegengenommen. Das 9/11 Museum das sich ebenfalls auf dem Gelände unterhalb der Wasserfälle und des Fundamentes der Twin Tower befindet, ist noch nicht fertiggestellt und somit der Öffentlichkeit nicht zugänglich. Die Umrandungen der Wasserbassin sind geschmückt mit Rosen für die Hinterbliebenen. Insgesamt wirft es eine bedrückende Schwermut auf die Besucher. Es ist ein Ort der Andacht, Besinnlichkeit und der Ruhe, von unglaublich beeindruckendem Ausmaß. Ich verbrachte gut zweieinhalb Stunden an diesem Ort, unter dem Schatten der Eichen und der Bewunderung für dieses gelungene Werk, bis ich mich wieder auf den Weg machte.

Durch die engen Schluchten des Financial Districts wanderte ich hoch Richtung Norden.

Ein Grund vielleicht ist es, dass ich eine so große Strecke zu Fuß zurücklege, dass ich mich oftmals verlaufe. Es ist eigentlich ganz einfach sich in New York zurecht zu finden. Ab der ersten Straße an sind alle Längs- und Querverbindungen durchnummeriert. Ebenfalls die Avenues. Aber hier unten im Financial District, hier schlängeln sich die Straßen kreuz und quer, man läuft Kurven, die nächste Straße ist breiter, dann wieder schmal und gepflastert. Das liegt daran, dass hier zur Gründerzeit, vor Anlegung des Straßenrasters, Siedlungen angelegt wurden, die sich allmählich zu einem Stadtbild entwickelten. Das Straßenraster beginnt somit erst oberhalb von SoHo, ab der Housten Street. Oder noch genauer ab der 14th Street, da im Westen, in Höhe Greenwich und West Village, damals noch willkürlich gebaut wurde.

Bei den Avenues muss ich mich auch korrigieren, sie sind auch nur Teils mit Nummern versehen. Sie beginnen im Osten entlang des East River, mit einem kurzen Stück York Avenue, dann Richtung Westen verlaufend, die First Avenue, die Second Avenue, Third Avenue. Dann kommt die Lexington, die Park, die Madison Avenue, die Fifth, die Sixth, welche wiederum Avenue of the Americas genannt wird, die Seventh ist gleich die Fashion Avenue. Es folgt die Eighth Avenue die nach Norden hoch in die Central Park West übergeht, die Ninth auch als Columbus Avenue bezeichnet, die Tenth ist die Amsterdam Avenue und letztendlich noch die Eleventh und die Twelfth auf der der West Side Highway verläuft.

Und hier unten in Lower Manhattan, sind alle Straßen und Wege benannt nach Ereignissen oder berühmter Personen. Von wegen, the Streets with no Names. Die Straßen haben Namen.

Ich ging noch schnell in ein Restaurant an der Straße. Von außen auf den ersten Blick nicht ersichtlich worum es sich bei diesem Lokal handelt, trat ich durch die Tür. Alles klar! Indisches Personal und haufenweise gelber Reis. Ich war beim Inder. Ich bestellte mir irgend ein Gericht mit Hühnchen, Gemüse und Curry Reis und setzte mich an einen Tisch zwischen Mexikanischen Bauarbeitern, Officern, Asiaten und Brokern von der Wall Street. Es war Mittagszeit.

Für den Weg packte ich mir noch eine Cola ein, und suchte mir, da ich wegen des leckeren Essens müde war, eine Subway Station.

Ein paar Blocks weiter, an der Station City Hall, wurde ich dann auch fündig und fuhr mit dem R-Train, begleitet von einem Chor junger Menschen die einen Gospel Song zum Besten gaben, in die 8th Street Astor Place, nähe Washington Square Park und begab mich wieder an die Oberfläche und somit in die Umarmung der Stadt.

Kaum im Washington Square Park angekommen, wurde ich auch schon wieder von einem fröhlichen, afroamerikanischen jungen Mann angesprochen, ob ich etwas kaufen wolle. Das muss hier der Drogenumschlagplatz Nummer Eins in der Stadt sein. Ich verneinte abermals mit einem Lächeln, der junge Mann akzeptierte, zog weiter und suchte einen Bedürftigen.

Am großen Springbrunnen in der Mitte des Parks, bereitete sich ein Japanisches Duo, bestehend aus einem Bassisten mit fünf Saiten Bass und einem Drummer, sitzend an einem minimalistischen Schlagzeug, auf ihren Auftritt vor. Da die Band und ihr zahlreich vorhandenes, elektronisches Equipment sehr experimentell wirkten, wartete ich mal ab, was hier geschehen sollte. Sie klimperten und schlugen ein wenig unplugged auf ihren Instrumenten herum, aber nichts tat sich. Im Hintergrund war das Gemurmel von Reportern, begleitet von einem Kamerateam zu hören, die vermutlich eine Sendung aufzeichneten. Nachdem ich eine Weile gewartet hatte, trat ich auf einen der japanischen Musiker zu und fragte, wann sie ihr Intermezzo den eigentlich starten wollten. Da antwortete der Drummer, sie müssten sich gedulden, bis die Reportage des Fernsehteams dem Ende zugeht, da sie sonst die Aufnahmen stören würden.

Klar, leuchtet ein. Ich setzte mich wieder in Bewegung. Ich würde später noch einmal vorbeikommen.

Da sich der Washington Square Park im Village befindet, machte ich einen Abstecher hinüber ins Zentrum von Greenwich Village, in die Christopher Street und stöberte ein wenig in den Stores und ging in eine Baar etwas trinken. Bald, nach den Drinks, ging ich wieder zurück in den Park und wollte wissen, ob meine Japaner nun spielten. Ich kam von der Westseite, als ich erneut meinem Dealer über den Weg lief. Hände winkend und immer noch lachend, fragte er mich: „Ah! You change your mind?"

Er kannte mich noch?! Ich verneinte abermals, bedankte mich und lief zu einem von Menschen umringten Ereignis, drüben, am großen mit Skulpturen und Statuen verzierten Triumphbogen, am Eingang des Parks.

Dort zeichnete ein Künstler einen überdimensionalen Schriftzug, mit unterschiedlich farbigem, knallbuntem Sand, auf den Boden. Der Schriftzug lautete: „JAYMIE YOU WILL MARRY ME?" Wer und wo ist Jaymie? Wir warteten alle gespannt auf Jaymie, denn wir wollten es jetzt wissen. Der Künstler verzierte seinen Schriftzug und besserte noch an ein paar Stellen aus. Nun wurde es langsam Dunkel und die Lichter des Triumphbogens sorgten für eine romantische Stimmung, als durch den Bogen endlich das Liebespaar schritt. Er mit einem Gewinnerlächeln im Gesicht und Jaymie, nichts ahnend und fragend schauend. Vor dem Schriftzug blieben sie stehen, er deutete auf den Boden, sie stutzte. Und als sie vor Begeisterung die Hände vor das Gesicht hielt, drehte er sich um, kniete vor ihr nieder und machte ihr einen Antrag.

Wir alle wurden Zeugen eines Heiratsantrages. Ein großer Teil der Anwesenden applaudierte und johlte aus vollem Herzen dem zukünftigen Pärchen zu. Mittlerweile dürften sich ungefähr hundert Leute versammelt haben. Untermalt wurde das ganze noch von einer vierköpfigen Band die unter dem Eingangsbogen spielte. Eng umschlungen und glücklich, bedankte sich das Pärchen überschwänglich bei seinem noch immer applaudierendem Publikum und dem Gestalter des Schriftzuges und zog weiter in die Dunkelheit des Parks.

Ich lauschte noch der Band, die eine sehr interessante Mischung aus Irish Volk und Russischer Balalaika aufführte. Die vierköpfige Besetzung bestand aus einem bärtigen in Weste gekleidetem Harmonium Spieler, einem Banjo spielenden, dem Erscheinungsbild nach, aus den Südstaaten. Ein Asiate mit Ziegenbärtchen bediente die Violine und ein junger Mensch, wo her auch immer, am Saxofon.

Später, ein paar Meter weiter, setzte ich mich auf eine Parkbank, stöpselte mir meine eigene Musik, anhand meines iPot, in die Ohren und schaute abwechselnd einem Jongleur und dem emsigen Treiben der Ratten zu.

Danach machte ich mich in Richtung meines neuen Domizil auf, hörte noch ein halbes Stündchen gespannt einem Gitarren Trio, den Jungs von „City of the Sun" zu, das ich jedes Jahr aufs Neue traf und hörte mir anschließend vor meiner Haustüre noch die Lebensgeschichte eines Obdachlosen an, steckte ihm zwei Dollar zu, worauf er sich mit den Worten: „God bless you!" bedankte.

„Thank you, good Night."

Mein Frühstück, nahm ich jeden Morgen an einem anderen Platz ein. Heute holte ich mir in einer Bakery einen Coffee to go und zwei Croissant, setzte mich damit, bei mir um die Ecke, zu den Vögeln und ein paar dunkelhäutigen Frauen mit ihren Kindern, in den Stuyvesant Square und genoss ihre Gesellschaft und mein Frühstück. Ich begutachtete die Peter Stuyvesant Statue mit Holzbein und las mir die dazugehörige Geschichte durch. Hier in der Nähe, hatte Herr Stuyvesant früher seinen Bauernhof und heute seine Ruhestädte. Eine schöne Parkanlage, mit Springbrunnen in der Mitte und umgeben von einem noch im original Zustand befindlichen gusseisernen

Zaun – der zweitälteste Zaun in New York City. Ich verlies den Park, die Vögel und die Kinder samt ihrer Mütter und begab mich zurück an meinen Ausgangspunkt, dem Union Square.

Von hier aus konnte ich, Dank des Subway Netzes, jeden Punkt in der Stadt ansteuern. Oder ich konnte mich auch stundenlang hier vor Ort aufhalten. Der Park war großräumig und schön angelegt. Für die treuen Vierbeiner ihrer Hundebesitzer, gab es einen – wie in den meisten Parkanlagen der Stadt – Park im Park. Mit Spielplatz und einem großen Bereich, in dem sich die Hunde samt ihrer Herrchen austoben können ohne spielende Kinder oder sich ausruhende Parkbesucher zu stören.

An der Westseite grenzte ein mehrstöckiger Barnes & Nobels Book Store, den ich ein paarmal besuchte und auch die ein oder andere Besorgung machte.

Es gab mehrmals die Woche Wochenmarkt – der so genannte Green Market –, auf dem die Bauern aus der Region ihre Organic Produkte und für mich meinen täglichen Apfel darboten. Die schon erwähnten, vermummten Schachspieler, Flohmärkte und natürlich die täglichen Künstler und Artisten sorgen für abwechslungsreiche Darstellungen bis spät in die Nacht hinein.

Da mir im Moment nach Darstellung war, ging ich auf die andere Straßenseite und setzte mich in ein Gebäude direkt an der Straße, unter das Publikum einer Filmakademie. Ein Mann auf einer Bühne hielt einen recht motivierten Vortrag, dessen Inhalt ich nicht so recht verstand, der Titel des Themas war: „Is there not a cause?" Ich war mir nicht sicher, ob ich hier richtig war, meine Nebensitzerin nickte mir lächeln zu, da dachte ich mir, so falsch kann ich nicht liegen.

Da draußen aber schönes Wetter war, ich nur die Hälfte verstand und hier sowieso nicht für einen Film entdeckt werden würde, ging ich wieder ins Freie.

In New York gibt es schätzungsweise 2.500 Kirchen, ich versuche jeden Tag wenigstens eine aufzusuchen. Religion oder Glaubensrichtung spielte keine Rolle. Mir geht es dabei nicht darum mit Gott zu sprechen, dazu brauche ich keine Kirche. Mir geht es viel mehr um die unterschiedlichen Gestaltungen und Zeremonien.

Heute kam ich zufällig in einen, der Sprache nach, russischen Gottesdienst. Die Einrichtung war eher schlicht und der Prediger in einem einfachen, langen, weißen Gewand. Da ich kein Wort von dem was er predigte verstand, genoss ich noch ein wenig das Sitzen und die andächtige Ruhe, bevor ich mich draußen auf der Straße wieder weiter in den nördlichen Teil von Manhattan wagte.

New York ist eine ewige Baustelle. Noch hat Mr. Bloomberg als Bürgermeister hier das Sagen und er hat sich vorgenommen, die Stadt grüner und umweltfreundlicher zu gestalten. Die Stadt ist aber auch in die Jahre gekommen und wird langsam marode, dieser Zustand gehört ausgebessert. Daher ragen an vielen Mauern der Gebäude, egal in welchem Viertel, Baugerüste die Außenfassaden empor. Und es wird natürlich auch ständig Neues gebaut. Das Stadtbild ändert sich jedes Jahr aufs Neue.

Die Baustellen wiederum sind – da der Amerikaner schon wegen einer Tasse heißen Kaffee, an der er sich verbrüht hat, vor Gericht zieht – Hundert Prozent abgesichert. Ich habe oft erlebt, dass wenn ein zu einer Baustelle dazugehöriges Stromkabel entlang des Trottoir verläuft, ein Bauarbeiter extra an dieser Stelle positioniert wird um die vorbeigehenden Passanten darauf aufmerksam zu machen, dass sich auf dem Boden vor ihren Füßen ein Kabel befindet und sie sollten doch bitte so vorsichtig sein und nicht über das darauf hingewiesene zu stolpern. Unglaublich oder?

Wenn ich durch die Straßen – überwiegend Manhattan – der Stadt laufe, ob tagsüber, abends oder nachts, begegne ich immer wieder diesen ewig langen Stretchlimousinen. Anfangs dachte ich, die gehören mit in die Tourismusbrache. Die können sich die Touris mieten um sich damit, schwelgend im VIP Feeling, durch die Stadt fahren zu lassen, ähnlich den Sightseeing Bussen.

Nun bin ich aber dahinter gekommen. Die Limousinen die es in allen möglichen Variationen gibt, vom Lincoln MKT, den geräumigen Cadillac Escalade SUV, oder den Stretch-Hummer, dienen den VIP`s selber als Taxi. Wenn ein Bono von U2 zum Beispiel, von seiner Wohnung aus, im San Remo Building, ins Plattenstudio in die 56th Street will, lässt er sich abholen und vor das Studio fahren. Sozusagen Taxi für Promis. Während man einem Al Pacino auch schon mal in der Subway begegnen kann.

Einmal passierte es mir, ich saß gerade auf einer Parkbank auf dem Gehweg, entlang des Central Park West gegenüber dem San Remo. Voller Hoffnung, dass Mr. Steven Spielberg aus der Tür kam und mich für den Film entdecken würde. Da hielt an der Straße, auf meiner Höhe, eine Limousine an. Das getönte Fenster bewegte sich langsam nach unten, heraus schaute ein Gesicht und sprach mich an. Woher ich kommen würde und was ich mache? Nachdem ich kurz aber vorsichtig meine Situation erläuterte, erzählte er mir von seinem Filmprojekt. Über seinen Onkel, einem Indischen Musiker, Besitzer eines Khan-Titels, dessen Leben er verfilmen möchte und er bräuchte mich als Darsteller, eben für dieses Projekt, da ich optisch dazu passen würde. Ich erklärte ihm meine Lage, dass ich nur auf Besuch bin und dass ich bald abreisen werde, aber ich es mir überlegen werde. Ich erzählte ihm außerdem, dass ich ebenfalls einen Onkel habe, im Besitz eines Khan-Titels und der ebenfalls Musiker wäre. Mein Gegenüber war den Tränen Nahe und beteuerte mir noch einmal, dass ich unbedingt in seinem Film mitwirken solle. Er überreichte mir seine Karte, redete nochmals intensiv auf mich ein und mit einem herzhaften Händeschütteln verabschiedete er sich wieder so schnell wie er gekommen war. Ich war ein wenig perplex. So etwas passiert einem hier wirklich. Auf der Straße entdeckt und dann ab zum Film. Auf jeden Fall, aus dem Projekt wurde nichts. Es war eben nicht Steven Spielberg, der aus der Limo heraus auf mich zu kam.

In Gedanken, in einem Spielfilm mitzuwirken, lief ich den Broadway hinunter bis an den Times Square. Verweilte dort auf den roten Treppenstufen, die den Eindruck einer Bühne vermitteln, beobachtete das Fotoshooting eines bildhübschen Models und ließ das bunte, turbulente Treiben der Großstadt und die hellen, meterhohen Werbelichter des Times Square auf mich einwirken.

Als ich am nächsten Tag, früh am Vormittag, bemerkte, dass das Badezimmer im Flur ein paar Türen weiter, frei wurde, wickelte ich mir mein Handtuch um, stürmte, freundlich meine Nachbarn begrüßend durch den Gang und hatte das Bad für mich. Der erste Sieg des heutigen Tages.

Frisch motiviert ging ich die Eingangsstufen des Hotels hinunter und betrat das Leben. Es war noch relativ früh am Tag und die Anwohner bereiteten sich auf ihren Arbeitstag vor, indem sie die Gehsteige mit einem Wasserschlauch vom Staub befreiten. Der Blumenhändler stellte seine Ware zur Schau, die Gemüsehändler bauten ihre Stände auf, die Ladentüren wurden geöffnet und ich machte mich auf die Suche nach einem Platz zum Frühstücken.

Ich fand ein kleines Frühstück anbietendes Restaurant an einer belebten Straße, fragte nach einem Tisch für eine Person, bekam einen und bestellte mir meine erste Mahlzeit des Tages. Ich bin morgens kein großer Esser, deshalb bestellte ich mir nur einen Muffin und einen großen Kaffee dazu. Was dann kam, hätte mir den ganzen Tag und vielleicht auch noch den folgenden gereicht. Hier wird in anderen Dimensionen gedacht. Ge-

gen einen großen Kaffee ist ja ansonsten überhaupt nichts ein-
zuwenden. Wenn er gut ist. Aber der Muffin hätte mich fast
erschlagen. Er füllte beinahe den ganzen Tisch aus. Ich hatte zu
kämpfen, gab aber nach der Hälfte auf, trank meinen Kaffee zu
Ende und begab mich mit vollem Bauch nach draußen ins pulsierende Leben auf die vollen Straßen.

Der Tag versprach ein schöner zu werden. Die Sonne schien.
Deshalb wollte ich den Tag im Park beginnen. Im Central Park.
Nur diesmal von der nördlichen Seite aus, von Harlem. Das
meiste laufe ich in dieser Stadt, wie schon einmal erwähnt, aber
nach diesem Muffin, musste ich erst einmal ein bisschen ruhen
und mich in der Subway zwischen die, auf dem Weg zur Arbeit
fahrende, Gesellschaft kuscheln oder klemmen, je nachdem.

Ich nahm den B-Train von der 14th Street, fuhr unterhalb
der Central Park West entlang, bis in die 110th Street am nördlichen Teil des Parks und dem Anfang Harlems.

Ich lief direkt hinüber an die Nordost Ecke des Parks, an
das Harlem Meer. Die Bezeichnung stammt aus der Zeit, als die
Holländer hier noch das Sagen hatten. Ein sehr schöner, großer
See der hauptsächlich von den Einheimischen mit ihren Famili-
en besucht wird. Weit ab vom Tourismus und dem hektischen
Großstadtlärm.

Ich folgte auf meiner Reise durch den Park und der mir
noch nicht so vertrauten Gegend, den vorgeschriebenen Wegen
und bewegte mich langsam auf östlicher Seite hinunter in Richtung Süden.

Ich verweilte eine Zeit lang am Conservatory Garden, der
mir so vorkommt, als wäre es eine separate Parkanlage, da er
von einer Hecke eingefasst ist. Die Anlage ist rund gestaltet,
mit großen Fließen belegt und beherbergt in seiner Mitte einen
Springbrunnen mit einer Wasserfontäne, die von drei in Bronze
gefassten, sich an den Händen haltenden, fröhlich tanzenden
Frauen umringt wird.

Ein Stück weiter befindet sich eine Anlage, die mich eher an ein Fußballfeld erinnert. Ebenfalls abgetrennt von der hauptsächlichen Parkanlage des Central Parks, ein großes, von einer Hecke umfasstes rechteckiges Stück grüner Rasen und irgendwo im hinteren Bereich ein in die Höhe spritzender Springbrunnen.

Springbrunnen sind, glaube ich, ganz wichtig. Die in die Höhe spritzenden Wasserfontänen lassen sich in jeder Parkanlage finden und wenn der Park noch so klein ist.

Ich erreichte East Meadow und kurz danach den größten See im Park, das Jacqueline Kennedy Onassis-Reservoir.

Das Jacqueline Kennedy Onassis-Reservoir hat eine Fläche von 43 ha und fasst 3.800.000 Kubikliter Wasser. Einst versorgte es die Stadt mit Wasser, doch heute dient es als Ort der Erholung. Die zweieinhalb Kilometer um den See, sind eine beliebte Strecke für Jogger, (für wen sonst) sie gilt als die berühmteste Joggingstrecke der Welt.

Das Gewässer ist außerdem ein wichtiges ökologisches Schutzgebiet im Park, in dem mehr als zwanzig verschiedene Wasservogelarten, Schildkröten, Biber, Schlangen und andere Wasser liebende Tiere leben, umgeben von Kirschblüten und Rhododendren.

Ich umlief das Reservoir einmal, wobei es die Richtung zu beachten gilt. Erlaubt ist nur gegen den Uhrzeigersinn, damit es zu keinem Zusammenstoß unter den Laufenden kommt. Der Rundumgang bietet eine atemberaubende Aussicht, im Besonderen an Tagen wie heute, an denen kein Wölkchen am Himmel zu sehen ist, auf die Skyline Manhattans und vermittelt eine besinnliche Ruhe auf Geist und Körper – auch ohne zu Joggen.

Genug Park für heute. Ich wollte noch, da ich mich bereits auf der Ostseite des Parks befand, auf der Upper East Side in die

Park Avenue, Anschrift 740 Park Avenue. Also doch wieder Park.

Mich interessierte, worum es sich hierbei für eine Gegend handelt, da es angeblich die elitärste Adresse New Yorks ist, die die superreichen Amerikas wie die Vanderbilts, Chryslers oder Rockefellers beherbergt.

In der Park Avenue angekommen, suchte ich nach besagter Adresse und stand auch schon bald davor. Trotzdem, dass es sich bei dieser Adresse um ein recht imposantes Gebäude handelt, wiederum im Stil Art Deco, bestehend aus Kalkstein und obwohl es das Gebäude mit den höchsten Decken und den weitesten Fluren der ganzen Avenue ist, beeindruckt es mich recht wenig. Es wirkt eher wie ein kalter grauer Klotz, der unter anderem, einen Fassadenanstrich bitter nötig hat. Auch die Lage könnte besser sein. Bestimmt verspricht sie einen herrlichen Blick auf den Central Park, aber hätte ich nicht zwei Blocks weiter westlich, in der Fifth Avenue, einen weitaus umfangreicheren Ausblick über den Park? Nun! Ich war in keinem der Apartments, laut Fotografien in Illustrierten und Infos aus dem Internet, sahen die Räumlichkeiten recht groß, prunkvoll und viel versprechend aus, aber ich weiß nicht, ob mir ein Apartment mit 51 Zimmern, davon 14 Badezimmern und privatem Fahrstuhl, 80 Millionen US Dollar wert wäre. So oder so.

Ich war wieder in Midtown. Die Genickstarre fiel dieses, wie auch schon letztes Jahr aus. Dennoch konnte ich mir ein grinsen und Kopfschütteln nicht verkneifen, wenn ich nach oben blickend durch die Schluchten der Straßen zog. Wie kann man eine solche Stadt bauen? Diese unglaublichen Türme. Ein jeder der etwas auf sich hält, hat sich hier – in dieser angesagten Weltmetropole –, ein Denkmal gesetzt.

Ich suchte Deckung im Tiffany & Co. Ich vermute dieses Juweliergeschäft wurde seit der Zeit Audrey Hepburn`s nicht mehr verändert. Mir gefällt diese schlichte Einrichtung. Es ist bestimmt eines der angenagtesten Juweliergeschäfte der Welt, hinterlässt aber nicht, den von manchen, erwartenden Eindruck: Schlichte, flachgehaltene, hellbraune, Holzvitrinen. Ebenso die Regale. Einfarbiger, eher trister Teppich und soweit ich sehe nur der Doorman als Wachpersonal. Nicht dass ich etwas im Schilde führe, nein. Es wird hier nur im Moment, in einer gepanzerten Glasvitrine, der größte gelb farbige Diamant der Welt ausgestellt. Ein schönes Teil. Ich frage eine Dame des Personals, ob ich ihn fotografieren dürfe, rechnete aber aus Sicherheitsgründen eher mit Ablehnung. Ohne viele Worte, aber mit einem freundlichen Lächeln, deutete sie mir, dass ich so viele Aufnahmen wie ich benötige machen könne.

Ich überlegte mir, ob ich mir ein kleines Andenken leisten soll. Da ich aber nirgendwo ein Preisschild entdecken konnte, entschloss ich mich dagegen. Ich denke, wer hier Einkäufe tätigt, schaut, ebenso wie bei Saks oder in den anderen etwas eleganteren, kostspieligeren Etagen bei Bloomingdales, nicht auf den Preis.

Ich verließ das Gebäude bummelte die Fifth Avenue weiter entlang der pompös und bunt dekorierten Schaufenster, hinunter bis zur 42th Street, in die NYPL.

Die New York Public Library ist mit über 51 Millionen Medien – darunter eine Gutenberg-Bibel –, eine der größten Bibliotheken der Erde und die zweitgrößte – nach Washington D. C. –, der Staaten von Amerika.

Der wunderschöne Komplex, im Beaux-Arts Stil, umfasst zwei große Straßen-Blocks. Die breiten Stufen, hoch zum Haupteingang, werden von zwei großen, links und rechts thronenden Löwen geziert. Betritt man das Gebäude, glaubt man sich in einem Harry Potter Film wieder zu finden. Die Bibliothek ist für die Öffentlichkeit frei zugänglich, in manche Bereiche muss man sich durch eine Sicherheitsschleuse begeben und es herrscht in allen Innenräumen absolute Ruhe, da sich hier eine große Anzahl Schüler versammelt um für ihre Prüfungen zu lernen.

In den Medien wurde die Bibliothek bekannt, nicht durch Harry Potter, sondern durch Filme wie: The Day After Tomorrow, Spider Man, Ghostbusters oder eben Frühstück bei Tiffany. Aber es bedarf keiner Filme um dies schöne Gebäude, mit seinen überdimensionalen, hohen Gemälden und kunstvoll geschnitzten Holzdecken zu preisen.

Schön wieder in Manhattan zu wohnen. Ich muss mir keine Gedanken machen wie und wann ich nach Brooklyn oder sonst wo hinkomme. Ich benutze gerne die Metro, aber lieber um auf Entdeckungsreise oder Erlebnisfahrt zu gehen, als späht nachts in meinen Heimathafen einzutauchen.

Ich bevorzuge eine Gegend, in der etwas Leben herrscht, in der ich abends oder nachts noch vor die Tür treten kann um eine Runde um den Block zu laufen. Eine Gegend in der ich mich sicher fühle. Ich habe mich in Brooklyn durchaus sicher gefühlt, aber für die abendlichen Spaziergänge war es mir dann doch etwas zu karg. East Village dagegen ist ganz große Klasse.

Ich ziehe es auch vor, bei jedem Besuch in New York City, in einem anderen Viertel zu wohnen, damit ich nach und nach die gesamte Stadt kennenlerne. Nur sollte es eben eine Ecke sein, wie bereits beschrieben. Safty and Action.

Also besorgte ich mir noch etwas, in braune Papiertüten verpacktes zu trinken, begab mich in die 17th Street, in mein Hotel, machte die Glotze an, legte mich aufs Bett und entspannte meine hochgelegten Beine um später noch einmal um den Block zu ziehen.

Es ist Wochenmarkt oder auch – wie schon erwähnt –, Green Market am Union Square. Und wie ich mich so an den Ständen vorbei durch die Menge wühle, frage ich mich, wer das alles essen soll. Berge von Obst, tonnenweise Gemüse. Radieschen so groß wie Orangen, Blumenkohl, wohin das Auge reicht und kistenweise Birnen, Mirabellen, Pflaumen und Äpfel im Big Apple. Stände mit handgefertigten Salben, Ölen, Soßen. Und das meiste ist biologisch. Ich komm mir vor wie auf dem Land, weit ab von einer Millionenmetropole.

Ich besorg mir meinen täglichen Apfel, staune noch eine Stunde über das vielseitige Angebot, stöbre noch ein bisschen an den Ständen mit alten und neuen Haushaltswaren und schau mir die Gemälde an, die einzelne Künstler zum Verkauf anbieten. Ich aß meinen Organic Apfel und machte mich vom Acker, vorbei an der New York Film Academy in Richtung Westen in den – oder vielmehr, auf den High Line Park. Ich wollte sehen, was an Skulpturen dieses Jahr ausgestellt wird, die dort im Park, in Abständen von ein paar Monaten immer wieder aufs Neue zur Schau gestellt werden. Zuerst aber genoss ich abermals die tolle Aussicht über den Meatpacking District und die Wasserbehälter hoch über den Dächern von New York.

Ich verweilte eine Zeitlang auf einer Plattform über der Straße, die hier auf dem Parkgelände ebenfalls als Ruhezone und als Aussichtspunkt zehn Meter über der Fahrbahn angelegt ist. Ich sitze direkt über einer stark befahrenen Straße und kann durch ein großes gläsernes Panoramafenster die gelben Taxischlangen fixieren die die Straßenschlucht entlang der Tenth Avenue fahren.

Die Betreiber eines großen Parkgeländes, auf der rechten Seite, werben mit einem überdimensionalen grellgelben Schild für ihre Parkfläche, auf dem geschrieben steht: „Stop praying … God's to busy to find you a parking spot."

Ich zieh meine Schuhe aus und laufe, in den kleinen angelegten Bächlein die auf einem Teil der Anlage fließen, vorbei an gepflanzten Wildbeeren, Sträuchern und Blumen, bis ich an eine Fassade komme, die mit großen Holzbänken ausgestattet ist. Ich setz mich hin, öffne meine Umhängetasche, hole mein

Getränk und meine Zeitschrift „New Yorker" die ich mir heute Morgen am Kiosk gekauft habe und studiere was die Stadt die nächsten Tage an Veranstaltungen zu bieten hat.

Als ich nach ungefähr einer halben Stunde weiterging, sah ich aus zehn Meter Höhe über der Straße, das berühmte Foto. Eins der bekanntesten Fotos überhaupt. Einem sich in den armen liegenden, küssenden Pärchen, das einst auf dem Times Square geschossen wurde (die Aufnahme, nicht das Pärchen). Ein heimkehrender Matrose trifft auf sein Mädchen, umarmt und küsst sie. Das Bild in Regenbogenfarben gehalten, ragte über zehn Meter in die Höhe und war somit fast zum greifen Nahe. Es ist außerhalb einer, so scheint mir, Autowerkstatt montiert, die mit Graffiti Kunstwerken in den gleichen Farben dekoriert ist.

Ich komm vorbei an weiteren Kunstobjekten, darunter eine ausrangierte Waschmaschine, mitten in den Gräsern und Büschen. Hier und da, verlaufen noch bewusst übrig gebliebene Bahngleise zwischen dem Grün der Anlage und bringen somit die Situation von einst zum Ausdruck.

Auf halber Höhe führt die High Line direkt in den Chelsea Market, der einen ganzen Häuserblock zwischen der Ninth Avenue und Tenth Avenue und zwischen der 15th Street und der 16th Street in Anspruch nimmt. In dieser mehrstöckigen Nahrungsmittelhalle befinden sich unter anderem ein Einkaufszentrum, Restaurants, natürlich Schuhputzstände, Bäckereien, mehrere Modeboutiquen, Bürogebäude und sogar eine Fernsehproduktionsstätte. Die verschiedenen Hallen in diesem ehemaligen Fabrikkomplex wurden miteinander verbunden, in dem die Wände grob durchgeschlagen wurden und anschließend unverputzt blieben. Nach oben verlaufen die rohen Durchgänge spitz zu und hinterlassen somit einen Hauch von Gotik. In der Mitte, in einem der vielen Gänge, befindet sich ein kleiner violett leuchtender Wasserfall der mit glückbringenden Münzen gespickt ist und in einer Vertiefung im Boden verschwindet.

Ich stöberte in einer der Boutiquen nach Hemden, da ich mir vorgenommen habe, nach jedem New York Besuch, eins mit nach Hause zu bringen. Bei einem japanischen Stand werd ich auch gleich fündig und kaufe mir ein schwarzes Hemd bedruckt mit bunten Blumen. Ich schlüpf hinein und siehe da. Passt. Ich lass es gleich am Körper und zieh weiter um mir die originellen Schmuckschatullen anzusehen, die gefüllt sind, mit Ringen und Manschettenknöpfen, die wiederum aus alten Schreibmaschinen Tastaturen hergestellt wurden.

Wieder einmal gibt es große handgemalte Gemälde mit New York Motiven zu kaufen. Klar, wir sind ja schließlich im Künstlerviertel.

Aber? Ist hier nicht jedes Viertel ein Künstlerviertel?

Die Hallen werden, mit von der Decke hängenden, großen gelben und roten Ballons beleuchtet. Unterhaltung bieten verschieden Musiker und wer will kann sich die Schuhe auf Hochglanz wienern lassen.

Anfangs wusste ich nicht, was die oberen Stockwerke zu bieten haben, ich sah nur immer wieder verschiedene Leute die Aufzüge hoch und runter fahren. Da dacht ich mir, weil ich ja ein großer Entdecker bin und meine Nase überall reinstecken muss, das will jetzt postwendend herausgefunden werden und stieg ebenfalls in einen der Lifts nach oben.

Im zweiten Stock stieg ich aus und stand in einem großen Saal, in dessen Mitte sich ein schwarzer Steinway & Sons Flügel befand. Ich kam mir auf der Stelle komplett verloren vor. Der Wächter des Flügels saß direkt neben der Eingangstür und betrachtete mich mit einem skeptisch fragenden Blick. Ich antwortete ihm während ich auf den Flügel zusteuerte das ich mich nur ein wenig umschauen möchte. Darauf antwortete er, mit strengem Ton: „Stay here and look!"

Ich zuckte kurz zusammen, parierte, stand ein wenig verlegen rum, scharrte noch kurz mit den Füßen am Boden und verließ augenblicklich den Saal, stürzte zurück in den Aufzug und war auf dem Weg nach unten.

Der Herr im schwarzen Anzug sitzt den ganzen Tag gebückt über seiner Zeitschrift und bewacht die Räumlichkeiten. Was für ein Job.

Unten angekommen, besorgte ich mir ein leckeres Fischgericht in einem Asia-Restaurant und setzte mich damit in den bestuhlten Gang in einer der Hallen und schaute den emsigen Leuten beim shoppen zu. Ich hatte mich eingedeckt mit Hemd, neuen Manschettenknöpfen die die Initialen M und D tragen, hatte frisches Wasser besorgt und ging wieder hinaus in den Meatpacking District.

Es muss wohl das Jahr gewesen sein, an dem Lana Del Rey ihre erste Platte veröffentlichte. Ich schließe es daraus, dass sie, hoch oben auf einem Gebäudedach, mehrere Meter in die Höhe ragt. Sie war auch sonst recht präsent in der Stadt. Selbst in einem H&M in dem ich einkaufen war, begrüßten mich mehrere meterhohe Lana Del Rey`s in unterschiedlichsten Posen. Sehr schön, ich steh auf ihre Musik. Lana find ich gut, Lana ist cool, Lana ist New Yorkerin.

Ich bestieg die High Line das letzte mal für Heute und bewegte mich schnurstracks ans nördliche Ende des Parks nach Hell`s Kitchen. Ich hatte schon einiges gelesen über dieses Viertel im Westen von Manhattan, es war mir nicht ganz geheuer, aber ich durchlief ein paar Straßen um mir selbst einen Eindruck zu machen. Eine mir eher nicht zusagende Gegend. Schnell hochgezogene Hochhäuser ohne jeden Stil, so kommt es mir vor, aber trotz allem hat es durchweg etwas magisches. Ich werde später auf alle Fälle noch einmal hierher zurück kehren.

So langsam machte ich mich auf den Weg zurück ins Hotel um meinen Ballast abzustoßen. Es war bereits Abend und höchste Zeit einen Drink zu mir zu nehmen. In der Nähe des Union Square hatte ich schon tagsüber eine Bar ausfindig gemacht, dort wollte ich hin.

Die Bar befindet sich direkt neben der New York Film Academy und ist sehr schlicht eingerichtet, das Licht wiederum düster und hinter dem Tresen hunderte von Schnapsflaschen – wie immer. Ich setzte mich an den Tresen und bestellte mir ein Samuel Adams. Wie so oft, kommt man sofort ins Gespräch mit den aufgeschlossenen Menschen hier, also unterhielt ich mich mit dem Gläser jonglierenden Barkeeper Mike und erzählte im meinen Tagesverlauf. Unter anderem auch von meinem Kurztrip nach Hell`s Kitchen.

Mike, halb Italiener halb Pole, ist in meinem Alter und berichtet, dass er in Hell´s Kitchen aufgewachsen wäre und wie er dort seine Jugend in den 1980ern und 1990ern verbrachte. Er erzählte von Bandenkriegen und den Prostituierten, die dort, in diesem verruchten Viertel, hinter hohen Glasscheiben sitzend, sich den Freiern anboten und wie Mike in jungen Jahren, mit seinen Kumpels, mit lechzender Zunge an den Schaufenstern hing. Wir unterhielten uns über den Klimawandel und dass Mike findet, der Wandel wäre gut fürs Geschäft. Während noch vor zwanzig Jahren die Menschen um diese Jahreszeit in ihren Buden saßen, da es draußen zu kalt war um auszugehen, kommen sie jetzt ins Freie und trinken etwas in seiner Bar, wovon er natürlich profitiert. So kann man es natürlich auch sehen.

Schräg gegenüber, am anderen Ende des Tresen, saß eine bildschöne Afroamerikanerin, mit gazellenhafter Figur und langem, schwarzem seidenem Haar, bestellte sich einen Drink und langweilte sich offensichtlich. Ich überlegte, ob ich sie ansprechen soll, traute mich aber dann, nach reichlicher Überlegung nicht. Meine Befürchtung war, dass ich auf der Stelle ohnmächtig werden würde. Oder am Ende kommt ihr zwei Meter großer, breitschulteriger, American Football spielender Freund und dass ich dann ohnmächtig werden würde. Der Freund kam nicht, ich ging.

Heute Morgen half ich meinen neuen Zimmernachbarn – einem Asiatischen Paar –, beim öffnen ihrer Zimmertür. Irgendwie kamen sie mit der Karte nicht zurecht. Da ich eben von der Dusche kam, bot ich mich an, nahm ihre Karte an mich und öffnete die Tür. Ohne mich eines Dankes oder wenigstens eines Blickes zu würdigen, verschwanden sie in ihrem Gemach. Na und? Der Rest der Stadt ist auf jeden Fall freundlich. Wahrscheinlich waren sie von der Anreise dermaßen gestresst, dass sie von der Welt – und mir, nichts mehr wissen wollten.

Ich lernte hier sehr schnell die unterschiede der Kulturen kennen. Währen sich die gestressten, sich immer in Eile befindlichen Einheimischen die Zeit nehmen und einem aus einer pikanten Situation helfen oder hilfsbereit den Weg erklären, sind andere Kulturen (deren Nationalität ich hier nicht erwähnen möchte) zum Teil sehr reserviert und egoistisch. Und, ich werde auf keinen Fall noch einmal den Fehler machen, Deutsche anzusprechen.

Ich rede hier nicht von Schubladendenken, es gibt immer Ausnahmen, aber im allgemeinen hat der Deutsche in New York nichts verloren, da er zu steif und zu verbissen ist, im Vergleich zu den meist sehr lockeren und ausgeglichenen Einheimischen. Oder die uniformierten Touristen allgemein. In dieser Stadt läuft so ziemlich alles gut organisiert und routiniert geplant ab. Bis auf die durch puren Egoismus gesteuerten rücksichtslosen Touri-Deppen. Die sich aber auch nicht darum scheren ob sie planlos im Weg stehen, ob sie einem beim Fotografieren vor die Linse laufen oder im Straßenverkehr nicht Schritt halten können. Das ist denen Wurst. Ein bisschen Anpassung wäre da schon angebracht. Wenigstens ein bisschen. Liebe New York reisende. Macht euch im vornherein ein wenig schlau über die Gepflogenheiten und den Ablauf in dieser Stadt. Oder bleibt zu Hause.

Ich packte meine Ausrüstung und zog los. Heute möchte ich mich – das nahm ich mir auf alle Fälle vor –, nur auf der Straße und nicht unterhalb, in den Katakomben, bewegen.

Das Wetter war großartig, es war bewölkt, bewölkt ist gut. Ich meide bewusst den Sommer in New York, im Sommer ist es nicht auszuhalten. Die anstauende Hitze zwischen den Häuserschluchten ist unerträglich, selbst zu dieser Jahreszeit in der ich mich hier bewege, September, Oktober, ist mir an manchen sonnigen Tagen noch zu drückend. Deshalb bevorzuge ich bewölkte Tage, wenn es geht, ohne Regen.

Ich hatte einen Plan. Ich will heute unbedingt zum Lippstick Building. Schon vor Jahren bin ich einmal, zusammen mit Nick, irgendwo in der Third Avenue daran vorbei gelaufen. Da sich mein Hotel zwischen der Second und der Third Avenue befindet, muss ich nur den Stuyvesant Square links liegen lassen und nach rechts bis in die Third und dann hoch Richtung Norden laufen.

Auf dem Weg dorthin, lief ich an (zum Glück) noch bestehenden alten kleinen Stores vorbei, die leider dem Aussterben geweiht sind, da die wichtigen Konzerne die Mieten ins unerschwingliche treiben um anschließend, wenn es sich die Pächter nicht mehr leisten können, das Gebäude einschließlich Grundstück, für andere Projekte aufzukaufen.

Da gibt es alte, dem Verfall nahe, jüdische Kosher Läden, mit gebrauchten Gegenständen handelnde Elektroläden, Barbier Shops und kleine Friseure, uralte Apotheken die Drug Stores und vieles mehr. Mit besprühten Außenfassaden, zerschlissenen Markisen und mit dem Angebot des Tages überschriebene Schaufenster. Auf dem Boden vor den Stores, befinden sich offene Kellerluken für die Zulieferer. Die offenen Luken, werden abgesichert mit einem Sicherheitskegel, damit herannahende, in die Luft schauende, Passanten nicht plötzlich im Keller liegen.

Der Marsch ist – wieder einmal – äußerst beeindruckend. Getöse auf der Straße, laute Straßenhändler an kleinen Marktständen, alte wie junge Bettler die mit Pappschild in der Hand auf dem Gehsteig sitzend auf ihr Schicksal aufmerksam machen. Musiker, Verrückte und Models. Das ewig anhaltende Sirengeheul im Hintergrund untermalt meinen Gang mit der passenden Großstadtmusik.

Diesmal ließ ich mich nicht groß von den vielseitigen Sehenswürdigkeiten ablenken. Ich hatte ein Ziel. Ich musste hoch in die 53rd Street. Von meinem Hotel aus in der 17th Street bis in die 53rd sind es sechsunddreißig Blocks. Zwanzig Blocks haben eine Distanz von Einer Meile, dies sind wiederum 1,6 Kilometer, also insgesamt, keine drei Kilometer. Ein Klacks. Meine zwanzig bekomme ich heute noch voll.

Ich war angekommen und bekam sogleich Genickstarre. Das Lipstick Building hebt sich komplett, durch seine an einen Lippenstift erinnernde Bauart, von den umliegenden Gebäuden ab. Die ovale Bauart verjüngt sich nach oben verlaufend in mehrere Stufenabschnitte. Mit einer Fassade aus Glas und rotem Granit, garantiert es einen ungewöhnlichen Kontrast zu den blockförmigen Bauten der Nachbarschaft. Ich musste natürlich reingehen und fand eine Lobby im postmodernen Stil vor, die sich über zwei Etagen erstreckt. Ich verweilte eine Zeit lang im Außenbereich und umlief das extravagante Bauwerk ein paarmal. Es strahlt durch seine Form und Farbe fast schon Wärme aus. Man möchte es am liebsten umarmen.

Als nächstes besuchte ich das UN-Hauptquartier.

Der wichtigste Standort und Hauptsitz der Vereinten Nationen, liegt am United Nations Plaza, hier nebenan, direkt am East River, zwischen der 42nd und 49th Street.

Im Verlauf meines mehrmaligen New York Aufenthalts, versuchte ich dreimal in die Innenräume des rechteckigen, flachen, 39 Stockwerk hohen Glas-Beton Bunkers mit der imposanten, jadegrünen Glasfassade zu gelangen, aber vergebens. Das eine mal waren zu einer Besprechung alle wichtigen Oberhäupter der Welt anwesend. Somit wurde natürlich meilenweit um das Gebäude durch die NYPD und die Army abgesichert und dadurch ein Besuch unmöglich, das nächste mal, war der hiesige Präsident anwesend und sie ließen mich wieder nicht hinein. Das dritte Mal, hatte ich mehr Glück. Ich fragte einen der Wachhabenden Soldaten am Haupteingang, ob ich mal kurz einen Blick reinwerfen dürfe. Darauf erklärte er mir: „Eintritt nur, mit einer über das Internet angemeldeten Führung."

Das reichte mir, so wichtig war es dann auch wieder nicht. Es gibt genug anderes zu sehen. Zum Beispiel das ehemalige Studio 54, das ist schon eher mein Milieu.

Der berühmte 70er Jahre Nachtklub befindet sich in der 54th Street, daher der Name des Studios, Studio 54, zwischen Eighth Avenue und Broadway.

Von hier aus – der Sage nach – verbreitete sich in den 1970er die Discowelle über den gesamten Erdball. Der Club hat schon längst dicht gemacht, aber die Eingangstür ist noch dieselbe wie vor vierzig Jahren, das übergroße Logo, die Zahl 54, an jeder der vier Eingangstüren. Ich klopfte an, die Tür blieb zu. Das Studio ist nun ein Broadway-Theater und wird wohl heute Abend für eine Vorstellung geöffnet haben.

Damals verkehrten in dieser verruchten aber überaus angesagten Disco, Gäste wie: Andy Warhol, Bianca und Mick Jagger, Donald Trump, David Bowie und Iman, Woody Allen, Salvador Dali, Al Pacino, Arnold Schwarzenegger und John Travolta, der, so ist anzunehmen, für diverse Tanzeinlagen sorgte.

Eben jeder, der in der Politik, Musik, Film, und überhaupt in der Entertainment Branche etwas zu melden hatte.

Nach dem die Tür verschlossen blieb, zog ich weiter in den Briant Park. Da es angefangen hat zu Regnen, war der ansonsten viel besuchte Park, bis auf ein paar hispano- und afroamerikanische Schoolgirls leer. Der Park sah, so allein, grau und verlassen, irgendwie gespenstisch aus. Die verstreut herumstehenden Klappstühle, die leeren, vom Regen nass gewordenen, Tische. So muss es ausgesehen haben, als der Park noch Needel Park bezeichnet wurde und von Junkies, Dealern und Zuhältern eingenommen und belagert wurde. Dank Bürgermeister Giuliani sind diese Tage gezählt. Es heißt, die Verbrecher haben wegen Giuliani`s Null Toleranz Politik größten Teils der Stadt den Rücken gekehrt, aber wahrscheinlich arbeitet das Syndikat nur verborgener, tief im Untergrund. Eigentlich will ich es gar nicht so genau wissen.

Es regnet, das bedeutet, sich ebenfalls umgehend im Untergrund zu bewegen. Ich bevorzuge im Moment den Grand Central Terminal in der 42nd, Ecke Park Avenue. Der Weg dort hin ist nur ein paar Blocks zurück Richtung Osten.

Im unteren Teil des Grand Central Terminals angekommen, besorgte ich mir beim Japaner – da mir Mikael Jordans Steakhouse zu teuer schien –, eine leckere Portion Sushi. Ich aß meinen rohen Fisch, beobachtete das Gewusel, das um mich und unter den schönen filigranen Torbogen herum schlich, entlang der unterschiedlichen kulinarischen Angebote an den vielen Essensständen, die hier zur Verfügung stehen, bevor es mich wieder nach oben zog.

Wieder oben in der Empfangshalle aufgetaucht, bewunderte ich die in der Mitte thronende frisch polierte, schwere goldene Uhr und ging anschließend in einem Klamotten- und Bücherladen shoppen, schlenderte durch den unterirdischen Obst und

Gemüsemarkt, inspizierte die Gleisanlagen einige Stockwerke tiefer und schaute mir die von Rundbogen und Säulen erbaute Oyster Bar von innen an. Dann ging ich noch in den im Gebäude vorhandenen Apple Store eine Etage höher, setzte mich an einen iMac und loggte mich ein ins Internet. Ich schoss ein Selfie, mit der integrierten Kamera des Computers und sendete es mit freundlichen Grüßen via Facebook an meine Freunde.

Nachdem ich genug in der neuesten Technik gestöbert hatte, begab ich mich wieder in die Gänge des Grand Central und überlegte was zu tun ist. Ich schaute mich um in dem Tumult, umgeben von hunderten, herumirrenden, suchenden Touristen. Aufrecht an einer Wand unterhalb eines Torbogens, standen fünf hoch konzentrierte GI`s in Camouflage Anzügen und Maschinengewehren in den Armen, die auf den Boden zu ausgerichtet waren.

Ich schwelgte eben noch in Gedanken, da kamen plötzlich wie aus dem Nichts, quer durch das ganzen Chaos schwebend, eine Reihe tanzender, verkleideter Menschen. Es waren circa acht bis zehn Pärchen, hinter- und nebeneinander, sich an erhobenen Händen haltend, gekleidet in Barock Kostümen. Die Männer mit gepuderter Langhaar Perücke, Rüschenhemden, Kniebundhosen und Schnallenschuhen. Die Damen in ihren weiten ausladenden Röcken und Kleidern. Sie schwebten beschwingt tanzend, mit leicht lächelnden Mündern, sich nach links und rechts verbeugend, von einem Ende – an den versteinerten, sie vollkommen ignorierender GI`s vorbei –, durch die Menge der verwirrt schauenden Leute und verschwanden, e-benso wie sie gekommen sind, im Nichts.

Ich dachte ich befinde mich in einem Traum oder man hat mir etwas in mein Sushi gemacht. Dieser Auftritt wirkte so unwirklich, so krass der Kontrast. Aber, das sind die Momente die mich mit New York verbinden, das unwahrscheinliche, das unvorhersehbare, passiert. Genau das ist es was diese Stadt kennzeichnet.

Eine andere faszinierende Eingebung hatte ich an einem früheren Tag. Wenn man zu einer bestimmten Uhrzeit die Empfangshalle des Grand Central Terminal betritt, lässt sich durch die oberen Fenster ein Lichteinfall beobachten, der von einem Ufo herführen könnte. Messerscharf fallen drei nebeneinander gereihte Lichterkegel zu Boden, als wollten sie etwas, wie durch einen Laserstrahl, damit durchtrennen. Wer weiß, wer dieses schmucke Gebäude geschaffen hat, man sagt den Aliens ja so einiges nach.

Der Regen ließ nach und ich ging, eine Avenue weiter, in die Madison Avenue. Dort war Mexikanischer Markt. Die Energie des Sushi, war längst aufgebraucht, deshalb holte ich mir an einem Stand auf der Straße ein frisch zubereitetes Meal aus Hühnchenfleisch, Salat, Reis und zweierlei Bohnen. Dazu noch eine Flasche Wasser und setzte mich, mit dem Rücken an eine Wand gelehnt, auf den Boden und aß mein, in eine Styroporschachtel verpacktes, mexikanisches Essen. Neben ein paar Einheimischen, leistete mir eine Taube Gesellschaft, wir teilten uns unser Essen und waren beide zufrieden.

Mein Motto dieses Jahr ist – wie ich ja schon angekündigt habe – die Gründerzeit. Ich will hauptsächlich zurück zu den Anfängen New York City`s.

Neben der Madison Ave. in der ich mich noch immer befinde, verläuft die Lexington Avenue. Ich wechselte die Straße und ging die Lexington hinunter bis zur 21st Street.

Jetzt befand ich mich im Gramercy Park, die Gegend die sowohl eine wunderschöne, historische Parkanlage ist, als gleich auch das Viertel, nach diesem Park benannt wird.

Der Gramercy Park ist einer der ersten Stadtplanungsansätze des Landes, es befinden sich in seiner Nähe wunderschöne, noch im original Zustand erhaltene Stadthäuser. Das Viertel wird im Volksmund daher auch Block Beautiful genannt.

Der Park selber ist umgeben von einem schweren, massiven gusseisernen Zaun, den ich eigentlich durchqueren wollte um ins Innere zu kommen. Die komplette Anlage ist verriegelt. Nachdem ich ein wenig an den Toren gerüttelt habe und mir ein paar fragwürdige Blicke eingeheimst hatte, fragte ich einen Bauarbeiter der sich an einem anderen Tor zu schaffen machte, wie ich den ins Innere des Parks gelangen würde. Er antwortete mir knapp: „It's Privat."

Danke fürs Gespräch. Später erfuhr ich, dass die Anlage einer von zwei Parks in der Stadt ist, die sehr wohl privat sind und daher nur für die Anwohner zugänglich, die wiederum einen Privatschlüssel besitzen. Na ja, ich begnügte mich damit, ihn von außen zu betrachten, was auch schon sehr beeindruckend war. Mit einer in der Mitte befindlichen Statue von Edwin Booth, einbefriedet mit einer Hecke und verschieden Blumen. Von Mr. Booth aus führen Kieswege in mehrere Richtungen, hoch gewachsene Bäume sorgen für Ruhe und Entspannung. Eine ältere Frau saß auf einer der zahlreichen Parkbänke und las ein Buch.

An und für sich kann man das Viertel als eine Ruhezone betrachten, weit ab vom hektischen Stadtlärm, in der selbst das hupen durch die Fahrzeuge mit einem Busgeld von dreihundert US Dollar geahndet wird.

Ich zog weiter nach SoHo und nach Little Italy und kam in Höhe der 11th Street, First Avenue an einer Pasticceria mit Cafè namens De Robertis vorbei, in dem das Schaufenster dekoriert mit Torten aller Art war. Zum größten Teil handelte es sich um bunt gemischte, mehrstöckige Hochzeitstorten. Weiter befanden sich eine Menge Blumen, Weinflaschen und natürlich die Amerikanische und, obwohl ich mich noch im East Village befand, Italienische Flagge, in den Ecken der Fenster. Wie mir bekannt war, traf sich dort zu früheren Zeiten im Hinterzimmer, Lucky Luciano mit seinen Mafia Kollegen. Den Laden gibt`s noch, Lucky Luciano nicht mehr.

Genug Geschichte für Heute. Den Abend verbrachte ich wieder in der Bar am Union Square, bei meinem Kumpel Mike. Ich lehnte, sitzend auf einem Barhocker, am Tresen und schwelgte in der Hoffnung, dass meine hübsche Lady, mit dem seidenen Haar dazu stoßt. Ich wartete – drei Biere und einen Scotch – vergebens.

Die Nacht schlief ich gut. Ich schlaf immer gut in New York, und das liegt nicht unbedingt an den Schlummerdrinks. Ich habe immer das Glück, ein Zimmer mit Blick auf den Hinterhof zu haben, weit ab vom nächtlichen Lärm der Straßen der Großstadt.

Am nächsten Tag machte ich dort weiter, wo ich am Tag zuvor aufgehört habe.
Weiter südwestlich im Stadtteil Nolita, nähe Little Italy, in der Elizabeth Street, stand ich vor der ältesten Metzgerei New Yorks, Albanese Meats & Poultry. In deren Hinterzimmer verkehrte nicht Lucky Luciano (vielleicht doch), sonder Martin Scorsese zu Dreharbeiten.

Der Fleischerladen ist seit mehreren Generationen in Betrieb, Lieferungen und Rechnungen werden immer noch von Hand auf einen Papierblock geschrieben. Ich blickte durch das Ladenfenster des in rot gestrichenem Holz gehaltenen Gebäudes und entdeckte den Ladenbesitzer, bekleidet mit einem fleckigen Metzgermantel, beim einpacken von Ware, für einen wartenden Kunden. Wie in alten Zeiten.

Von der Elizabeth Street aus, lief ich über die Prince Street ins Zentrum von Little Italy, in die Mulberry Street. Ich suchte das Restaurant La Mela, das seiner Zeit von der Mafia dominiert wurde. Hier wurden Geschäfte und Intrigen ausgehandelt und in Nebenräumen, das ein oder andere verbotene Spiel gezockt. Heute erinnern nur noch eingerahmte Fotos an den

Wänden des Lokals, von alten Legenden aus vergangene Tagen.

Natürlich, dachte ich mir, kann ich nicht weiterziehen ohne bei La Mela diniert zu haben. Ich trat ein und gab einem der Kellner zu verstehen, dass ich draußen vor dem Lokal speisen wolle. Er musterte mich, mit einem grimmigen Blick von oben nach unten und wies mir ohne viele Worte zu machen, einen Platz neben der Tür zu. Er fragte, ob ich allein wäre und was ich zu essen wünsche. Spaghetti, was den sonst. Dazu eine Flasche Roten. Eiswasser gibt es ja so oder so. Lieblos brachte er mir, nach ein paar Minuten des Wartens, meine Mahlzeit und hoffte – seinem Ausdruck nach zu urteilen –, das ich bald wieder verschwinden werde.

Italienische Gastfreundlichkeit kenne ich anders. Ich vermute ich war mit meiner alten Jeansjacke nicht souverän genug gekleidet um vor dem Lokal zu sitzen. Außerdem stieß es ihm etwas säuerlich auf, das ich nicht in Begleitung meiner Frau käme. Als ich ihm auf Italienisch zu verstehen gab, dass ich keine Frau habe, war es ganz aus. Mit einem raschen Arrivederci kassierte er ab und ich verschwand mit vollem Magen und einem halben Liter Rotwein im Kopf um die Ecke.

Ein paar Stores und Restaurants weiter die Mulberry entlang, war das Umberto Clan House, in selbigem wurde Mafiaboss Joey Gallo erschossen. Wie ich so davor stehe, kann ich mich gut in die Zeit von damals hineinversetzen. Ein rauchender Italiener steht mit nach hinten gegeltem Haar, in einem feinen Zwirn steckend, unter der blauen Markise des Restaurants. Den Blick, beobachtend nach links und nach rechts gerichtet und einen coolen Eindruck hinterlassend, als wartete er auf seine Widersacher.

Aus den Lokalen ertönt italienische Musik. Auf den Straßen wird gesungen und wild gestikulierend gesprochen. Ein Ziehharmonika spielender Mann steht neben den Gästen eines der vielen Restaurants. Es kommt mir vor, wie ein Urlaub in einem kleinen Fischerdorf irgendwo in Süditalien, nur dass man sich hier, ein paar Blocks weiter, im tiefsten China wieder findet.

Nach diesen ganzen Mafia- und Räuberpistolen, begab ich mich selber wieder einmal unter die Erde. Vier Meter unter der Straße wartend, war die Luft schwül und stickig. Die Hitze staute sich und fand keine Möglichkeit zu entweichen. Jede kleinste Bewegung, ließ einem den Schweiß aus den Poren treiben, das Hemd klebte auf der Haut, die wartenden Fahrgäste fächerten sich Luft zu, stöhnten und ächzten. Nur die Ratten, unten an den Gleisen, fühlten sich wohl.

Endlich, mit ohrenbetäubendem Getöse fuhr der R-Train aus einem Tunnel in die Station. Nach lautem, quietschendem Abbremsen kam er zum stehen, die Türen öffneten sich und heraus kam ein Schwall eiskalter Luft, verursacht durch die Air Condition im Inneren der Züge. Ein Temperatursturz von gefühlten vierzig Grad. Wir hüpften ins Innere des Trains, auf der Suche nach einem freien Platz, an dem wir der Zugluft am wenigsten ausgeliefert waren. Ich saß zwischen einer Asiatin die in Gedanken in ihren Kindle Lesestoff vertieft war und neben einem schlafenden afroamerikanischen Arbeiter, der wahrscheinlich auf dem Weg, nach Ground Zero war.

"Stand clear of the closing doors please!"

Der Zug bewegte sich nach Downtown. Das war gut. Ich werde mich von unten nach oben durcharbeiten, schließlich ging es mir in erster Linie um die Fahrt und nicht um das Ankommen.

Die R-Linie in der ich mich nun befand, erstreckt sich von Bay Ridge im Süden Brooklyns, durch Manhattan, bis Forest Hills in Queens. Dementsprechend gemischt ist das Publikum. Juden wird man immer und überall finden, da in New York mehr Juden leben, als ganz Jerusalem Einwohner hat. Eine große Anzahl machen die Iren und Italiener aus, die aber weniger in der Subway anzutreffen sind, außer vielleicht in Uniform eines

Officer. Von Brooklyn kommend befinden sich viele Afroamerikaner im Abteil, die sich mit verschiedenen Aufgaben, aber hauptsächlich Musik hörend oder dösend beschäftigen.

Auf dem Weg nach Queens findet man die unterschiedlichste Vielfalt an Reisenden. Darunter Inder, Puertoricaner, Philippinen, Kolumbianer, Mexikaner und viele mehr. Der New Yorker ist ein freundlicher, offener, zugänglicher und gesprächiger Mensch, aber in der U-Bahn spielt es sich ab wie überall sonst auf der Welt auch. Die Menschen schauen stillschweigend vor sich hin, beschäftigen sich mit sich selbst, schlafen oder hören Musik. Kommt ein Musiker oder Bettler herein, wird er ignoriert oder es wird ihm ohne eine Miene zu verziehen, etwas zugesteckt. Sie reagieren nicht mehr darauf, weil es zur Gewohnheit geworden ist, es ist Tag ein Tag aus das gleiche Schauspiel. Ich hatte aber auch schon erlebt, dass ein Künstler für eine filmreife, außergewöhnliche Darstellung, tosenden Applaus eingeheimst hatte.

Manchmal kommt es vor, dass man in einer überfüllten U-Bahn so dicht an einem Model steht, dass man ihren Atem spüren kann. Es befinden sich viele schöne, junge Menschen in dieser Stadt, in jedem Stadtteil, und es sind nicht alles professionelle angereiste Models, die es hier zu Ruhm bringen wollen. Ich vermute ein großer Teil der anschaulichen Leute brachte die 500 Jahre Evolution mit sich. Das Miteinander. Hier sehe ich einzelne Menschen, hauptsächlich Frauen, die sich aus einer Kopulation unterschiedlicher Rassen: Asiatische Mandelaugen, mokkabrauner Taint, volle Lippen und schmale Nase, dazu langes hellblondes Haar, heraus entwickelt haben. Die Aufzählung und Reihenfolge variiert. Ich beschreibe hier die Einheimischen, die hier geboren und aufgewachsen sind. Die Zugereisten Models, die etwas auf sich halten oder die unter anderem von Agenturen geschickt werden, versuchen es in New York City, bevor sie in Mailand oder Paris scheitern.

Ein einarmiger dunkelhäutiger Bettler besteigt ein paar Halte-stellen weiter das Abteil. In seiner Hand schwingend, einen mit ein paar Münzen gefüllten Kaffeebecher, erzählt er seine Ge-schichte des Kriegsveteranen, bevor er eine Station weiter das Abteil wechselt. Später kommen zwei Puertoricaner mit Gitarre und Flöte und unterhalten den Wagon mit südamerikanischer Musik. Einzelne Prediger erzählen lauthals Geschichten, von denen ich nicht die Hälfte verstehe. Immer wieder besteigen schwer aufgerüstete Cops, – von den Anwesenden ebenfalls ignoriert –, das Abteil und sehen nach dem Rechten. Ein alter Mann mit weißem Rauschebart betritt wackelig das Abteil, ich mache ihm Platz, er bedankt sich und ich steige eine Haltestelle später aus dem kühlen Zug, tauche ein in die drückende Hitze, klettere die Stufen hoch zur Straße und lasse mich von der un-tergehenden Sonne bestrahlen.

Ich befinde mich wieder in der 23rd Street, Ecke Broadway, gehe noch in eine Bar, bestelle mir ein Bier zu den Snacks und geselle mich nach draußen in den einbefriedeten Bereich des Lokals, in dem ich auch unter freiem Himmel meinen Drink genießen kann und schaue mit einem zufriedenen Lächeln auf die vorbei hetzenden Meute.

Heute ist Ruhe angesagt. Absolute Ruhe. Ich werde den Tag gemütlich beginnen und gemütlich ausklingen lassen – das nehme ich mir heute und an so vielen anderen Tagen vor.

Also machte ich mich, nach einem ausreichenden und ruhi-gen Frühstück, gemächlich auf den Weg. Eingedeckt mit einem Apfel, den ich mir an einem Straßenstand besorgt habe, samt einer Flasche Wasser, für meine kurze Reise durch mein Neighborhood East Village.

Schon früher kam ich an einem, auf der Spitze stehenden, drehbaren, mehrere Meter hohen, dunkelgrauen Cube am Astor Place vorbei und fragte mich, was es mit diesem Würfel wohl auf sich hat. Doch nicht Heute. Ich ging weiter, an dem kantigen drehbaren Etwas vorbei, bevor ich den R-Train in der 8th Street Station bestieg.

Durch Umsteigen in der Canal Street, gelangte ich in den Q-Train und somit nach Brooklyn, in den Neighborhood Sunset Park.

Mit absoluter Ruhe meine ich den Green-Wood Cemetery. Ein auf dem höchst angelegten Punkt Brooklyns befindlicher Platz, auf dessen Fläche sich 600.000 beherbergten Seelen, in ihren zum Teil wunderschönen Gräbern, zur letzten Ruhe begeben haben.

Der 1838 eröffnete Friedhof Green-Wood, mit seinen Weihern, Rasenanlagen, Büschen, Hügeln, uralten Bäumen und idyllisch angelegten Spazierwegen, erlangte durch seine atemberaubende Schönheit so an Attraktivität, dass sich jeder Einheimische New Yorker an diesen magischen Ort zur letzten Ruhestätte begeben will.

Die New York Times schrieb 1866: „Es ist der Ehrgeiz der New Yorker auf der Fifth Avenue zu leben, ihre Spaziergänge im Central Park zu unternehmen und sich zu seinen Vätern in Green-Wood zur (letzten) Ruhe zu legen."

Endlich vor dem Friedhof angelangt, durchschritt ich einen anmutenden, verschnörkelten mit hohen neugotischen Türmen verzierten Torbogen ins Innere des Totenreichs. Außer Vogelgezwitscher und das herannahen eines Leichenwagens, war nichts zu hören.

Zu allererst, besorgte ich mir, bei einer freundlichen Dame, mit der ich mich über den Friedhof, Deutschland, Gott und die Welt und über das letzte Werk Paul Auster`s „Sunset Park", der im Nachbarviertel Park Slope sein Zuhause hat, unterhielt, einen Lageplan des unüberschaubaren Anwesens mit seinen wichtigsten Grabstätten.

Der Friedhof war lange Zeit, neben den Niagarafällen, die größte Touristenattraktion des Landes, aber von Menschen keine Spur auf dieser fast zwei qkm großen Fläche.

Ich lief entlang an verwitterten Obelisken und kleinen unscheinbaren Gräbern, bis ich auf die alte, zum Teil von Moos bewucherten, Friedhofskapelle stieß, die für die Besucher offen stand. Die Kapelle ist eher schlicht gestaltet, aber mit wunderschönen bunten, in die Höhe ragenden, Glasfenstern. Ich setzte mich auf eine der dunklen, mit Engel verzierten Holzbänke und machte mir Notizen über die Vorgehensweise meines Besuches. Nachdem ich mir halbwegs einen Plan zurecht geschustert hatte, lief ich hinunter an einen sich in der Nähe befindlichen See, dessen ruhige grüngraue Oberfläche mit Seerosen bedeckt war und in dessen Mitte sich eine Wasserfontäne in die Lüfte erhob. Umgeben von einer großen Anzahl unterschiedlicher grüngrauer Bäume und noch unterschiedlicheren Grabsteinen in verschiedenen Größen und Formen, schritt ich auf ein Familiengrab der Tiffany's zu und ein paar Meter weiter besuchte ich das Mausoleum der Steinways. Die Wege waren bestückt mit hohen silbergrauen Eichen die aus dem kargen Boden wucherten. Verschiedene Gräber, ob alt oder neu, waren geschmückt mit frischen sich hervorhebenden, bunten Blumen. Mir begegneten Hügel mit eingelassene Grabmäler, die an kleine Schlösser erinnerten, Mausoleen, die mit aus Bronze bestehenden, wachenden Engeln versehen waren, trauernde Frauen aus Granit, in den Händen Blumen für ihre verblichenen Liebsten haltend. Ich stand vor der im Boden eingelassenen, schlichten Gedenktafel Leonard Bernsteins, eingekreist von mehreren Kieselsteinen verschiedener Größe. Pyramiden umgeben von Obelisken, uralte Sandgrabsteine deren Innschrift bis zur Unendlichkeit vergilbt und verwaschen waren. Kindergräber mit den traurigen Abbildungen der Kinder aus Marmor, verziert mit kleinen Spielzeugfiguren, sitzend auf den Grabsteinen und aus Bronze angefertigten verschnörkelten Schreinen auf Podesten.

Ich stieg immer höher, bis ich einen Ausblick über den Fluss, nach Manhattan hatte, dessen World Trade Center, von einem bestimmten Winkel aus betrachtet, eine Einheit mit einem der hiesigen Obelisken bildet. Weiter unten sah ich einen Gartenarbeiter, der sich um die Sauberkeit und Pflege der Wege um die Kapelle kümmerte. Ein ruhender nachdenklicher Engel weilte auf einem Marmorgrab, Efeu bewachsene alte Bäume und eine Indianer Skulptur aus noch neuer brauner Bronze, die auf einem Podest ruhte und den Blick in die Ferne schweifen ließ.

Die Wege sind zur Orientierung gekennzeichnet mit Straßennamen wie Avenue so und so. Auf einem dieser Wege fand ich das Grabmal der Charlotte Canda, das nach einer Märchenschloss Zeichnung des talentierten Mädchens entworfen wurde.

Eine Begehung des Green-Wood Cemetery kann Tag füllend sein, er ist groß, mit seinen 600.000 Ruhenden – dachte ich. Bis ich später erfuhr, dass es in Queens einen Cemetery gibt auf dem sich drei Millionen Dahingeschiedene befinden.

Ich wollte noch – da ich schon hier in Brooklyn war –, bei meiner Bekannten Nobia, die mich letztes Jahr bewirtete, vorbeischauen.

Sunset Park ist ein schönes, ruhiges Viertel, es gleicht ein wenig einem Dorf, irgendwo im Bundesstaat New York.

Flache, zum Teil aus Holz, die übrigen aus robustem alten Backstein, gebaute Häuser, zieren die kaum befahrenen Straßen.

An einem bestimmten Haus in einer Siedlung blieb ich stehen, es hinterließ den Eindruck in mir, als würde Barbie darin wohnen. Die Villa ist verkleidet mit hellen weißen Holzlatten, die Türen und Fensterrahmen sind Pink Farben gestrichen, so auch der gusseiserne Zaun, der das Haus umgibt, in weiß mit pink farbigen Spitzen bemalt ist. Kleine, märchenhafte Figürchen, Blumen aus buntem Plastik und weiße Ballonlampen bewachen die Eingangstüre so auch vereinzelt die schmalen Fenster an der Frontseite. Ich harrte ein paar Minuten vor dem Eingang aus und wartete darauf, das Barbie heraus käme. Würde dies der Fall sein, hätte ich mich umgehend als Ken zu erkennen gegeben und hätte sie gefragt – wie es hier üblich ist –, ob sie mit mir ausgehen würde.

Das warten in der Sonne machte mich durstig, also ging ich in einen nahegelegenen Mc Donald, bestellte einen Burger mit Fritten und eine Cola für den Kreislauf. Die Verkäuferin fragte: „The Coke! Medium or large?"

Da ich Durst hatte bestellte ich natürlich large. Das erwies sich als großer Fehler. Die Dimensionen in diesem Land sind anders als die in Europa. Ich dachte, als ich den Becher überreicht bekam, ich halte einen fünf Liter Eimer in der Hand. Nun war ich eine Zeit lang beschäftigt. Was aber nichts machte, da ich an einem ruhigen Fensterplatz saß und meinen Blick durch die Straßen des Viertel Sunset Park gleiten lassen konnte.

Mit meinem fünf Liter Eimer in der Hand zog ich bald weiter, schließlich wollte ich vor Dunkelheit bei Nobia sein und zur Abenddämmerung über die Brooklyn Bridge den Heimweg nach Manhattan antreten.

Ich lief durch das Viertel Park Slope und dann Richtung Prospect Park. Meiner Erinnerung nach, kam ich so am östlichen Ende des Parks in die Ocean Avenue, unweit von Nobias Zuhause. Nach ein bisschen nach dem Weg fragen, einem nicht enden wollenden Gang durch eine karg gefliste Unterführung und umherirren durch Brooklyn, erreichte ich das Südwest Ende des eingezäunten Prospect Parks. Ich fand eine Öffnung und schlüpfte sogleich hindurch. Schon verlor ich die Orientierung.

Ich grub in meiner Tasche nach meinem Stadtplan – hatte ich natürlich nicht dabei. Na großartig! Was ich hatte, war eine Subway Map und einen Kompass. Das muss ausreichen, da ich ja wusste, ich muss mich nur Richtung Osten bewegen – Richtung Meer.

Und wieder Jogger, überall Jogger. Noch – bei Tageslicht. Sie werden mit der Sonne untergehen. Wer hier in New York nicht gerade seine Muskeln im GYM trainiert, rennt durch den Park. Ständig.

Nach etwa einer Stunde wurde mir mulmig im Gemüt. Ich hatte nicht vor, mich in der Dunkelheit im Park zu verlaufen. Nach ungefähr einer weiteren Stunde, kreuzten sich mir bekannte Stellen, aber auch mysteriöse Gestallten. (Das bildete ich mir nur ein.) Da ein See, dort ein Pavillon und eine Brücke, die ich überqueren muss. Ich kam meinem Ziel näher. Hier, endlich zeigten sich Dachgiebel der Häuser der Stadt, zwischen den Baumspitzen. Ich erreichte die Ocean Avenue. Jetzt nur noch hinüber zur Flatbush Avenue und dann links abzweigen in die Rutland Road.

Auf gut Glück betätigte ich die Klingel. Zuerst sah ich ein breites Grinsen, dann erkannte ich Nobia, die mich mit einer festen Umarmung willkommen hieß. Sie bot mir ein Glas Wasser an und wir unterhielten uns über dies und das. Sie würde heute Abend auf ein Block-Party gehen, hier in der Nachbarschaft und so weiter. Ich fragte sie nach dem besten Zustieg in eine Subway die mich in die Nähe der Brooklyn Bridge bringen könne. Sie erklärte mir anhand eines Stadtplans (sie hatte einen) den kürzesten Weg. Ich begrüßte noch ihre Tochter, staunte wie groß sie geworden war, wir umarmten und herzten uns und ich zog weiter zur nächsten, mir bekannten, Subwaystation.

Als ich den Aufstieg der Brooklyn Bridge erreichte, dämmerte es bereits. Das war der Plan. Die Brooklyn Bridge ist meine absolute Favorit Bridge hier im Städtchen, in dem mehr Brücken über Flüsse führen, als über Venedigs Kanäle. Bei einem New York Besuch, galt es für mich, sie auf jeden Fall einmal zu überqueren.

Die Brooklyn Bridge war bei ihrer Fertigstellung im Mai 1883, die längste Hängebrücke der Welt und galt (wie zuvor schon das Woolworth Building) als das achte Weltwunder. Die 1834 Meter lange Brücke wird von zwei großen mit neugotischen Stilelementen versehenen Türmen gehalten. Im unteren fahrbaren Bereich dienen insgesamt sechs Spuren für den Verkehr und eine breite Spur darüber, dient für Fahrräder sowohl auch für Fußgänger.

Genau darüber will ich über den East River ans andere Ende der Brücke nach Manhattan wandeln und die vor mir atemberaubende Skyline der in Dunkelheit getauchten und aus künstlichem Licht erhobenen Stadt bewundern.

Wie schon beschrieben, wird die Mitte der Spur, die über der Fahrbahn verläuft, von heran eilenden Radfahrern und träumenden Fußgänger gleichermaßen genutzt und ist somit – man sollte meinen, für jeden erkenntlich – am Boden gekennzeichnet. Die Fußgänger benutzen die eine, die Radfahrer die andere Seite.

Nähert sich nun ein Radfahrer, – der größten Teils mit hoher Geschwindigkeit auftaucht –, macht er sich durch das schrille Geräusch einer Trillerpfeife bemerkbar – oder auch nicht. Beim überqueren der Radfahrstrecke, um auf der anderen Seite der Brücke einen Blick auf die Skyline der Stadt zu erhaschen, schaute ich, wie im Straßenverkehr auch, nach links und nach rechts um mich zu vergewissern dass kein Radler kommt.

Ich schon. Aber!

Die meisten Touristen sind durch den grandiosen Ausblick der sich auf die Stadt bietet – sowohl nach Midtown so auch hinunter zum Financial District –, so vollkommen geblendet, dass sie alles was um sie herum geschieht ausblenden und ignorieren.

So erging es auch einer jungen Touristin – Herkunftsland unbekannt –, da sich nach diesem Vorfall nicht mehr sprechen konnte.

Mit erhobener Kamera in Position und den Blick mit weit aufgerissenen Augen auf die Skyline gerichtet, wollte sie den Radweg überqueren, als ein von Manhattaner Seite heran eilender, lauthals schreiender Radfahrer, mit rasender Geschwindigkeit ihren Weg kreuzte – oder kreuzen wollte. Mit einer unglaublichen Wucht prallten die beiden aufeinander, direkt hinter meinem Rücken. Der Radfahrer vollzog einen weniger gekonnten Salto über die auf den Boden stürzende Frau und blieb ein paar Meter weiter, mit einem, dem Schreien und abtasten der Schulter nach zu urteilen, gebrochenen Schlüsselbein liegen und die junge Dame blieb, alle Viere von sich gestreckt, ohnmächtig auf dem Boden liegen. Ihr Freund kümmerte sich sogleich um sie und ich half dem Radfahrer seine zerborstenen Fahrradteile einzusammeln, zückte mein Handy und überlegte, wie ich jetzt den Notruf wähle, aber ein paar heran eilende Passanten kamen mir zuvor. Mir blieb nichts anderes übrig, als mein iPod in meine Ohren zu stöpseln und musikhörender Weise weiterzuziehen.

Wegen der Lichter der Großstadt, wollte ich bei Dunkelheit die Brücke überqueren und dieser magische, unglaubliche Anblick bot sich mir jetzt auch. Eigentlich, dachte ich mir, möchte ich von jetzt an mein Leben auf dieser Brücke verbringen. Mit den Gefahren bin ich vertraut, ich muss es nur noch schaffen den zugigen Wind in den Griff zu bekommen. Nein, es ist absolut faszinierend. Die schillernden Türme in Lower Manhattan. das hell erleuchtete Chrysler Building, das heute in Blau und Rot gehaltene Empire State Building, die dunkelgrüne Fassade des UN-Hauptquartier, die nahe, gegenüberliegende mit einer Lichterkette behangene Manhattan Bridge, die beleuchteten Segelschiffe im Hafen, die Fähren und Wasser Taxis auf dem Fluss unter der Brücke durchfahrend und natürlich die Brooklyn Bridge selbst, mit ihren riesigen, massiven, tragenden Stahlseilen.

Nach knapp zwei Kilometer erlebnisreichem Fußmarsch tauchte ich, vorbei am wellenförmigen Beekman Tower, in Höhe der City Hall, in die Stadt ein. An der City Hall Station bestieg ich die Linie 6 und ließ mich, begleitet von Musik, direkt zum Union Square bringen. Ich ging in mein Hotel, warf meine Sachen über die Stuhllehne und legte meine müden Füße kurz aufs Bett um später noch einmal gemütlich um den Block zu ziehen. Genug Wanderung für Heute.

Als ich am darauf folgenden Tag auf dem Weg zum Times Square war, hatte ich eine seltsame, aber auch durchaus schöne Begegnung. Ich schlenderte gemächlich die Third Avenue hoch und überquerte auf Höhe der 42nd Street, im Strom der Menge, die Kreuzung. Natürlich bei Rot, die Straße war ja frei – mehr oder weniger.

Als ich die Fifth Avenue erreichte und weiter auf die Avenue of the Americas zusteuerte, musste ich an der Ampel kurz halt machen, da ein Schwung gelber Taxis vorbei wollte. Über die mehrspurige Straße, auf die andere Seite schauend, erblickte ich eine Frau, die an einer Ampelvorrichtung lehnte und etwas in ihr Handy tippte. Als ich beim überqueren der Straße, der tippenden, ungefähr eins achtzig Meter großen Frau näher kam, konnte ich es kaum fassen. Obwohl für New Yorker Verhältnisse nicht außergewöhnlich, wunderte ich mich doch etwas über diese nicht alltägliche Erscheinung. Meine Schritte wurden immer langsamer bis ich fast zum Stillstand kam. Jetzt bloß nicht glotzen. Diese Frau war ein Kunstwerk. Bestehend aus, – wo soll ich anfangen? Von oben nach unten. Auf dem Kopf trug sie eine ausladende, Afro-Perücke aus weißem Plastik, dazu eine große 60er Jahre, ebenfalls weiße, Sonnenbrille. Über ihren grell roten Lippen, schmückte ein aufgemaltes, gezwirbeltes Zierbärtchen ihr Gesicht. Der Oberkörper war nackt, was durchaus in Ordnung war, denn sie hatte wunderschöne Brüste. Die hautenge Lackhose, war aus dem gleichen Weiß wie ihre Frisur. Dazu kleidete sie ihre Füße mit Lippenstift roten High Heels. Sie lehnte da, die Beine überkreuzt, als wäre es das normalste auf der Welt. Was es ja auch ist. Ich dachte, ich sollte ein Foto machen, aber ich gehöre nicht zu der Sorte Mensch, die einfach ungefragt Personen ablichtet. Und um sie zu fragen, hätte ich reden müssen. Aber es hatte mir die Sprache verschlagen. Wenn der Tag schon mit solch faszinierenden Erscheinungen beginnt, dann ist das ein Zeichen, das bedeutet, auf den Times Square zu gehen, was ich so oder so vor hatte und den ich eine Straße weiter, auf der Fashion Avenue, auch erreichte.

Normalerweise ist Samstag Times Square Tag, so wie Sonntag Coney Island Tag ist. Man wird zwar samstags fast erdrückt, aber es ist besser als im Zoo. Es war noch heller Tag und Sonnenschein, aber das treiben war schon in vollem Gange. Vorbei an der großen Amerika Flagge und dem New York Police Department, erklomm ich erst einmal die roten Stufen unterhalb der Lichtersäule auf der nördlichen Seite um mir einen Überblick zu verschaffen. Durch ein großes Gedränge kämpfend, ergatterte ich, oben angekommen, einen Platz und hielt Ausschau über die Köpfe der Menge hinweg.

Der Times Square ist der größte Touristenmagnet weltweit. Er ist eine Explosion aus unzähligen grellen Lichtern, Farben, treibenden, glamourösen Menschenmassen, Geräuschen und den unterschiedlichsten Düften.

Einfach ein berauschender Augenblick hier oben zu stehen. Die gesamte Stadt ist berauschend. Und dann wollen die mir, auf dem Washington Square Park, Drogen verkaufen. Wer braucht den so was?

Werbetafeln so groß wie Häuser. So bunt wie ein Korallenmeer. Eine überdimensionale Schaubühne. Ich stieg wieder hinunter und entdeckte mich, unten angekommen, auf einer der Werbetafeln. Wir wurden gefilmt. Big Brother is watching you! Ich stöberte noch ein wenig im Hard Rock Cafè und besorgte mir ein T-Shirt. Was muss, das muss. Danach vergnügte ich mich noch eine Zeit lang bei den Artisten und zog dann weiter nach Norden, in den Central Park, das schöne Wetter genießen.

Hoch über mir in den Lüften, zogen die hier in den umliegenden Nischen der Hochhäuser nistenden Falken ihre Kreise, Ausschau haltend nach Tauben und anderem Gefieder oder nach Ratten tief unten auf den Straßen. Ich zog weiter entlang der Rushhour durch den Großstadtlärm, begleitet von wildem Gehupe und Sirenengeheul und erreichte schließlich den südlichen Teil des Parks. Zuerst lief ich vorbei an den Pferdekutschen und Fahrradrikschas, hinüber bis zur Fünften und tauchte von dort aus ein in den Park um an The Pond und die **Gapstow Bridge zu gelangen**, von da aus man einen wunderbaren Blick auf das The Plaza Hotel und den Grand Army Plaza hat. Ich zog meine Schuhe aus und lief barfuß im Park hoch zu Sheep Meadow, wo ich mich erst einmal ins weiche Gras legte und zur Entspannung Musik hörte und den Ballspielern und Artisten zusah.

Nach etwa einer Stunde der Entspannung, folgte ich den Klängen eines Saxofons. Unter dem Bogen einer der vielen Brücken im Park wurde ich fündig und lauschte den Jazz Melodien, ich gab dem Künstler einen Dollar, die ich immer, eben für diese Zwecke, gebündelt in der Hosentasche mit mir trug. Er bedankte sich in dem er kurz eine Oktave höher spielte.

Als ich am The Lake ankam, war dieser voll mit Ruderbooten, in denen sich hauptsächlich Pärchen einen romantischen Moment gönnten. Über den See blickend, entdeckte ich das Dakota und das San Remo Building auf der West Side. Ich drang tiefer ins Innere des Parks, zwischen uralte, hohe Ahornbäume kämpfend, unter nostalgischen Gaslampen hindurch, vorbei an Eichhörnchen und Waschbären den Dschungel durchquerend, kletterte karge Steintreppen hoch, ging über zurückgelassene, graue Felsen, bis ich an einem bezauberten Märchenschloss ankam.

Es war das Belvedere Castle. Ein Schloss, erschaffen aus Schiefer und Granit und aus einer architektonische Mischung aus gotischen und romantischen Stilen. Ich bestieg die Stufen, im Inneren des Schlosses, hoch auf die Aussichtsplattform und hatte hier, auf dieser zweithöchsten Stelle im Park, einen Überblick auf den Turtle Pond und die Freilichtbühne, das Delacorte Theater, auf dessen Bühne im Sommer kostenlose Shakespeare-Aufführungen zum Besten gegeben werden. Ich sehe das Metropolitan Museum of Art, den gesamten Park und hoch bis nach Harlem. Ich stieg auf der anderen Seite des kleinen Schlosses hinunter zum Amphitheater, bestaunte die verschiedenen bronzenen Skulpturen, wie Romeo und Julia oder eine menschliche Abbildung des Tempest, bevor ich mich noch ein bisschen, zu den sich im Wasser tummelnden Schildkröten, ans Ufer des Turtle Pond lege.

Ich wandelte über den Great Lawn, eine große Fläche Rasen auf welchem die New Yorker Philharmoniker zweimal im Jahr ein kostenloses Sommernachts-Special geben und Simon und Garfunkel und viele andere Interpreten, ihre legendären Auftritte hatten. Nachdem ich nochmals das Jaqueline Kennedy Onassis Reservoir umrundete, begab ich mich zurück nach Midtown in den etwas anderen Dschungel.

Ich hielt mich im Bereich des Rockefeller Centers auf und schaute an der Radio City Music Hall vorbei um zu lesen was auf dem Programm steht. Gerne wollte ich einmal dieser nostalgischen Musikhalle einen Besuch abstatten. Jack White würde heute Abend ein Konzert geben, leider ausverkauft. Schade, er wäre einen Besuch wert gewesen.

Durch die monströsen Häuserschluchten des Rockefeller Centers kämpfend, beobachtete ich eine filmreife Festnahme auf offener Straße. Jetzt heißt es in Deckung gehen, bevor der Schusswechsel folgt. Alles ging glimpflich über die Bühne. Der Fahrer eines Transporters ließ sich widerstandslos festnehmen.

Im Bryant Park hinter der NYPL besorgte ich mir an einem Stand eines Asiaten ein Bio Menü und setzte mich zwischen Gleichgesinnte, hörte Musik und wartete die Abenddämmerung ab.

Mit Musik in den Ohren – es wurde bereits Dunkel –, schwebte ich durch das gleißende Licht der Großstadt in Richtung Flatiron District und bewunderte eine Ausstellung verschiedener, seltsamer, von Scheinwerferlicht bestrahlten Skulpturen im Madison Square Park und trank noch ein Brooklyn Lager an einem Kiosk unter dem Flatiron Building mit Blick auf das – heute in hellem weiß leuchtende –, Empire State Building, bevor ich mich zur nächtlichen Ruhe in die 17th Street zurück zu meinem Hotel aufmachte.

Mein Frühstück nahm ich heute, an diesem erneut sonnigen Morgen, am Union Square ein. Nachdem ich mir zwei Croissant und einen small Coffe in einer Bäckerei in der Nähe geholt habe, setzte ich mich auf eine freie Bank neben eine lernende Studentin und fütterte die Spatzen die mir – im wahrsten Sinne des Wortes – zu Füßen lagen. Gegenüber saß ein orientalisches Pärchen mit zwei schlafenden Kindern und im abgetrennten Hundeabteil des Parks tollten drei Vierbeiner mit ihren Besitzern. Ich grub meine Notizen aus der Tasche und überlegte was ich heute unternehmen wolle. Ich geh ans Wasser, und zwar geh ich hinüber zum Hudson River, oder noch besser bei diesem Wetter, ich geh zur Promenade, entlang des Hudson.

Ich ging zu Fuß den Broadway entlang, bis ich nach mehreren Zwischenstops die Broom Street in SoHo erreichte.

Ich werde es nie schaffen, ein Ziel direkt anzulaufen, ich werde hier ständig abgelenkt, entweder durch Ereignisse oder durch etwas Sehenswertem. Dann verlasse ich meine Route und laufe in eine komplett andere Richtung um mir dies oder das Spektakel oder jenes famose Ereignis anzuschauen. Wer weiß, denk ich mir, ob ich in diese Ecke der Stadt je wieder komme. So vergehen natürlich Stunden und Kilometer. Aber! Ich bin hier nicht auf der Flucht. Ich mache Urlaub.

Einige Meter später, fand ich mich in Tribeca wieder, auf der alten gepflasterten Franklin Street und wusste, das ich schon in der Nähe des Hudson River bin. Aber auch in der Nähe des Tribeca Grill, dem De Niro seinem Lokal. Wollen wir mal sehn, ob wir ihn heute überraschen können. Oder er mich.

Von weitem schon sah ich drei große schwarze Fahrzeuge vom Limousinen & Van Service und einen schwarzen Range Rover. Mein Held aus Taxi Driver scheint anwesend zu sein. Wahrscheinlich kurz mal schauen wies Geschäft läuft. Langsam pirschte ich mich an das Restaurant heran, die Stufen hoch und schlich mich an die Tür. Wenn mich jemand beobachtete, ruft er garantiert die Cops und ich werde erst wieder gegen Kaution auf freien Fuß gesetzt. Oder mit etwas Glück, werd ich von Travis angeschossen.

Ich blickte mich im Lokal um und sah niemanden, nicht einmal die freundliche Frau an der Kasse von damals. Niemanden. Ich hätte auch das Besteck klauen können. Für die Öffnungszeiten war ich wieder mal zu früh und für Mr. De Niro wohl zu späht.

Die Franklin Street führte mich direkt auf den Independence Plaza, von dort aus ich den West Side Highway überquerte und mich somit auf der Promenade entlang des Hudson River befand. Fluss aufwärts, entlang der vielfältigen Sportanlagen in Höhe der Houston Street liegt der Pier 40. Ein großflächig ausgebauter Pier, auf dem sich die Trapeze School New York befindet. Artisten und Akrobaten wirbeln dort schwerelos durch die laue Spätsommer Luft und lassen sich ins Nichts fallen So scheint es auf alle Fälle von der Promenade aus betrachtet. Es kommt mir vor, wie ein Freiluftzirkus. Einzelne Artisten, oder auch paarweise, wirbeln sie per Salti durch die Lüfte und versuchen sich in schwindelerregender Höhe zu fangen. Ein Stück weiter wird Golf abgeschlagen, Sieger ist vermutlich, wer seinen Ball ans andere Ufer vom Hudson, nach New Jersey schlägt. Der Rest der Sportanlage bleibt mir verborgen. Ich höre noch Lärm hinter Mauern, der mich an Fußball erinnert, wird aber bald, durch das herannahen eines Hubschraubers unterbrochen. Weiter Fluss abwärts, lief ich den Pier 25 bis weit auf den Hudson hinaus. Die Piers ragen hier bis zu dreihundert Meter über den Fluss. Vom Pier 25 aus habe ich einen fantastischen Blick auf Lower Manhattan und auf das beinah fertiggestellte One World Trade Center und seine Skyscraper die sich um das Gebäude versammeln. Auch New Jersey, auf der anderen Seite des Flusses, wirkt zum greifen nahe. Es weht ein starker Wind, hier draußen auf offener See. Ich teile den Pier mit einer Hand voll Touristen und einer asiatischen Mutter die mit ihren Kindern anwesend ist.

Von der Straße her kommt ein Dogsitter mit acht verschiedenen Hunderassen an acht Leinen. Die Hunde sind alle zufrieden. Kuscheln, beschnuppern sich, bellen auch mal, was aber nur der Kommunikation dient. Keiner will irgend etwas von seinem Hundenachbarn, als währen sie auf Droge.

Ich denke das ist in dieser Stadt, so wie ich sie kennengelernt habe, üblich, dass man mit anderen Rassen auskommt. Wie die Menschen, so auch die Tiere. Insbesondere die Hunde auf engstem Raum. Aber selbst bei den friedlich miteinander lebenden, unterschiedlichen Menschen, vermute ich, die mischen hier doch irgendwas ins Trinkwasser. Wie um alles auf der Welt (oder Weltmetropole) soll das denn sonst funktionieren? Das sind natürlich Hirngespinste, ich trinke hier selbst Leitungswasser und bin … na ja, friedlich eben.

Von Sonnenschein begleitet, lauf ich den West Side Highway entlang des Flusses Richtung Norden, bis ich die Spring Street erreiche. Dort bog ich ein und lief wieder zurück nach SoHo, was nach wie vor meine Lieblingsecke hier in Manhattan ist. Ich hatte Hunger und außerdem wollte ich mich setzen. Mitten in SoHo fand ich ein kleines französisches Cafè mit dem passenden Namen „Le Petit Cafè."

Dort stellte ich mich in den Eingang und wartete bis ich einen Platz zugewiesen bekam. Ich bekam einen Fensterplatz, wie passend. Ich bestellte einen gemischten Salat und eine Coke, speiste fürstlich wie ein Gourmet und beobachtete die vorbeilaufenden Menschen, die zum Teil halt machten um in dem Second Hand Stand vor dem Cafè zu stöbern. Nun hatte ich wieder Energie um ziellos durch die Stadt zu irren.

Runter zur Canal Street laufend, durchquerte ich einmal komplett Chinatown, bis auf die andere Seite von Manhattan, ein Stück entlang der Zufahrt der Manhattan Bridge, bis ich in die Madison Street gelangte, die mich wiederum zu einer Parkanlage führte, die komplett mit Efeu überwuchert war. Ein paar karge Bäume, an denen sich ebenfalls Efeu empor schlängelte, ragten zwischen dem dichten Gewächs in die Höhe. Der Park war nicht begehbar, es gab keine Wege, nur Efeu. Wie ich anhand der Skulptur, die den Park schmückte und wild gestikulierend mit weit geöffnetem Mund auf mich zuzulaufen schien herausfand, handelt es sich um den La Guardia Park. La Guardia, einst Bürgermeister von New York City, trug den Spitznamen Fiorello, deshalb wurde ihm wahrscheinlich nebst einem Flugplatz auch dieser Park gewidmet.

Tags darauf, war es wieder an der Zeit, Abschied zu nehmen. Als Erinnerung, holte ich mir noch eine Leselektüre aus einem der größeren Bücherläden der Stadt, dem Barnes & Noble Bookstore, am Union Square. Ich schlenderte noch einmal durch den Wochenmarkt, winkte dem Empire State Building zu, ging in mein Hotel und wartete mit einem lachenden und einem weinenden Auge auf das Shuttle Taxi, das mich zum Flughafen JFK bringen sollte.

Bey Bey New York. Bis bald.

Vierter Teil
Bowery

Die vergangenen Jahre wählte ich Midtown, Brooklyn und East Village als Bleibe für meinen Aufenthalt in New York. Jetzt wollte ich es wissen, es muss doch auch eine für mich erschwingliche Unterkunft in meiner Favorit Ecke SoHo geben.

Es ist gut, das erste Mal, wenn man New York City besucht, in Midtown abzusteigen. In Midtown ist man mitten im Geschehen. Man erlebt den Impuls der Stadt hautnah und hat sofort den richtigen Eindruck. Da ich die Stadt aber insgesamt kennen lernen möchte, buche ich jedes Jahr an einer anderen Stelle, und zwar bewusst so, dass wenn ich abends vor die Tür trete, eine beeindruckende und gleichzeitig auch sichere Gegend durchlaufe.

Ich fand via Internet, in einer vor Jahren noch etwas verruchten Gegend – im Bowery um genau zu sein –, zwischen der Prince und der Spring Street im Viertel Nolita, gleich nebenan von SoHo, ein für mich erschwingliches Hotel. Da will ich hin.

Das Hotel The Bowery House versprach ein kleines Zimmer mit Gemeinschaftsbad, einer geräumigen Lobby und was natürlich ganz toll ist. Ein Rooftop oben auf dem Dach des Hotels.

Nach umsteigen in Paris, gelangte ich ohne Zwischenfälle zum JFK in Queens und von da aus noch einmal mit einem Shuttles – und einer mehrsündigen Reise – nach Manhattan zum Bahnhof Grand Central Terminal. Ich bestieg ein Taxi und gab dem Indischen Chauffeur – nach einer weiteren turbulenten Fahrt durch die Stadt –, ein ordentliches Trinkgeld für das, dass er mich sicher und bequem vor die Tür meiner neuen Bleibe führte.

Ich war sofort begeistert von der Gegend, die ich schon vom durchqueren in Richtung Chinatown und Little Italy, die Jahre zuvor, kannte.

Das Bowery House hat einen Türsteher, der dafür sorgt, dass nur Gäste des Hotels ins Haus gelangen, da die Gegend nicht ganz so sicher scheint wie zum Beispiel das sterile Midtown. Was mir sofort auffiel, war die wunderschöne, alte Lobby mit großen Fenstern, in einem dunklen Grün gestrichene Wände und uralten schwarzen bequemen Ledersofas um einen großen, flachen Tisch. Auf einem überdimensionalen Bildschirm an der Wand lief gerade – und wie ich im Verlauf meines Aufenthalts noch feststellen sollte, jeden Abend –, Die Zombiserie „The Walking Dead".

Ich checkte schnell ein und bekam auch gleich meinen Zimmerschlüssel und eine Einweisung wegen Internetnutzung, Badezimmer und so weiter. Mit dem Schlüssel in der Hand stieg ich die Treppe hoch in die dritte Etage. Dem langen Flur im Obergeschoss folgend, reihten sich ein Zimmer nach dem anderen. Nur das es sich dabei nicht um Zimmer in dem Sinne handelte, wie man sich ein Zimmer vorzustellen hat. Es waren Kabinen. Gerade mal so groß wie das kleine Bett das darin stand und nach oben, was normalerweise die Decke sein soll, gab es nur einen Gitterrost. Ein Grab ist größer. Aber macht nichts, ich will dort nur mein Zeug abstellen und vielleicht schlafen. Ich warf meine Habseligkeiten aufs Bett, verriegelte die Kabinentür und zog weiter.

Das Gemeinschaftsbad war klasse. Ganz im alt italienischen Stil: mit weißem Marmor, hellrot gestrichenen Wänden und wunderschön verschnörkelten, gebogenen Wasserhähnen. Genügend Duschkabinen und Toiletten waren vorhanden.

Ich stieg weiter die Treppe empor aufs Dach. Dort bot sich mir eine sagenhafte, geräumige Dachterrasse. Der Boden bezogen mit grünem Kunstrasen, dekoriert mit, in großen Töpfen stehenden, Bäumen und Büschen, einem DJ-Pult für die Rooftoppartys und jeder Menge Sitzgelegenheiten. Und natürlich bot sich uns Gästen eine atemberaubende Aussicht entlang der Bowery bis in den Norden Manhattans und hinunter bis an die Südspitze von Lower Manhattan, zum mittlerweile beinahe fertiggestellten One World Trade Center, wie ich aus weiter Entfernung feststellen konnte.

Da nahm ich das mit dem kleinen Zimmer gerne in Kauf.

Der Koffer, aus dem ich nun lebte, passte unter das an den Wänden anstehende Bett und es gab sogar noch ein kleines Nachtkästchen. Na also, was will man mehr.

Die Habseligkeiten, im Zimmer so gut es ging verteilt, ging ich hinunter in die flauschige Lobby, besorgte mir die Zugangsdaten für WLAN, kuschelte mich in eins der bequemen Sofas und überprüfte meinen Internet Zugang. Alles tiptop. Nebenan auf einem der anderen Sofas schlief – wie so ziemlich alle Abende –, eine kleine Asiatin. Sie wartete hier wohl jeden Abend schlafend, bis ihr Freund die Hotelschicht zu Ende hatte. Gemütliche Atmosphäre.

Wieder das Hotel verlassend, besorgte ich mir, auf der Bowery angekommen um die Ecke in einem Crocery, ein paar Budweiser Dosenbier und feierte – mit mir selbst –, meine erste Rooftopparty.

Ich zog es diesmal vor, die Gegend vom Dach aus zu inspizieren. Das New Museum mit seiner einzigartigen Gestaltung war ganz in der Nähe, einige Discos und ein Kabarett auf der gegenüberliegenden Straßenseite, schöne alte Gebäude mit Dachvorsprüngen wie ich es mag, hölzernen Wasserbehältern und Feuertreppen und ein Stück weiter südlich befand sich der Bowery Ballroom – mir bekannt durch Auftritte von Amy Winehouse und Lana Del Rey. Wie ich später noch in Erfahrung bringen sollte, war David Bowie für zwei Wochen mein Nachbar – oder ich seiner. Auf jeden Fall, wohnte er hier, zwei Blocks weiter, unmittelbar hinter der alten St. Patrick`s Cathedral. Ich bin ihm nie begegnet, – nicht bewusst.

Die Nacht schlief ich gut, ich hatte zwar die Klimaanlage direkt über meiner Kabine, aber dafür gab es bereitgelegte Ohrstöpsel, die meine Ohren wie Wachs ausgossen.

Was ich nicht brauchen kann, ist wenn in Hotels die Bettwäsche und die Handtücher täglich gewechselt werden. Was für eine Verschwendung. Hab ich im Hotel in Midtown, East Village und in anderen Orten auf der Welt, erlebt. In Brooklyn bei Nobia, wurde zur Halbzeit gewechselt und hier überhaupt nicht, was vielleicht ein bisschen wenig erscheint, aber macht nichts, schlaf nur ich drin.

An meinem ersten Morgen in meiner schönen, alten neuen Gegend, machte ich mich auf die Suche nach einem festen Platz, an dem ich mein morgendliches Frühstück zu mir nehmen wollte. – im Hotel selber, hatte ich natürlich nur Übernachtung gebucht –. Ich war auf der Suche nach einem Starbucks Cafè.

Ja, schon klar. Starbucks sollte man meiden, wenn nicht sogar boykottieren. Wegen ungerechter Behandlung dem Personal gegenüber, Umweltverschmutzung, Ausbeutung und so weiter. Würde ich anfangen die übrigen Ketten oder Konzerne weltweit zu hinterfragen, dürfte ich wahrscheinlich achtzig Prozent auf diesem Planeten nicht mehr betreten. Deshalb ...

Mir gefällt Starbucks. Die Einrichtung ist gemütlich, das Personal kompetent und freundlich und der Sound ist alles andere als Kommerz. Je nach Cafè hört man von Jazz bis Independent so ziemlich alles was gegen den Mainstream spricht. Und die Auswahl an Produkten ist vollkommen ausreichend. Bei über 360 Starbucks Standorten in New York City, wird sich wohl auch einer in meiner Reichweite befinden.

Ich wurde, nachdem ich einen Blumenhändler an der Straße fragte, in der Spring, Ecke Crosby Street, fündig. Also gleich ein paar Blocks von meinem Domizil entfernt. Es war ein recht großer Starbucks und ziemlich gut besucht, da in SoHo rund um die Uhr ein reges Treiben herrscht. Ich stellte mich, nachdem ich das Cafè betreten hatte, in die Menschenschlange und arbeitete mich langsam vor. Während des Wartens kam auch schon ein Angestellter von Starbucks und nahm unsere Bestellung auf, diktierte sie via Headphone weiter bis hinter die Theke und ich nahm, als ich vorne ankam, auch sogleich meine zwei Pumkin Cakes und meinen kleinen Kaffee entgegen. Ich bestelle keine großen Kaffees mehr, die haben hier andere Dimensionen. Ja, stimmt, sagte ich bereits. Ein großer Kaffee würde mir bis ans Ende meines Aufenthalts reichen. Danach ergatterte ich, mit einer New York Times, einen Platz am Fenster, setzte mich mit meinem Frühstück und beobachtete das Leben draußen auf der Straße und den Gehwegen.

Nach verlassen des Cafès, besorgte ich mir mein sieben Tage Ticket für die Subway in einem kleinen Eckkiosk und bestieg auch gleich den R-Train in der Prince Street nach Midtown. Ich wollte als allererstes mein geliebtes Empire State Building umarmen und erneut von innen besichtigen.

Am Empire State Building angekommen, betrat ich durch ein Blitzlicht Gewitter, – verursacht durch fotografierende Touristen –, die in Art Deco prunkvoll gestaltete Eingangshalle und schaute mich – wie immer die letzten Winkel erforschend –, ein wenig um.

Nach ungefähr zehn Minuten war ich ganz allein, keine Menschenseele war mehr zu sehen. Ich sah aber kein Schild, von wegen Zutritt verboten oder dergleichen. Ich lief noch ein bisschen weiter, bis in die hintersten Ecken des ESB, als ich auf einen Wachmann stieß. Er fragte mich, was ich hier suche und ich antwortete ihm: „I'm just looking."

Darauf er wieder: „Ah! just looking"! und ging, eine Melodie pfeifend, weiter…?

Irgendwie, schien ihn das nicht im Geringsten zu beunruhigen, was ich da mache, ich hätte auch ein Feldbett aufstellen und mich häuslich einrichten können.

Ich werde das Gebäude dieses Jahr nicht erklimmen – hatte ich ja schon. Ich warte bis das World Trade Center eröffnet wird. Dieses Jahr habe ich ja ein Hotel mit Rooftop, vielleicht nicht in der 102. Etage, aber dennoch.

Ich verließ das Empire State Building und ging die aufregende Fifth Avenue hoch um zu sehen ob noch alles beim alten ist.

Ist es natürlich nicht.

Es ändert sich jährlich, wenn nicht täglich, etwas in dieser Stadt. Neue Gebäude, die letztes Jahr noch Baustelle waren, ragen in den Himmel und die exquisiten Schaufenster waren vollkommen neu umdekoriert. Sah ich noch letztes Jahr ein leeres Fenster, in dem ausschließlich ein überdimensionaler Banktresor mit geöffneter Tür stand, war dieses Jahr das Schaufenster hoch modern dekoriert mit Designerklamotten und geschwungenen kunstvollen Schriftzügen am Fenster und der offene Tresor gewährte einen Einblick in das Ladeninnere. Das Tiffany war noch dasselbe und der Trump Tower natürlich auch. Ein muss ist – wie jedes Jahr –, der gläserne Cube des Apple Store, der durchgehend geöffnet hat. Mein schöner, ruhiger Central Park ist auch noch dort, wo er sein sollte.

Ich ging meine gewohnte Route, beginnend am Eingang Central Park South, gegenüber des The Plaza Hotel. Vorbei am The Pond überquerte ich die Gapstow Bridge und ruhte zwischen Künstlern und Familien mit tollenden Kindern im Sheep Meadow.

Angrenzend von Sheep Meadow gibt es ein Restaurant, das Mineral Springs, mit Gelegenheit im Freien zu sitzen. Ich bestellte mir ein großes Baguette und ein Samuel Adams, teilte wie gewöhnlich mit den Vögeln, die vereinzelt auf den Stühlen neben mir Platz nahmen und lächelte der Sonne entgegen.

Später auf der Bethesda Terrace angekommen, beobachtete ich ein Fotoshooting. Auf der Treppe der Terrasse posierte ein Japanisches Hochzeitspaar und lächelte verliebt in die Kamera (hier in der Stadt wird, so vermute ich, jeden Tag geheiratet). Die Band City of the Sun vom letzten Jahr, spielte ihr Repertoire und die Boote jonglierten ihre Pärchen über das Wasser des The Lake. Ich schaffte es noch hoch bis Alice in Wonderland, bevor ich außerhalb des Parks, entlang der Fifth Avenue, vorbei am Zoo, die Upper East Side hinunter lief. Genug Park fürs Erste.

Ich setzte mich auf die Begrenzungsmauer am Apple Store, schräg gegenüber des Grand Army Plaza und beobachtete grinsend den Rushhour Verkehr, der mit einem Aufgebot an Polizisten über die Kreuzungen dirigieret wurde und war froh, am Verkehr nicht teilhaben zu müssen. Wenn man es nicht selber erlebt, glaubt man es nicht.

Erwähnte ich schon, das ich es liebe in New York Subway zu fahren? Schon, ja. Aber ich liebe es noch viel mehr, zu Fuß zu gehen. Zu meinem Hotel, das sich nun Downtown befindet, ist es ein ordentliches Stück zu Fuß, vor allem aber, weil ich überall aufgehalten werde, schaue und staune.

Dennoch, gestärkt durch einen Hotdog und einer Flasche Wasser ging ich hinüber bis zur Third Avenue und machte mich auf den Weg nach unten. Die Bowery, wo ich dieses Jahr wohne ist ein Ausläufer der Third und der Fourth Avenue und führt in die Gegend in der die Straßen noch Namen tragen.

Ich ging zurück in mein Hotel um meine Füße hochzulegen, da ich ungefähr zwei bis drei Stunden unterwegs war und meine Beine schmerzten, weil ich das lange gehen nicht mehr gewohnt war. Und ich freute mich auf einen gemütlichen Abend auf meiner großflächigen Dachterrasse mit einem kühlen Bier, angenehmen Menschen und einem grandiosen Ausblick über einen schönen Teil der City.

Gegenüber meines Hotels gab es unter anderem ein Heim für Obdachlose. Tagsüber bekamen sie dort Verpflegung und nachts – sofern das Platzangebot ausreichte –, einen Platz zum schlafen. Der Rest der armen Asylsuchenden, die nicht mehr unterkamen, schliefen aufgereiht, nebeneinander auf dem Gehsteig entlang der Straße.

In ganz New York City gibt es schätzungsweise 20.000 Obdachlose, man läuft ihnen immer wieder über den Weg: unter Brücken, schlafend in den Parks mit ihrer ganzen Habe und vespernd auf den Piers. Für solche Fälle hab ich immer meine einzelne Dollarscheine in der Hosentasche, höre mir die ein oder andere Lebensgeschichte an oder bekomme wichtige oder auch weniger wichtige Infos und bedanke mich dafür mit einem oder zwei Dollar. Der Obdachlose bedankt sich wiederum mit einem ehrlich gemeinten „God bless you!"

Das ist mir auf jeden Fall ein paar Scheine wert.

Ein neuer Tag erwacht, mit ihm die Sonne und ich. Ich trat vor die Tür und hatte vor, die Gegend in der ich nun wohne zu erforschen.

Den Gehsteig betretend, begegnete ich einem von der Nacht übrig gebliebenen, zerzausten Obdachlosen. Er schaute mich mitleiderregend an und ich steckte ihm einen Dollar zu, mit den Worten: „Only for Coffee, you Know!"

Er lachte dankbar und versicherte mir, das er es natürlich nur für Kaffee ausgeben würde. Daraus entwickelte sich ein Running Gag, der sich fast jeden Morgen oder Abend wiederholen sollte.

Die Gegend um die Bowery ist klasse, sie ist alles andere als steril oder piekfein, hier gibt es noch Graffiti an den Fassadenmauern und die Straßen sind nicht so geleckt wie in nördlicherer Gegend von Manhattan. Die Stores wirken zum Teil recht heruntergekommen und etwas zwiespältig. Es stimmt schon, es war einmal eine gefährliche Gegend und in gewisser Weise ist davon auf jeden Fall noch etwas zu spüren, aber ich fühle mich sicher. Wie immer.

Nach meinem all morgendlichen Frühstück bei Starbucks, vorbei am schlafenden Blumenhändler und an Ladenbesitzer die mit Wasserschläuchen die Bordsteine reinigten, nahm ich mir vor, nach Brooklyn zu wandern, und zwar über die mir noch unbekannte Williamsburg Bridge.

Die Williamsburg Bridge ist die nördlichste der drei unteren Brücken die über den East River führen. Sie ist über die Delancey Street zu erreichen, die wiederum nur einen Block südlich meines Hotels entlang führt. Ich bestieg die gut zwei Kilometer lange Hängebrücke, die neben seinen acht Spuren für den Verkehr, ebenso über einen Radweg und einen Weg für Fußgänger verfügt. Gleich wie die Manhattan und die Brooklyn Bridge, ist die Williamsburg Bridge ein monströser Bau mit ebenfalls zwei großen, in die Höhe ragenden, Pylonen aus einer Fachwerkkonstruktion. Das Design der Brücke sagt mir nicht so zu, auch das man die ganze Strecke durch, von einem Maschendraht Zaun umgeben ist, der die Sicht auf die Skyline und das alte Fabrikgelände der ehemaligen Zucker Raffinerie Domino Sugar Refinery einschränkt, stört ein wenig. Dennoch ist ein Spaziergang über die Brücke recht beeindruckend.

Ein frischer Wind weht mir ins Gesicht, die Sonne scheint. Die besten Voraussetzungen für einen walk durch den zur Zeit hippsten Stadtteil Brooklyns, auf der gegenüberliegenden Seite der Brücke, in Williamsburg.

Bestand die Mehrzahl der Bevölkerung in diesem Brooklyner Viertel noch vor Jahren hauptsächlich aus orthodoxen und chassidischen Juden, sind es mittlerweile – vor den hohen Mieten in Manhattan –, geflüchtete Menschen alternativen Schlags wie Intellektuelle, Künstler und Musiker.

Ich verließ die Brücke und wanderte, abermals ohne direktes Ziel, über die in Verlängerung der Brücke führende Hauptstraße, die Grand Street, Richtung Osten. Vorbei an Valley Forge, der auf einem Sockel hoch zu Ross über mir thronte, zog ich weiter und immer weiter durch den schönen alten Stadtteil

Brooklyns. Keine Wolkenkratzer, stattdessen gibt es alte, von gusseisernen Zäunen eingerahmte Bauten, im Old English Stile. Alle versehen mit ihren typischen Feuertreppen und den dazugehörigen wackeligen Balkone. Mülltonne an Mülltonne, entlang der schmalen Gehwege, dekorieren die schön gestalteten, verschnörkelten Hauseingänge.

Je weiter ich Richtung Osten zog, desto ruhiger wurde es. Kaum Verkehr auf den Straßen und bald zeigte sich auch keine Menschenseele mehr. Ich wusste bald nicht mehr, wo ich mich befand. Durch einen vergitterten Hofeingang sprang ein fletschender Hund auf mich zu und verbiss sich in den Gitterstäben. Ein paar Youngsters in Jogging Hosen und Basecaps kreuzten meinen Weg. Oldtimers schmückten die Straßen und die unterschiedlichsten Graffiti Gemälde die Fabrikhallen und Depots. Durch verlassene Tankstellen blies gespenstisch der Wind. Ich glaubte bald, in den Wilden Westen gelangt zu sein. Von Maschendraht eingezäunte Schrottplätze mit riesigen Trucks begegneten mir auf meinem nicht enden wollenden Weg. Plötzlich Flugzeuge über mir, ganz nahe, im Landeanflug. Ich denke, wenn ich jetzt weiter gehe, erreiche ich bald den wohl nahe liegenden La Guardia Flughafen. Denn je weiter ich lief, desto niedriger erschienen mir die Flugzeuge. Es war, als könnte ich sie gleich mit der Hand berühren. Ich überquerte eine Brücke die über einen Fluss führte und erblickte die Skyline von Manhattan. Sie schien so weit entfernt, als wäre sie auf einem anderen Planeten. Ich lief weiter und überquerte, wie ich später erfuhr, den Newtown Creek in Williamsburg East. Ein Fluss. Eine Grenze. Ein Zeichen umzukehren.

Es war mir eh nicht so geheuer in dieser verlassenen Gegend. Hier hatte außer mir niemand etwas verloren. Dies bestätigten auch die Blicke vereinzelter, wie mir schien, ebenfalls verirrter Menschen die mir über den Weg liefen. Ich machte kehrt, auf der gegenüberliegenden Metropolitan Avenue und trat meine Rückreise an zurück nach Williamsburg Mitte.

Unter den Markisen der Häuser, sammelten sich Flohmarkt Artikel, wie alte bemalte Stühle oder kleiner Krimskrams der auch direkt an Ort und Stelle zum Verkauf angeboten wurde. Große, mit verschiedenen Comic Figuren besprühte Mauern und Wände, begegneten mir erneut auf meinem Weg.

Hier bedeutet Graffiti noch Kunst. Während im vorzeige Manhattan alles beseitigt und gereinigt wird, wird es hier noch geduldet. Richtig platziert und professionell gezeichnet, was es hier größtenteils ist, kann es sehr wohl das Stadtbild bereichern und im positiven Sinne auch verschönern.

Ich stöberte noch in einem alternativen Plattenladen und kaufte mir, nach kurzem smalltalk, ein T-Shirt.

Die Feuertreppen mit samt ihren Balkonen und die Dachvorsprüngen entlang der Häuserfassaden auf dieser Avenue, waren geschmückt mit einer Anzahl von dicht aneinandergereihten Blumentöpfen. Den Bewohnern dienend als Grünanlage und Gartenersatz. Unheimlich wirkende, leerstehende, mehrstöckige Backstein Fabrikhallen mit von schrägen Holzlatten verbarrikadierten Fenstern, wirkten wie die Filmkulisse einer längst vergangenen Ära. Ein paar Blocks weiter, hellrot gestrichene Holzhäuser mit grünen Fensterläden und grinsenden Garageneinfahrten, brachten wieder etwas Licht und Aufheiterung in die Straßen.

Die Williamsburg Bridge zurück gewandert, am Ballroom vorbei gekommen, lief ich noch ein Stück die Bowery hoch um mich nach den Öffnungszeiten des New Museum zu erkundigen, bevor ich mich für eine Ruhepause auf meine Dachterrasse begab. Weit in der Ferne schaute das Empire State Building auf mich herunter, obwohl es nur ein paar Blocks nördlicher steht, kam es mir so unwirklich vor, als wäre es in einer komplett anderen Stadt.

Nun stand ich vor dem New Museum. Das Design wurde derart gestaltet, als wäre es aus mehreren, verschieden großen, grauen

Pappschachteln, die willkürlich aufeinander geworfen waren, erschaffen. Eigentlich ein totaler Stilbruch in dieser Gegend. Aber da hier alles möglich ist, muss das so sein. Die Fassade dekorierte ein Segelboot, in Höhe der zweiten Etage, das in die Außenwand verankert war. Ich erinnerte mich daran, dass es letztes Jahr noch eine vier Meter hohe rote Rose war, die die Außenwand des Museums zierte.

Auf dem Weg ins schräg gegenüberliegende Hotel, begegnete ich meinem obdachlosen Freund und steckte ihm zwei Dollar zu: You know, just for Coffee!"

Er kam mir mit einem: „Sure!" entgegen.

Beide lachend verschwand ich die Treppen hoch steigend hinter der Hotel Tür, und er ging seine Wege, wer weiß, wohin.

Auf dem Rooftop angekommen, entledigte ich mich meiner Schuhe und lies den Kunstrasen meine müden Fußsohlen massieren, bevor ich mich, die Beine hochlegend, mit einem Heineken auf einen der Stühle setzte und ein wohlverdientes Nickerchen machte.

Den Abend verbrachte ich wie üblich im Freien, nur das ich mich jetzt im für mich schönsten Viertel von Manhattan aufhielt, in SoHo.

In der Abenddämmerung lauschte ich fünf chinesischen Musikern mit ihren traditionellen Instrumente, die in einem kleinen Park ein umfangreiches Intermezzo zum Besten gaben. Ich inspizierte ein paar Pubs und Bars, bevor ich ein geeignetes Lokal mit Fensterplatz und Blick auf die Straße betrat. Ich bestellte mir ein einheimisches Brooklyn Lager und kam mit einer jungen Lady ins Gespräch. Wir tauschten uns über unsere Nationalitäten aus und plauderten ein wenig über die faszinierende Stadt in der wir uns momentan befanden. Nach einer Weile ging sie ihren und ich meinen Weg.

Der New Yorker ist offen für Gespräche und hilfsbereit in allen Situationen, aber Freundschaften knüpfen ist schwierig. Da kommt man nicht ran. Wobei es sich hierbei nicht um die typische Oberflächlichkeit der Amerikaner handelt, da der New Yorker anders tickt als der Rest des Kontinents. Dies behaupten selbst die meisten anderen Bundesstaaten: „New York ist nicht Amerika!"

New York City ist sehr europäisch oder eben geprägt von den verschiedenen Nationalitäten, die hier seit der Gründerzeit das menschliche Klima und das Stadtbild vorgeben und zeichnen.

Nach ein paar Runden um den Block und einem Gang durch Little Italy und Chinatown, ging ich zurück ins Hotel und verbrachte den Rest des Tages, bis spät in die Nacht, mit einem Blick über die Stadt von meiner Dachterrasse aus, bevor ich mich in meine grabähnliche Kabine legte und schlief wie ein Toter.

Ein neuer Tag bricht an und ich bin auf der Suche nach dieser Pop Art LOVE Skulptur von Robert Indiana. Soviel ich weiß, steht sie irgendwo in Manhattan Midtown. Also machte ich mich im dichten Großstadtdschungel wieder einmal auf die Suche. Nicht bevor ich in meinem Starbucks frühstückte und meinem Freund vor dem Eingangsportal des Hotels einen Daily Dollar zukommen ließ.

„God bless you!"

„Thank's, you too!"

Auf meinem Weg entlang des Bowery, schräg aus dem Augenwinkel betrachtet, begrüßte mich eine in blau grün Töne gehaltene Baseballmannschaft, aufgesprüht auf eine gelbe Store Jalousie. Graffiti, an jeder Ecke. Großartig.

Da ich ungefähr wusste, wo sich meine gesuchte Skulptur befand, fand ich sie auch ohne große Umwege. Sie wechselt – in mir unbekannten Zeiträumen –, ihren Standort. Doch heute befand sie sich noch auf der Avenue of the Americas, Ecke 55th Street und leuchtete mir schon von weitem entgegen.

Eine circa fünf Meter hohe quadratische Skulptur, bestehend aus den übereinander gestellten, roten Großbuchstaben L, O, V, und E, während das O seitlich gekippt dargestellt wird. Die Skulptur ist mittlerweile auf der ganzen Welt bekannt und es existieren Versionen in Spanisch, Italienisch, Chinesisch, Hebräisch und, wohl auch im Briefmarken Format. Ich verweilte eine Zeit lang unterhalb und um die Skulptur und bestellte mir am fahrbaren Kiosk nebenan, einen mir mittlerweile sehr vertrauten Hotdog mit gedünsteten Zwiebeln und Senf. Köstlich.

Zwei Blocks weiter lief ich unter dem beeindruckenden und nicht zu übersehenden Hearst Tower vorbei, der mich eher an eine Bienenwabe, bestehend aus unzähligen Dreiecken, erinnert, als an ein Hochhaus. Ich schwenkte rüber zu Columbus Circle und dem durchsichtigen, stählernen Globus vor dem Time Warner Center und fuhr die Rolltreppen im inneren des Gebäudes hinunter in den Supermarkt.

Das anstehen vor den Kassen im Supermarkt, funktioniert anhand eines Ampelsystems. Man steht vor einer roten Ampel, schaltet sie auf Grün, kommt man der Kasse ein paar Schritte näher.

Eingedeckt mit frischem Wasser und einer Tafel Schokolade bewegte ich mich noch ein Stück weiter hoch zum Lincoln Center, dem bedeutendsten und bekanntesten Kulturzentrum der Stadt.

Das umfangreiche Bauwerk im Stil der Moderne befindet sich zwischen der Amsterdam und der Columbus Avenue, sowie der 62nd und der 66th Street. Eigentlich heißt das Lincoln Center: „Center for the Performing Arts" und besteht aus drei Gebäuden, die zusammen in einer U-Formation stehen. Die Metropolitan Opera ist eins davon. Ich werde zu später Stunde, während einer Vorstellung, noch einmal vorbeischauen, aber zuerst genieße ich das schöne Wetter und meine Schokolade im Riverside Park auf der anderen Seite der Upper West Side.

Im Riverside Park, der sich sechs Kilometer entlang des Hudson River Ufer zwischen der 72nd und der 125th Street hinzieht, suchte ich mir ein schattiges Plätzchen und genoss den Blick über und entlang des Flusses. Wasser Taxis, Segelboote und die Circle Line, – auf der ich einst Passagier war –, kreuzten mein Blickfeld, das auf die Washington Bridge und auf die Klippen und Hochhäuser von New Jersey am gegenüberliegenden Ufer gerichtet war.

Begleitet von Joggern, Eichhörnchen, bettelnden Spatzen und einer Aussicht auf die Rückseite der Upper West Side, spazierte ich hoch bis zur 100th Street und überquerte diese, zwischen alten, nostalgischen und prunkvollen Gebäuden bis auf die andere Seite von Manhattan, an den East River.

Auf meinem Trip, die 100th entlang, begegneten mir flächenfüllende, farbenprächtige Gemälde an Häuserfassaden und kunstvoll vollendete Skulpturen und Denkmäler, die mich erneut sprachlos werden ließen. Allein die Bauten der Upper West Side, weit ab der Wolkenkratzer Midtowns, mit ihrer imposante Architektur und ebenso raffiniertem Dekor – umwerfend!

Auf der gegenüberliegenden Seite der Insel, am East River angekommen, schritt ich entlang dem FDR-Drive in Richtung Süden. Es gibt entlang der Autobahn und des East River ebenfalls eine moderne, schön gestaltete Strecke für Fußgänger, dennoch ist es, durch den tosenden Verkehr der Schnellstraße, sehr laut und hektisch dort.

Teilweise ist der Bereich zwischen der schwer befahrenen Autobahn und dem Fußweg nur durch ein Stück Rasen und einer ungefähr ein Meter hohen Mauer abgegrenzt. Trotzdem fand ich dort eine Mutter vor, die mit ihrem Kind in einem dieser kleinen Rasenflächen spielte, direkt neben der laut befahrenen Straße. Ich dachte mir noch, sind die Taub? Wahrscheinlich taub geworden – im Verlauf der Zeit.

New York City bietet eine so große Auswahl an Spielplätzen, aber eben nicht in dieser Gegend. Aus der Not heraus hat die Mutter eine Möglichkeit gefunden, mit ihrem Kind in freier Natur etwas zu unternehmen. Kinder müssen spielen.

Eine Vielzahl gusseiserner Bänke sind entlang der Fußstrecke bereit gestellt, mit Blick auf den East River, die Triborough Bridge und Queens. Von dort aus ein übergroßer Pepsi Cola Reklame Schriftzug zu mir herüber schien und einen Teil des Flusses rot erhellte.

Ich rückte der Queensboro Bridge näher, vorbei an den Hochseil Gondeln, die die Passagiere nach Roosevelt Island bringen – und wieder abholen. Auf meinem Weg erhaschte ich entlang der Häuserschluchten, einen Blick auf das Lipstick Building und war schließlich am UN-Hauptquartier der vereinten Nationen angekommen, fragte aber erst gar nicht, ob ich eingelassen werde. Dann erblickte ich das schöne Chrysler Building und nun war ich soweit, dass ich mir eine Subway Station suchte, die mich nach Downtown befördert.

Ich war genug gelaufen. Gesehen hab ich noch lange nicht genug, aber es reicht für Heute. Die Sonne verschwand langsam hinter dem Horizont und ich machte mir Gedanken, wo ich mir mein Abendessen besorge. Ich glaube, heute bevorzuge ich chinesisch. Mal sehn was Chinatown kulinarisch zu bieten hat.

Gegen frühen Abend verließ ich meine Unterkunft in Richtung Canal Street, bog ein ins Innere Chinatowns und begab mich vorbei an Fischständen die am Wegesrand standen, in eine kleine verborgene Seitenstraße, bis ich ein Restaurant fand das mir zusagte.

Das Innere betretend, wartete ich im Eingangsbereich, bis eine gestresst wirkende asiatische Angestellte mich nach meinem Begehr fragte. Ich kündigte an, dass ich einen Platz für eine Person wünsche und sie geleitete mich zu einem kleinen Tisch in einer dunklen Nische des Lokals. Sie schenkte mir Eiswasser ins Glas und reichte mir die Speisekarte.

Da ich ja nun in China war, war die Karte auf, so nehme ich an, Mandarin geschrieben. Aber, es gab, zu meinem Glück, zu jedem Gericht die dazugehörige Abbildung. Ich bestellte mir das lecker aussehende Gericht Nummer 402 und wartete, mein Eiswasser schlürfend, ab. Sie brachte das Besteck, bestehend aus einem Porzellan Löffel und einem paar Stäbchen aus Plastik. Demnach gab es Suppe im Vorfeld und mit Stäbchen zu essen habe ich auch kein Problem – solange sie aus Holz geschnitzt sind.

Das Menü schmeckte ganz vorzüglich. Irgendetwas Fischähnliches, eingewickelt in grüne Blätter, dazu scharf gewürzte Suppe und Tee zu trinken. Was ich da genau gegessen habe, weiß ich bis heute nicht, aber es bekam mir recht gut und alles blieb, wo es hingehörte, bis zum nächsten Morgen. Mit einer Empfehlung an den Küchenchef tritt ich aus dem Lokal und stürzte mich ins Nachtleben Chinatowns oder sagen wir, ins Abendleben.

Ich betrat einen Laden für Lampen, der Lampenschirme in Form von zwei Meter langen Dreimaster Segelschiffen anbot und Kronleuchter wie man sie vielleicht im Buckingham Palast vorfindet. Viele kleine Juwelier Geschäfte, mit neuen, alten, echten oder gefakten Rolex und Cartier Uhren. Aber am beeindruckendsten waren die Fischstände, mit ihrer frischen Ware, die direkt aus dem nahe liegenden Meer bezogen war.

Als ich zurück auf meiner geliebten Dachterrasse angekommen war und über die Mauer den Verlauf des Verkehrs auf der unter mir vorbeiführenden Bowery beobachtete, machte ich eine interessante Entdeckung.

Ein Radfahrer, aufrecht auf seinem Rad sitzend, beide Hände in den Hosentaschen vergraben, fuhr im schwummrigen

Licht der Straßenlaternen, von Uptown kommend, auf der Gegenfahrbahn der vierspurigen Straße des Bowery, in Richtung Downtown. Er schlängelte sich pfeifend hindurch der entgegenkommenden Fahrzeuge, wurde ab und an von einem dezenten Hupen der abbremsenden Autos zurechtgewiesen und wechselte, seinem Ziel näher kommend, nach ein paar Hundert Meter die Fahrbahn auf seine Spur. Vollkommen unbeeindruckt und fast schon akrobatisch, fuhr er auf den Gehsteig und verschwand in der Dunkelheit. Und das faszinierende, alle Verkehrsteilnehmer spielten sein Spiel mit.

Oftmals lassen sich auch Skateboard Fahrer, die sich mit rasender Geschwindigkeit durch den Straßenverkehr Midtowns bewegen, beobachten. Ebenso Radfahrer. Die schnellere Variante vorwärts zu kommen.

Wenn ich in anderen Ländern und Kulturen unterwegs bin, versuche ich mich annähernd zu bewegen und benehmen wie Einheimische. Schließlich bin ich zu Gast in ihrem Land. Deshalb besorge ich auch meine Briefmarken für Postkarten nicht in einem Supermarkt oder Kiosk, sonder kaufe sie mir am Schalter des zuständigen Postamtes. Zuerst aber brauchte ich Postkarten, die ich in einem Eckkiosk in der Nähe von zwei arabisch aussehenden Männer erwarb.

Musik hörend, auf dem Rooftop im Sonnenschein sitzend, schrieb ich (wie es sich für einen Touristen gehört) meine Ansichtskarten und begab mich danach auf den Weg zum New Yorker United States Post Office. Wie mir bekannt war, befindet es sich gegenüber dem Madison Square Garden in der Eighth Avenue zwischen der 31st und 33th Street.

Ein Stückchen fuhr ich mit der Subway und kam mit einer – ein klein wenig verrückten Frau –, die mich auf mein Jesus Shirt ansprach ins Gespräch. Sie trug total flippige Klamotten hatte einen etwas konfusen Blick und trug ein knall grünes Kopftuch über ihren blondierten Haaren. Die nette gesprächige Person stellte sich als sehr liebenswürdig und offenherzig heraus. Wir unterhielten uns über – natürlich Jesus –, Gott und die Welt und natürlich New York City. Bevor ich die Subway verlies nahmen wir uns in den Arm und hofften, uns bald mal wieder zu treffen. Was in dieser Neunmillionen Seelen Metropole eher der Unmöglichkeit entspricht.

Die letzten Meter ging ich zu Fuß und stand auch bald vor dem mächtigen Eingang des Post Gebäudes. Beeindruckt stieg ich die dreißig Stufen, die sich ungefähr achtzig Meter in die Breite erstrecken, hoch und ging zwischen zwei der zwanzig gewaltigen korinthischen Säulen hindurch und suchte mir einen freien Schalter.

Der geräumige Vorraum war geschmückt mit alten Tischen aus dunklem schwerem Holz. Die Tische wiederum wurden beleuchtet von alten Messing Tischlampen mit grünem Schirm, ähnlich denen der NYPL. Da die meisten Schalter belegt waren, ging ich auf gut Glück zu einem im weiter hinter liegenden Bereich und wurde auch prompt bedient.

Eine etwas gelangweilt aus ihrem Hocker hochblickende korpulente Afroamerikanerin fragte mich was ich wolle. Ich fragte sie ein wenig schüchtern, da ich nicht wusste ob ich hier richtig bin, ob sie Stamps, Briefmarken, habe. Noch gelangweilter dreinschauend, antwortete sie mit einem knappen: „Sure!"

Darauf legte ich ihr meine Postkarten in den Schalter, sie schaute mich an, als hätte ich sie nicht mehr alle und fragte: „How many?"

Ich zuckte kurz zusammen, nahm meine Karten wieder an mich, zählte sie durch und meinte: „Seven!"

Sie wiederholte – die Marken abreißend: „OK, seven!"

Ich überlegte kurz und korrigierte: „Oh no, give me eighth, please!"

Sie hielt in ihrem Vorhaben inne, legte den Kopf schräg und wiederholte fragend und kurz wartend: „Eighth?"

Yes eighth!" meinte ich darauf, zahlte die Karten und begab mich schleunigst an einen der Tische mit grüner Stehlampe um meine Karten zu bekleben. Vorsichtig ging ich zurück an den Schalter und übergab ihr die frankierten Karten, die sie ohne ein Wort entgegen nahm. Und tschüss.

Auf die Stufen vor dem Haupteingang des Postgebäudes setzte ich mich zu Gleichgesinnten und sah den vorbei treibenden Menschen nach, die entlang der Straße gingen. Danach umrundete ich das Post Office und erkundete das Ausmaß des Gebäudes.

Es schien mit seiner angrenzenden Lagerhalle mehrere Blocks einzunehmen. Das verhältnismäßig, für seinen Umfang, flach gehaltene Bauwerk, war im Stil der Beaux-Arts-Architektur erbaut. Hinterher sollte ich noch erfahren, das das Postamt sieben Tage die Woche rund um die Uhr 2.500 Angestellte beschäftigt und die mächtige Säulenkolonnade am Haupteingang, die längste ihrer Art auf der Welt ist. Der Aufwand, die Stamps hier zu besorgen, hat sich auf jeden Fall gelohnt.

Mein nächste Ziel war der Diamond District an der West 47th Street zwischen der Fifth Avenue und der Sixth Avenue in Midtown.

Der Diamond District, welcher durch die Einwanderung Menschen jüdischen Glaubens während des Zweiten Weltkrieges gegründet wurde, ist die größte Einkaufsstraße für Diamanten und Edelsteine in allen Formen und Größen weltweit.

Kaum dort angekommen und an den schillernden, fast schon blendenden reichlich mit teuren Uhren, Brillanten, Juwelen und Diamanten ausgestatteten Schaufenster klebend, wurde ich auch sogleich von einer freundlichen Verkäuferin, die lauernd auf der Straße wartete, angesprochen. Sie stellte fest, dass ich mich für die Rolex Uhren interessiere. Sogleich fing sie an zu feilschen und bot mir eine gebrauchte Uhr für 3.000 US Dollar an. Ich erklärte ihr dass ich heute noch kein Interesse hätte, aber vielleicht in nächster Zeit auf sie zurückkommen würde. Ich betrat eines der Geschäfte und die Zeremonie wiederholte sich. Sehe ich so aus, als würde ich mir so eine Uhr leisten können? Wohl kaum.

Beinahe blind vor Angebot und reichlich Glitzer, betrat ich wieder die Straße und stolperte beinahe über einen jungen Mann der mit einem kleinen Besen und einer Spachtel die Ritzen entlang der Bordsteine fegte. Einige Leute bessern sich ihren Lebensunterhalt damit auf, indem sie kleine Splitterteile der verloren gegangenen Edelsteine sammeln, die hier auf der Straße zwischen den Fugen der Bordsteine liegen.

Da ich schon in der Gegend war, lief ich noch hindurch der treibenden Menschenmenge, hinüber ins Rockefeller Center. Ich kreuzte schaurig dekorierte Schaufenster. Wir haben Oktober, Halloween Zeit. Schmunzelnd blieb ich stehen und begutachtete die unheimlichen Gestalten, Masken und Fratzen in den Fenstern. Nicht zu glauben, als was man sich alles verkleiden darf.

Wenn ich ein bestimmtes Ziel suche und mir vorher keine Notizen gemacht habe, wo genau sich mein gesuchter Standort befindet, muss ich – logischerweise – nach dem Weg fragen. Es stellte sich aber bald heraus, dass die New Yorker keinen blassen Schimmer von ihrer Stadt haben. Außer ich treffe einen Einheimischen aus dem Viertel in dem ich mich gerade aufhalte. Das kommt daher, vermute ich, dass sich die Bevölkerung nur in ihrem Bezirk bewegt, als wohnten sie in einem Dorf. Verlassen sie ihren Bezirk, geht gar nichts mehr. Das allgegenwärtige Cellphone mit integrierter Navigation zückend, beschreiben sie mir dann meistens den Weg. Mittlerweile kenne ich mich umfangreicher in der City aus, als so manch Ansässiger, zumal ich selber häufig nach dem Weg gefragt werde, was mir einerseits zeigt, das ich nicht wie ein Touri daherkomme und andererseits, beschreibe ich den fragenden meist ohne Probleme ihre gewünschte Route.

Sofern es sich um Manhattan handelt.

Ich pausierte eine gute Weile im Briant Park, dessen Rasenfläche längst wieder betretbar war, da zur Winterzeit hin der Rasen auf dieser relativ großen Fläche abgetragen und zu einer Eisfläche für Schlittschuhläufer umfunktioniert wird. Der Rasen war fest und grün und die Stühle und Tische darauf einladend verteilt. Grund genug ein bisschen Platz zu nehmen und zu relaxen.

Weiter Richtung Osten bewegend, wurde ich an einem Schuhputz Stand aufgefordert meine Schuhe putzen zu lassen. Wollte aber nicht, da ich eben schon im Park zur Ruhe kam und nun etwas Action vertragen konnte. Plötzlich stand ich vor dem Roosevelt Hotel in der Madison Avenue.

Das historische Luxushotel, bestehend aus drei miteinander verbundenen Häusertürmen in denen sich 1015 Zimmer davon 52 Suiten befinden, reizte mich, es näher in Augenschein zu nehmen, da der vorstehende Außensims, rund um die Hochhäuser, in mir die Erinnerung an den Film „Ein riskanter Plan", der sich fast ausschließlich um die Fassade des Hotels abspielt, erweckte. Auch „The French Connection", „Wall Street" und einigen anderen Filmen, diente das Roosevelt Hotel schon als Filmkulisse.

Von der Madison wechsele ich zur Fifth und bewege mich nach Downtown. Hinter mir, auf der mehrspurigen Straße, zwingt mich eine plötzlich auftauchende, schrille FDNY Sirene in die Knie. An einer roten Ampel stehend, eine Flut gelber Taxis vorüberziehen lassend, beobachte ich drei Frauen auf der gegenüberliegenden Straßenseite, undefinierbaren Glaubens, mit ihren aus den 1950er Jahren stammenden Kinderwagen. Sie hüllten sich in seltsame Gewänder und standen planlos an der

Ampel. (Wahrscheinlich haben sie mehr Plan als ich in dieser Stadt jemals hatte).

Auf dem Gehsteig sitzend, lehnen junge Punks mit ihren Hunden an wichtigen Wolkenkratzern. Mit beschriebenen Papptafeln, deren Texte wie folgt lauten können: „Homeless, jobless, we are hungry, me and my friend", bitten sie die vorüberziehenden um Almosen. Aufgetakelte, ausrangierte Diven kommen mir mit ihren Pinscher in Handtaschen entgegen. Ein ausgebleichter Michelangelo ziert die Fassade eines alten Backstein Gebäudes. Werbetafel tragende, Flugblätter verteilende, Mexikaner und Hispanics drucken mir ihre Flyer in die Hand und laden zu nächtlichen Aktivitäten in den Discos und Clubs ein. Afroamerikanische Demonstranten mit Megaphonen schreien sich die Seele aus dem Leib. Cops in Warnwesten regeln den sich zuspitzenden, chaotischen Verkehr. Fahrradkuriere schlängeln sich mit rasender Geschwindigkeit gefahrvoll durch den Stau vorbei an schleichenden Fahrzeugen. Stretchlimousinen mit getönten Scheiben, versuchen hupend ihre prominente Fracht in ihr Ziel zu manövrieren.

Ich war wieder angekommen im Bowery. Vor meinem Hotel, lag neben einem Hydranten, mein obdachloser Kumpel, nur mit zwei unterschiedlichen Socken und seiner Hose bekleidet, quer auf dem Gehsteig und schlief wie ein ohnmächtiger. – Was ich hoffte. So wie es ausschaut, hat er meinen Rat diesmal nicht befolgt: „Only for Coffee!" War ja auch nicht zu erwarten. Ich versuchte erst gar nicht etwas für ihn zu tun. Er schlief den Schlaf der Gerechten. Morgen werd ich ihn wieder antreffen und wir werden uns begrüßen und zusammen lachen.

Zu Essen gibt es heute Abend Pizza. Ich hab eine tolle Pizzeria ausfindig gemacht, in der die Bäcker noch mit Leidenschaft ihre (in dem Fall meine) Pizza zubereiten. Ein singender italienischer Pizzabäcker mit Kochmütze, jonglierte seinen mit einem Meter Durchmesser breiten Teigfladen mit der geballten

Faust, warf ihn in die Höhe und fing ihn wieder mit seiner anderen zur Faust geballten Hand auf, lies ihn kreisen und kreisen, damit er den dünnen Fladen sogleich wieder bis knapp unter die Decke katapultieren konnte. Ich suchte mir die Zutaten aus und er belegte nach meinen Wünschen. Paar Minuten in den Holzofen und fertig, dazu ein Coke und ich war für den Abend gerüstet.

Wie schon angekündigt, will ich heute Abend noch einmal ins Lincoln Center. Gelaufen bin ich genug für heute, ich werde die Subway nehmen. Ich nahm den A-Train in der um die Ecke liegenden Prince Street und fuhr begleitet von zwei spielenden Gitarreros und einem ziemlichen Gedränge, bestehend aus einem kunterbunten Mischmasch an Menschen, hoch bis zur 72nd Street vor das Dakota. Die paar Blocks runter zum Lincoln kann ich dann zu Fuß gehen.

In seiner Nachtbeleuchtung erscheint das Lincoln Center noch beeindruckender als bei Tag. Die Stufen hoch zum Eingang werden von sich abwechselnd aufblendenden Leuchtziffern erhellt und die Wasserfontäne, die im Springbrunnen vor dem Haupteingang in die Höhe schießt, erscheint in hellem Silber. Das Foyer des Centers wirkt, mit seinen funkelnden Kronleuchter und dem roten Teppich, der entlang der geschwungenen Treppen empor ins Obergeschoß verläuft, majestätisch wie ein Palast.

Ich fragte mich, ob sie mir Einlass gewähren. Schließlich hatte ich keine Eintrittskarte für die Vorstellung. Ich muss es versuchen, so werde ich es erfahren. Mit dem größten Recht und erhobenen Hauptes durchschritt ich, vorbei an der Absperrung, den Haupteingang und fand mich in einem Nebenraum der mit einem Flachbildschirm an der Wand ausgestattet war wieder. Auf dem Bildschirm konnte ich die eben aufgeführte Darstellung, die sich auf der Bühne bot, verfolgen. Ein aufwendiges Spektakel, das mich anhand der altertümlichen Kleider, ein wenig an Oliver Twist erinnerte. Begleitet wird die

Aufführung von einem großen Orchester. Sie tanzten und sangen, kreisten und hüpften. Umarmten sich, fielen zu Boden und schmissen sich wieder in die Höhe. Keine Ahnung wie das Stück hieß, die Ausstattung war auf jedenfalls aufwendig und imposant ausstaffiert.

Wieder draußen um das Gelände der Metropolitan Opera schleichend, begegnete ich auf dem Weg zum angrenzenden David H. Koch Theater, seltsam geformte Skulpturen die in einem großflächigen Wasserbassin standen, dessen Grund wiederum von unzähligen Münzen bedeckt ist. So eine Art Glücksbrunnen. Ich packte meine Dime und Penny aus der Tasche und warf sie ebenfalls ins Wasser. Kann ja nicht schaden.

Vor dem Eingang der Oper, auf dem Rand des erleuchteten Springbrunnen sitzend, hat sich in der Zwischenzeit eine Schar Menschen versammelt, was von weitem einer Silhouette gleich einem Scherenschnitt gleich kam. Ich verbrachte noch eine geraume Zeit vor den Gebäuden und ließ meine Gedanken in der lauen Spätsommernacht, beleuchtet durch die Lichterflut des Lincoln Center kreisen und dachte über einen baldigen Abstieg zurück nach Downtown nach.

Heute Mittag auf dem Rooftop meines Hotels, war ein DJ damit beschäftigt, das Plattenpult zu säubern und eine Anlage zu installieren. Macht den Eindruck, als gebe es noch Party, heute Nacht, hoch überm Bowery.

Aber was ich jetzt zuallererst brauche, ist ein Hotdog. Nicht so einen wie bei World`s Famous Nathan`s auf Coney Island, sondern einen ganz ordinären mit so einem Phosphat Würstchen. Keine Ahnung ob da Phosphat drin ist, aber mich erinnert es irgendwie, vom Geschmack und der Konsistenz her, immer an Phosphat. Also besorgte ich mir einen – mit „Onions and Mustard please!"

Ich lag auf dem Kuschelsofa. Die Asiatin lag neben mir und in der Glotze lief „The Walking Death."

Nun war es Zeit aufs Dach zu steigen. Die Party war stieg, es dröhnte Disco-Mucke von oben durch die Decke.

Auf dem Dach angelangt, suchte ich erstmal eine ruhige Ecke um mir einen Überblick zu verschaffen. Eine Anzahl von ungefähr dreißig Menschen unterhielten sich miteinander, hielten Drinks in den Händen und wippten leicht im Takt der Musik. Meins war das ja nicht so, ich steh nicht unbedingt auf Discosound, bin eher der Rock`n´Roller.

An der Mauer der Terrasse traf ich eine Gleichgesinnte. Sie sprach mich auf mein Bauhaus T-Shirt an, das ich trug. Ich erklärte ihr die zweideutige Bedeutung des Shirt und wir unterhielten uns hauptsächlich über Musik und über die Vor- und Nachteile von Großstädten wie dieser. Sie wohne in der Nachbarschaft und komme regelmäßig auf einen Sprung rüber zu Partys auf dem Rooftop. Irgendwann im Verlauf des Gesprächs, entschuldigte ich mich für mein einfaches Englisch, worauf sie meinte: „Sometimes it's better, we all speak simply Englisch!"
Sehr weise, dachte ich mir und lud sie ein auf einen Drink.
Der Rest ist schweigen.

Stunden später erst wurde mir bewusst, dass die gute Frau, asiatisch, deutscher Abstammung, die ganze Zeit über eine Schweißerbrille auf ihrem Kopf trug. Warum auch nicht. Bei so vielen skurrilen Typen die einem hier Tag täglich begegnen, fällt das nicht ins Gewicht. Ich lauschte noch eine Zeit lang dem Rhythmus der Musik, trank ein paar Longdrinks und sog den Sound des Nachtlebens in mich hinein, der die Disco Musik beinahe übertönte.

Sonntag ist Coney Island Tag. Nur wusste ich dies zu diesem Zeitpunkt noch nicht. Und Heute ist nicht Sonntag, aber strahlender Sonnenschein, der unbedingt nach Coney Island einlud.

Zuallererst aber Frühstück. Ich holte mir meine Croissant und meinen Kaffee wie gewohnt bei Starbucks und saß mich dann, weil es um die frühe Uhrzeit schon so mild war, in ein mit Maschendraht eingezäuntes Basketballfeld, genoss mein Frühstück und beobachtete die Jungs bei ihrem Match.

Diesmal packte ich meine Badehose ein nach Coney Island. Die Reise, auf die andere Seite Brooklyns, war wie immer interessant, zog sich aber ins Endlose.

Trotz dem, dass eine frische Brise vom Atlantik her wehte, wollte ich mich unbedingt, nachdem ich am Strand angekommen war, ins Meer stürzen. Der Strand war auch nicht übermäßig besucht – war ja Nachsaison.

An der Promenade tummelten sich Familien mit ihren Kindern, die Limonade aus Bechern, größer als sie selbst waren, tranken. Der Ausblick aufs Meer war wie immer atemberaubend. Man konnte, soweit ab von den lauten Straßen der Stadt, nicht glauben, dass man sich in einer Weltmetropole befand. Die gut gelaunten Menschen tanzten im heißen Sand und fütterten die Möwen. An der Promenade gibt es einen neuen Nathan's, einen viel größeren, als den herkömmlichen den ich vom letzten mal her kannte.

Ich fand ein geeignetes Plätzchen nahe Wasser und begab mich behutsam ins kühle Nass, ließ mich von den salzigen, wogenden Wellen treiben, bis ich ungefähr einen Kilometer weiter unterhalb wieder ans Ufer gespült wurde und an Land kroch. Von meinem Liegeplatz aus studierte ich die Menschen am Strand. Sich unterhaltende Juden in voller schwarzer Montur und langen Roben saßen auf den aufeinander gereihten Felsbrocken die einen Steg ins Meer formten. Asiatinnen in knappen Hotpants liefen barfuß am Ufer entlang und versuchten kichernd und hüpfend, den sich nahenden Wellen, zu entkommen. Junge muskulöse Afroamerikaner spielten Ball in den Sanddünen und an der Promenade befanden sich wie üblich Musikanten und Artisten. Heute bezauberte ein Gitarrist eine Schar Kinder, mit einem halben Dutzend mitgebrachter Papageien und Nymphensittiche, die im Takt, zu seiner auf der Akustik Gitarre spielenden Songs, mit dem Kopf wippten. Aber! Es gab keine Cyclone Achterbahn und kein Wonder Wheel drehte sich. Denn! Es war nicht Sonntag. Das merke ich mir fürs nächste Mal.

Aber es gab Paul`s Daughter. Eine der Bars auf dem Boardwalk entlang der Promenade. Geschmückt im Zeitalter der 1960er, mit knallbunten Schriftzügen an den Wänden, kleinen Windrädern auf dem flachen Dach, Wimpeln, Miniatur Heißluftballone und einem grinsenden Plastikkoch.

Ich setzte mich im Außenbereich von Paul`s Daughter unter die Markise auf einen Barhocker mit Blick auf das Meer und bestellte mir Baked Calamari mit Tabasco und dazu ein Brooklyn Lager.

„Herrlich, fast wie im Urlaub!" Brabbelte ich vor mich hin und ließ die Sonne und das Lager auf mich einwirken. Am Strand konnte ich von meinem Barhocker aus drei sich abwechselnde Akrobaten beobachten, die hintereinander bis zu fünfzig Überschläge an einer dafür vorgesehenen Vorrichtung zum Besten gaben. Die müssen vom Zirkus sein, dachte ich mir. Normal ist das nicht. Ich legte mich nochmals in den warmen Sand und beobachtete geduldig, umgeben von Möwen, unterschiedlichsten Menschen, Wasser, Booten und Jetski fahrenden Verrückten, den Sonnenuntergang, der langsam den Parachute Jump – auch Eifelturm von Brooklyn genannt –, in sein Feuer tauchte und irgendwann endgültig verschlang. Mit ihm wurde auch ich verschlungen und kam wieder zu mir, auf meiner schon ins nächtliche Schwarz getauchten Dachterrasse.

Ich blickte auf den magisch erleuchteten Bowery. Auf dem Gehsteig reihten sich erneut die Obdachlosen zu ihrer Nachtruhe. Im Gym schräg gegenüber schwitzten die Sportler und stellten sich in den Fenstern zur Schau. Und auf dem gegenüberliegenden Gebäude gab es eine Party. Eine Ansammlung von jungen Menschen stand auf dem windigen, rostigen Balkonvorsprung einer Feuertreppe, sie rauchten und amüsierten sich. Der

Balkon schien ein wenig unter ihrer Belastung nachzugeben. Das wird nicht ihre erste Party sein. Denn sie wissen was sie tun.

Plötzlich erschien mir eine wunderschöne Gestalt auf der anderen Straßenseite. Sie drehte unaufhörlich Pirouetten und ließ dadurch ihren zwei Meter langen goldenen Haarzopf durch die Luft kreisen. Wie sie aufgetaucht war, verschwand sie auch gleich wieder. Ein paar Minuten später erschien sie wieder. Eine kleine zierliche Gestalt, bekleidet mit einem kurzen weiten schwarzen Röckchen, ein knappes Oberteil bedeckte ihre Brüste und leuchtend rote Schuhe kleideten ihre kleinen, zarten Füße, aber das faszinierendste war ihr meterlanger, goldener Zopf. Sie wirbelte die Straße rauf und runter und verschwand wieder im Nichts. Ich hatte schon ein paar Bier und dachte ich träume. Barfuß wie ich war, stürmte ich die Treppen des Hotels hinunter auf die Straße, stürmte durch den Verkehr und stand plötzlich vor meiner bezaubernden Fee:

„You are Barfoot?" Fragte sie mich. Ich konnte nur dumm grinsend bejahen. Wie sich herausstellte, machte das hübsche Ding, zusammen mit ein paar aufgetakelten Transvestiten, die wenig später zum Vorschein kamen, Werbung für das angrenzende Kabarett. Es soll wohl eine gigantische Show heute Nacht geben. Nach ein wenig smalltalk und einem kurzen Fotoshooting meinerseits, verabschiedete ich mich wieder auf meine Terrasse und genoss die Show der Straße von meinem Logenplatz aus.

Als ich am nächsten Morgen mein Hotel verließ, begrüßte mich zu meiner Überraschung mein obdachloser Freund und präsentierte mir voller Stolz seinen neuen alten Mantel, den er sich für den kommenden Winter besorgt hatte. Mit erhobenen, ausgestreckten Armen drehte er sich ein paar Mal wie ein Model im Kreis und konnte vor lauter Freude nicht mehr aufhören zu lachen. Es sind die kleinen Dinge im Leben. Ich beglückwünschte ihn zu seinem Kleidungsstück und beteiligte mich mit drei Dollar an seiner neuen Anschaffung, die er herzlichst annahm. „Have a good Day!"

Ganz in meiner Nähe, nämlich in der East Houston, Ecke Ludlow Street, gibt es das Katz´s Delikatessen oder einfach nur Katz`s Deli genannt.

Das Katz`s ist ein koscheres Delikatessengeschäft, das seit seiner Gründung 1888 beliebt ist für seine Besten in der Stadt gehörenden Pastrami on Roggen und noch besser bekannt ist es als Kulisse unzähliger Filme. Unter anderem für Johnny Depp in Donnie Brasco oder Wir haben die Nacht, mit Joaquin Phoenix, Looking for Kitty, Kontrakt on Cherry Street, mit Frank Sinatra. Aber am bekanntesten ist die heikle Szene aus Harry und Sally, denke ich.

Anno 2016 rangierte das Lokal nach einer Essensbewertung auf Platz eins der Deli in New York City. Da ich aber schon im Starbucks reichlich Frühstück zu mir genommen habe, musste ich das Dinner im Katz`s auf einen anderen Termin legen. Ich werde berichten.

Heute galt es mal wieder, da das Wetter eh nicht so mitspielte, ein Museum aufzusuchen. Das Metropolitan Museum of Art, kurz Met, stach mir während meiner Aufenthalte im Central Park schon öfter ins Auge und da es sich bei diesem Museum um das größte Kunstmuseum der Vereinigten Staaten handelt und eine der bedeutendsten kunsthistorischen Sammlungen der Welt besitzt, ist es wohl ein muss, dass ich da rein schaue.

Das Met, das im neoklassizistischen Stil erbaut wurde, befindet sich in der Fifth Avenue, die entlang des Parks auch die Museum Mile genannt wird, Höhe 82nd Street in der Upper East Side. Im Inneren des Gebäudes werden mehr als drei Millionen Kunst Gegenstände auf 130.000 qm präsentiert. Unmöglich das an einem Tag zu schaffen, aber ich hab ja Zeit. Die Exponate in diesem dreistöckigen Gebäude, umfassen die wichtigsten kunsthistorischen Epochen der Weltgeschichte, von steinzeitlichen Kultgegenständen bis hin zu Ausstellungen zeitgenössischer Kunst. Die Sammlungen zeigen neben amerikanischer, auch umfangreiche Werke islamischer, afrikanischer, ägyptischer und asiatischer Kunst, so als auch Objekte aus dem Mittleren Osten.

Die größte Abteilung – meine ich –, widmet sich, mit umfangreichen Gemäldesammlungen, Kunsthandwerk und Architektur, bis hin zu Musikinstrumenten und antiken Waffen, Europa. Und was mich besonders beeindruckte, was schon fast bedrohlich wirkte, die mittelalterlichen Rüstungen, mit in Eisen gekleidete lebensgroßen Rösser mit samt ihren Reitern. In der afrikanischen Abteilung sah ich mit Nadeln gespickte Voodoo Puppen, neben noch mehr Relikten alt afrikanischer Kunst. Wunderschöne lebensnahe Marmorskulpturen, goldene Madonnen Statuen, verzierte, aufwendige Schachbretter mit handgeschnitzten wunderbar gestalteten Figuren. Leider aber auch einiges an afrikanischer, kunstvoll angefertigten Elfenbeinschnitzereien. Nun ja. Es gab außerdem, mehrere aufwendige Sarkophage, in allen Variationen, zu besichtigen. Bei dieser Vielfalt mystischer Objekte, hoffte ich noch auf den heiligen Gral oder wenigstens die Bundeslade zu stoßen. Aber außer ein paar prachtvollen Kruzifixen war da nix.

Es gibt Gemälde, Gemälde und nochmals Gemälde. Diesmal konnte ich mich beherrschen, irgendein Original in den Händen zu halten, obwohl die Versuchung schon reizte. Nach Stunden der Bewunderung, arbeitete ich mich noch hoch auf die Dachterrasse des Met, die einen weiten Ausblick über den Central Park und Teile Manhattans bot. Auf dem Rückweg nach unten, versuchte ich, in noch nicht von mir vorgedrungene Abteile zu gelangen ohne mich zu verlaufen. Es glückte mir nicht immer, aber, nach mehreren Stunden Aufenthalt, fand ich den Ausgang und gesellte mich für eine Weile, auf die Stufen vor dem Haupteingang des imposanten Gebäudes um die gesammelten Eindrücke zu verarbeiten. Wie gesagt, es ist zu groß um alles an einem Tag zu erforschen.

Den Kopf voll mit mittelalterlichen Waffen, Gemälden von Warhol, Lichtenstein, Dali, Mirò und noch vielen anderen, lief ich die Fifth Avenue entlang des Parks in Richtung Süden, schaute, einen Hotdog kauend, den Konditoren bei der Arbeit in ihren Schaufenstern auf der Straße zu und ließ die Dämmerung und die Lichter der Großstadt auf mich einbrechen. Bis ich mich vor dem Flatiron Building sitzend wieder fand, mir am Kiosk ein Bier besorgte und im freien Blickfeld auf das Empire State Building und den Madison Square Park, in den es mich auch sogleich verschlug um die neu ausgestellten Objekte in Augenschein zu nehmen, den Augenblick auskostete. Anschließend gehörte der Abend und die Nacht meinem Viertel SoHo, in dem ich die Stunden in einem schönen, alten, düsteren Pub ausklingen ließ.

Nächster Tag – Waschtag. Es war Zeit Wäsche zu waschen.

Braucht man keinen Waschsalon, läuft man ja ständig einem über den Weg. Es scheint sie an jeder Ecke und zu duzenden in jedem Viertel zu geben. Sie sprießen förmlich in jeder Straße aus dem Boden. Aber wehe man benötigt einen, dann sind sie wie vom Erdboden verschluckt.
Ich packte meine Schmutzwäsche in eine Stofftüte und machte mich, auf gut Glück, des Weges. Ich werd wohl einen finden, mir war so als hätte ich auf jeden Fall in der Third Avenue einen gesehen. Auf dem Weg zu dieser, kam ich an einer Reihnigung und Näherei vorbei, einer so genannten Cleaners & Tailors.
   Gut gelaunt betrat ich den Shop, stellte meine Tüte mit den Habseligkeiten auf die Ladentheke und fragte höflich, ob er mir das bitte reinigen könne. Er blickte kurz auf den Innhalt meines Beutels und sogleich voller Entsetzen in mein fragendes Ge-

sicht. Auf keinen Fall würden sie das hier reinigen, dieser Laden sei nur für seriöse Kleidung wie Sakkos, feine Abendrobe und all so was, ich solle gefälligst in eine Wäscherei gehen.

Man wird ja mal fragen dürfen, ich dachte ich wäre in einer Wäscherei. Er schickte mich ein paar Blocks weiter und dann verstand ich auch was er meinte. Einen Waschsalon. Na! Den hab ich doch eh gesucht. Einen Store mit jeder Menge aneinandergereihten Waschmaschinen.

Als ich ein paar Blocks weiter fündig wurde, hieß mich ein freundlicher Chinese herzlich willkommen und erklärte mir lächelnd, was ich zu tun habe: Hier diese Trommel, hier das Waschmittel, hier der Weichspüler. Nein, Danke, kein Weichspüler.

Ich füllte die Waschtrommel mit meiner Schmutzwäsche und nach ein wenig umständlichem Blabla über Familie und die Welt, fragte ich ihn wie lange der Waschprozess in etwa dauern würde. Er erklärte, mir, – immer noch lächelnd – das es ungefähr eine Dreiviertelstunde dauern würde.

„Okay, see you!" Das gab mir Zeit die alten Stores, in der Second Avenue, in der ich mich nun befand, unter die Lupe zu nehmen.

In einem Buch über Store Front Kunstdrucke, das ich mir bei einem vorigen New York Aufenthalt besorgte, gab es eine große Auflistung solcher alten noch intakten Stores, die leider nach und nach von den großen Supermarkt Konzernen geschluckt werden. Ein paar übrig gebliebene soll es noch in der Second oder Third Avenue geben und auf die Suche nach diesen begab ich mich jetzt.

Ich kam zu einem Liquor Store, geschmückt mit runden hölzernen Blumenkästen und gelben Blumen, der Store bot Spirits and Wines im Angebot. Nur ein paar Querstraßen weiter ein alter Meat Market, mit seinen vielseitigen Angeboten im Fenster und offener Ladeluke durch einen orangen Kegel abgesichert. Paul`s Burger auf der gegenüberliegenden Straße, warb mit einem ein Meter fünfzig großen Burger aus Plastik, der sich selbst, NYC`s best Burger nennt. Ein kosher home made Bake Shop mit vollkommen zerfledderter Markise und wirrer Graffiti auf seinen Außenmauern. Die Leckereien in den Fenstern sahen einladend aus. Block Drugs & Cosmetics, since 1858. – Seit dieser Zeit – so kommt es mir vor –, wurde er auch nicht mehr renoviert, verkleidete ein Eckgebäude. Ein Smoke & News Shop bot Getränke und alle erdenklichen Rauchgeräte, für gemütliche Abendstunden, in seinem mit Bierwerbung dekorierten Fenster an. Und natürlich The Organic Grill in verschiedenen gelb grün Gemüsetönen. Ist ja so gut wie alles Organic in New York City.

So meine Wäsche müsste soweit fertig sein, muss ich nur noch zurück finden.

Der ganze Spaß hat mich gerade mal vier US Dollar gekostet. Ein Schnäppchen würd ich sagen.

Mit einem Händeschütteln und einen schönen Tag wünschend, verabschiedete ich mich von meinem, immer noch lächelnden, Chinesen und spazierte an verschiedener Graffiti Kunst und einer uralten Harley zurück in mein Hotel um die nasse Wäsche in meiner Gruft Kabine zum trocknen aufzuhängen.

Dafür war wahrscheinlich der hölzerne Gitterrost an der Kabinendecke vorgesehen – anstatt Kleiderbügel.

Not macht erfinderisch.

Der Tag war noch jung und der High Line Park ganz nah. Also schaute ich, was es Neues, zehn Meter über der Stadt, an Objekten gab.

Skurrile Wanddekorationen wuchsen die Mauern hoch und neue Bilder verschiedener Art, verkleideten die Nachbarhäuser. Auch neu bepflanzt wurde entlang des Weges.

Am Essensstand holte ich mir noch schnell einen Dunkin Donut, bevor ich am anderen Ende des Parks die Treppen nach

Hell`s Kitchen hinunter stieg. Die Treppen runter ins Tor zur Hölle. In die Küche der Hölle um genau zu sein.

Ich finde den Stadtteil Hell`s Kitchen unheimlich. Nicht wegen der Geschichten damaliger Zeit, es ist die konfuse Bauart. Mir scheint es ohne System errichtet worden zu sein. Kreuz und quer ragen die Hochhäuser hoch bis in die Wolken. Obwohl sie demselben Straßenraster unterliegen wie auch die anderen Viertel, scheint es ungeordneter zu sein. Im Inneren des Viertel allerdings, entdeckte ich viele kleine Stores und eine Ansammlung von netten Kneipen und Bars. Ganz anders im Stil als zum Beispiel in SoHo oder Midtown. Die Bars waren eher karg mit alten Flohmarkt Sesseln und Sofas ausgestattet. Und es gab einen ruhigen Hell`s Kitchen Park mit einem Spielplatz für Kinder, Hundeplatz und einen, den Park umfassenden, gusseisernen Zaun.

Nach diesem Kurztrip in die Höllenküche lief ich die High Line zurück bis zu den Liegebänken die an dem kleinen künstlichen Bach im Park entlang positioniert sind und streckte meine nackten Füße aus. Vor mir eine Frauen Statue mit Sonnenbrille in Pose, die – wie es mir schien –, mich beobachtend, über meinem Schlaf wachte.

Ausgeruht verließ ich den High Line Park am südlichen Zugang in Höhe des Whitney Museums Of American Art, holte mir meinen täglichen, leckeren Hotdog und schlenderte, den Meatpacking District durchlaufend, ins Ungewisse.

Ich landete im Washington Square Park, wie mir scheint, meinem persönlichen Drogen Beschaffungsplatz. Wieder einmal deutete ein stämmiger Afroamerikaner, diesmal von weitem und nur mit einem fragenden Kopf anheben, ob ich etwas bräuchte. Ich wiederum antwortete ihm mit einer dezenten nein Kopfdrehung, dieses er mit einem kurzen Nicken bestätigte. Ganz ohne Worte.

In die anbrechende Abenddämmerung hinein, schaute – und vor allem hörte – ich einem Schlagzeug spielenden Alleinunterhalter zu, bis er nicht mehr konnte.

Den restlichen Abend genoss ich, leise in der Lobby meines Hotels, die schlafende Asiatin auf dem bequemen Ledersofa neben mir nicht weckend, vor dem laufenden Fernseher und im Internet.

Kurz verstaute ich meine mittlerweile trockene Wäsche und wünschte der Stadt New York City, mit einer Dose Budweiser in der Hand, eine aufregende Nacht von meinem in warmes Licht gehülltem Rooftop aus.

Ich bestellte mir bei Starbucks einen Pumkin Cake und einen Donut zu meinem Kaffee. Die junge Dame hinter der Theke schaute mich überrascht an und fragte: „No Croissant today?"

Ich stutzte kurz und verneinte ein wenig wortkarg. Witzig, dachte ich mir, sie kannte mich mittlerweile. Man könnte meinen, es kommt ja sonst keiner vorbei. Gutes Gedächtnis. Guter Job.

Wobei ich feststellen muss, dass ich dem ein oder anderen auch schon ein paarmal über den Weg gelaufen bin und wieder erkannt habe – auch Jahre später. So was passiert, sei es in der Metro oder auf der Straße.

Die Flohmärkte in New York sind bekannt, groß, vielseitig und spektakulär. Via Internet konnte ich zwei der Märkte ausmachen, die heute am Samstag geöffnet haben. Einer spielt sich über zwei Etagen in einer Tiefgarage ab und nennt sich daher: The Antiques Garage und befindet sich in Chelsea auf der 25th Street zwischen Sixth and Seventh Avenue. Der andere Flohmarkt steht unter freiem Himmel in Hell`s Kitchen, 39th Street zwischen Ninth and Tenth Avenue. Nähe Chelsea bin ich schon, also auf in die Garage.

Ich bewegte mich durch die Sirenen verheulte Stadt, hoch zur 25th und fragte mich durch. Natürlich hatte wieder mal keiner eine Ahnung und ich brauchte drei Anläufe, bis ich einen ortskundigen New Yorker in New York traf.

Der Flohmarkt in The Garage, entpuppte sich als Flohmarkt, wie ich mir einen Flohmarkt vorstelle. Es gab jede Menge gut erhaltenen, schönen, alten Krempel. Keine Stände die versuchen – wie so häufig – neue Ware an den Mann zu bringen. Alles mögliche war für wenig Geld zu erwerben. Von original Comics aus den 1950er und 1960er Jahren bis hin zu schnittigen Leoparden Jacken. Es war tatsächlich eine, für diesen Zweck, leergeräumte Tiefgarage in der ich mich befand. Der Markt war gut besucht, aber ohne Gedränge, jeder Stand war sehr gut zugänglich, dennoch für meinen miserablen Orientierungssinn wieder einmal zu unüberschaubar. An einigen Ständen kam ich, ohne es zu bemerken, mehrmals vorbei, wobei mich die netten Standbetreiber höflich lächelnd darauf aufmerksam machten ob ich etwas vergessen hätte. Ich bejahte und durchstöberte, etwas peinlich berührt, ihre Needfull Things zum wahrscheinlich fünften Mal.

Mir begegneten Stände mit uralten Fotoapparaten samt Zubehör, wunderschöne alte Wecker, Uhren und antiker Schmuck. Original Zeitungsartikel aus vergangenen Zeiten, berichteten über die Ermordung Kennedys bis hin zu den ersten Beatles Konzerten und natürlich jeder Menge flippiger Klamotten und noch ausgeflipptere Typen die auf einen Besuch vorbeischauten.

Ich probierte ein paar Lederjacken, die für mich schmale Gestalt nicht geeignet waren und entschied mich letztendlich für eine hüftlange Jacke aus künstlichem Leopardenfell – die ich dann aber doch nicht kaufte.

Die meisten Tische waren von russisch sprechenden Händlern belegt, aber auch Hispanics, Italiener und Afroamerikaner belegten einen großen Teil der Stände. Das ganze beruhte auf einer friedlichen, relaxten Atmosphäre.

Nachdem ich Stunden gestöbert hatte, packte ich meinen alten Comic über Flash, den ich mir geleistet hatte und machte mich auf den Weg nach Hell`s Kitchen, zum nächsten Outdoor Flea Market.

Mich erwartete ein großes, weites Gelände, zugestellt mit von breiten Planen überspannten Bänken und Tischen, zwischen den schon beschriebenen wirren hohen Bauten Hell`s Kitchens.

Hier gab es ein ähnliches Sortiment an antiker Auswahl, doch das Angebot war etwas vielfältiger noch als in The Garage. Tonnenweise Besteck und Geschirr aus dem vorigen Jahrhundert, Kompasse und allerlei Gerätschaften um Schiffe zu navigieren, Polizeiabzeichen bis hin zu Sheriffsternen aus dem Wilden Westen, schwere alte Möbel und noch mehr Schmuck und Kleider. Und Gott sei Dank einen Hotdog Stand mit frischer Ware: „One Hotdog, with Onions and Mustard, please!"

Da ich mir hier noch ein T-Shirt besorgte und noch ein bisschen Krimskrams – eigentlich hätte ich mich dumm und dämlich eindecken können, aber wo hin mit dem ganzen Zeug –, machte ich mich via Subway zurück auf den Heimweg.

"Stand clear of the closing doors please!"

Einen Schaufensterbummel durch SoHo gehend, entdeckte ich auf einem hoch gelegenen Mauervorsprung einen Falken thronen. Er schien rein gar nichts zu machen, wartete einfach nur ab.

Mit in der Zwischenzeit eingetroffenen Passanten, wartete ich ebenfalls ab. Obwohl New York City angeblich das größte Durchzugsgebiet von Wanderfalken ist, war es doch eher eine Seltenheit einen aus nächster Nähe zu betrachten. Vermutlich wartete er auf eine vorbei torkelnde Taube. Von uns Gaffern, war er auf alle Fälle vollkommen unbeeindruckt.

Ein paar Blocks weiter, in einem Schaufenster eines Trödlers, sah ich zwei ausgestellte Schachbretter. Eins davon war mit aufwendigen Figuren der Süd- und Nordstaatler dekoriert, die gegeneinander in Kampfstellung positioniert waren. Das andere Schachbrett bestand aus zweierlei Schnapsgläser, die

Gläser der einen, wie auch der anderen Mannschaft, glichen einander wie ein Ei dem anderen. Kann mir einer erklären, wie man so etwas spielt?

Ich wollte noch etwas vernünftiges Essen, also ging ich nochmals zum Italiener in die Mulberry Street nach Little Italy. Dieses Mal in ein anderes Restaurant, nicht das La Mela wie bei meinem letzten Besuch. Die Auswahl an Lokalen ist schließlich recht umfangreich.

Wieder saß ich draußen, doch diesmal wurde ich bedient wie ich es von italienischer Gastfreundschaft gewohnt bin. Ich war der King. Das Eiswasser kam sofort und die Spaghetti und der Vino Rosso ließen auch nicht lange auf sich warten. Wir tauschten noch ein paar Floskeln und Späße in italienischer Sprache aus, ich gab ihm ein angemessenes Trinkgeld, für das er sich überschwänglich bedankte und verschwand in die Prince Street, stieg in den R-Train, der mich auch direkt in die 34th Street an den Herald Square brachte. OK, Macy's mach ich Morgen, den Tag heute werde ich im Central Park beenden.

Ich schlummerte ein wenig im weichen Gras von Sheep Meadow, bevor ich mich an einen Tresen in Mineral Springs saß und mir ein paar wohlverdiente Biere einverleibte.

Das Dämmerlicht, das meinen Rückweg umhüllte, lockte eine Handvoll Waschbären aus ihren Verstecken im Dschungel The Ramble, die sich dann genussvoll, getarnt wie Straßenräuber, mit ihren dunkel umrandeten Augen, über die Mülltonnen des Parks hermachten. Was für ein Schauspiel. Schüchtern verschmitzt linsten sie während ihres Vorhabens auf die linke und rechte Seite, bevor sie gewieft die Deckel der Tonnen anhoben um sogleich darin zu verschwinden. Ein jeder kam mit einer Auswahl an Leckereien wieder zum Vorschein und verschwand umgehend wieder im Schutz der Dunkelheit.

Mit Musik in den Ohren um dem Straßenlärm zu entkommen, lief ich meinen gewohnten, mittlerweile vertrauten Weg, die Fifth Avenue hinunter, bis zum Washington Square Park. Von dort ging ich die 4th Street bis zum Bowery und hoch auf meinen Rooftop, die Aussicht auf die Straßen New Yorks und das hell erleuchtete One World Trade Center zu genießen.

Ein neuer Tag bricht an, das Wetter lässt zu wünschen übrig, es ist trüb und kalt, in dieser heißen Stadt. Ein Tag zum Schoppen. Ein Tag im Macy's.

Ich lief ein in dieses schicke, neunstöckige Kaufhaus, mit einem eher antiamerikanischen T-Shirt, das ich mir an einem Straßenstand in SoHo in der Spring Street besorgte und wurde von jedem der anwesenden Verkäufer ignoriert. Was mir ja durchaus recht war, das ist mir angenehmer als irgendwelche Aufdringlichkeiten. Ignoriert, bis ich mir ein nobles Hemd mit Paisley Muster gekauft habe. Die Jeansjacke in der Tasche verstaut, das Hemd ordentlich in die Hose gesteckt, setzte ich meine Shoppingtour fort.

Plötzlich ging es. Von allen Seiten kamen sie und begrüßten mich mit einem freundlich, einladenden: „Good morning Sir." „Can I help you Sir?"

Kleider machen eben doch Leute.

Ich begab mich ins ansässige Restaurant und bestellte mir etwas zu essen. Auch hier wurde ich bedient wie ein Fürst. Da sich das Restaurant in einem der oberen Stockwerke befindet und ich an einem Fensterplatz saß, hatte ich einen herrlichen Ausblick über einen großen Teil Manhattans und konnte beobachten wie sich die Wolkenkratzer, dank des trüben Wetters, langsam in dichten Nebelschwaden auflösten.

Um mich vom leckeren Essen zu entspannen, fuhr ich eine der nostalgischen Rolltreppen aus Holz ins Möbelabteil, suchte mir ein bequemes Sofa und döste eine gute Weile. Ist ja schließlich anstrengend so ein Tag im Kaufhaus.

Die Abteilung für die Weihnachtsdekoration war, wie die Jahre zuvor, im typisch kitschigen amerikanischen Look gestaltet, dies zu beschreiben ist schier unmöglich. Alles ist in rotem Plüsch ausgelegt und die flauschigen Rentiere empfangen einen grinsend um die Ecken schauend. Überall, vom Boden, die Wände hoch bis zur Decke, ist alles mit hell erleuchteten Sternen bestückt – wahrscheinlich auch deshalb, da der rote Stern das Markenzeichen von Macy's darstellt.

Die übergroßen Weihnachtsbäume sind behangen mit Elfen, Engeln, güldenen Kugeln und grellen Leuchten, dass ich mir überlege meine Sonnenbrille aufzusetzen. Überall, in jeder Nische und die langen Gänge entlang, liebevoll gestaltete Püppchen und Figürchen. Es war an der Zeit zu gehen, bevor ich erblinde.

Das Wetter war immer noch grau, neblig und von Nieselregen behangen. Was soll's? Ich hab meine Regenjacke mit in die Tasche gepackt. Die galt es jetzt anzuziehen, da ich vor hatte mich nach DUMBO, nach Brooklyn zu begeben. Das Wetter muss mir jetzt egal sein, war es auch.

Ich bestieg den B-Train am Herald Square und fuhr bis in die West 4th Street. Während ich ein paar Stationen weiter auf den A-Train wartete, der mich letztendlich in der High Street in Brooklyn absetzen soll, lauschte und sah ich einem Virtuosen zu, während er Vivaldi auf seiner Violine spielte. Ein großartiger Künstler.

Von der High Street aus, war es ein Katzensprung nach DUMBO. Ich hatte ein bestimmtes Bild vor Augen, nämlich, wenn man durch eine der Pylonen der Manhattan Bridge, die zwischen einer Häuserschlucht in der Water Street zu finden ist, hindurchschaut, das Empire State Building erblickt.

Ich wurde fündig, das ESB war zwar nur leicht verschleiert und verschwommen durch den Nebel zu erkennen, aber! Mystisch. Eingepackt in meiner Regenjacke, lief ich auf dem

alten, nass glitzernden Kopfsteinpflaster hinüber in den gespenstisch wirkenden Brooklyn Bridge Park. Ein großer Teil
der Brooklyn Bridge war in Nebel getaucht, sowie fast der
komplette Financial District, auf der anderen Seite des East
River in Lower Manhattan, ebenfalls beinahe vom Nebel verschlungen wurde. Die alten lehrstehenden Fabrikanlagen auf
dem Gelände, wirkten fast unheimlich. Vielleicht auch deshalb, weil sie in mir die Erinnerung an den Film: „Es war
einmal in Amerika" erweckten. Nur der weiße Schriftzug, der
da in großen Lettern über der Backsteinmauer geschrieben
stand, war etwas ausgebleichter als damals. Trotz des Niesel-
regens, fand auch hier unter den Brückenpfeilern der Manhattan Bridge, ein Hochzeit Fotoshooting mit schulterfrei gekleideten Japanerinnen und Japanern statt. Termin ist Termin.

Die Lagerhallen aus vergangenen Tagen wurden renoviert
und der Bauzaun, der das Gelände umgab, war dekoriert mit
alten schwarzweiß Fotografien und zeigten Motive früherer
Zeiten auf dem Broadway, dem sonnigen Coney Island und
der Williamsburg Bridge.

Der Nebel lichtete sich ein wenig und die Spitze des One
World Trade Center kam zum Vorschein. Die gesamte Anlage
von DUMBO, bis hinüber in den Brooklyn Bridge Park, ist
gigantisch entlang dem East River. Mit einem umwerfendem
Blick auf die Skyline von Manhattan. Das Angebot an Freizeitgestaltung, mit Karussell und einer Menge Bars, Pubs und
Restaurants, bequemen Sitzmöglichkeiten am Fluss und ausreichenden Rasenflächen – großartig. Sobald als möglich
komme ich wieder, bei schönem Wetter.

Über meine Lieblingsbrücke, der Brooklyn Bridge, den
Fluss überquerend, nahm der Wind drastisch zu, doch der
Regen lies dafür deutlich nach. Es war verhältnismäßig wenig
los auf dem Gehweg der Brücke, nur hier und da ein paar, in
Regenjacken gehüllte, Touristen und ich genoss die Ruhe –
die Ruhe vor dem Sturm, wie sich noch herausstellen sollte –,

auf meinem Weg ans andere Ende der Brücke, in den Bereich der City Hall.

Das Tageslicht, das von den Türmen Lower Manhattans reflektiert wurde, wirkte bedrohlich. Es war ein kaltes kontrastreiches, fast schon Unheil verkündendes, dunkles Licht.

Das hier ist Gotham City.

Höchste Zeit für einen Kaffee und einen Donut während eines Zwischenstopps im Starbucks Cafè des Woolworth Building.

Als ich wieder herauskam und in den City Hall Park lief, begegnete ich der Sonne, die versuchte sich langsam durch die Wolken zu schälen um sogleich wieder hinter noch dickeren, fast schon schwarzen Wolken zu verschwinden.

Der Sturm nahm zu und ich marschierte ihm entgegen in den Financial District.

Ich dachte, umgeben von den festungsähnlichen Türmen des Financial District`s werde ich sicher sein vor dem herannahenden Sturm, aber sobald ich hinter einem Gebäude zum Vorschein kam, riss mich der Wind beinahe von den Füßen. Ich lief weiter und kurz darauf kam ich am Ufer des Hudson River an. Die Hochhäuser rund um das Trade Center und auch über den Fluss hinaus, in New Jersey, wirkten wie aus einem stark kontrastüberzogenen, nachgefärbten Schwarzweißfilm und es wurde zunehmend düster.

Plötzlich tat es einen Schlag und die Welt schien einzustürzen. Ein unglaubliches Getöse zog durch die Stadt, Menschen die nicht rechtzeitig Halt fanden wirbelten auf dem Boden durch die Gassen, Müllbehälter kullerten mir entgegen, der Hudson schien über das Ufer treten zu wollen, Baumkronen knickten um.

Als ich um eine weitere Ecke bog, klatschte es mich gegen eine Häuserwand. So gut es ging, hielt ich mich fest und beobachtete amüsiert, wie New Yorker Youngster sich im Wind, quer entlang des unter ihnen verlaufenden Gehweges, wehend wie Fahnen, an jungen Baumstämmen hielten und sich schwebend in der Luft, treiben ließen.

Allmählich beruhigte sich der Sturm wieder und ein erschütternder Regen, der alles zu verschlingen drohte, brach über uns herein.

Am nächsten Tag erfuhr ich aus den Medien, dass ein Orkan entlang des Atlantik zog und somit ein Ausläufer Manhattan streifte. Und ich dachte noch, das muss so sein, es zieht nun mal durch die Häuserschluchten New Yorks.

Auf jeden Fall verbrachte ich den Rest des Tages, von außen wieder trocken und frisch gekleidet, innerlich leicht angefeuchtet durch ein paar Bier, auf meiner Dachterrasse, mit Blick auf einen gigantischen Sonnenuntergang am sich wieder beruhigten Himmel und das One World Trade Center, das den Orkan ebenfalls heil überstanden hatte, reflektierte nun das glühende Abendrot in allen erdenklichen Farben, welches das Spektrum zu bieten hat.

Wenn ich meinen New York Urlaub plane, mache ich mir anhand von Büchern, Broschüren und Internetrecherche, im Vorfeld einen Plan und Notizen, über Dinge die ich unbedingt – außerhalb der üblichen, überfüllten Touristenattraktionen –, spektakuläres und sehenswürdiges, besuchen sollte.

Diesmal stieß ich, unter anderem, auf 5POINTZ. Nicht dieses Five Points, diese verruchte Ecke Downtown Manhattans, das im 19. Jahrhundert noch ein Armenviertel und Slum im heutigen Chinatown war und mit den Schauspielern Daniel Day-Lewis und Leonardo DiCaprio verfilmt wurde. Was ich meine ist das Graffiti-Mekka in Long Island City im Borough Queens.

Also saß ich frühmorgens, nach meinem Besuch im Starbucks, eingehüllt von mildem Sonnenschein, mit meinem iPat auf der Dachterrasse und schmiedete einen Plan, wie ich dort am besten hinkommen würde. Nach ungefähr einer Stunde machte ich mich auf den Weg zur Subway Station, bestieg den F-Train in der Bleeker Street und fuhr auf direktem Weg nach Long Island City in Queens.

In Queens angekommen, fragte ich mich durch. Soviel ich wusste, musste ich in die 46th Davis Street. Aber wie schon früher erwähnt, kennt sich ja keiner der Einheimischen in New York aus, weder in Manhattan noch in Queens.

Kurz nach verlassen der Subway Station befragte ich zwei Schulmädchen, die auf mich einen ansässigen Eindruck machten, nach diesem stillgelegten, unübersehbaren Fabrik-gelände, welches nun schließlich als 5POINTZ weltweit bekannt war. Sie schauten mich an, als würde ich nach dem Weg zum Mars fragen. Ich erklärte es müsse hier, ein paar Blocks weiter, in Long City Island sein, darauf bestätigten sie mir, mit einem heftigen, grinsenden Kopfnicken, dass wir hier in Long City Island sind.

Danke fürs Gespräch. Ich suchte allein weiter.

Wie vermutet, bog ich ein paar Blocks weiter in die Davis Street ein und sah auch gleich von weitem die besprühte, farbenprächtige Häuserfassade des ehemaligen Neptune Meter Fabrikgeländes, das in, bestehend aus zwölf, bis zu fünf Stockwerke hohen Fabrikgebäuden und auf einer 1,2 Hektar großen Fläche untergebracht war.

Nach Stilllegung der Fabrik, wurde das gesamte Gelände von einem gewissen Jerry Wolkoff in den frühen 1970er aufgekauft und später als Künstleratelier an 200 Künstler vermietete. Hier trafen sich im Laufe der Zeit Aerosol-Künstler aus der ganzen Welt und besprühten die 19.000 qm Außenfläche mit farbenfrohen, kunstvollen Gemälden. Ursprünglich beabsichtigt war – so auch die Begründung des Namens 5POINTZ –, die fünf Stadtbezirke New Yorks zu vereinen, aber wegen seines allmählichen Ruf als Epizentrum der Graffiti-Szene, reisten Künstler von überall auf der ganzen Welt an.

Außerdem diente die Kulisse für Filmaufnahmen – einen kleinen, aber dennoch actiongeladenen, Einblick gewähren uns heute noch die außergewöhnlichen Außenaufnahmen zu, ich glaube es war The Fantastic 4 – und zahlreichen Musik Videos verschiedener Genres.

Ich ließ mir den ganzen Tag Zeit um die farbenfrohen meterhohen Wandmalereien auf mich wirken zu lassen. Es war unbeschreiblich, kaum ein einziger Zentimeter der Wandfläche war frei von leuchtender Farbe. Die ungeheure farbenprächtige Vielfalt der auserwählten Motive übertraf jegliche Vorstellung: Ein schreiender Jimi Hendrix spielt – verschwindend hinter großen Schriftzügen –, seine Gitarre, verschiedene Wahrzeichen New Yorks vereinen sich zu einem großen Ganzen, Comic Figuren jeglicher Art sprühen ihresgleichen an die Wände, ein fünf Meter in die Höhe ragender King Kong hält Zugabteile und seine weiße Frau in Händen, düster dreinblickende schwarzweiß Zeichnungen fließen übergangslos in knallbunte Abstrakte, leicht bekleidete Mädchen mit Basecaps geben sich mit Vincent Van Gogh die Hand, komplette Geschichten werden auf meterhohen bunten Wänden erzählt, Boxlegenden kämpfen gegen das Böse, Kopflose Medusa, Pamela Anderson, Japanische Mangas, Größen aus der Hiphop und Rapszene, Lady Liberty natürlich, Raubtiere und Stillleben, bis hin zu Obst und Gemüse. Alles findet man hier zu einem friedlichen Meating vereint. Selbst vor Türen, Fenster, Hydranten und Mülltonnen haben die Graffiti Künstler nicht halt gemacht.

Ich hatte Glück, an diesem einmaligen Projekt noch teilhaben zu dürfen, es noch in voller Größe und bunter Vielfalt zu bestaunen. Mittlerweile wurde das gesamte Gelände abgerissen und wird nun – trotz zahlreicher Protestbewegungen –, zu Eigentumswohnanlagen umgebaut. Typisch Kommerz.

Ich schaute mich – wenn ich schon mal hier in Queens bin –, noch etwas in der Gegend außerhalb des Fabrikgeländes um. Die Graffiti Kunstwerke verbreiteten sich auch außerhalb des Komplexes, entlang der Straßen und Pfeilern der Hochbahn, an Garagentoren und Hauswänden. Sogar ein abgestellter Kleintransporter war mit dem Symbol der American Flag rundum besprüht.

Hier in Queens und wie ich auch schon in Brooklyn bemerkt habe, haben Künstler noch freie Hand um sich zu verwirklichen. In Manhattan wiederum, wird alles für den Tourismusverkehr entfernt und gesäubert. Eigentlich schade, es geht hier schließlich nicht um Schmierereien. Ich bin der Meinung, es gehört zum Erscheinungsbild einer jeder Großstadt.

Ich beobachtete noch eine kleine Gruppe hispanischer Jugendlicher, während sie sich vor einem bunten Garagentor, zu Musik aus einem Ghettoblaster, in Breakdance übten, bevor ich das Gelände wieder verließ.

Etwa eine gute Stunden später, befand ich mich wieder in SoHo und suchte mir ein gemütliches Restaurant um ein Menü zu mir zu nehmen. Ich fand ein kleines Lokal an einer belebten Ecke, mit Blick auf die Straße. Während des Essens und vor allem danach, schweiften meine Blicke über die vorbei strömenden Menschen. Und wieder einmal musste ich mich wundern über die Vielfalt der unterschiedlichen Nationalitäten.

Wenn du in New York lange genug, mit dem Blick auf die Straße, an einem Platz verweilst, siehst du die ganze Welt an dir vorüberziehen.

Den Abend verbrachte ich in Greenwich Village. Ich entdeckte ein neues Pub, das Jekyll and Hyde, das sich auch Restaurant and Sozial Club for Explorers and Mad Scientists nennt. Dementsprechend war auch das Inventar und die Live Performance. Schon die Fenster waren füllend mit kleinen Longdrink trinkenden Monstern bemalt. Die Inneneinrichtung, in der ich mir vorkam wie in einer alten düsteren Scheune, war dekoriert mit Skeletten, die zum Teil von der Decke hingen und in irgendwelchen dunklen Nischen verweilten. Eine Treppe führte in eine Art Keller die andere ins Obergeschoss. Auch dort befand sich jegliche Form von Gerümpel und Gegenstände die den Eindruck einer Gruft hinterließen.

Die Showeinlagen bestritt ein Typ, gekleidet in einem Frack und einem Zylinder auf seinem Haupt, der ein wenig an Quasimodo oder Igor erinnert. Er torkelte von einem Gast zum anderen, schaute ihm über die Schulter und gab gruselige Anekdoten zum Besten.

Die Preise waren dementsprechend, aber klar, wir waren im Village. Ich amüsierte mich köstlich, trank ein paar Biere und schlenderte den restlichen Abend durch das Viertel.

An einem Gebäude, in der Nähe des kleinen Parks mit seinen gleichgeschlechtigen Pärchen Skulpturen, sah ich zwei sehr groß gewachsene junge Ladys, mit noch längeren Beinen, gekleidet in engen Oberteilen und noch enger anliegenden, zum Teil goldenen Hotpants. Ich dachte mir noch, die werden ja immer noch größer, aber auch interessanter und gesellte mich sogleich dazwischen. Die eine der Damen, blickte auf mich herunter und fragte mich freundlich nach Feuer, ich hatte Feuer und bediente sie, darauf bedankte sich Miss golden Hotpants liebenswürdig und fragte mich mit einer tiefen Baritonstimme: „Where do you come from?"

Ich lächelte sie an und zog weiter. Alles klar, oder?

Bevor ich mich wieder in mein Revier zurückzog, besuchte ich noch eine Bar, in der eine aufgedonnerten Drag Queen auf der Bühne ihre (oder seine) Performance zum Besten gab, für diesen sie dann auch von den anwesenden Gästen im Publikum – die nicht eh schon standen –, mit feierlichen Standing Ovations belohnt wurde.

Nachdem ich noch sämtliche Bars und Pubs abgeklappert habe und die Gegen erkundet, habe ich beschlossen, dass das Jekyll and Hyde meine neue Abendkneipe werden würde. Doch für heute war es genug. Ich ließ den Abend erneut, eingehüllt von Musik, bis in die späten Stunden auf meiner Dachterrasse mit Blick über die hell erleuchtete Stadt und dem kunterbunten Treiben auf den Straßen ausklingen.

„Good morning my Friend!" Mein Obdachloser Freund mit wirrem krausem Haar und blutunterlaufenen Augen begrüßte mich, als ich am nächsten Morgen vor die Tür trat. Wir unterhielten uns ein wenig, bis ich ihm meine zwei obligatorischen Dollar mit dem üblichen Spruch zukommen ließ und wünschten uns einen schönen Tag. Danach zog ich los in den Central Park.

Mein Freund John Lennon hatte, wie schon die letzten Jahre, Geburtstag und da galt es gebührend in Strawberry Fields zu feiern.

Auf der Straße entlang zum Mosaik Denkmal – dass zur Erinnerung an John Lennon, von seiner gegenüber wohnenden Frau Yoko Ono in Auftrag gegeben wurde –, erklang, schon von weitem hörend, Musik, dargeboten von verschiedenen Interpreten, die entlang der Straßen musizierten. Auch die eigentliche Gedenkparty, um das runde IMAGINE Memorial, war schon voll im Gange. Es war zum Teil dieselbe Combo wie schon die letzten Jahre: Es gab da einen zotteligen alten Herren mit langem grauem Haar der eine Stratocaster bediente, einen jungen Halbafrikaner mit Akustikgitarre, die etwas biedere Dame, die aus Liverpool angereist kam, bediente den Höfner Violin Bass. Ein Jimi Hendrix Verschnitt mit Gitarre und Lennon Shirt spielte Mundharmonika, eine türkische Elvis Imitation mit Gitarre, ein Keyborder, ein im Publikum untergegangener und somit nicht sichtbarer Drummer. Und wer konnte –

oder auch nicht –, beteiligte sich mit seiner Stimme lauthals am Gesang.

Das IMAGINE-Mosaik war wie üblich dekoriert mit Kerzen, Bildern und jeder Menge Blumen.

Nur Larry fehlte dieses Jahr. Larry ist der selbsternannte Hausmeister von Strawberry Fields. Wie es hieß sei er dieses Jahr abwesend, da er erkrankt sei.

Nach einiger Zeit kam ein aufgeregter junger Mann um die Ecke und meinte, wir sollen schauen dass alles in Ordnung kommt und den Schriftzug auf dem Memorial von Blumen und dem ganzen Kram beseitigen, damit er sichtbar werde und ordentlich ausschaue. Yoko Ono würde in nächster Zeit vorbeikommen. Wir brachten Ordnung in das Spektakel, doch Frau Ono Lennon blieb auch zu später Stunde aus.

Somit dachte ich mir, gehe ich eben sie besuchen. Ich ging hinüber ins naheliegende Dakota Building, das wie immer von einem strengen Doorman in hellblauer Uniform bewacht wurde und schlich wie üblich einmal um das Gebäude, in der Hoffnung in einen Seiten- oder Hintereingang zu gelangen. Keine Chance, dieses Gebäude gleicht einer Festung. Ein Eindringen scheint aussichtslos. Also suchte ich wieder das Weite und zog noch etwas, mit einem Schaschlikspieß, einer Dose Coke und Beatles Musik im Hintergrund, die Straßen entlang des Central Park, bis zur nächst liegenden Subway Station und nahm mir vor, das Village erneut bei Tageslicht zu begutachten. Hierher, zu John, würde ich heute Abend bei Kerzenlicht Atmosphäre nochmals kommen.

Im Washington Square Park angekommen, der sich zwischen Greenwich Village und East Village befindet, setzte ich mich erstmal ins Gras und schaute den Schauspielern und Artisten zu, ich legte mich ein wenig hin und betrachtete den wolkenlosen Himmel.

Irgendwann, während ich so meine Gedanken schweifen ließ, fiel mir ein, ich habe irgendwo gelesen, dass der Washington Square Park – welcher einer der bekanntesten von über 1.700 öffentlichen Parkanlagen der Stadt ist –, früher einmal – vor langer Zeit –, als öffentliche Begräbnisstätte diente und somit, hier, circa 20.000 Seelen ruhen. Ich lag auf einem Friedhof. Vielleicht erklärt das die hohe Anzahl an Ratten und Tauben. Wer weiß das schon.

Ich packte meine Sachen und zog weiter ins Zentrum von Greenwich Village.

In der Perry Street 66, wusste ich, dass dort Sarah Jessica Parker zu finden wäre, oder nein, die Adresse diente nur als Filmkulisse für Sex and the City. Auf alle Fälle ist es ein imposantes Gebäude, mit einem, für New Yorker Verhältnisse, typischen Treppenaufgang und einer massiven strukturreichen Holztür – die es für mich diesmal nicht zu durchqueren galt.

Auf einen Drink besuchte ich mein neues Stammlokal Jekyll an Hyde, dessen Atmosphäre aber, wie ich merkte, nur zu später Stunde wirkte und ging anschließend noch zur Christopher Street in den dazugehörigen Christopher Park mit den berühmten, von George Segal angefertigten Statuen.

Die mit weißem Wachs bezogenen, lebensgroße Bronze Statuen Symbolisieren die Schwulenbewegung und stellen gleichgeschlechtliche Paare dar. Zwei auf einer Parkbank sitzende, sich unterhaltende Frauen und zwei stehende Männer. Es gibt hier auch in anderen Teilen New Yorks (zum Beispiel im „The Ramble") Gleichgeschlechtliche Paare, die hier ungeniert, in dieser weltoffenen Stadt, ihren Alltag ausleben.

Nach einem leichten Abendessen in einer Bar – es gab Burger, Salat und ein Samuel Adams –, fuhr ich nochmals zur Lennon-Party in den Central Park.

Schon auf der Fahrt dort hin in der U-Bahn, begegneten mir zahlreiche, Beatles und Lennon Kompositionen spielende Musiker mit ihren Instrumenten. Die Party war schon während meiner Anreise in den Park, voll in Fahrt.

Oben in Strawberry Fields, erwartete mich, verteilt um das Lennon-Memorial, eine riesige Ansammlung von Menschen aller Altersklassen. Erstaunlich, dachte ich mir, wie viele junge Leute sich an die Musik der Beatles erinnern und sie auch noch mit singen können. Respekt.

Ich musizierte noch ein zwei Stunden mit Gleichgesinnten, verabschiedete mich vom Dakota und ging wie gewöhnlich – da es für dieses Jahr mein letzter Abend sein sollte –, zu Fuß in die Bowery, Richtung Heimat.

Wie die Jahre zuvor lief ich die Central Park West vorbei an den geschmückten Pferdekutschen, am Columbus Circle abbiegend zum Apple Store, die Fifth Avenue vorbei am Empire State Building, pausierend am Flatiron Building mit Blick auf den Madison Square Park und über den Broadway bis zur Bowery, Ecke Prince und Spring Street.

Mein Obdachloser Freund war nirgendwo zu sehen, ich wollte mich noch verabschieden und ihm Lebewohl sagen.

Nachdem ich meine gröbsten Sachen gepackt habe, wollte ich den Abend noch auf meiner schönen Dachterrasse ausklingen lassen.

Beim Blick auf die gegenüberliegende Straßenseite, sah ich eine nicht geringe Ansammlung von Menschen, wartend vor der Diskothek stehen. Ich beobachtete einen Augenblick lang das Geschehen und musste feststellen, dass es sich fast ausschließlich um junge weibliche Gäste handelte, gekleidet in Miniröcken, hochhackigen Schuhen und eleganten Oberteilen. Es mussten mittlerweile so an die zwei bis dreihundert Personen anwesend sein. Ich dachte noch bei mir, bei diesem, zur Hauptsache weiblichem Publikum, George Clooney würde vielleicht vorbeikommen.

Das sollte ich mir genauer anschauen.

Ich warf mir mein Jacket über und stürmte (diesmal mit Schuhen) die Stufen des Bowery House hinunter, auf die gegenüberliegende Straßenseite. Ich drängelte mich ein wenig durch den Tumult und fragte einen Anwesenden was hier geboten wird.

Darauf antwortete er mir. „Miley Cyrus is comming!"

Darauf ich: „Ah! Miley Cyrus, cute!"

Das war mir zu viel. Was soll ich denn mit Miley? Das schau ich mir von meinem Logenplatz aus an.

Wieder auf dem Dach angekommen, beobachtete ich die Szenerie, mit einem Dosenbier in der Hand und wartete ab.

Ungefähr eine viertel Stunde später fuhr eine lange, kantige Strechlimousine vor, sie schien größer und geräumiger als mein Wohnzimmer zu Hause. Die Limo wurde umzingelt und belagert von hunderten von jungen, kreischenden Frauen. Heraus kam eine zierliche, kleine, jauchzende und lachende Miley Cyrus und verschwand auch sogleich – abgeschirmt von ihren Bodyguards –, in der Disco, wo sie heute Nacht ihre neue Platte präsentieren wird. Ohne mich meine liebe Miley.

Am frühen Vormittag meines Abreisetages, saß ich trostlos, ohne die kleine Asiatin an meiner Seite, in der Lobby und wartete auf mein bestelltes Taxi das mich zum Flughafen bringen sollte. Der einzige Trost, in der Glotze lief wenigstens The Walking Death.

Ich bekam Bescheid, dass mein Taxi eingetroffen war, stieg die Treppen des Bowery House hinunter auf die Straße und, siehe da, auf dem Gehsteig empfing mich mein New Yorker Freund, gekleidet in seinem neuen alten Mantel.

Das Taxi auf mich wartend, erklärte ich ihm, dass ich nun abreise, darauf lachte er durch seine Zahnlücken, breitete seine Arme aus, wir umarmten und herzten uns und ich fragte nach seinem Namen.

„Travis!" gab er zur Antwort.

Travis! Wie mein Held aus Taxi Driver.

Fünfter Teil
Chelsea I

Chelsea. Mein nächster Aufenthalt wird in Chelsea sein.

Natürlich war ich begeistert von meiner Bleibe im Bowery House. Die Gegend entsprach genau meinen Vorstellungen. Aber zum einen wollte ich nicht wieder in einem Grab schlafen und zum anderen, will ich nochmals eine andere Gegend in New York City erforschen.

Im Internet stieß ich daher, nach einiger Recherche, auf ein Hotel Namens The Leo House, in der 23rd Street in Chelsea, schräg gegenüber des Hotel Chelsea, über das ich schon berichtet habe.

Das Leo House bot außerdem ein Luxus wie ich ihn so, während meines Aufenthaltes in New York, noch nicht hatte, außer vielleicht im Park Central in Midtown.

In einem durchaus geräumigen Zimmer hatte ich mein eigenes Badezimmer mit Dusche und WC und das Frühstück war dazu noch inklusive. Nur habe ich das mit dem Frühstück nicht so richtig verstanden – da ich nicht ein solches gebucht hatte –, also suchte ich am nächsten Tag wieder einmal ein Starbucks in der Nähe auf.

Das Leo House heißt Leo House, weil in den Räumlichkeiten des Hotels schon Papst Leo residierte und unter anderem auch Mutter Theresa. Das Hotel besitzt eine eigene Kapelle und ist sehr christlich angehaucht. Deshalb auch die christlichen Preise. Das Hotel ist im Preis Leistungs Verhältnis eines der günstigsten in der ganzen Stadt. So nun genug Werbung für die Unterkunft gemacht.

Ich hatte auf alle Fälle ein schönes Zimmer in der dritten Etage, mit Blick auf den ruhigen Hinterhof des Gebäudes. Im Zimmer war ein Bett, ein großer und ein kleiner Schrank und ein Flachbildfernseher mit reduzierten, auf das Hotel zugeschnittenen, Programmen.

Angereist (ans Hotel, nicht in die Staaten) kam ich wie üblich mit dem Shuttlebus, was einer mehrsündigen Sightseeing Tour quer durch Manhattan glich, bis die mitreisenden Fahrgäste alle untergebracht waren. Anfangs dachte ich, unser Chauffeur hat vor uns zu verarschen, da wir öfter mal an ein und derselben Stelle vorbeikamen. Bis mir wieder bewusst wurde, dass die Straßen Manhattans überwiegend aus Einbahnstraßen bestehen und somit unser Chauffeur gar keine andere Chance hatte als eine solche Route zu fahren.

Die Gegend in der das Hotel lag, war mir schon von vorherigen Besuchen vertraut, da ich schon mehrmals am Chelsea Hotel vorbei kam und auch, auf einen Sprung, drinnen war.

Die 23rd Street ist eine der belebtesten und nicht ganz unwichtigsten Straßen New Yorks. Eine der wenigen, die in beide Richtungen befahren wird. Sie wird am Flatiron Building an der Fifth Avenue in zwei Hälften aufgeteilt. Nach Westen führt sie durch das Herz von Chelsea und endet in der Eleventh Avenue und Richtung Osten verläuft sie als Hauptstraße des Viertels Gramercy Park bis hin zum FDR-Drive, der entlang des East River verläuft.

Mein erster Besuch, am Abend meiner Anreise, galt natürlich dem Flatiron Building, das sich, wenn ich das Hotel verließ, in östlicher Richtung befand.

Da ich zu Hause das Gebiet, in dem ich mich die nächste Zeit aufhalten werde, anhand einer Karte studiert habe, verlor ich jedes Mal, wenn ich vor die Tür tritt, die Orientierung. Ich hatte mir die Lage im District seitenverkehrt in mein Gedächtnis eingeprägt, also lief ich jedes Mal nach Osten wenn ich nach Westen wollte und umgekehrt. Das Gleiche galt natürlich auch für Süden und Norden. Ich habe zwei Wochen um mich umzugewöhnen.

Ich stellte fest, dass es entlang der Straße in der ich nun wohne, alles gibt was ein Mensch zum Leben braucht. Da hatten wir einen kleinen schnuckeligen Eckladen für die Metro Karte, es gab außerdem vom Schnürsenkel über Zeitschriften und ganz wichtig, Bier, bis hin zur Zahnpasta, alles im Sortiment.

Es gab ein Theater, ein Kino, eine Wahrsagerin die ich nicht brauche, Pubs, Bars, natürlich einen Gym – die es sowieso an jeder Ecke gibt –, Starbucks, einen Vintage Store für ausgefallene Klamotten, den Blick auf das Empire State Building (ganz wichtig), einen Musikladen mit einer großen Auswahl an Instrumenten und ein nicht geringer großes Sortiment an Platten wie CDs und einen riesengroßen, nicht etwa Supermarkt, nein, einen Gourmet Laden, der unter anderem Organic Food anbietet, mit dem bescheidenen Namen – Garden of Eden.

An meinem ersten Morgen machte ich mich auf die Suche nach einem gemütlichen Starbucks Cafè und wurde auch ein paar Blocks weiter an der Eighth Avenue fündig, nicht so schön wie der in SoHo, aber für meine Ansprüche völlig ausreichend. Ich bin Starbucks verwöhnt, weil diese Cafè`s hier in der Stadt, meist in uralten, schönen Gebäuden untergebracht sind. Es gibt natürlich auch einfacher eingerichtete, aber ich hatte oft das Glück einen der prachtvolleren zu besuchen.

Natürlich hatte ich mir wieder einen Plan für den Ablauf meines Aufenthalts zusammengeschustert, aber als erstes galt es, die schönsten Viertel wie Greenwich Village, SoHo, Tribeca, den Bowery, Little Italy und Chinatown abzuklappern um zu schauen, ob noch alles so ist, wie es sein soll.

Ich ging die Straßen Downtowns entlang und mit einem Blick aus der Ferne, stellte ich fest, dass das One World Trade Center so gut wie fertig gestellt war, die Krane waren entfernt, aber es war – meines Wissens – noch nicht eröffnet.

SoHo war schön wie eh und je, meine Bar das Jekyll and Hyde im Village stand noch, der High Line Park verlief ein paar Blocks weiter als noch letztes Jahr und im Bowery war auch alles noch beim alten. Nur Travis hab ich nirgends gesehen.

Wenn ich schon im Bowery bin, dachte ich mir, laufe ich doch gleich mal die Manhattan Bridge hinüber und schau mir die neueste Ausstellung auf der gegenüberliegenden Seite im Brooklyn Bridge Park und DUMBO an.

Der Ausblick auf Chinatown, am Anfang der Manhattan Bridge, ist atemberaubend, nicht weniger der Blick auf den FDR-Drive mit der Brooklyn Bridge und dem wuchtigen Financial District im Hintergrund.

Als ich ungefähr die Mitte der Brücke Richtung Osten erreichte, zog sich der Himmel zu und es begann leicht zu nieseln. Muss wohl so sein wenn man nach DUMBO unterwegs ist. Das tut der Atmosphäre aber keinen Abbruch. Schon von weitem, einen Blick auf den Brooklyn Bridge Park werfend, sah ich ein kleines Häuschen am Ufer des East River stehen. Ein Häuschen ganz aus bunten Glasfenstern gezimmert. Das schien das Motto der diesjährigen Ausstellung zu sein. Später in DUMBO werde ich noch einen gläserne Wasserturm der gleichen Bauart hoch oben auf den Dächern entdecken.

Der gläserne Bau um das Jane`s Carousel, war frisch poliert und gewährte einen Einblick auf die schönen alten Holzpferde des Karussells. Auch der Maschendrahtzaun um die noch in Renovierung befindlichen Fabrikhallen aus Backstein, mit ihren Rundbogenfenster, war neu bestückt. Die schwarzweiß Fotografien, die mich noch letztes Jahr an vergangene Zeiten erinnerten, waren durch Portraits diverser Musiker, wie zum Beispiel Lou Reed ersetzt worden. Ich blieb nicht lange, da das Wetter nicht zu einem längeren Aufenthalt im Park einlud und ging dieselbe Brücke wieder zurück die ich gekommen war, ins faszinierende Chinatown.

Wieder eine Vielfalt an kleinen, aus zwei Quadratmeter bestehenden Läden, die Schrauben, Haushaltswaren und ihre Dienste als Schuhmacher anboten. Platz kostet Geld. In der Canal Street besorgte ich mir mein Metro Ticket für die U-Bahn und fuhr nach Midtown.

„Stand clear of the closing doors, please!"

LOVE war gestern, nun stand eine neue Skulptur des Pop-Art-Künstlers Robert Indiana zur Schau, HOPE. Im gleichen Design, mehrere Meter hoch in den Farben Rot und Blau.

Ich lief durch den nassen trüben Central Park und die Shootings für Mode und Hochzeiten – auf und um die Bethesda Terrace –, liefen auf Hochtouren. Es gibt kein schlechtes Wetter für Hochzeiten.

Etwas Neues, unmittelbar hinter dem General Motors Building, zog sich in die Höhe. Das Marriott International Hotel, das bei seiner Fertigstellung wohl das höchste Hotel der USA werden soll. Und ebenfalls eine Erneuerung, Grüne Taxis, die ausschließlich Gäste nach und von Brooklyn befördern sollen. – Das hätte es mal damals, bei meinem zweiten Besuch, geben sollen.

Ich klapperte noch die schmucken Schaufenster in der Fifth Avenue ab, wovon eines bepflanzt mit einem acht Meter hohen intakten, in voller blühte stehenden Baum war, noch schnell einen Blick ins Tiffany werfen und dann in die St. Patrick`s Cathedral um einer Solistin an der Gitarre, bei toller Akustik, zuzuhören.

Das Empire State Building leuchtet heute in Pink, es muss wohl Breast Cancer Day sein.

Ein großer Teil der Schaufenster entlang der Straßen, war wieder einmal, der Jahreszeit entsprechend, vollgestellt mit unheimlich schaurigen Halloween Kostümen und Masken.

Eine Rolltreppe hinunterfahrend, betrat ich einen der Läden in der Fifth, der sich Party City nennt. Die ganze Stadt sollte sich Party City nennen. Nach etwa einer Stunde verließ ich Party City wieder, den Spaßladen in dem es allen möglichen Zubehör, von Deko bis hin zur Verkleidung – logischer Weise in erster Linie ebenfalls auf Halloween getrimmt – gibt, den man für eine vernünftige Party benötigt, mit einem grinsen und vor mich hin lachend, bis ich wieder in meinem Viertel und meinem Hotel war.

Natürlich wiederholt sich einiges während des Ablaufs meines Aufenthalts. Es ist ja schließlich immer dieselbe Stadt – aber, es ist niemals die Gleiche.

Den Rest des Abends verbrachte ich in meiner neuen Umgebung in einem naheliegenden Pup und ging bald in meine Koje da ich am darauf folgenden Tag eine Menge vor habe und nicht so recht ahne, was mich erwarten würde.

Ich schlag mir absichtlich nicht die Nacht bis in die frühen Morgenstunden um die Ohren, damit ich den Tag auskosten kann. Außerdem, allein in Clubs gehen oder in Discos – die eh überhaupt nicht mein Ding sind – ist öde. Lieber mal auf ein Konzert, wenn denn eins angesagt ist. Jazz Konzerte gibt es jeden Abend irgendwo, aber die nimmt man am vorbeigehen mit.

Apropos Jazz! Heute werde ich Lois Armstrong besuchen. Wie ich herausfand, gibt es da in Queens eine Art Museum, das offenbar früher sein Zuhause gewesen sein muss. Das Backsteinhaus soll sich irgendwo in der 107th Street im Stadtteil Corona befinden.

An welcher Stelle sich mein neuer Subway Zugang befindet hab ich herausgefunden. Metro-Karte hatte ich auch. Doch Queens war mir noch nicht so vertraut. Soviel ich weiß, muss ich dem 7-Train bis in 103rd Street am Corona Plaza folgen.

Ich lief schon bald frühmorgens, nach meinem Starbucks Frühstück, hoch bis an den Times Square, in die 42nd Street und betrat die U-Bahn Richtung Osten.

Der 7-Train wird im Volksmund auch International Express genannt, wegen seiner Vielfalt an internationalen Reisenden, die in Queens wohnen und nach Manhattan oder über Manhattan hinaus zur Arbeit pendeln.

Je weiter ich mich von Manhattan entfernte und je weiter ich nach Queens vordrang, desto unkomfortabler wurden die Stationen entlang der Gleise. Sind die Haltestellen in Manhattan noch prunkvoll mit Mosaik geschmückt und die Namensschilder mit verschnörkelten Schriftzügen versehen, durchfahre ich – je weiter ich nach Queens vordringe –, kahle, blanke und zum Teil verschmutzte Stationen, die eher auf Armut und ein einfacheres Leben schließen lassen.

Ich begegne, wie gewohnt, multikulturellen Menschen, nur das Gedränge bleibt auf der gesamten Strecke aus. Kein einziger Tourist will ans andere Ende von Queens. Kein Arbeiter fährt morgens von Manhattan zur Arbeit nach Queens. Ich genieße die Fahrt und teile das Abteil mit einem, mir gegenüber sitzenden, afroamerikanischen weiblichen Teenager, welche resigniert Musik aus ihrem iPhone hört und begutachte die Szenerie außerhalb des Zuges. Ich komme entlang an Fabrikanlagen, mit von Graffiti besprühten Mauern, durch pastellfarben gestrichene Siedlungen und unter grünen Alleen hindurch.

Der Blick aus dem Fenster versetzt mich erneut in eine fremde, mir unbekannte Welt, ein anderes New York. Vorbei mit Glas und Beton, vorbei mit Verkehr und Straßenlärm, mit Sirenen und Gehupe.

Hier bietet sich mir ein ruhiges, sich fast in Zeitlupe bewegendes New York. Mit aneinandergereihten, vielfach verwinkelten, bunten Holzhäusern, zusammengehalten aus übereinander gezimmerten Latten, mit herausragenden Vordächern, farbigen Fensterläden und Veranden die teils das ganze Gebäude umschließen. Vorbei mit Brownstone und Wolkenkratzern.

Massige Überlandstromleitungen schlängeln sich entlang der Straßen und ein jeder Hausbesitzer in den Siedlungen, kann einen Garten und eine Satellitenschüssel sein Eigen nennen.

Die nächste Haltestelle müsste es sein. 103rd Street, Corona Plaza. Hier muss ich raus und dann seh ich weiter.

Ich stieg die Treppe der Bahntrasse hina auf die Straße, in ein neues New York. Irgendwie muss ich jetzt nur bis zur 107th Street eintauchen und irgendwo zwischen der Hausnummer 34-56 wieder auftauchen. Wie sich aber bald herausstellte, verlaufen die Straßen in Queens nicht nach dem System eines Schachbrett Musters – oder doch?

Ich zückte mein kleines Notizbuch, in dem ich meine Informationen über diesen Bezirk gesammelt habe.

Nein! Ich habe kein Smartphon in der Hand, sondern ein Notizbuch.

Kaum aufgeschlagen und darin gestöbert, näherte sich auch gleich ein Einheimischer mit der Frage, ob er mir behilflich sein könne. Ich klärte ihn auf wohin ich wollte und schau an, der hilfsbereite Mann konnte mir tatsächlich aus meiner Misere helfen und erklärte mir exakt wohin ich mich begeben muss.

Hier stand ich nun, vor dem Haus von Louis Armstrong. Das Louis Armstrong House Museum hebt sich ab von allen anderen Bauten in der Straße, es ist eines der wenigen, die nicht aus Holzlatten gezimmert wurde, sondern aus einer eher schlichten, geradlinigen Backsteinbauweise.

Ich las das Hinweisschild vor dem Eingang, zögerte noch etwas, wechselte auf die andere Straßenseite und betrachtete das Ganze mit Abstand. Bis sich plötzlich die Eingangstür öffnete, eine junge, adrett gekleidete Dame heraustrat und mich fragte, ob ich an einer Führung interessiert wäre, es würde im Moment eine stattfinden. Logisch.

Ich trat ein und musste zu meiner Erleichterung feststellen, dass außer mir nur noch ein amerikanisches Touristenpärchen teilnahm. Super! Eine Führung in erster Reihe.

Wir fingen an im Keller, der nun für Instrumente und andere kleine Habseligkeiten als Ausstellungsraum dient. Danach ging es quer durchs ganze Haus. Es war unheimlich echt und alles schien so nah. Mir schien, als würde Lois Armstrong mit seiner Angetrauten Lucille gleich um die Ecke kommen. Es war gespenstisch.

Die Einrichtung? Pompös für damalige Zeit.

Das kunstvoll eingerichtete Badezimmer, größten Teils aus strukturiertem weißen Marmor bestehend, versehen mit schimmernd goldenen Wasserhähnen und Seifenhaltern, die Wände verkleidet mit einer großen Spiegelfront. Das ebenfalls aus Marmor bestehende Waschbecken thronte in Form einer großen Muschel unter einem noch größeren, in goldenem Rahmen eingefassten Spiegel. Goldene mit Glaskristall besetzte Lampen sorgten für eine angemessene Beleuchtung.

Die türkisfarbene Küche im modernen Stil der 1970er Jahre, mit allem Komfort was zu damaliger Zeit üblich war.

Das Musik- und Arbeitszimmer ist ausgestattet mit zwei Stehlampen auf einem massiven Schreibtisch. Eingelassen in die rustikalen Wände sind Tonbänder, Stereoanlagen, Plattenspieler und Radio. Ein Verstärker steht ebenfalls auf dem Tisch. Gläser und Karaffen hinter gläsernen Schränken und Vitrinen. Jede Menge Platten, Ordner und Tonbänder liegen – wie vor kurzem benutzt –, im Zimmer herum.

Das Wohnzimmer ist ganz in hellem Design gehalten. Weiße Sessel und ein Sofa sind mit weinroten Kissen dekoriert, ein großes Fenster mit Blick in den Garten, durch das das Licht flutet, Kronleuchter an der Wand sorgen für warmes, beruhigendes Licht. Ein altes weißes Piano steht an der Wand und wartet darauf, das es gespielt wird. Kunstvolle Portraits in Öl an einzelnen Stellen der Wände, runden zudem das Bild zu einem Ganzen ab.

Das Schlafzimmer macht den Eindruck, als wäre es soeben verlassen worden. Ein Nachthemd liegt ausgebreitet auf dem breiten Doppelbett und die Haarbürste auf der grünen Glasplatte der Frisierkommode. Stillleben und ausladende Spiegel an den hellen Wänden und ein langer, kristallener Kronleuchter aus Barockzeiten hängt von der Decke.

Andächtig folgten wir der Führung, die die Leiterin im Flüsterton dokumentierte. Eine interessante Geschichte rund um das Leben und letztendlich sterben, des Louis Armstrong und seinen Frauen. Wie er die Nachbarskinder unterrichtete und von seinem Aufstieg als Sänger und Jazz Trompeter.

Zum Abschluss durchquerten wir noch auf gepflasterten Wegen den wunderschön angelegten Garten, mit bepflanzten Kiesbetten, schattenspendende Bäumen, Sträuchern und einer bunten Vielfalt an Blumen. Das kleine Paradies war bestuhlt, als würden noch Gäste erwartet.

Als ich nach einem längeren Gespräch mit der Leiterin das Grundstück wieder verließ, durchstreifte ich noch eine lange Zeit die Ecke Corona Plaza in Queens, stöberte in Shops und Stores, besuchte Parkanlagen und war zufrieden mit der ruhigen Stimmung, in der ich mich auch sofort heimisch fühlte. Ich schaute mich um und musste feststellen, dass ich das einzige europäisch aussehende Lebewesen, das einzige Bleichgesicht, auf dem Platz war. Ich befand mich inmitten eines großen Mischmasch aus 500 Jahre New Yorker Evolution. Das Resultat eines lange Zeit hindurch blubbernden Schmelztiegels.

Es gibt hier in Queens eine Straße, im südlichen Teil Sunnyside – im Stadtteil Astoria, um genauer zu sein.

In dieser Straße gibt es auf einen Block – heißt: achtzig Meter entlang der Straße –, dreißig verschiedene kulinarische Gerichte zur Auswahl. Und ich spreche hier nicht von dreißig verschiedenen Gerichten in einem Restaurant. Was ich meine, sind dreißig Restaurants verschiedener Nationalitäten in einem

Block. Unter anderem kann man am Anfang der Straße noch Indisch essen, darauf folgt Griechisch, Arabisch, Koreanisch, ein Stockwerk höher kann man sich eine Pizza beim Italiener bestellen, mexikanisches Essen, Ecuadorianisches, Tunesisch, Ägyptisch, und, und, und zum Schluss, spült man alles im Irish Pub bei einem Kilkenny hinunter.

Auf dem Rückweg, vorbei an den bunten pastellfarbenen mit Satellitenschüsseln bestückten Häuserreihen, eingezäunt mit Backstein und Gusseisen, entdecke ich von weitem, das dominierende Empire State Building und wusste wieder wo ich mich befand. Ich war immer noch in New York City.

Das Empire State Building ist – so sollte man annehmen –, allgegenwärtig. Ist es auch. Außerhalb von Manhattan dient es zur Orientierung und ist allzeit präsent. Nur wenn man glaubt in Manhattan selbst darauf zu stoßen, irrt man sich. Dort, umgeben von in den Himmel ragenden Wolkenkratzern, muss man es suchen, danach fragen. Es geht schlichtweg unter zwischen den tausenden von Hochhäusern.

Nach einer ruhigen Fahrt, zurück im lebhaften, pulsierenden und bunten Manhattan angekommen, war ich auf dem Weg zum High Line Park um in der Gegend um den Meatpacking District etwas zu Essen. Ein Burger Lokal kam mir gelegen. Einen dicken saftigen Burger mit allem Drum und Dran, werd ich mir einverleiben, ich bin schließlich im Meatpacking und nicht im Vegetablepacking Bezirk.

Ich bestellte einen Burger, bei der jungen freundlichen Kellnerin, mit Pommes, Salat und einer Cola für die Dehydration. Sie fragte wie ich ihn haben möchte. Ich bestellte Medium, das Blut muss spritzen, darf aber nicht vom Teller triefen. Ausgezeichneter Food an einem gemütlichen Platz am Fenster. Ich war gestärkt für meine nächste Tour, eine Tour über den High Line Park.

In New York City, kann man überall gut und „günstig" Essen gehen. Bei einem Angebot von 20.000 Restaurants ist die Konkurrenz so groß, dass wenn ein Lokal heute nicht den Anforderungen entspricht, morgen wieder schließen kann.

Alls ich auf der High Line ankam, musste ich wieder einmal verblüfft feststellen, dass der Park komplett neu dekoriert wurde. Die Schriftzüge, an den hohen Außenmauern der Gebäude entlang des Parks, waren mit neuen Aussagen beschriftet, neue Werbetafeln über den breiten Straßen unterhalb der High Line, forderten die Menschen auf, Rücksicht auf ihre Umwelt zu nehmen. Neue Bauten in modernem Design begegneten mir. Kunstobjekte aus blankem Chrom ragten zwischen dem Gestrüpp entlang der Gleise empor. Wasserbehälter hoch über mir waren dekoriert mit in die Behälter eintauchenden Frauen deren Haar unter dem Wasser wallte. Ein junges afroamerikanisches Model mit kunstvoll gestyltem krausem, langem, grau gefärbtem Haar, posierte für den Fotografen. Und nach wie vor Baustellen, gebaut und renoviert wird hier ständig.

Am nördlichem Ende der High Line Bahntrasse, stieg ich die Treppen hinunter, in ein schon in Dunkelheit gepacktes Hell`s Kitchen und suchte noch eine Bar auf.

Nach verlassen der Bar wurde mir etwas unheimlich. Eine Gang Jugendlicher schlich um mich herum und schien mich zu verfolgen. So jetzt hab ich`s. Ich bin nachts in der verruchten Höllen Küche unterwegs und werde zerlegt oder ausgeraubt oder in umgekehrter Reihenfolge. – Und was jetzt?
Meine Schritte beschleunigten sich und ebenso mein Puls, aber, die Aufregung war natürlich umsonst. Die wollten nur spielen. Sie schlichen ein wenig um mich herum, wie Hunde die ihr Revier verteidigen oder um zu zeigen, wer hier das Sagen hat. Da ich ihnen aber kein Anlass zu irgendetwas gab, ließen sie mich ziehen.

Ich zog weiter. Entlang der 23rd Street, in Richtung meines Hotels, betrat ich noch eine Ausstellung von Deborah Harry, alias Blondie. Am Empfang wurde ich herzlichst begrüßt, als hätten sie erkannt, dass ich meine Musiker Hochzeit ebenfalls in den punkigen 1980ern hatte.

Ich vermute, die Ausstellung nannte sich Exhibition Blondie und zeigte allerlei Kunstdrucke in schwarzweiß oder koloriert. Die Ausstellung präsentierte eingerahmte Fotografien von Blondie mit verschiedenen Musikerkollegen, wie Sting, Iggy Pop, oder auch anderen Künstlern wie Andy Warhol und natürlich ihrem Wegbegleiter und Band Mitstreiter Mark Stein.

Es liefen Livemitschnitte und es gab jede Menge Sound. Im Raum verteilt oder in Grüppchen, standen Sekt schlürfende, flippige Menschen willkürlich herum und unterhielten sich.

Ich hab nicht recht verstanden, was das alles zu bedeuten hatte, aber es war nicht schlecht, so kurz vor dem Abliegen noch etwas Kultur vergangener Zeit direkt vor der Haustüre zu erleben.

Bevor ich endgültig im Zimmer verschwand, machte ich noch eine schnelle Besorgung in meinem Grocery Garden of Eden. Ich legte meine gesammelten Lebensmittel auf die Ladentheke an eine der Registrierkassen, sie tippte mit einer rasenden Geschwindigkeit ein und nannte mir den Preis. In Gedanken wie ich war, wollte ich meine Kreditkarte herausziehen um zu bezahlen und überreichte ihr stattdessen meine Metrokarte. Sie schaute mich verdutzt an und meinte damit könne ich nicht bezahlen. Erst schnallte ich wieder mal nicht was die gute Frau von mir will und startete einen erneuten Versuch. Sie schaute mitleiderregend auf mich, ich auf die Karte und verstand. Peinlich berührt, aber beide lachend, brachte ich meine Visa zum Vorschein und packte ein. Darauf hin verabschiedete sie mich mit den Worten: „It was a long Day!"

„Yes, It was. Good night!"

Die 42nd Street ist die wichtigste und interessanteste Straße in New York City. Straße! Nicht Avenue. Sie verläuft auf ungefähr 3,5 Kilometer von der Westseite vom Pier 83 (an dem auch die Circle Line startet), bis zum United Nation Plaza des UN Hauptquartier auf der Ostseite. Dazwischen gibt es einiges an turbulentem, buntem Chaos zu entdecken.

Natürlich ist die Straße somit auch die belebteste. Das Gedränge auf den Gehwegen und auf der Straße zieht sich von den frühen Morgenstunden bis tief in die Nacht hinein.

Da gibt es unweit des Hudson River zum Beispiel einen Spielplatz, was jetzt nicht wirklich spektakulär klingt, ihr müsstet ihn aber mal sehen. Ein riesengroßes Männchen sitzt auf dem Rasen, geschmiedet aus, wie mir scheint, Kupfer. Dessen Hände und angewinkelten Beine, dienen den Kindern als vielseitige Kletterpartie sowie als Rutschen, die in mehreren Varianten angebracht sind. Der Kopf, mit einem Trichter als Hut zur Überdachung für die Anwesenden, eignet sich als Aussichtsplattform.

Ähnliche Figürchen, nur kleineren Ausmaßes und in Bronze, lassen sich auch an den unerwartetsten Stellen in U-Bahn Stationen finden, in allen erdenklichen Variationen und Positionen. Manchmal scheint es, als wäre die ganze Stadt ein einziger Ausstellungsort.

Ich komme an einem alten Haus vorbei, das komplett in den Farben der Französischen Flagge bemalt ist. Schon von weitem erblicke ich das Chrysler Building und laufe ihm entgegen. So langsam weichen die alten Bauten den Wolkenkratzern aus Glas, Stahl und Beton. Zahlreiche Theater – die in den 1960er Jahren noch dem Rotlicht- und Drogenmilieu dienten, gerade um den Bereich des Times Square –, lösen sich gegenseitig ab.

Die Einkaufspassagen beginnen vor mir aus dem Boden zu schießen. Es gibt mehrere Kinos. Das Wachsfigurenkabinett Madame Tussaud, bietet dem Betrachter – wie man weiß –, Prominenz und Superhelden aus Film, Funk und Fernsehen. Ich erreiche den Times Square, der sich auf der 42th Street mit dem

Broadway und der Seventh Avenue kreuzt und somit die südliche Begrenzung des Schauplatzes bildet. Weiter entlang in östliche Richtung, komme ich an die NYPL, New Yorks Stadtbücherei und dem angrenzenden Bryant Park. Dort herrscht reger Trubel, das Wetter spielt mit, die Menschen strecken und räkeln sich im Sonnenschein und genießen die Ruhe in dieser explosiven Stadt. In Höhe der Park Avenue erreiche ich den Grand Central Terminal, New Yorks Bahnhof, der soviel mehr ist als nur ein Bahnhof. Das Wetter ist zu schön um in den Katakomben unter der Station zu verschwinden.

Ein paar Blocks weiter und ich stehe wieder einmal vor dem gut bewachten UN-Hauptquartier, das mir nach mehreren Versuchen noch niemals Einlass gewährte. Ich versuchte es noch einmal und sprach einen der Wachposten an. Doch der erzählte mir denselben Quatsch, wie schon sein Kollege Jahre zuvor. Im allgemeinen wäre es kein Problem, bla bla bla, ich müsse mir nur ein Ticket, bla bla bla, aus dem Internet besorgen. Das war mir zu doof, jetzt geb ich es auf. Ich will ins UN-Hauptquartier, nicht ins Internet.

Angekommen am East River, entlang der First Avenue lief ich unter dem The Trump World Tower entlang und fragte mich, was dieser gigantische Glaskasten beherbergt. Es blieb mir ein Rätsel, wie so vieles hier.

Eine Zeit lang am East River verweilend, mit Blick auf Roosevelt Island und Queens, machte ich mich auf den Weg durch die Streets with no Names und landete, nach ungefähr einer Stunde, im Central Park, immer wieder schön, immer wieder neu.

Ich zog mich aus bis auf die Hose und legte mich ins Gras. Pärchen sonnen sich liegend in meiner Nähe und Grüppchen von Menschen bedienen iPhone, iPat, Laptop. Der Computer ist allgegenwärtig. Junge Familien gestalten und verzehren ihr Picknick und Schulklassen wandern, sich bildend, hinter ihren Lehrern durch das weite Gelände.

Es war Samstag, also schlich ich nochmals durch den Times Square. Wie ich schon erwähnte, ein muss an Samstagen. Touris hin oder her, bin ja selber einer. Es war hellster Tag, aber die Massen waren schon vereint.

Gleich am Anfang begegnete und begrüßte mich ein in Windeln gepacktes Riesenbaby. Eine ausgewachsene Person in einem Kostüm eines Babys. Ein nackter komplett von Haaren befreiter Körper, um den Hals einen großen Schnuller, in der einen Hand eine Rassel, in der anderen ein Schild mit der krakeligen Aufschrift „Tips for Diapers" und den kompletten Kopf umhüllend, trug er so etwas wie eine Maske in Form eines pausbäckigen kleinen Babys, voll beweglich mit zornigem Blick. Dementsprechend war auch sein Gezeter und Geschrei das er an den Tag legte.

Aber es war mir noch zu früh für den Times Square. Ich habe noch etwas zu erledigen und werde mich heute Abend nochmals ins Getümmel stürzen.

Ich wollte noch ein Hemd, das mir zu groß war, ändern lassen. Klar, könnte ich auch zu Hause machen, nun bin ich aber hier. Und so wie ich meine Post am Postschalter einreiche, so ändere ich meine Wäsche, wenn sie nicht passt, an Ort und Stelle.

Ähnlich dem Waschsalon, suchte ich diesmal eine Schneiderei, die es in Chinatown in Massen gibt. Ich konnte mich aber erinnern auch eine in East Village vor Jahren gesehen zu haben.

Ich ging zurück in mein Hotel, packte das Hemd in die Tasche und begab mich auf die Suche.

Einen schönen Spaziergang hinüber in die Third Avenue machend und hoch Richtung 17th Street, kam ich auch schon an den Tailor & Cleaner den ich in Erinnerung hatte.

Der ein wenig skeptisch, aber unbedingt freundlich dreinschauende Asiate nahm Maß, steckte mit Nadeln ab und gab mir den Abholbeleg samt Adresse. Ich könne Morgen um die gleiche Uhrzeit nochmals vorbeikommen.

Na also, geht doch. Und noch dazu günstiger als zu Hause.

Ich stöbre hier in New York sehr viel und gerne in Bücherläden. Zum einen, weil mir die Atmosphäre allgemein in den
Läden gefällt und zum andern, weil die Book Stores hier
mehrstöckig auf einer großen Fläche verlaufen und soviel mehr
als Bücher zu bieten haben.

Ein Freund von mir hatte mich gebeten, ihm zwei Englisch-
sprachige Bücher bestimmter Autoren mitzubringen. Auf Englisch, da er Ire ist und gern das Original liest. Also begab ich
mich erneuet auf die Suche.

Es gibt in dieser unüberschaubaren Stadt zwei bedeutende
Buchhandelsunternehmen. Einmal das „Barnes & Noble", das
größte überhaupt in den Staaten und zum anderen das „Strand".

Wie ich meinem Reiseführer entnahm, musste es in der Nähe des Times Square einen Barnes & Noble geben. Wie ich
mich vor Ort dann erkundigte, wurde mir gesagt, dass der Store
mittlerweile geschlossen habe, da die Nachfrage nach Büchern
sinkt und dieser teure Standort hier somit weniger lukrativ war.
Also setzte ich meine Suche fort. Ich fuhr mit der Subway –
„Stand clear of the closing doors, please!" – an den Union
Square. Dort wusste ich bestimmt, dass es einen existenten
Barnes & Noble gibt. Gleich am Infostand fragte ich nach den
gesuchten Autoren und musste feststellen, der größte Bücher-
versand in den Staaten hatte meine gewünschte Auswahl nicht
hier. Sie verwiesen mich in einen kleinen alternativ Laden nach
SoHo – wohin sonst?

Ich stöberte in diesem schönen alten kleinen Laden und ließ
mich beraten. Von dort wurde ich dann nach Tribeca, in die
Warren Street, in ebenfalls einen Barnes & Noble geschickt,
und? Na also! Eins von beiden hatten sie auf Lager. Wust ich`s
doch.

Die Bücher Stores, vor allem die kleinen eigenständigen, werden immer weniger. Genau so wie die kleinen Eckläden von

den Supermärkten geschluckt werden, werden die Book-Stores von großen Konzernen gefressen. Nur bei den Bücherläden ist es nicht nur deswegen, dass die kleinen von den großen verdrängt werden, sondern, weil der Verkauf von Büchern schwindet, seit Kindle oder allgemein der digitalen Medien. Schade.

Ich besorgte mir einen meiner geliebten Hotdog und machte mich, zusammen mit Dog und Buch, auf den Weg zurück nach SoHo.

Der Tag war noch jung, es war erst später Nachmittag.

Wieder einmal hatte ich kein bestimmtes Ziel und steuerte erstmal den MoMA Design Store in der Spring Street an.

Hier gibt es, angepasst an das MoMA Museum, ähnlich flippige, für den Verkauf angebotene Objekte, wie zum Beispiel: Kunstdruck Bücher von Dalì über Kandinsky bis Warhol. Tassen von Bauhaus, Regenschirme mit dem Aufdruck von Subway Maps, jede Art von Technik im Look der 1960er und 1970er Jahre, Bürogegenstände vom Designer Locher bis zur Bauhaus Lampe, knallbunte Uhren und diverses Spielzeug für Kinder, kunstvoll bedruckte Skateboards und anderes. Verteilt auf zwei geschmackvoll ausstaffierten Etagen.

Ein paar Straßen weiter, immer noch in der Spring Street, kam ich an ein Schaufenster, das mit unzähligen Einmachgläsern verstorbener Fossilien und mit einer nicht geringeren Anzahl an Knochen verschiedener Lebewesen bestückt war. Also trat ich ein in diesen gemütlichen holzgetäfelten Laden.

Im Inneren des zweistöckigen Ladens erwartete mich eine Art Geisterbahn. Das Gebäude war von oben bis unten vollgestopft mit totem Zeug. Ein halbes Dutzend menschlicher Skelette hing von der Decke, Vogelskelette, Reptilien Skelette von klein bis ganz groß, Glasschaukästen mit hunderten von zum Teil tellergroßen Schmetterlingen, zu meinem Leidwesen auch zwanzig Zentimeter große Spinnen. Afrikanische Voodoo Puppen, tausende von Insekten und die mit Krabbeltieren und präparierten Schlangen gefüllten Glasvitrinen waren obendrein dekoriert mit menschlichen Totenschädeln.

Dieser Laden nennt sich Evolution Nature Store und gilt als Lieferant von naturhistorischen Objekten und Kuriositäten. Das mit der Geisterbahn muss ich zurücknehmen, der Store ist so gemütlich und geschmackvoll eingerichtet, dass es einem Jeden die Furcht nimmt.

Einmal stieß ich beim wandeln, auf den Straßen und durch die Avenues, auf einen Gothic-Store in der Fourth Avenue. Ich glaube es war irgendwo zwischen Greenwich und East Village, also ganz hier in der Nähe des Evolution Nature Stores, von dem ich eben erzählte. Der Name des Stores ist: „Gothic Renaissance" – soweit ich mich erinnere.

Schon im Außenbereich grinste mich eine fiese Fratze einer meterhohen Mischung aus Teufel und Gnom an. Mit spitzigen Ohren und gespannten Flügeln kauerte er – oder es, auf einem runden Podest, bereit für den Absprung.

Als ich dann den Laden betrat, stiegen mir vor Entzücken und Begeisterung die Tränen in die Augen. Was für ein geiler Laden!

Ich befinde mich inmitten von Gotham City.

Der mit schwarzem Samt ausgelegte Store hat zwei Etagen, Parterre und es führt eine Treppe hinunter in den Keller. Die Wände waren von oben bis unten vollgestellt und behangen, mit langen, dunkelroten, schwarzen und mitternachtsblauen Kostümen, zum Teil versehen mit langen schwarzen Engelsflügeln, Gurten und Silberschnallen, von filigran bis massiv. Meterlange Federstolas, in dunklen Farben, hingen von der hohen Deck. Römerhelme aus blankem Messing mit rot geschmückten Kämmen. Harnische aus Blech und Leder neben kompletten Rüstungen. Masken aller Art, von Frankensteins Monster, Igor, Dracula, Quasimodo und was es seit der Geschichte des Films oder der Vorstellungskraft eben sonst noch so gibt, stierten auf die hereinkommenden Besucher. Teils zum Gruseln, teils zum Lachen.

In einer Glasvitrine, die als Säule bis unter die Decke reichte, hingen mittelalterliche Accessoires. Eine Brille deren verschieden farbige Gläser man anhand kleiner Hebel verstellen konnte, ähnlich der Brille Indiana Jones, aus dem Teil mit der Gral Suche.

Kniehohe Schnallenstiefel, Plato Schuhe und Lederboots und natürlich Dr. Martens. Hexen, Teufel, Trolle und Zauberer Ausrüstungen. Laszives und freizügiges für Mann und Frau.

In manchen Abteilungen des Gebäudes, fragte ich mich, bin ich noch im Gothic-Store oder schon in einem Sex Shop.

Das Eine schließt das Andere ja nicht unbedingt aus.

So, langsam wird es dunkel in dieser schillernden Metropole, also Zeit für einen zweiten Anlauf an den Times Square.

Von weitem schon sah ich das leuchtende Inferno und steuerte darauf zu. Ein Gedränge wie in einem überfüllten Fußballstadion, das nur von den behelmten Cops, hoch zu Ross, einigermaßen zügig durchquert werden konnte. Die Polizei ist in einem großen Aufgebot allzeit präsent, doch das stört niemanden. Mir gibt es eher ein Gefühl der Sicherheit.

Gab es doch an unserem allerersten Besuch, auf dieser weltweit am meist besuchten Touristenattraktion, eine Bombendrohung, die aber glimpflich verlaufen war, da sich der Attentäter angeblich zu ungeschickt anstellte. Einzelheiten waren mir nicht bekannt.

Wer hier natürlich allgegenwärtig ist, ist die Freiheitsstatue in verschiedenen Varianten. Mickey und Minnie Mouse begegnet man nicht selten. Römische Legionäre posieren und eine großen Anzahl von Comic Helden wie: Batman, Super-, Iron- und Spiderman, die sich für eine Pose und ein paar Dollar, für eine Aufnahme zur Verfügung stellen.

Ein Mann ganz in Gold vollführte Breakdance und das Riesenbaby war es auch zu später Stunde nicht müde zu heulen.

Ich ergatterte einen der begehrten Sitzplätze in der Menge, gönnte mir ein Baguette und sah dem bunten Treiben im Sitzen zu.

Die Werbetafeln hoch oben über mir, brachten Kino Trailer und Werbefilme angesagter Marken aus Kosmetik und Mode. Ich kam mir vor, auf meinem gemütlichen Sitzplatz, wie in einem überdimensionalen Heimkino, in dem fünfzig Spots auf einmal liefen.

Ich schlich noch ein paar Seitenstraßen entlang der Theater, noch schnell ein Besuch im Hard Rock Cafe und dann ist genug für heute.

Auf dem Heimweg genehmigte ich mir noch, wie an so vielen Abenden, einen Drink am Kiosk neben dem Flatiron Building.

Da dieser Bereich um den Kiosk mit einem Stahlseil eingegrenzt ist, darf man hier Alkohol auch im Freien trinken, aber natürlich nur innerhalb des eingefriedeten Bereichs. Dies ermöglicht einem Alkohol und Rauchen in einem, was eine Seltenheit in dieser Stadt ist. Denn! Entweder darf ich nur im Innenbereich trinken, in dem das Rauchen verboten ist, oder die Gäste müssen hinaus ins Freie um zu Rauchen, wo die Einnahme von Alkohol wiederum gesetzwidrig ist. Die kleinen Restaurants haben die Gesetzumgehung längst erkannt. An jeder Außenfront eines Restaurants oder einer Bar, befindet sich ein eingezäunter Bereich, somit man im Freien, sein Glas Wein zu seinen Spaghetti genießen kann.

Nach dem Erwachen und einem kleinen Morgen-Walk um den Block, war ich in meinem neuen Starbucks frühstücken und E-Mails checken. Jeder checkt hier irgendwas im Internet, da es WLAN umsonst gibt, ohne Anmeldung.

Ich saß bei meinem Pumpkin Cake und meinem small Coffee auf einer ledergepolsterten langen Bank mit dem Rücken zur Wand, als mich meine Anfang zwanzigjährige Nebensitzerin, eine Mischung aus afrikanisch und asiatischer Abstammung, ansprach, ob ich einen Moment auf ihr Equipment achtgeben könne, sie müsse schnell zum Ladys Room. Zum Ladys Room, das fand ich sympathisch, auch ihr lächeln fand ich sympathisch. Natürlich werde ich aufpassen.

„No Problem!" Gab ich ihr als Antwort mit dem gleichen Lächeln zurück.

Ich dachte nicht, dass ich einen so vertrauenswürdigen Eindruck hinterlasse. Ich dachte eher, dass mich die Leute, ob gut oder nicht so gut, in Ruhe lassen, weil ich meist herumlaufe wie ein Zombie. Das liegt zum größten Teil an der hohen Luftfeuchtigkeit, die meine halb langen Haare in einem wilden Chaos in alle Richtungen stehen lässt. Die Kleidung klebt an meinem oft verschwitzten Körper und das viele Laufen, lässt mich auch nicht wirklich fit aussehen. Und, nun ja, so früh am Morgen, sieht auch nicht jeder wie ein Gentleman aus, außer vielleicht ein Gentleman. Und vor allem, ich könnte sonst wer sein. Aber!

Nach einer guten viertel Stunde kam sie zurück aus ihrem Ladys Room und bedankte sich, immer noch mit diesem bezaubernden Lächeln, mit einem: „Thank you very much!"

Was ich wiederum mit einem erneuten: „No Problem!" quittierte.

Mein Englisch ist zu dünn, als dass ich groß Konversation treiben könnte. Vielleicht mit ein Grund, dass es mich nach New York zieht. Hier sprechen circa vierzig Prozent der Bevölkerung kein oder nur schlechtes Englisch. – Man versteht sich trotzdem.

Eigentlich sollte man meinen, die Menschen hier würde nichts mehr in staunen versetzen, aber, so kann man sich täuschen.

Neulich lauf ich, gekleidet in meinem flippig, bunten John Lennon T-Shirt, wie so oft neben den Straßen entlang, da deutete eine Frau mit ausgestrecktem Finger auf mich und meint: „Very nice!"

Ich deute ebenfalls auf mich und erwidere: „Me?"

Sie schaut mich verzagt an und berichtig darauf etwas grimmig: „The Shirt!"

OK, mag ja sein. Auf jeden Fall hat es mich gewundert, da mir das ständig passiert, sei es mit einem Bauhaus, Jesus oder eben John Lennon Shirt.

Nach der Hälfte meines zweiwöchigen Aufenthalts hier, muss ich mich um eine neue MTA Fahrkarte für die Subway kümmern, da sie nur sieben Tage Gültigkeit hat.

Ich stieg hinunter in die Katakomben der U-Bahn Schächte, in der Hoffnung eine Kabine mit Personal zu finden um eine neue Karte zu erwerben. Da war nix. Also versuchte ich mich am Automaten.

Ich hatte es früher schon einmal versucht, bin aber auf kein befriedigendes Ergebnis gekommen. Schrittweise verfolgte ich die Anweisung, die – wie auch bei den Geldautomaten –, in allen erdenklichen Sprachen aufgeführt wird: von Spanisch über Chinesisch, bis hin, glaube ich, Arabisch. Aber auf keinen Fall in Deutsch.

Die Deutschen sind in den USA nicht arg beliebt, musste ich immer wieder feststellen. Nicht dass ich daraufhin irgendwann einmal schräg angemacht worden wäre, vielmehr ist es so, dass ich, so glaube ich, ein dezentes Nase rümpfen zu erkennen glaubte, wenn ich meine Herkunft verriet. Wie dem auch sei, ich brauch auch keine Deutschen, wenn ich nicht in Deutschland bin.

Das Resultat war letztendlich so, dass ich eine blaue, anstatt wie sonst, orange blaue Karte für dreißig US-Dollar bekam.

Überglücklich und stolz, dass mir dieser Automat eine Karte ausspuckt hatte, ging ich zum Drehkreuz der Subway um meine neue Errungenschaft auszuprobieren. An der Anzeige leuchtete ein GO für den Durchlass. Ich war zufrieden.

Ich ging noch schnell ins Hotel um mich für den Tag startklar zu machen und begab mich nach einer geraumen Zeit wieder zurück in die Katakomben, da ich vereisen wollte. Ich zog meine neue, blaue Karte durch den Schlitz und nichts passierte. Kein Durchgang, warum bleibt mir ein Rätsel.

Es ist so, zieht man die Karte einmal durch den Schlitz und kommt durch, ist sie anschließend für eine viertel Stunde gesperrt um sie keiner zweiten Person zu überlassen. Ich überlegte, wie lange es wohl her sein mochte das ich das Hotel verließ und wie lange mein Aufenthalt dort wohl war. Nach meiner Berechnung, muss auf jeden Fall eine viertel Stunde vergangen sein.

Ich dachte sofort an Beschiss und dass ich dreißig Dollar für eine einzelne Fahrt bezahlt habe.

Das konnte ich nicht auf mir sitzen lassen und machte mich auf den Weg, einen Schalter mit Ansprechperson ausfindig zu machen.

Als ich endlich eine fand, steckte ich meine MTA-Karte unter den Schlitz des Schalters hindurch und erklärte der Lady das Geschehene. Sie schaute erst die Karte und dann mich misstrauisch an und fragte mich, wohin ich denn fahren wolle. Ich machte ihr begreiflich, dass ich noch kein bestimmtes Ziel hätte und was den mein Reiseziel mit der Funktion der Karte zu tun hätte. Da raunzte sie mich an und verlangte ich solle probieren die Karte durch den Schlitz zu ziehen und Ruhe geben. Ich erklärte ihr, dass ich das schon die letzte halbe Stunde versucht hätte, ohne Erfolg. Da meinte die etwas korpulente schwarze in ihrer dunkelblauen eng anliegenden Uniform, in einem etwas schärferen Ton, dessen Wortlaut ich nicht verstand, was aber soviel wie: „Ich hab nicht den ganzen Tag Zeit, mich mit euch unwissenden Touri–Deppen zu streiten!" zu heißen schien.

Ich zog die Karte durch, die Anzeige zeigte ein GO, ich blickte mit einem Schulterzucken und erhobenen Augenbrauen zurück in die Kabine, meinte eine kleine Zorneswolke über dem Haupt der Beamtin aufsteigen zu sehen und fuhr in die falsche Richtung.

Dieser wunderschöne, elegante Chelsea Market, in seiner umfunktionierten Keksfabrik, liegt ganz in meiner Nähe. Da ich vorhabe, den Vormittag ruhig, mit etwas Shopping zu beginnen, stattete ich ihm einen Besuch ab. Heute ist Sonntag, spielt keine Rolle. The Stores are open.

Ich bewegte mich entlang der sonnendurchfluteten 23rd Street in die Tenth Avenue und dann in den nahe liegenden Markt.

Ich lief durch die Gänge und stöberte hier und da in den Stores und den Ständen, als ich an einer Glasvitrine einer Konditorei – die mich wiederum an die glorreichen 1960er erinnerte –, auf Figuren aus Marzipan verschiedener Art stieß. Hinter dem Glas grinsten mir bekannte Gesichter aus der Comic und Disney Welt, wie logischerweise, Mini und Mickey Mouse, aber auch nicht ganz so famose wie Daffy Duck oder Tweety entgegen. Die Sesamstraße platziert neben Batman, ein senkrecht emporsehender Lippenstift, die Monster AG war vertreten und die Minions dürfen heutzutage, glaube ich, nirgendwo mehr fehlen.

Oktober ist ja – wie bekannt –, Halloween Zeit, daher gab es am Gemüsestand im Supermarkt zwischen tausenden von Kürbissen, einen in Kürbis geschnitzten Alfred Hitchcock und einen Edgar Allen Poe samt seinem Raben, die im Innern anhand einer Kerze beleuchtet wurden und mir düster entgegen schienen.

Die Düfte der Imbisse und Restaurants verfolgten mich. Ich machte stop in einem Gewürzladen und tauchte ein in eine orientalische Welt voller exotischer Gerüche.

Die kargen unverputzten Ziegelwände in den Gängen, waren geschmückt mit schwarzweiß Fotografien von der jungen Barbra Streisand und Frank Sinatra. Und als musikalische Unterstützung, wurde ich von einem Akkordeon Spieler auf meinem Weg durch die Gassen des Marktes begleitet.

An einem Stand eines Asiaten, besorgte ich mir noch mein obligatorisches Hemd in einem Muster, wie ich es nur hier bekomme.

Angeregt von den orientalischen Düften, besorgte ich mir noch etwas beim Koreaner, setzte mich an einen Tisch vor dem Imbiss in den Gang des Marktes und folgte dem Schauspiel in den Gängen.

Nach meinem erfolgreichen Marktbesuch, schlenderte ich noch ein bisschen durch die Gegend, vorbei an einem Fleamarket Store mit recht ausgefallenen Sachen und zwei Typen vor der Tür, die gelangweilt in ihren Klappstühlen hingen.

Ich lief durch die Straßen SoHos, kam am Union Square vorbei an einer neuen großen Bronzeskulptur, die hier einfach mitten auf der Straße stand und in die Luft schaute. Ich tat es ihr gleich, verweilte noch einen Augenblick bei einem Streetdancer der wahrlich Kunststücke vollbrachte und machte mich dann so langsam auf den Weg nach Coney Island. Doch heute werde ich meine Strandreise in Brighton Beach, was sich auch – wegen seiner dreihunderttausend angesiedelten Russen – Little Odessa nennt, beginnen.

Irgendwo Downtown bestieg ich den B-Train, der mich direkt nach Brighton Beach bringen soll. Das Warten auf die Subway ist schier unerträglich, da an warmen Tagen die schwüle Luft unter der Erde steht. Binnen weniger Minuten ist man triefnass geschwitzt. Der einzige Luftzug entsteht durch die vorbei rauschenden Züge. Hält ein Zug mit lärmenden, quietschenden Bremsen und man betritt das Innere des Wagons, erstarrt man wiederum vor Kälte, die durch die Klimaanlage erzeugt wird.

Gut für den Kreislauf, beruhige ich mich und steige ein.

„Stand clear of the closing doors, please!"

Die knapp einstündige Fahrt verläuft ruhig. Kein Mensch fährt nach Brooklyn, alle verlassen den Borough um in der Nachbarschaft auf Arbeit zu gehen. Die Sonne scheint, aber es weht ein eisiger Wind, wie bestellt für das Russland integrierte Brighton Beach, als müsse es so sein.

Die Hotels haben Namen wie Tatiana und sogar die Stores sind zum Teil mit kyrillischen Schriftzeichen versehen. Entlang des Boardwalk zieht ein Sandsturm auf, die Wege sind verlassen bis auf einen Arbeiter. Ich frage ihn ob es hier entlang nach Coney Island geht? Er schaut mich an, als hätte er zuvor noch nie einen Menschen gesehen und gibt mir keine Antwort.

Ich kämpfe mich durch den Sandsturm, vorbei am Ufer entlang des Atlantik, in Richtung Ungewissheit.

Auf dem Boardwalk begegne ich nur aus Gusseisen geschmiedeten, mit altem Holz beschlagenen Bänken und alten Gaslaternen. Dann sehe ich durch das Sandgestöber von weitem den Parachute Jump und weiß ich bin auf dem richtigen Pfad.

Neben mir verschwindet eine Frau im Sandsturm, ich laufe weiter.

Ich kam an in Coney Island, Höhe Luna Park, doch das Wetter lud dieses Mal kaum auf einen Sprung ins Meer ein. Es war ein Wind, so kalt wie ich ihn selten erlebt habe. Dennoch konnte ich mir eine Fahrt auf dem Cyclone Rollercoaster nicht verkneifen, während der rasanten Fahrt würde mir kurzzeitig wieder warm werden.

Es gab einen neuen Nathan's, einen größeren, ein paar Bauten weiter nördlich den Boardwalk entlang. Aber ich zog es vor – an einem windgeschützten Plätzchen –, auf einem Barhocker bei Paul`s Daughter an der Promenade, Platz zu nehmen und meine frittierten Calamari Ringe mit Tabasco und einem würzigen Brooklyn Lager oder zwei, zu ordern.

Da saß ich wieder und ließ mich von einem Gourmet Essen und einem Blick auf den weiten Ozean verwöhnen.

Wegen der – trotz strahlendem Sonnenschein – eisigen Kälte und der steifen Brise die am Strand wehte, wollte ich mich nicht länger im Freien aufhalten und zog es deshalb vor, dem ansässigen Brooklyn Beach Shop noch einen Besuch abzustatten, vielleicht springt noch eine neue Badehose heraus. Mit einem neuen T-Shirt in der Tasche und meiner Kapuze überm Kopf, wagte ich es noch eine Weile entlang der Promenade zu laufen.

So langsam legte sich der Wind und die Menschen gewannen an Zulauf. Ich überlegte mir, ob ich noch eine Runde im Thunderbolt drehen sollte, andererseits wollte ich meine Calamari im Magen behalten und entschied mich somit dagegen.

Stattdessen schaute ich einem Fotografen bei seiner Arbeit zu, der ein schönes groß gewachsenes asiatisches Model ins rechte Licht rückte und ablichtete. Groß gewachsen nur, wegen der dreißig Zentimeter hohen High Heels, muss ich dazu schreiben.

Ich ging zurück an den Strand, zog meine Schuhe aus und wagte mich bis zu den Knien hinein ins Wasser. Herrlich. Der Himmel war nun wolkenfrei und der Strand lud mich ein, auf ihm Platz zu nehmen.

So langsam nahmen die Menschen zu. Inder mit wallenden Gewändern lustwandelten durch den Sand, drei aufgetakelte Russinnen in goldschimmernden Kleidern und teuren Handtaschen durchquerten mein Blickfeld und ein Mann streute Futter für hunderte kreischende Möwen. Als sich ihm eine Touristin näherte, verscheuchte er diese mit wild gestikulierendem Getöse. Wahrscheinlich waren es seine Tauben und er kannte jede Einzelne beim Namen.

Nach einer halben Stunde des Sonnenbadens und Blick in die Ferne auf vorbeiziehende Schiffe, zog es mich noch einmal in den nostalgischen Luna Park. Ich steckte einen Quarter in den Schlitz eines Automaten und ließ Miss Coney Island für mich tanzen.

Es gibt hier eine Miniatur Nachbildung des gesamten Luna Parks in einem alten Glaskasten, der das Parkspektakel mit sich drehenden Karussell, Riesenrad und sich fallen lassenden Fallschirmspringer – das hier vor Jahren noch zur Attraktion gehörte –, mit Kirmes Musik untermalt, nachempfand.

Und dann gibt es natürlich die schaurige Geisterbahn, Spook-A-Rama, die passend zum Halloween Monat zum gruseln einlud. Ein großer steinerner, skelettierter Habicht Kopf mit Widder Hörnern, blickte von seinem mit Totenköpfen verzierten Podest auf mich herab. Schaurige Skelette in zerfledderten Gewändern und bestückten Kerzenhaltern in den Händen luden mich ein einzusteigen, doch leuchtende Augen aus grunzenden Totenköpfen, die aus der Dunkelheit lugten, hielten mich davon ab.

Würde ich alles nutzen was hier dargeboten wird, würde ich hier eine Woche am Stück verbringen müssen. – Warum eigentlich nicht!

Ich zog es vor, dem windgeschützten Ruby's Bar & Grill noch einen Besuch abzustatten und bei einem Bier einem Baseballspiel, das auf dem Bildschirm lief, zuzuschauen, bevor ich mich noch einmal ins Freie begab, an einen Tisch vor der Bar saß und langsam den Sonnenuntergang auf mich zukommen ließ. Ich hatte einen guten Platz um mich von hier aus über die vorbeiziehenden schillernden Menschen zu amüsieren.

Ganz in schwarzes Leder gekleidete, mit wichtigen Kameras ausgestattete Asiatinnen fotografierten die Ereignisse entlang des Boardwalk und der Sanddünen. Jüdische Familien spielten mit ihren Kindern im Sand und tanzten den Wellen davon. Eine Anzahl Russen, die sich von Brighton Beach herüber wagten, glitten an mir vorüber. Tanzende schwarze Jugendliche, verschleierte orientalische Frauen in Sandalen und bunten, bis an die Knöchel reichende Gewändern und ein sich verirrtes Eichhörnchen, das vertraut nahe an den Tisch kam um nach Almosen Ausschau zu halten.

Die Sonne stand nun am Horizont und flutete den gesamten Boardwalk in ein rot leuchtendes Gold. Der gesamte Park schien in Flammen zu stehen. Time to go Home now.

Die Fahrt zurück, die nochmals eine knappe Stunde beanspruchte, wurde von Live Musik begleitet, die die schweigende Atmosphäre entlang einiger Stationen unterbrach.

In meinem Hotel in der 23rd Street gibt es irgendwo im Keller einen Raum mit Waschgelegenheiten für Klamotten. Ist ja auch praktisch, muss man sich keinen Waschsalon suchen. Nun wollte ich mein neu erworbenes schwarzes Hemd mit Blumenmuster und noch ein paar andere Teile waschen, bevor ich es das erste mal trage. Ich schnappte mir eine Tüte, packte sie voll mit Wäsche und begab mich in den Keller. Ich studierte die Vorgehensweise die an der Wand angebracht war und! Alles klar.

Waschpulver für vier viertel Dollar, Geldwechsler an der Wand, Waschmaschine füllen, Zeit einstellen, wieder verschwinden und in einer knappen Dreiviertelstunde wieder erscheinen um die sauberen Sachen in Empfang zu nehmen. Danach rein in den Trockner und alles ist gut. Super, ganz einfach.

Nach dem Trockenvorgang holte ich meine Klamotten aus der Trommel und begab mich auf mein Zimmer um sie zu verräumen.

Siehe da, ich hatte missachtet die Gradzahl des Trockners – von meinem Vorgänger auf Neunzig Grad eingestellt –, herunterzuschrauben.

Mein neues Hemd hatte nun Kindergröße.

Man lernt immer dazu im Leben, das nächste Mal weiß ich das.

Im Großen und Ganzen versuche ich ja den völlig überlaufenen Touristenattraktionen aus dem Weg zu gehen (außer dem Times Square am Samstagabend). Als ich aber eine Reportage um die Entstehung der Freiheitsstatue gesehen habe, mit was für einem Eifer und einer Inbrunst dieser Auguste Bartholdi sein Vorhaben in die Wege geleitet hat und was es für einen Aufwand mit sich gebracht hat, bis die Lady endlich stand, wo sie stehen soll, da dachte ich mir: „Da musst du auf alle Fälle mal vorbei schauen."

Die Reise zu den Inseln Liberty Island und Ellis Island startet am Battery Park, an der Südspitze von Manhattan.

Zuerst recherchierte ich im Internet wegen der Abfahrt- und Anlagezeiten, wurde aber nicht fündig. Erst vor Ort erfuhr ich, dass die Fähren im viertelstündlichen Takt auslaufen werden.

Das Ticket für die Überfahrt und den Aufenthalt beider Inseln, erwarb ich im Castel Clinton im Battery Park. Diese ehemalige Festung dient heute als kleines Museum und zum Verkauf der Tickets.

Eine beeindruckend lange Menschenschlange bestätigte meine Befürchtungen. Ich stellte mich an und erfuhr während ich wartete, dass es hier ähnlich wie in den meisten wichtigen Gebäuden oder auf den Flughäfen, Sicherheitsschleusen mit Taschen Scan und Leibesvisitation zu durchlaufen gibt.

Nun denn, ich hab ja Zeit, die Meeresluft tut gut und das Wetter spielt mit.

New York ist mit die sicherste Stadt in den Staaten, aber eben auch eine der gefährdetsten. Was muss, das muss.

Aber allein schon die stürmische Schifffahrt, begleitet von warmem Sonnenschein, entschädigte das lange Warten durch den Check.

Am obersten Deck der Fähre stehend, verabschiedete ich mich langsam von der Skyline Manhattans, die immer kleiner, aber dennoch ehrfürchtig erschien.

Es herrschte ein rauer Seegang, aber da die Überfahrt auf Liberty Island nur etwa fünfundzwanzig Minuten dauerte, übergab sich zum Glück niemand über die Reling. Je näher wir Lady Liberty kamen, desto majestätischer wirkte die mittlerweile von den Jahren gezeichnete, grün schimmernde Kupferstatue.

Als wir dann endlich andockten, verliebte ich mich augenblicklich in die gute Frau. Was für eine Erscheinung, was für eine Perfektion, was für eine Grazie.

Es ist mir unverständlich, wie zu damaliger Zeit, – im Jahre 1886 nämlich –, diese 46 Meter hohe, neoklassizistische Kolossalstatue auf diesen 47 Meter hohen Sockel gehievt wurde. Wohl wurde die 204 Tonnen schwere, einst höchste Statue der Welt, in Einzelteilen von Frankreich über den Atlantik geliefert und vor Ort auf den schon vorhandenen Sockel montiert, aber dennoch – beeindruckend.

Die Lady steht auf einem kunstvoll bearbeiteten steinernen Sockel, der wiederum auf einem gemauerten, sternförmigen Fundament mit elf Ecken – das einst eine Festung Namens Ford Wood war –, steht und somit nur von hinten begehbar ist.

Ich erkundigte mich ob und wie ich ins Innere der Statue gelange und somit auf die Aussichtsplattform in ihrem Haupt. Die Frau am Empfang erklärte mir, das Ticket wäre via Internet zu organisieren, hier vor Ort könne ich keines bekommen. Wie ich später erfuhr wäre die Empore im Innern Lady Liberty`s nur anhand oder besser gesagt per Fuß, über eine schmale, enge Wendeltreppe zu erreichen. Nun gut, dachte ich mir, sie ist von Außen betrachtet beeindruckend genug.

An der Frontseite Lady Liberty's stellte ich mich – wie abertausende andere auch, natürlich –, in John Lennon Pose, mit erhobener Hand zum Victory-Zeichen geformt, vor die Statue und ließ mich ablichten. Soviel Tourismus muss jetzt sein.

Die Freiheitsstatue ist ja wohl bekanntlich eines der wichtigsten Wahrzeichen New Yorks. Was aber vielleicht einige Leute nicht wissen ist, geografisch gesehen befindet sich die Insel auf dem Territorium New Jersey`s, wurde aber gnädigerweise den New Yorkern überlassen, da sie ja schließlich auch ein Geschenk an die Stadt New York City war.

Ich umlief die Insel und hielt Ausschau auf die Nachbarinsel Ellis Island, nach New Jersey und die Lower Manhattan Skyline. Auf der gegenüberliegenden Seite von Liberty Island, sah man die Verrazzano-Narrows Bridge im Sonnenlicht schimmern. Die Brücke die nach dem ersten Menschen, der Amerika entdeckte, benannt wurde. Entdeckt haben den Kontinent ja angeblich einige Leute, wie zum Beispiel: Columbus, Amerika Vespucci oder auch die Wikinger unter der Führung von Leif Eriksson.

Laut kreischende Möwen kreisten über das unruhig aufschäumende Meer. Schiffe und Segelboote kreuzten mein Blickfeld und zogen Schneisen durch das Wasser.

Ich machte einen Zwischenstop in dem schön angelegten Nationalpark der Insel und inspizierte die verschiedenen Bronzestatuen, die einigen wenigen, aber wichtigen, Personen gewidmet wurden. Da war ein Zeitung lesender Joseph Pulitzer auf einem Podest, Alexandre Gustave Eiffel, der eine Miniaturausgabe des Eifelturms gen Himmel hält, und natürlich Frederick Auguste Bartholdi mit einer kleinen Ausführung von seiner La Liberté éclairant le monde.

Es gibt auch ein kleines Restaurant auf dieser kleinen Insel. Das Grown Cafè. Ich setzte mich an einen der gusseisernen Tische unter einen schattenspendenden Baum und organisierte mir einen gemischten Salat mit Brot und eine Flasche Wasser dazu. Umgeben von den unterschiedlichsten Vögeln, wollte ich mein Menü mit ihnen teilen, aber die Schilder auf den Tischen belehrten mich eines Besseren: „Please do not feed the Birds!" Dann halt nicht.

Im Sonnenschein sitzend, genoss ich noch eine ruhige Zeit lang die Windbrise, mit Blick auf das unruhige, weite Meer, bevor ich das nächste Schiff charterte und meine Reise auf die nächste Insel antrat. Auf die ungefähr eine viertel Stunde Schiffsreise entfernte Insel, Ellis Island.

„Au revoir Madame!"

Ellis Island! Was einst als Sitz der Einwanderungsbehörde für den Staat und die Stadt New York galt und über dreißig Jahre die zentrale Sammelstelle für Immigranten war, fungiert heute als Ellis Island Museum of Immigration und dokumentiert somit die Geschichte der Einwanderung in die Vereinigten Staaten.

Man sieht auf Anhieb, dass das im Jahr 1892 fertiggestellte Gebäude, in welchem zur Zeit des Bestehens über 12.000.000 Einwanderer durchgeschleust wurden, renoviert wurde. Die Millionen von Menschen die auf ein Neues, auf ein besseres Leben hofften, hatten ihre Spuren hinterlassen. Aber auch die jahrelange nicht Nutzung und Stilllegung des Gebäudes, brachte es dem Verfall nahe.

Nun, nach Renovierungsarbeiten und einigen Millionen Dollar, wurde das Gebäude Anfang 1990er wiedereröffnet und für Besucher, (ohne Migrationshintergrund), aus der ganzen Welt zugänglich gemacht.

Unter einem langen von Glas überdachten Portal – oder auch gläsernen Baldachin –, gelangte ich durch eine Tür ins Innere des aus Backstein gemauerten, mit vier Türmen versehene Hauptgebäudes, das schon fast an eine Festung erinnert.

Ich betrat den großen Empfangssaal, der ausgestattet ist mit Rundbogenfenster und einem balkonähnlichen, begehbaren Bereich im oberen Stockwerk. Dazu noch geschmückt mit amerikanischen Flaggen, wirkte die Erscheinung des Raumes recht beachtlich.

Anhand der Fotografien und Beschreibungen, die an den Wänden der Nebenräume zur Schau ausgestellt werden, kann man sich ein Bild vom Ablauf der Tätigkeiten und dem jetzt eher unheimlich wirkenden Geschehen machen. Meist sind es schwarzweiß Fotografien, die das Geschehen innerhalb der unterschiedlichen Räumlichkeiten beschreiben: Wartende Menschen jeglicher Altersklassen und Nationalitäten mit unsicheren, fragenden Blicken. Zusammengepferchte Familien in Schlafsälen auf Betten kauernd. Von Ärzten behandelte Kinder und auf Krankheit untersuchende Angereiste. Überfüllte in den Hafen einlaufende Schiffe. Aber auch bunte Plakate die für eine Überfahrt ins gelobte Land Werbung machen und Glück und Reichtum versprechen und nicht nur für New York, sondern auch für Kalifornien, Philadelphia und einige andere Staaten.

In einer Nische steht eine Skulptur der einst ersten aus Irland stammenden, durchgeschleusten Immigrantin Namens Annie Moore. Bei meinem durchstreifen der Anlage, kam ich an leeren Schlafsälen vorbei und an Befragungsräumen für die Ankommenden, denen unter anderem leichte Aufgaben zur Einschätzung ihres Intellekt gestellt wurden. Eine der Fragen, die auf einer Tafel niedergeschrieben wurde, gibt einem einen Einblick der Vorstellung mit der die meisten Ankömmlinge eingereist waren:

„They asked us questions. How much is two and one? How much is two and two? But the next young girl also from our city, went and they asked her, How do you wash stairs, form the top or form the bottom? she says, I don't go to America to wash stairs."

Alles klar. Soviel zum gelobten Land.

Das Hauptgebäude war umgeben von Wohnblocks für Bedienstete und Krankenzimmern, die sich aber momentan noch in Renovierungsarbeit befinden.

Eine hohe, langgezogene, verchromte Schautafel, die außerhalb auf offenem Gelände hinter dem Gebäude steht, präsentiert eingravierte Namen der Angekommenen und weitergeschleusten, in alphabetischer Reihenfolge. So kann jeder erkunden, ob einst ein Vorfahre von ihm unter den 12.000.000 Einwanderer war. Sofern er sich die Zeit nimmt zu suchen.

Wir verließen Ellis Island und steuerten zurück an unseren An-
legedock Battery Park auf der Insel Manhattan. Der mittlerweile sehr raue Seegang beförderte beim verlassen der Fähre beinahe ein paar Gäste ins Wasser. Laut aufschreiend klammerten
sie sich hilfesuchend aneinander und torkelten über den Lauf-
steg auf sicheren Boden zu. Ich setzte mich noch, ebenfalls
froh, wieder festen Boden unter den Füßen bekommen zu haben, in die Parkanlage des Battery Park und schaute noch etwas
wehmütig zu Lady Liberty hinüber, die mir von zweieinhalb
Kilometer Entfernung zuzuwinken schien.

Auch im Batterie Park gibt es einiges an Sehenswürdigkeiten.
Es stehen da moderne Denkmäler wie der universal Soldier,
Das Mahnmal Sphere, das damals an 9/11 durch die Zerstörung
der Zwillingstürme in Mitleidenschaft gezogen wurde, steht da,
total zerbeult. Der Pier A, mit nach hilferufenden, gekenterten
Seeleuten und dem kirchenähnliche Holzgebäude, ist meiner
Meinung nach einer der schönsten Piers in Manhattan. Und
man hat einen wunderbaren Blick auf das Woolworth Building
und auf das One World Trade Center.
  Ich besorgte mir noch etwas zu Essen an einem fahrbaren
Stand im Park und hielt noch ein kleines Schwätzchen mit ei-
nem Zahnlosen auf einer Parkbank, der mir verriet, dass er ir-
gendwo in Deutschland stationiert war, nachdem ich ihm meine
Nationalität preisgegeben habe, bevor ich mich wieder auf den
Heimweg via Subway in die 23rd Street machte.
  „Stand clear of the closing doors, please!"

Am Tag darauf, nach meinem Frühstücksbesuch im Cafè, besorgte ich mir am Kiosk an der Straße eine Zeitschrift, den
New Yorker um mich zu informieren was in nächster Zeit im
Städtchen so geboten wird. Beim verlassen des Kiosk, kehrte
ich kurz in mich, blieb stehen und lauschte konzentriert auf den
Stadtlärm. Da wurde mir erst einmal bewusst – abgesehen vom
tolerierten ständig umgebenen Lärm –, wie laut das hier eigent-

lich ist. Wie viele unterschiedliche Geräuschpegel sich hier ineinander vermischen: Sirenen, ob von der Polizei, der Feuerwehr, VIP-Limousinen oder dem Krankenwagen, Verkehrslärm, Presslufthammer an nicht enden wollenden Baustellen, Hupen, schreiende Menschen, bellende Hunde, Musik, Rotorblätter eines kreisenden Hubschraubers. Ein fortwährender Geräuschpegel zwischen 70 und 110 Dezibel. Aber es gehört dazu, man gewöhnt sich daran und irgendwann vermisst man den Sound of New York City. Ebenso die säuerlichen Gerüche aus den Gullys in unmittelbarer Nähe der Abfalleimer.

Mein Vorhaben heute ist es, das fertiggestellte, aber noch nicht zugängliche One World Trade Center am Ground Zero, mit seinem dazugehörigen 9/11 Memorial, zu besuchen.

Der E-Train holte mich fast vor meinem Hotel in der 23rd Street, Eighth Avenue ab und brachte mich direkt an mein Ziel, an die Haltestelle World Trade Center.

Der Wagon war hauptsächlich mit Brokern und Finanzhaien besetzt, die ihrer Arbeit nachfuhren, aber auch jede Menge Asiaten und Bauarbeiter, die auf dem Weg zu ihrer Schicht waren. Wieder über der Erde angekommen, überkommt mich wie immer ein beklemmendes Gefühl in der Enge und dem Gedränge des Financial District und Lower Manhattan, zwischen den hohen Bauten dicht an dicht entlang der schmalen Straßen und Gassen.

Aber der Anblick des Trade Center, das weit in die Lüfte ragt und in seiner Glasfassade das Blau des Himmels und die vorbeiziehenden Wolken widerspiegelte, im Einklang mit seinen sich ausbreitenden Schwingen, an einen aufsteigenden Adler erinnernd, fast schon monströs wirkenden Oculus, dem neuen Jahrhundertbahnhof und somit der Verkehrsknotenpunkt hier am Ground Zero, entschädigt das Chaos hier vor Ort.

Ich betrat den Oculus und begab mich in den Untergrund. Was mich erwartete, war eine große ausladende, ganz in strahlendem Weiß gehaltene Halle, mit riesigen auf mehrere Stockwerke verteilten Einkaufspassagen. Ich durchforschte das Center, bis ich an eine Stelle kam, an der außer mir nur noch ein Bauarbeiter ganz in Orange (welcher mich eher an einen entflohenen Sträfling erinnerte) umherstreifte. Darauf bestieg ich eine von sechs nebeneinander fahrenden Rolltreppen, die von unten betrachtet ausschauen, als würden sie mich non stop in den Himmel befördern. So kam ich direkt im One World Trade Center an die Oberfläche. Es war noch Baustelle, der letzte Schliff, bevor es nächstes Jahr eröffnet wird.

Ich schlenderte durch das mit dreihundert Eichen und einem chinesischen Überlebensbaum bepflanzten Memorial, vorbei an den mit gelben Rosen bestückten Wasserbassins und kam zu der Erkenntnis, dass das 9/11 Museum – das sich direkt unter dem Fundament der ehemaligen Zwillingstürme befindet –, geöffnet hat

„Warum nicht wieder mal ein Museum?"

Nach einer halben Stunde in der Warteschlange stehend und vom uniformierten Personal gecheckt, ergatterte ich eine Eintrittskarte und begab mich in die Finsternis. Gleich am Anfang stieg ich Treppen hinunter, vorbei an ehemaligen Stahlträgern und beschrifteten Digitaltafeln, die das Unheil des Anschlags von 9/11 verkünden.

Was sich mir hier unten die ganze Bandbreite über bot, war einfach nur erschütternd. In der Mitte des aus schlichtem grauen Beton gehaltenen Hauptsaals, ragte eine Stahlsäule empor, bis knapp unter die circa zehn Meter hohe Decke, die an die Feuerwehrmänner und Einsatzkräfte an besagtem Tag erinnern. Überall lagen Trümmerteile herum und verkleideten zu einem großen Teil die kargen Wände. Fotos der Zwillingstürme, aus der gleichen Perspektive, vor und während des Einsturzes. Ein Schriftzug entlang einer grob gefliesten Wand von Virgil, der besagt: „No day shall erase you form the memory of the time".

Fotos von Verstorbenen mit der Botschaft: „never forget". Entlang des Bodens, die staubigen Überreste des Fundaments.

Bilder der Einsatzkräfte während des verheerenden Anschlags und verstörende, verzweifelte Blicke die fragend nach oben gerichtet sind. Die abgerissene Antenne des Nordturms lag, mit zerbeult, deformierten Rohren und heraushängenden Kabel, als Ausstellungsstück auf dem Boden. Ein komplett zerstörter Einsatzwagen der FDNY wurde von kargem Scheinwerferlicht bestrahlt. Und das einzig übrig gebliebene Fenster stand verlassen irgendwo im Raum. Ein Schaubild, hoch oben, mit der Einschlagstelle des ersten Flugzeuges, erinnert an den Moment des Geschehens. Glasvitrinen, entlang der Wände, bestückt mit gefundenen Habseligkeiten der Opfer.

Immer wieder wird in verschiedenen dunklen Räumen der Besucher mit Live Aufnahmen durch Nachrichtensprecher, Polizeiaufgebot und filmenden Passanten, mit den Abläufen des schrecklichen Tages konfrontiert.

Es wird Zeit zu gehen, das kann man sich mal ansehen, muss man aber nicht. Für mich ein Ort, den ich nicht mehr besuchen werde. Die Atmosphäre ist einfach zu erdrückend, die entstehenden Eindrücke lassen das Geschehen Revue passieren, die vielen vergangenen Gesichter verfolgten mich noch weit in den Tag hinein, besser ich lass mich noch ein wenig vom rauschenden Wasser der zwei Bassins berieseln, eingepfercht zwischen den schimmernden Türmen des neuen One World Trade Center.

Ich lief noch ein wenig durch den District und kam an einem Kindergarten, der sich unpassender Weise in einem der Beton-Stahl Wolkenkratzer befand. Er wirkte an diesem Ort ein wenig deplatziert. Oftmals liefen mir auch schon eine Horde Kinder, geführt von ihren Aufsichtspersonen, auf den vollen Straßen über den Weg. Das schaut dann folgendermaßen aus: Die Kinder, meist in einer Anzahl von bis zu fünfzehn, halten sich an Ringen, die wiederum durch Bänder miteinander verbunden sind fest, damit sie nicht verloren gehen. In der Art: Leine für Kinder.

Die Stadt wird beinahe dominiert von Heranwachsenden, beträgt das Durchschnittsalter doch vierunddreißig Jahre, da die ältere Generation oftmals flüchtet, da sie dem Druck und dem Stress der Stadt nicht mehr standhalten können.

Ich bestieg die Subway und flüchtete aus der beklemmenden Atmosphäre des Financial District, das Erlebte hinter mich lassend in den Central Park und ging was Essen, im Freien, ähnlich einem Biergarten, im Mineral Springs.

Ein einzelner Mensch an der Gitarre spielte einen John Lennon Song, allein und verlassen am Lennon Memorial, das mit einer einzelnen roten Rose geschmückt war.

Als es bereits dunkel war, ging ich noch auf den High Line Park, am Zugang der 23rd Street, Richtung Hudson River und hatte vor – da es eine Vollmondnacht gibt –, Fotos der erleuchteten Stadt zu machen. Der Park war annähernd leer, wie Strawberry Fields am heutigen, späten Nachmittag. Wahrscheinlich sind alle auf Vollmondparty. Das gab mir die Gelegenheit die besten Positionen für die Aufnahmen zu platzieren. Die Luft war klar, der Himmel wolkenfrei, die Aussicht gnadenlos.

Reges Alltagsleben spielte sich hinter den vom Licht getränkten Fenstern der nahe liegenden Häuser ab. Die Antennen des Bank of Amerika Tower, ragten in buntem Farbenspektakel gen Himmel, die Häuserfassaden schimmerten golden, das New Yorker Logo hoch oben, schien irgendwo in Hell`s Kitchen zu brennen. Und dazu der Vollmond, direkt neben dem Empire State Building, das heute den Himmel in purple taucht.

Die Bilder sind im Kasten, Zeit für ein letztes Getränk für den heutigen Tag. Das bevorzuge ich unter meinem geliebten Flatiron Building am Kiosk meiner freundlichen Asiatin zu genießen, mit Blick auf das sich nun farblich geänderte Empire State Building. Farblich? Es gab nur Weiß. Ein züngelndes, gleißendes Weiß, schlug sich wie lodernde Flammen empor dem ESB.

Das ESB scheint verrückt geworden zu sein. Das grelle gelb weiße Licht flackert und schlängelt sich von unten nach oben, als würde das komplette Gebäude in Flammen stehen. Liegt es vielleicht an meinem Getränk? Nein, das Empire State Building steht in Flammen.

Die Bedeutung dieser Zeremonie habe ich nie erfahren.

Es wird Zeit sich langsam zu verabschieden. Meine Liste der Vorhaben für dieses Jahr hab ich abgehakt, nun werde ich mich noch – die Zeit die mir noch bleibt –, ein bisschen treiben lassen. Es sind immer die letzten zwei Tage, an denen ich meine Seele so richtig baumeln lassen kann. Ich setz mich ein wenig selber unter Druck, da ich ständig in der Stadt reisen und so viele kuriosen Sachen wie möglich aufnehmen will. Zwar gibt es auch ohne Plan jeden Tag aufs Neue etwas zu entdecken und erforschen, aber ich kann mich nicht jeden Tag nur an denselben Orten aufhalten.

Eine Bekannte schlug mir mal vor, New York City zu verlassen und den Train zum Beispiel nach Washington DC zu nehmen. Washington muss eine unglaubliche Stadt sein. Ich dachte mir, warum eigentlich nicht und machte mich daran nach einer schlauen Verbindung zu suchen in die circa 360 Kilometer entfernte Stadt. Ich forschte nach und brachte in Erfahrung, dass ein Direktzug morgens um 7.00 Uhr vom Grand Central Terminal nonstop nach Washington fuhr. Drei Stunden Fahrzeit, dann Sightseeing durch Washington und am Abend nach dreizehn Stunden wäre ich wieder zurück. Als es dann soweit war, dachte ich wiederum, warum so früh aus den Federn, ich bin hier auf Urlaub und ließ es einfach bleiben. Hinterher war ich froh, ich denke der Tag hätte mir hier gefehlt. Ich bin hier schließlich noch nicht fertig.

Am darauf folgenden Tag verließ ich meine Unterkunft, lief vorbei an der Zukunft vorhersagenden Tarotkartenlegerin –

ohne mir weissagen zu lassen –, warf noch einen Blick in den Gitarrenladen, durchstöberte die Platten und begab mich danach an einen Fensterplatz ins Starbucks in der Eighth Avenue auf zwei Croissant und einen small Coffee. Ich checkte meine Mails und blickte etwas melancholisch auf die Straße.

Die letzten Tage deprimieren mich immer ein wenig, weil ich nicht abreisen möchte, deshalb beschloss ich, mich am Times Square etwas aufzuheitern.

Auf dem Weg zum Times Square, beobachtete ich, wie ein Abschleppkran der NYPD ein falschparkendes Auto zum Abschleppen vorbereitete. Der Truck-Kran wurde bedient von einer überaus toughen, gazellenhaften jungen Afroamerikanerin in der typischen dunkelblauen Uniform der Cops. Es war beeindruckend, wie diese, fast schon einem Model ähnelndem, zierliche, außerordentlich hübsche Lady, dieses Ungetüm von Fahrzeug manövrierte und mit was für einer Gelassenheit und Ernsthaftigkeit. Natürlich sind hier nicht alle nur annähernd so hübsch wie die eben beschriebene, ein großer Teil des Personals der NYPD ist sogar kugelrund, wobei ich feststellen musste, die klischeehafte Fettleibigkeit, die man den Amerikanern nachsagt, findet hier – speziell in Manhattan – kaum statt. Wer hier in New York Citys Metropole zu tun hat, achtet sehr auf sein Erscheinungsbild. Nicht umsonst sprießen an jeder Ecke neue GYM's aus dem Boden, nicht umsonst sieht man bei jeder Gelegenheit und egal, wo man sich aufhält, die New Yorker springen und joggen und dann natürlich die Sache mit der Ernährung, wie ich mitbekommen habe, boomt hier geradezu die bewusste Ernährung, wie zum Beispiel durch Organic Food. Wenn das Bio Gemüse nicht in einem der unzähligen Croceries aufgetrieben wird, wird es auch schon mal auf dem eigenen Hausdach angebaut. Etwas anders schaut es schon wieder in der Nachbarschaft wie Brooklyn oder Queens aus.

Hier am Times Square – dem großen Menschenzoo – angekommen, wird stets zur Unterhaltung beigetragen, egal in welcher Form und es gibt immer etwas Neues zu entdecken und zu schmunzeln.

Zuerst warf ich einen Blick ins Hard Rock Cafe um noch eventuell ein Mitbringsel für nach Hause zu ergattern. Ein Shirt, ein Anstecker in Gitarrenform oder etwas dergleichen – oder die Gitarre von Lou Reed.

Draußen vor der Tür, auf dem Platz mit den roten Tischen und Stühlen, tummelten sich die Leute. Irgendetwas scheint hier zu geschehen. Ich zwängte mich durch das Gedränge der fotografierenden und glotzenden Leute um einen Blick zu erhaschen.

Bodypainting am helllichten Tag.

Wie schon erwähnt, dürfen in New York City die Frauen oder auch Männer, Künstler allgemein, oben ohne oder nackt, posieren, zumal es dem künstlerischen Zweck dient. Nun hatten wir so ein Szenario.

Es handelt sich um zwei Modelle und ihren Malern. Oder, the Painter and his Model, wie es Picasso formulieren würde. Wie es scheint eine nord- und eine südamerikanische, wohlgeformte Schönheit. Sie standen beide nackt, bis auf einen knappen String und Stilettos, zwischen den Stühlen und ließen ihre Körper kunstvoll gestalten. Patriotisch wie sie im ganzen Land sind, gab es auf die Frontseite, Brust und Bauch, eine Amerikanische Flagge und auch die Beine und der Po wurden nun mit Stars and Stripes verziert. Als Krönung gab es noch eine ausladende Krone in Form eines bunten Federschmucks auf das Haupt. Höchstwahrscheinlich ein Werbegag zur Wiedervereinigung Amerikas mit den Ureinwohnern, den Indianern. Ob das ausreicht?

Nach dem ich mich satt gesehen hatte, verließ ich das Gedränge am Times Square – schließlich wollte ich mich von der Stadt verabschieden – und begab mich in Richtung Midtown.

Zwischen den thronenden Löwen der NYPL begegnete ich einem schwarzen Mitbewohner der Stadt, gekleidet mit langen

Rüschen behangenen Gewändern, barocker Halskrause und ebenfalls einem explodierendem Federschmuck auf dem Kopf. Federn scheinen heute das Motto zu sein.

Ich kam vorbei am Suks in der Fifth Avenue, vermied es aber hineinzuschauen. Die St. Patrick`s Cathedral war von einem Gerüst umgeben und wird renoviert. Gülden schimmern die Eingänge des Rockefeller Center zu mir herüber und Atlas blickt mit seiner gewohnten Strenge auf mich herab. Ich entfloh seinem Blick und beschloss in die Kirche zu gehen. Ein mächtiger Chor sang und wurde auf den zwei Orgeln, mit seinen knapp zehntausend Pfeifen, begleitet. Wieder einmal befand ich mich in dieser Stadt, in einer anderen Welt. Eine unglaublich beeindruckende Akustik fesselte mich und zwang mich vorerst zu verweilen.

Ich schaffte es wieder einmal in den Central Park, ließ die Ruhenden in Sheep Meadow ruhen und die Sportler ihren Sport genießen und lief gemächlich weiter bis Bethesda Terrace, da ich von weitem hoch anspruchsvolle Musik hörte. Was ich dort unter den Arkaden der Terrasse antraf, war etwas für die Augen und für die Ohren.

Es handelte sich um ein Duo, ich würde mal annehmen aus einem östlichen Teil Europas. Er, einer der Violinisten, mit kahl rasiertem Schädel, trug ein blaugraues Kleid bis über die Knie, darüber eine in orange Rottönen gehaltene Weste und Glöckchen über den flachen Schuhen. Sie, die Violinistin, ganz in strahlendem Weiß geschminkt, trug ein ebenso weißes Ballettkleid, dazu eine passende Federboa (schon wieder Federn) auf ihrem hoch gesteckten rosa Haar. Auf dem Boden vor ihnen, lagen verstreut eine Anzahl für mich undefinierbare Instrumente. Der Sound und ihr schriller Gesang war dermaßen abgedreht und schnell – man könnte annehmen, sie spielten um ihr Leben –, dass es mir die Sprache verschlug und ich gebannt zuhören musste.

Ein paar Meter dahinter fanden Hochzeitsfotografien statt, deren Brautpaare sich völlig unbeeindruckt auf die Ereignisse um sie herum, um nichts auf der Welt aus der Fassung bringen ließen.

Ich verabschiedete mich von Alice im Wunderland und vom Schlösschen Belvedere Castle und von seinen in der Umgebung hausenden Mitbewohnern den Eichhörnchen, Schildkröten, Enten, Vögeln und Waschbären.

Die Anhänger John Lennon`s, gaben wieder einmal – zum Anlass seines Geburtstages – ein Stelldichein und standen wie jedes Jahr zu vielen versammelt um das IMAGINE Memorial in Strawberry Fields und sangen unaufhaltsam von Liebe und Frieden. Ich blieb hier, bei Musik und Gesang, bis es dunkel wurde.

Danach ging ich, vorbei am Dakota, entlang der Central Park West, bis diese in die Eighth Avenue überging. Auf der Höhe der tosenden, pulsierenden 42nd Street erhaschte ich einen aus der Dunkelheit empor steigenden Blick auf den hell erleuchteten Times Square, den ich aber mied, da ich anderes vor hatte.

Es war bereits stockfinstere Nacht und ich bummelte gemütlich neben dem Westside Highway die Promenade am Hudson River entlang. Mein Ziel war, einen der hunderte Meter weit in den Fluss ragenden Piers zu betreten um einen Blick auf die leuchtende Skyline Lower Manhattans zu werfen und ein paar Fotos zu schießen. Ich wählte den Pier 25, nähe Pattery Park City. Als ich ihn betrat, musste ich, nachdem ich ungefähr hundert Meter weit gelaufen war feststellen, dass außer mir nur ein Obdachloser auf einer Parkbank anwesend war. Mir war etwas unheimlich. Der Obdachlose saß da mit einem Messer bewaffnet und verzehrte seine über den Tag erworbene Mahlzeit. Ich ließ ihn erstmal links liegen und ging weiter in Richtung Mitte des Hudson. Immer wieder drehte ich mich nach meinem Mitbesucher um, während mir finstere Horrorvisionen durch den Kopf gingen. Paranoia machte sich breit. Was wäre wenn? Ein leichtes Spiel für ihn, mich mit dem Messer zu bedrohen und was weiß ich was mit mir anzustellen. Bis auf die dumpf herüber scheinende Straßenbeleuchtung, war es stockdunkel und keine Menschenseele weit und breit.

Was soll`s, sind doch alle friedlich hier, beruhigte ich mich und genoss die atemberaubende Aussicht im Sound des Wellenrauschens und des Möwengeschreis.

Nachdem ich mich an den leuchtenden Türmen der One World Trade Center und seinen Nachbarbauten satt gesehen hatte, tastete ich mich wieder vorsichtig zurück zu meinem Pier Mitstreiter. Als ich auf seiner Höhe angekommen war, bemerkte ich im Dunst der Straßenlichter, dass er so sehr mit seinem ersehnten Essen beschäftigt war, dass er mich komplett ignorierte. Das schimmernde Messer stellte sich als ein kleines weißes Plastikmesser, das man in jedem Imbiss bekommt, heraus. Ich lächelte ihm zu und verabschiedete mich. Er zeigte nach wie vor keinerlei Interesse an mir.

Ich verließ den Pier und tauchte ein ins belebte SoHo, stieß an ein Pub, das vom alter her schien, als stände es hier seit Entstehung der Erde und stürzte mich hinein an den Tresen, zwischen einen Finanzhai und einer afrikanischen Schönheit um ein Brooklyn Lager zu bestellen. Die Atmosphäre war schön, es war belebt und die Besucher fröhlich ausgelassen. Hier wollte ich es eine Weile aushalten.

Ich hatte genug getrunken und zudem genoss ich noch ein wenig Gesellschaft. Ich machte mich nun auf den Weg durch SoHo und Greenwich Village, durch den Washington Square Park, bis zum Flatiron District, in dessen Madison Square Park eine Lego-Ausstellung stattfand.

Meterhohe Skulpturen, zusammengebastelt aus Lego Bausteinen, wurden aus dem Spielwarenladen von nebenan herübergebracht und zur Schau gestellt. Im Spielwarenladen selber war – in beinahe Originalgröße –, der Nachbau der Fackel haltenden Hand der Freiheitsstatue. Im Madison Square Park befanden sich die Ninja Turtles, Schulter auf Schulter sitzend, ragten sie drei Meter in die Höhe. Ein lebensgroßer Lego Feuerwehrmann positionierte sich lächelnd, einsatzbereit an der Straße und Superman schwebte einen Meter, gestützt von seinem Cape, über der Erde vor dem Flatiron Building. Aber das werde ich mir Morgen nochmals bei Tageslicht anschauen.

Meinen letzten Tag für diese Saison, begann ich mit Lego, und tatsächlich, bei Tageslicht betrachtet sah ich, dass diese Skulpturen aus den original kleinen Lego Bausteinen zusammengesetzt waren. Für jede Figur wurden abertausende kleine Rechtecke aneinander und aufeinander gereiht. Nicht schlecht und es sieht auch noch gut aus, jede Rundung – sofern man von Rundungen sprechen kann –, passt. Eine Prinzessin in Lebensgröße stand vor einem Meer von Plastikblumen und ein kleines Mädchen, das ihr gerade mal bis zur Hüfte reichte, posierte mit ihr für ein Foto.

Nachdem ich eine recht abgefahrene Galerie in SoHo verließ, – eines der Bilder bestand aus zusammengerollten, orange, gelben Büchern und Broschüren, die stehend in einen Rahmen montiert waren und das von weitem betrachtet, gleich dem Impressionismus kam. Es stellte das Porträt einer nackten Frau dar, die ihre Arme hinter dem Kopf verschränkt. – beeilte ich mich noch hinüber zur Park Avenue.

Auf der durch einen breiten Gartenstreifen geteilten sechsspurigen Straße, gab es zur Zeit, entlang der gesamten Park Avenue, eine Ausstellung. Gegenstände, wie zerbeulte, eckige Säulen aus Edelstahl, unterschiedlicher Künstler wurden inmitten der Gartenanlage entlang der Straßenmitte platziert.

Ständig gibt es etwas zu entdecken hier, ich kann unmöglich schon wieder abreisen.

Danach machte ich mich, eher schleichend, auf den Weg zurück in mein Hotel und wartete noch die halbe Stunde zusammen mit einem Iren auf unseren, am Tag zuvor, organisierten Shuttlebus zum Airport JFK. Die Fahrt wird circa zwei bis drei Stunden in Anspruch nehmen, ich betrachte es als Sight-

seeing Abschiedstour und genieße die Fahrt durch den Großstadtdschungel New York. Eine chaotische Fahrt durch den
dichten, hektischen Verkehr, wie man ihn aus Metropolen kennt
und ich bin froh dass ich nur hinten sitzen muss.

Ich kam mit meiner Nebensitzerin, einer Niederländerin, ins
Gespräch. Wir unterhielten uns über New York und bald allgemein über die Großstädte dieses Planeten, die wir schon beide
bereist haben. Als wir bei Paris ankamen, einigten wir uns sehr
schnell darüber, dass Paris die schönste Stadt der Welt ist. Bei
New York City kamen wir ein wenig ins grübeln was die
Schönheit dieser Stadt anbelangt. Einig waren wir uns, über die
wohl pulsierendste und schillerndste Stadt der Welt. Aber bei
Schönheit?

Nach weiterer kurzer Überlegung beiderseits, schlug ich
abstrakt–schön vor. Wir nickten uns schweigend zu und einigten uns auf abstrakt–schön.

Sechster Teil
Chelsea II

Ich habe mich entschieden, obwohl ich mir vorgenommen hatte, jeden Aufenthalt in einem anderen Viertel New Yorks zu verbringen, nochmals im Leo House einzuchecken. Da mir die Lage zusagt und für die Leistungen die es bietet, durchaus – für meine Verhältnisse –, erschwinglich und zufriedenstellend ist. Es hat auch immense Vorteile, wenn man sich nicht jedes Mal neu orientieren muss. Hier kannte ich mich aus, hier wusste ich wohin, hier war ich daheim.

Diesmal war ich in der achten Etage des Hotels untergebracht, mit einem Überblick über einen schönen Teil der Stadt und die Aussichten, wie es sich auf einer wunderbar ausgestatteten privaten Dachterrasse, mit Garten, Wintergarten, Kunstrasen und bequem möblierten Sitzgelegenheiten leben lässt. Leider hatte ich nur den Blick darauf. Aber ich hatte wieder mein eigenes Bad wie Toilette und ausreichend, umfangreiches Frühstück.

Goodbye Starbucks – schade eigentlich.

Die Gegend brauchte ich nun nicht mehr zu erkunden, ich wusste ja, wo ich bin, das hat schon auch seine Vorteile. Also schmiss ich mein Gepäck ins Zimmer und ging erst mal ein Willkommens-Bier, im Pup um die Ecke, trinken.

Was neu für mich war, war das Frühstück im Hotel. Die erste Mahlzeit am Tag, wurde in der zweiten Etage, in einem wunderschönen geräumigen Zimmer mit Holztäfern aus altem dunklem Holz, Ventilatoren an der Stuckdecke und einem Geschirr, das vorbereitet vor uns auf den massiven Holztischen lag, das so alt war, als wäre es aus dem vorigen Jahrhundert importiert worden.

Die Frühstücksgewohnheiten scheinen die Amerikaner von den Engländern übernommen zu haben. Es gab von allem mehr als reichlich. Aus alten großen Warmhaltebehältern konnte man sich soviel Kaffee holen wie man vertragen konnte und mit allen möglichen Sorten von Milch und Süßstoffen verdünnen. Außerdem gab es zu trinken, unterschiedliche Arten von Tee, Orangensaft und Apfelsaft. Die große Auswahl an Essen bestand aus: Rühreiern, Würstchen, verschiedene Arten von Speck, Toastbrot, schwarzes Brot, weißes Brot, süßes Brot, Muffins, Marmelade, Honig, kleine Würfel von Butter, alle erdenkliche Art von Obst, Quark, verschiedene Getreide für Müsli, Pfannkuchen und natürlich Ahornsirup um alles darin zu ertränken.

Und! Wer um alles auf der Welt, hätte das gedacht! Anhand der Frühstücksgewohnheiten konnte man erkennen, was für ein Landsmann einem am Tisch gegenüber oder nebenan saß.

Ich begnügte mich mit einem Honigbrot zwei Tassen Kaffee und zum Abgang ein Müsli mit reichlich Obst und Quark. Das musste für den Start in den Tag reichen, ich will mich ja nicht gleich nach dem Frühstück wieder hinlegen müssen.

Ich trat vor die Tür und erledigte erst mal meine ganz private Sightseeing Tour. Vorbei an meinen Nachbarn im Chelsea Hotel, das immer noch nicht für den Besuch offen stand und sich in Renovierungsarbeiten befand, schlenderte ich gemütlich zum Flatiron Building und inspizierte eine neue Ausstellung im Madison Square Park, bis ich dann die Fifth Avenue hoch zum Empire State Building lief, dieses kurz umarmte und einen Blick hineinwarf, mich aber nicht länger damit aufhielt. Dieses Jahr hatte ich andere Pläne.

Ich bog ein in die 34th Street und ging nach Westen, legte eine kurze Pause bei Victoria`s Secret ein, bis ich dann zu Macy's, das dieses Jahr in Regenbogenfarben dekoriert war, am Herald Square kam.

Als ich mir durch das Gedränge Zugang verschaffte, wurde mir wieder bewusst was für eine Jahreszeit wir haben. Halloween! Natürlich! Die Dekoration im Macy's war schauderhaft und Furcht einflößend. Schwarz umrahmte Bilder mit Fotografien von Frauen die an Frankensteins Braut erinnern, ganze skelettierte Familien in Barockkostümen grinsten aus Nischen auf mich herab, bleiche Vamps, gekleidet in schwarzen, langen Gewändern und Zylindern, kamen mit skelettierten Hunden an der Leine durch Türen und einiges an Schauer mehr. Das ganze erinnerte eher an eine Geisterbahn, als an das größte Kaufhaus der Welt. Die große Anzahl an Kindern, die hier herum tollten, amüsierten sich prächtig.

Ich fuhr einmal die schönen alten hölzernen Rolltreppen hoch in die Herrenabteilung und schaute mich um nach einer Lederjacke. Dieses Jahr muss es eine Lederjacke sein. Dann entdeckte ich sie, meine lang ersehnte Jacke, konnte mich aber noch nicht entschließen. Ich schlüpfte rein, zog sie wieder aus, nochmals an, vor dem Spiegel, wieder aus. Sie schien zu passen, dazu noch ein nobles Teil, aber … OK, ich hab noch zwei Wochen Bedenkzeit.

Ich verließ das Macy's und bewegte mich Downtown zur 32nd Street, zum Madison Square Garden. Mein Frühstück war recht spärlich und lag nun auch schon wieder eine Weile und einige Kilometer zurück, deshalb wollte ich einen To Go Imbiss testen, der sich in der Nähe des Gardens befand.

Ich betrat den Store und stellte mir, zwischen der reichlichen Auswahl an Salaten, eine eigene Mischung zusammen, natürlich unter Beratung. Es gibt dort, in großen Glasschaukästen, vorgefertigte Schüsseln mit grünem Salat und kann dann, auf Wunsch des Kunden, mit verschiedenen Zutaten und Soßen, dekoriert werden. Ich bezahlte, verließ den Store und suchte mir ein überschaubares Plätzchen um gemütlich – dem Chaos auf der Straße entfliehend –, zu Essen.

Ich entschied mich für die Stufen des nahe liegenden Postgebäudes – ihr wisst schon, das Gebäude mit der längsten aneinandergereihten Säulenpylone der Welt. Von hier aus hatte ich einen guten Überblick über die darunter vorbeiführende Straße und deren vorübereilenden hübschen Frauen oder allgemein, schönen Menschen der Stadt.

Nach meinem Mal und ausdauernden betrachten der Vorüberziehenden, verließ ich die Stufen, bewegte mich nach Norden in Richtung Central Park und machte Stopp im vierundzwanzig Stunden geöffneten Apple Store, begab mich hinunter in die Katakomben des Stores und schloss mich den Einmillionen Besuchern pro Tag an. Nichts Neues auf dem Markt, aber allein der Apple Store mit seinem Glass-Cube, an diesem auserwählten Platz, ist ein Besuch wert.

Im Park angekommen, legte ich mich auf einen von der Sonne gewärmten Fels und betrachtete in aller Ruhe die Midtown Skyline.

Was ich entdeckte, war das 432 Park Avenue Hotel, das nun fertiggestellt war und somit das höchste Hotel in der westlichen Hemisphäre darstellen soll. Es ist nur ein schmaler Strich der sich hoch in die Wolken wagt und in dem eines der luxuriösen Apartments schon mal 95 Millionen US Dollar kosten kann.

Wenn ich mich dazu äußern darf.

Für meine Begriffe passt dieses Gebäude so ganz und gar nicht ins Stadtbild, mit seiner dimensionalen Bauweise und seiner schlaksigen Höhe.

Aber vielleicht muss es ja auch genau deshalb hier stehen. Schließlich befinde ich mich in New York. In der Stadt in der alles möglich und fast alles erlaubt ist.

Ich verließ den Central Park in Höhe Strawberry Fields und kam am Dakota Building an der Central Park West heraus. Nun versuchte ich erneut einmal ins Dakota zu kommen. Am stets bewachten Vordereingang, war dies unmöglich, also versuchte ich es am mir bekannten Seiten- oder auch Boteneingang. Ich sicherte mich, nach links und rechts schauend ab und schritt ins Innere des Gebäudes. Schon ein paar Meter weiter, als beim letzten Versuch. Nach diesen paar Metern stand ich vor einem großen mit Maschendraht überzogenen Tor. Ein weiteres Vordringen war somit unmöglich, es sei denn, ich besorge mir einen Schlüssel.

Nach diesem missglückten Versuch, stieg ich in die Subway (Wochenticket hatte ich mir besorgt), in der 72th Street, direkt unter dem Dakota und fuhr nach Downtown in die Bowery. „Stand clear of the closing doors, please!"

Im Bowery tat sich etwas. Eine circa fünfzig Meter lange Wand, entlang der Housten Street, war neu besprüht mit Graffiti. Sie war bemalt, mit einer in schimmernden Blau-Tönen gehaltenen Häuserfassade, mit sich, wie es schien, bewegenden Autos und mit sich davor tummelnden und massenhaft beschäftigten Menschen jeglicher Art und Altersgruppe. Ein beeindruckendes, starkes Bild. Auch sonst waren die Häuserfassaden besprüht mit neuen Eindrücken und Botschaften.

Ich ließ mich durch SoHo treiben und entdeckte neue Gemälde an den Wänden von Little Italy, dem Viertel der maßgeschneiderten Anzugträger.

Ich lauschte noch dem Sound einer Band in der Subway Station der Spring Street und fuhr anschließend hoch in meine Umgebung nach Chelsea, leistete mir eine Pizza irgendwo in der Eighth Avenue und war zufrieden mit dem vollbrachten Tag. In der Bar um den Block ließ ich dann mit einem oder zwei Samuel Adams den Abend ausklingen bevor ich mich zurück ins Hotel begab.

Auf dem Weg dorthin, erzählte mir noch ein Obdachloser seine Lebensgeschichte und die der Lady Liberty. Ich bedankte mich mit zwei US Dollar und kassierte dafür ein „God bless you."

Gute Nacht.

Am nächsten Morgen, fuhr ich als allererstes in den Keller um während des Frühstücks Wäsche waschen zu lassen. Im Waschraum begegnete mir ein mittelalterliches amerikanisches Touristenpärchen, das ebenfalls im Begriff war ihre Klamotten zu reinigen. Ich merkte sofort ihre Unbeholfenheit und bot (da ich ja jetzt Profi bin) meine Hilfe an. Ich erklärte ihm, wie man vorging um Waschpulver zu organisieren und zeigte ihr, den Umgang mit den Maschinen und, dass sie doch mit dem einstellen der Temperatur acht geben solle. Sie schauten mich an, als wäre ich hier der Hausmeister und bedankten sich überschwänglich. Danach als ich von meinem Zimmer in der achten Etage abwärts in die zweite – in der sich das Frühstücksbuffet befand – fuhr, begegnete ich den zwei Amerikanern erneut. Wir standen uns freundlich begrüßend im Aufzug gegenüber, als sich die Tür nicht schloss. Kurzerhand betätigte ich den untersten Knopf der Bedienungsleiste und die Tür schloss sich wie von Geisterhand. Diesmal schauten sie mich an, als währ ich von einem anderen Planeten auf die Erde gesandt worden. Wir verließen, an unserem Ziel angekommen, gemeinsam den Aufzug und begaben uns in den um die Ecke liegenden Frühstückssaal. Jeder nahm sich einen Teller und das womit er ihn sich eben so belegen will. Da beobachtete ich meinen amerikanischen Freund, wie er mit dem Toaster hantierte um an sein getoastetes Brötchen zu kommen, bevor es zu einem Brikett verkohlte. Ich gesellte mich, ohne Worte, neben ihn und drückte den roten der drei angebrachten Knöpfe und der Toast sprang ihm entgegen. Er schaute mich mit einer Begeisterung an und mit den Worten: „You know everything!"

Zuerst wollte ich ihm antworten: „Yes, because I´m a German!"

Ließ es aber und quittierte lediglich mit einem Lächeln.

Das Wetter war mies. Deshalb hieß es, mich in den Untergrund zu begeben. In einem überfüllten Train fuhr ich hoch nach Midtown um nun endlich – nach reichlicher Überlegung – mir meine Jacke im Macy`s zu holen.

Ich weiß, es ist nicht sonderlich spektakulär, sich eine Jacke zu kaufen, aber so eine Jacke hält ein Leben lang, deshalb will gut überlegt sein, was für eine.

Ich durchquerte das Kaufhaus im Galopp, hoch in die dritte Etage (nehme ich jedenfalls an) und schlüpfte noch einmal hinein. Also gut jetzt – passt. Ich ging an den Ladentisch und legte sie auf die Fläche. Der nette Verkäufer Anthony (wie auf seinem Namensschild ersichtlich war) erklärte mir freundlich lächelnd, dass um die Herbstsaison alles 40% heruntergesetzt wäre und, dass er mir nochmals einen Nachlass von (wahrscheinlich weil ich so ein liebenswürdiger Kerl bin) 10% geben würde. Super, da fiel der Tax, der draufgeschlagen wurde, auch nicht mehr ins Gewicht. Nun hab ich meine Superjacke für die Hälfte des ursprünglichen Preises bekommen. Hätte ich eigentlich vorher dahinter kommen müssen, ging mir mit meinen hier erworbenen Hemden ja nicht anders. Ja, und sie ist schwarz. Langweilig, für die hiesigen Verhältnisse, aber eigentlich ist mir jede Farbe recht, – solange es schwarz ist. Somit wäre dies auch geklärt.

Passend zum Wetter bewegte ich mich, nun gekleidet mit einem wetterfesten, schwarzen Überzug, durch den Nieselregen und kehrte ein in den New Yorker Bahnhof, dem Grand Central Terminal. Immer wieder fasziniert mich der Aufenthalt in diesem unbeschreiblichen Gebäude, mit seinem türkisfarbenem Himmelszelt, hoch oben an der Decke und seinen hell leuchtenden Kronleuchter die die gesamte Fläche des Terminals hell erstrahlen. Ich hielt mich eine geraume Zeit lang im ansässigen Apple Store auf, testete die neuesten Gerätschaften und hörte Sound über Markenkopfhörern.

Danach stieg ich die Stufen wieder hinunter ins Portal und setzte mich, einfach an eine Wand gelehnt, auf den Boden und bestaunte und genoss das hektische Treiben der Reisenden.

Hier in dieser Empfangshalle werden die Fahrkarten noch an von Menschen besetzten Schaltern mit vergitterten Durchreichen verkauft, nicht wie sonst üblich, an Automaten. Find ich großartig.

Ich durchstöberte die verschiedenen Stores und wurde von einem Verkäufer eines Bücherladens mit Gothic-Touch auf mein Bauhaus T-Shirt angesprochen. Wir unterhielten uns ein wenig über die Band und unsere gemeinsamen Live Erfahrungen mit derselben, verabschiedeten uns mit einer leichten Umarmung – wie es sich für Gleichgesinnte gehört – und gingen unsere Wege.

Ich besorgte mir noch einen leichten Mexikanischen Imbiss und danach bestieg ich die im Gebäude befindliche U-Bahn und ließ mich in die über dreihundert Galerien nach Chelsea chauffieren.

Ja, ich weiß! Darüber berichtete ich schon, aber es sind jedes Jahr aufs Neue sehenswerte Ausstellungen. Schaut selber, dann werdet ihr verstehen. Und so war es dann auch.

Es gab neu eröffnete Hallen, die Ausstellungsstücke auf mehreren Etagen boten und das Gute, die ausrangierten, modernisierten ehemaligen Fabrikhallen sind, dem typischen New Yorker Straßenmuster entsprechend, Reihe an Reihe angeordnet. Das ermöglicht einem bei Regenwetter ohne großartig nass zu werden, von einer Ausstellung zur anderen zu hüpfen. Ich glaube ich startete meine Kreativ-Tour unten in der 19th Street und schlängelte mich von Galerie zu Galerie, zwischen der Eleventh und Tenth Avenue hoch bis zur 28th Street. Dazwischen gab es wieder einmal genug zu erforschen, bestaunen und entdecken.

Die Ausstellungsobjekte in den verschiedenen Galerien, könnten unterschiedlicher nicht sein, es ist jede Stilrichtung vorhanden und für jeden Geschmack etwas zu finden. Gemälde in Öl, die sonst nur in mittelalterlichen Kirchen zu finden sind. Kleine um eine Afrikanerin tanzend Engel mit schneeweißen Flügeln. Neuartige Popkunst. Skulpturen aus Bronze räkeln sich auf Tischen. Japanische Künstler stellten knallbunte überdimensionale düster blickende Köpfe, die zu aufwendigen Maschinen umfunktioniert waren, aus. In manchen Hallen waren verkohlte Holzscheite zu einem aufwendigen Bild und Muster formatiert. Es gab geräumige Hallen mit nur einem Gemälde in der Mitte positioniert um dessen Geltung hervorzuheben. Abstrakte Malereien, futuristische Akte, zeitgenössische Gemälde und Skulpturen. In einem für sich abgeschotteten Abteil, gab es ein großes Gemälde, das war derart anrüchig, dass die Schaufensterscheibe von innen, ab einer gewissen Höhe, mit einem Zensurbalken für die prüden, vorbeilaufenden Amis übergeklebt werden musste. Irgendwo stand ein farbenfrohes zwei auf zwei Meter großes Gesicht von Marilyn Monroe. Ich fragte, ob ich ein Foto schießen dürfe. Er antwortete ich könne sie für 5.000,- US Dollar kaufen und er würde sie mir dann über FedEx nach Hause schicken. Aha!

Ganze Wohnungseinrichtungen wurden auf gewisse abstruse Art nachempfunden. Bis zur Hälfte abgefackelte Akustikgitarren in Glasschaukästen. Ein Bild hinter Glas, bestehend aus tausenden, abgebrannten, stehenden, schwarzen Streichholzköpfen. Zwei Meter hohe schwarzweiß Porträts, kunstvoll gestaltet, nur aus Papierstreifen.

Ein Objekt, ausgestellt in mehreren aneinander grenzenden Hallen, gefiel mir ganz besonders. Es handelte sich dabei um Eisenplatten im Format von dreißig Zentimeter Stärke, drei Meter Höhe und zwanzig Meter Länge. Diese Stahlplatten fand man sowohl liegen, oder aneinander gereiht, stehend vor. Mit Flugrost belastete, Tonnen schwere Stahlplatten in steril weißen Hallen, der Kontrast könnte nicht besser sein und vor allem, was war zuerst da? Die Platten oder die Hallen. Es schien unmöglich, die schweren Platten ins Gebäude zu transportieren, zumal die Gebäudeöffnungen nicht dafür ausgelegt waren. Es blieb mir ein Rätsel. Und für vieles Andere, fehlt mir jegliche Art der Beschreibung.

Als ich Zuhause – ich meine, mein anderes Zuhause, das sechstausend Kilometer über dem Atlantik, östlicher Richtung –, beim entwerfen meines diesjährigen New York Plans, im Internet nach Konzerten, Veranstaltungen und allgemeinen Veränderungen forschte, stieß ich auf den Namen einer Band, die ich schon seit den 1990er Jahren verfolge und mir damals auch sämtliches Material auf Vinyl, sofern erhältlich, oder eben CD's beschaffte. Es handelt sich dabei um die Britpop Band Kula Shaker, die eben in den besagten 90ern einen Hit mit ihrem Psychedelic Sound und ganz speziell mit ihrem Song Tattva erzielten.

Sie sollen wohl zwei Auftritte in einem Plattenladen in Brooklyn Williamsburg haben. Um genau zu sein, im Rough Trade. Zuerst dachte ich mir, in einem Plattenladen? Wie soll es möglich sein, dort einen Gig zu veranstalten? Vielleicht handelt es sich nur um einen Vortrag oder um eine Lesung. Ich hatte keine Ahnung, wie sich die vier Jungs von Kula Shaker weiterentwickelt haben.

Irgendwann gegen Mittag – ich war früh dran, da ich nicht wusste wie lange meine Reise nach Williamsburg, plus verirren, dauern würde –, nahm ich den L-Train von der 14th Street, Seventh Avenue aus, der mich direkt nach Williamsburg Brooklyn, in die Bedford Avenue bringen sollte.

Bei dem L-Train, handelt es sich um eine gerade verlaufende Strecke unter dem East River hindurch. Da der East River ziemlich tief ist und die Strecke eine gewisse Länge nicht überschreiten sollte, ging die Fahrt sehr bald, sehr steil nach unten und das mit einer Geschwindigkeit, dass ich zum einen dachte ich sitze in der Cyclone Achterbahn auf Coney Island und zum anderen, der Fahrer dieser Metro, will uns alle umbringen. Ein Getöse, Rauschen und Geklappere, begleitete uns über die ganze Fahrt innerhalb des Tunnels, als ob es galt, eine Mauer am anderen Ende zu durchbrechen. Letztendlich kamen wir heil in der Bedford Avenue am anderen Ufer an und ich eroberte, das schmucke Brooklyner Viertel, Williamsburg.

Ich wusste, ich muss in die 9th Street, nahe dem East River State Park oder dem Buschwick Inlet Park, der nebenan liegt. Ich löste mich von der Bedford Avenue, Richtung Norden, überquerte, an ein paar schönen, alten Pubs vorbei kommend, ein, zwei Blocks und sichtete auch schon bald das große weiße Schild mit der Aufschrift ROUGH TRADE.

Von Außen noch ganz unscheinbar, verschluckte mich bald eine hohe, breite schwarze Flügeltür und beförderte mich in den gigantischen, doppelstöckigen Innenraum des Ladens.

Das Sortiment an Platten, CD`s, T-Shirts, Büchern und Plakaten, das sich in den Regalen türmte, war umfangreich und aus der Entfernung hörte ich gedämpften Sound der mich ein paar Jahrzehnte zurückversetzte. Ich folgte den Klängen der Musik, stieg eine Etage höher, in der sich eine große Auswahl an Büchern sammelte, durchquerte eine Tür und stand auf der Empore des Konzertsaals. Und tatsächlich. Kula Shaker. Sie sind inzwischen zwanzig Jahre älter, aber das bin ich auch. Ich beobachtete sie ein längere Zeit beim Soundcheck, merkte dass ich viel zu früh dran bin und verabschiedete mich im Geiste bei den vier Musikern. Man sieht sich heute Abend.

Wieder vor den Plattenladen getreten, ging ich die paar Meter runter an den East River und dort bot sich mir eine Strand Idylle mit einem unbeschreiblichen Ausblick auf die zwei Skylines von Manhattan. Ich setzte mich auf die Steine im Sand der Uferbegrenzung, ließ die Möwen kreisen, die Sonne scheinen und konnte den Blick über den Fluss nicht mehr abwenden. Irgendwann gelang es mir doch noch und – da ich ja noch jede Menge Zeit hatte um mir den Auftritt der Band anzuschauen und -hören –, beschloss ich, mich ein wenig in Williamsburg umzusehen.

Also lief ich wieder zurück Richtung Bedford Avenue und inspizierte die Gegend. Ich musste feststellen, dass es nicht umsonst derzeit die hippste Gegend von Brooklyn genannt wird. Man spürt es schon am Flair, und es ist ebenfalls strukturiert, wie ein eigenständiges Dorf, mit allem was dazugehört und das noch untermalt oder übermalt mit sinnvoller musikalischer psychedelischer Graffiti.

Und ein Pub reiht sich an das andere. Eins werd ich jetzt besuchen.

Ich nahm Platz am Tresen und war schon mal fasziniert von dem Sound, der aus den Boxen zu mir herüber hallte. Independent, Punk und Wave aus den 1980ern. Wire wechselte sich ab mit The Damned. Großartig. Ein – wenn man so will – kleiner Vorgeschmack auf heute Abend. Ich genehmigte mir zwei Bier und begab mich danach langsam zurück in meinen „Plattenladen", stöberte noch ein bisschen in den Sachen und besorgte mir auch schon bald ein Ticket für das heutige Konzert.

Ich hatte Glück, heutzutage läuft das ja alles nur noch über Internet, aber hier waren sie noch vom alten Schlag, es gab einen Ticketschalter an dem ich bequem eins via Kreditkarte erwerben konnte.

Ich durchschritt die Flügeltür in den Konzertsaal, holte noch schnell einen Becher Bier, erkämpfte mir einen Platz in vorderster Reihe und wartet, eingehüllt im Qualm der Räucherstäbchen und schwummeriger Musik des Intros, auf den Beginn.

Sie lieferten einen fetzigen, geilen Sound. Der Sänger Crispian Mills, gekleidet nur in schlichten Jeans samt Jacke, hüpfte mit seiner Gitarre wie ein Irrer über die Bühne. Seine Begleitung auf dem Bass, der krasse Kontrast zum Gitarristen, beherrschte seinen Auftritt mit unglaublicher Coolness. Der Organist mit Schnauzer an der Hammondorgel sorgte für die psychedelische Unterstützung und im Background, der wirbelnde, treibende Drummer unter einer großen dunklen Mütze versteckt, übernahm den Beat. Das ganze Spektakel, war ein Gemisch aus alten und neuen Liedern der vergangenen dreißig Jahre. Psychedelischer Ablauf auf großer Leinwand, untermalte die indisch angehauchte Pop Musik auf der Bühne, während des über zwei Stunden andauernden Konzerts.

Nach dem Konzert, aufgelöst von der Musik, ließ ich mich mit der Masse nach draußen treiben und trat den Heimweg durch Williamsburg an.

Auf halber Höhe, sah ich eine gut gekleidete junge Dame im Rinnstein liegen. Dem Erscheinungsbild nach, war sie wohl auch auf dem Konzert im Rough Trade. Warum sie mitten auf der Straße zusammengebrochen war, werde ich wohl nie in Erfahrung bringen. Was mich aber freute, und fast schon überraschte war, dass sich eine Gruppe um das liegende, bewusstlose Opfer geschart hatte, mit Wiederbelebung, Zusprechung und einem Anruf beim Notdienst. Und vor allem! Keiner der Anwesenden hatte sein Smartphone gezückt um mal schnell einen Schnappschuss für den persönlichen Egoismus zu schießen. Alle Achtung!

Zurück mit der Hochgeschwindigkeits L-Train Achterbahn ging es zurück nach Manhattan.

Tags darauf dachte ich mir, warum hast du dir eigentlich die neue Scheibe von Kula Shaker nicht gekauft, sie war ganz groß angepriesen im Rough Trade. Klar, weil ich sie nicht den ganzen Weg zurück transportieren wollte. Also machte ich mich auf die Suche, durch das heute regnerische Manhattan, nach einem Plattenladen. Ich stöberte im Internet und fand ein paar kleine Läden, die ich locker zu Fuß erreichen konnte. Es stellte sich aber heraus, dass in ganz Manhattan kein vernünftiger Laden zu finden war. Was ich fand, waren kleine Stores mit einer Menge an Jazz und Blues Interpreten. Nicht schlecht, aber auch nicht das was ich suche.

Ich machte mich erneut auf den Weg nach Williamsburg und steuerte nochmals das Rough Trade an, das in jeder Kategorie etwas zu bieten hat. Gerade als ich die neue Kula Shaker inspiziere, kommt der Bassman der Band durch die Schwingtüre herein. Ich eilte mit meiner Platte an die Ladentheke, schnappte mir noch ein T-Shirt und bezahlte. Ging zurück schnappte mir den Basser und fragte, ob er und seine Band

Jungs, mir, die Scheibe signieren könne. Auf jeden Fall! Wir unterhielten uns über Musik und die Band und dann meinte er, dass er aus Belgien stamme und wir daher Nachbarn wären. In dem Augenblick kam der Bandleader Crispian durch die Tür und setzte seine Unterschrift mit den Worten: „Oh! with a pleasure!" auf das Cover.

Danach gingen wir zusammen in den Veranstaltungsraum und ich gesellte mich zum Rest der Band und verweilte eine Zeit lang bei ihnen und schaute beim Aufbau und Soundcheck zu.

Ich verabschiedete mich vom Basser, der sich übrigens A-lonza nennt und meinte, dass ich wahrscheinlich heute Abend nochmals zu ihrem Gig vorbeikommen würde.

Ich habe zwanzig Jahre auf diesen Augenblick gewartet, da kann ich dann auch zweimal hintereinander auf Konzert gehen.

Den trüben nassen Tag verbrachte ich damit das ich mich im Hotel aufhielt und im Chelsea Market die Zeit mit orange leuchtenden Riesenhummern und bummeln verbrachte. Die herausgemeißelten, hohen, Gotisch zulaufende Durchgänge im Chelsea Market, waren dieses Jahr mit herunterhängendem Glitter dekoriert, man glaubte unter einem Silberregen hindurch zu gehen. Passend zum Wetter.

Als die Zeit reif war, charterte ich meinen Achterbahn L-Train und schoss noch einmal nach Williamsburg.

Ich besuchte das Pub, in dem ich den Tag zuvor schon einmal saß, bestellte mir ein Bier und wurde nochmals, wie schon am vorigen Tag, gefragt, ob ich auch etwas dazu essen wolle. Diesmal bejahte ich. Warum nicht. Darauf gab sie mir ein rotes Ticket und meinte, ich solle es doch dort an der Durchreiche in der Wand einlösen. Aha! Ich ging hinüber und reichte dem Koch, der er wohl war, mein Ticket. Darauf sagte er, er würde mir läuten, wenn es soweit wäre. Ich war etwas ratlos und wusste nicht genau was jetzt kommen würde. Ich gesellte mich zu meinem Barhocker und zu meinem Bier und fünf Minuten später ertönte eine schrille Glocke. Ich ging wiederum zur Durchreiche und nahm, ohne Worte beiderseits, eine Mittelgroße Pizza entgegen. OK! Warm und lecker. Als ich dann zahlen wollte, meinte die strenge Bedienung: „Five Dollar!"

Ich schaute ein wenig skeptisch und fragte sie, was das Bier ohne die Pizza kosten würde. Sie meinte nur: „Five Dollar!"

„And the food?" Fragte ich zurück.

„It`s for free!"

Darauf bestellte ich die gute Frau zurück und fragte sie – soweit mein Englisch das erlaubte –, ob sie den Gästen umsonst Essen austeilen, damit sie mehr Trinken. Sie zeigte keinerlei Reaktion, dafür fiel meine Nebensitzerin, eine korpulente Afroamerikanerin, die das Gespräch belauschte, beinahe, sich vor Lachen schüttelnd und Thumps up, von ihrem Barhocker.

Ich trank noch was um die Pizza runter zu spülen, gab ein angebrachtes Trinkgeld und ging weiter in meinen Plattenladen, wo mich bereits meine Band erwartete.

Die Prozedur vom Vortag wiederholte sich. Beim Einlass meinte der grinsende Kartenverkäufer nur: „Oh! The same like Yesterday!"

Gutes Gedächtnis. Was soll ich sagen?

Der Ablauf war der gleiche wie Gestern, nur dass Crispian Mills anstatt der Jeansmontur nun in einem maßgeschneiderten, dunkelgrünen Anzug steckte, der Laden voller war als Gestern, der Sound wieder klasse und, dass auf dem Heimweg keine Lady im Rinnstein lag.

Ich stehe auf große, prachtvolle Gebäude und ebensolche Kirchen, deshalb hab ich in meinem Programm, die angeblich größte anglikanische Kathedrale der Welt integriert.

Ich stellte mich auf einen langen Fußmarsch ein und machte mich auf den Weg in den Norden Manhattans, nach Harlem.

Ich wusste ungefähr, wo sich die Kathedrale befindet und außerdem wollte ich zugleich einen Tag in Harlem verbringen um auch diesen Stadtteil näher kennenzulernen. Da ich mir zur

Erfrischung noch einen Apfel auf einem Markt in Harlem besorgte, war ich etwas vom Weg abgekommen, ich fragte nach und wurde zurück, direkt in den Morningside Park geschickt.

Plötzlich stand ich in einem großen, grünen, fast schon verwildert wirkenden Garten, mit wilden Skulpturen und plastischen Bildwerken. Vor mir ragte ein gotisches Gebäude mit langen Spitzen und Türmchen in den Himmel empor. Ich stand an der Südseite der Cathedral Church of Saint John the Divine, die sich in der Amsterdam Avenue, zwischen der 110th und 113th Street in Manhattan Harlem befindet. Diese nördliche Gegend von Manhattan, wird auch Morningside Heights genannt und ist ein schönes ruhiges Fleckchen Erde in einer schön angelegten Parkanlage.

Die Cathedral Church of Saint John of the Divine, befindet sich seit 1892 im Bau. Damals noch im romanischen Stil, wurde dieser, Jahre später, in den Stil der Neugotik abgeändert. Die Bauarbeiten wurden im Laufe der Zeit immer wieder eingestellt, sei es aus Geldmangel, Unstimmigkeiten seitens der Behörden oder Bränden gewesen.

Auf jeden Fall, befindet sie sich bis auf den heutigen Tag in Bau– und Restaurierungsarbeiten. Aber was es bis Dato zu sehen gibt, lohnt sich gesehen zu werden.

An der Westfassade, an der sich der Haupteingang befindet, erinnert mich die Kathedrale – hätte sie zwei Türme –, an Notre Dame in Paris. Schon beim betreten des Parks, auf der Südseite der Kathedrale, empfing mich eine eingesäumte Skulptur, integriert auf einer sich in die Höhe schraubenden Säule, ausstaffiert mit Hummer-Scherenhänden die herunterhängende Teufelshäupter in ihren Zangen halten. Auf der Säule stehend, eine beflügelte Gestalt mit Schwert, umgeben von mysteriösen, unheimlich wirkenden Figuren. Zwei Mondgesichter, die auf mich herunter zu grinsen schienen. „The Moon Looked down and Laughed." Darunter Noahs Arche bei der Aufnahme verschiedener Tierarten. Die komplette Gartenanlage war vollgestellt mit skurrilen Figuren und Tafeln, die aus Bronze oder aus Ton geformt waren. Sie reichten von undefinierbarem, bis hin zu Nachbildungen von Büchern in gebrannte Tontafeln gezeichneten Sprüchen, angefangen von Ray Charles bis hin zu John Lennon`s Imagine. Kleine gotische Türme oder röhrende Hirsche zieren die Hecke entlang des Parks. Reitende Miniatur Ritter kommen auf sich aufbäumenden Pferden durch den Efeu geritten. Schäfer mit Schafen, auf deren Häupter stehend, sich Spatzen nach Futter Ausschau haltend, niederließen. Im großen Ganzen, eine beruhigende, wenn auch ein wenig dämonisch wirkende Parkanlage.

Ich ging hinüber auf die Westseite der Kathedrale und betrat eines der massiven dunklen Eichentore um mich selbst ins Innere der Kirche zu lassen.

Im Innern des Gebäudes, empfang mich eine majestätisch anmutende, hochgewachsene Halle, dessen Altar am anderen Ende ich, vom Haupteingang aus, nicht ausmachen konnte, da er zu weit entfernt war. Andächtig schritt ich vorbei an roten Klappstühlen – ein Zeichen der unvollendeten Kirche –, vor zum Hauptaltar, der mit goldenen Kerzenhaltern und alten, von der Decke hängenden, mittelalterlichen Leuchtern, umgeben ist. Ein großes Buntglasfenster ließ schwummriges Licht, von Osten her, auf den Altar fallen.

Die empor bis unter die Decke reichenden Säulen unmittelbar vor dem Hauptaltar, waren bestückt mit Figuren die meines Erachtens in einer Kirche rein gar nichts zu suchen haben. Es handelt sich dabei um zum Teil skelettierte Figürchen, die auch einem Comic hätten entspringen können. Runde Häupter die von kleinen Zylindern bedeckt wurden, in der Hand übergroße Äpfel haltend, saßen sie da, zwischen den Nischen der Säulen und blickten grinsend oder fast schon höhnisch, auf die Besucher der Kirche herunter. Andere wiederum hatten Fische oder Fischgräten in den Händen, die sie, wie es schien, überreichen wollen. Im Großen und Ganzen ähnelt der komplette Bau – mit seinen unterschiedlichen Ausstellungsstücken –, stark an ein

Museum. In manchen Räumen wusste ich nicht mehr genau, befinde ich mich nun in der Kirche oder im Metropolitan Museum.

Unheimliche Bildkollagen kleideten die Wände. Alte düstere Altäre, beleuchtet mit hunderten von Kerzen. Engel in Rüstungen und emporstehenden Flügeln, standen hütend in Winkeln und Ecken. Und immer wieder interessante, bunte Fenster mit aussagestarken, eingelassenen Bildern. Bilder die von Picasso hätten sein können hängen an den Wänden oder da Vinci's Abendmahl, auf einem Schrein in Marmor geschlagen. Marmorgräber, in denen sich die Gebeine manch Heiliger zur letzten Ruhe begaben. Gebärden mancher Skulpturen sollten wohl an die Ereignisse von 9/11 erinnern, indem sie schützend die Hände, zwei Flugzeuge abwehrend, vor`s Gesicht halten.

Ich setzte mich und lauschte dem Gemisch der Geräusche. Weit verborgen, in den unterirdischen Katakomben, waren leicht und verschwommen die Stimmen und das werken der Bauarbeiter zu hören. Aus einer anderen Richtung, schienen von irgendwoher die Stimmen eines Chors zu ertönen. Das ganze wurde immer wieder unterbrochen von weit entferntem Kindergeschrei oder -lachen. Ich schloss die Augen und lauschte. Die Akustik verschmolz mit dem Antlitz der Kathedrale und sorgte damit für eine einzigartige Atmosphäre, als wäre alles aufeinander abgestimmt. Als müsste es so sein wie es ist.

Beim Verlassen der Kathedrale, überraschte mich ein farbenprächtiger Pfau, der sich auf der Rückseite des Gebäudes auf einer Mauer aufhielt. Er schien zum Inventar zu gehören und war ziemlich unbeeindruckt als ich mich ihm näherte. Ich verbrachte noch eine gute Zeit im Park oder Garten der Anlage, bis ich mich wieder in das Leben von Harlem stürzte.

Auf dem Broadway entlang, ging ich hoch bis zur Nordspitze Manhattans. Auf der Höhe der 175th Street kam ich am United Palace vorbei. Der Bau, der mich eher an den nahen Orient erinnert als an eine westliche Metropole, dient sowohl als Kirche, wie auch als Veranstaltungsort für Live-Musik und wird dazu als Kulturzentrum genutzt. Der Baustil, wird als Byzantinisch-Romanischen-Indo-Hindu-Chinesisch-Maurisch-Persisch-Eclectic-Rokoko-Deco beschrieben. Deshalb der Orient.

In der 178th Street, immer noch in Washington Heights anwesend, warf ich einen Blick auf die hohen Bogen der George Washington Bridge, die ich aber links liegen ließ.

Spitze, hohe Fachwerkhäuser kreuzten meine Route.

Vorbei an einem ausrangierten Fernseher, der mitten auf dem Gehsteig stand, kam ich in die Mitte einer zelebrierenden, mexikanischen Hochzeit, mit derer dazugehörigen Musik und deren tanzenden Kindern.

Endlich führte mich der Broadway, in Höhe der Dyckman Street nach Westen abbiegend, in den Inwood Hill Park, meinem letzten Ziel für Heute.

Der Park, der an der nördlichsten Spitze Manhattans liegt und einen freien Blick hinüber zur Bronx bietet, war wie ausgestorben. Umgeben von Flüssen und Brücken tummelten sich ungestört Eichhörnchen und Vögel, ab und zu begegnete ich einzelnen Personen, die ihre Hunde ausführten. Ansonsten hatte ich den gesamten Park mit seinen Bäumen, Sträuchern und Hügeln für mich.

Ich setzte mich auf eine der verschnörkelten Parkbänke unter eine alte Gaslaterne, und nahm mir vor, einen der Hügel durch das Dickicht zu erklimmen, gab mein Vorhaben aber auf halber Strecke auf, da ich wahrscheinlich nie wieder herausfinden würde.

Ich schaute afroamerikanischen Jugendlichen bei einem Baseballtraining zu und dachte daran, den Rückweg anzutreten.

Auf meinem Weg zurück wollte ich die Subway nehmen, musste aber feststellen, dass der Abstieg in den Untergrund wegen Renovierungsarbeiten gesperrt war. Stattdessen wurden

Busse für den Transfer, ins Innere Manhattans, zur Verfügung gestellt. Der Bus fuhr mir vor der Nase weg. Ich marschierte wieder den Broadway Richtung Süden, vorbei an kulinarischen Restaurants südlicher Nationalität, Haushaltsläden, Platten und Musikläden und holte meinen Bus wieder ein, überholte ihn und zog es vor die Strecke zu Fuß zu beenden.

Dann, auf der Höhe Broadway und 145th Street, schien die U-Bahn wieder intakt zu sein. Ich bestieg den 1-Train und setzte mich gegenüber einem schlafenden, die Mütze tief ins Gesicht gezogenen, mit Gold behangenen korpulenten Schwarzen, in die orangen Plastikbänke und tat es ihm – die müden Beine von mir streckend – gleich.

„Stand clear of the closing doors, please!"

Nach einer kurzen Pause – die Beine ausgestreckt auf dem Bett im Hotel –, ging ich nach Little Italy, setzte mich vor einem Ristorante an einen gemütlichen Platz an der Straße und ließ es mir, bei einem guten Mal und einer Flasche Rotem, gut gehen.

Der Abend wird gemütlich werden, da ich für heute mein Pensum an Fußmärschen erfüllt habe. Aber weiß man das im Voraus?

Ich tingelte durch die Pubs und Bars von Greenwich Village, angefangen vom Jakyll and Hyde, bis nach SoHo, wo ich dann den Abend bei gediegener Live-Jazzmusik und gemütlicher, sorgloser Atmosphäre, bei einem ebenso guten, wie alten, Whisky ausklingen ließ.

Der Flushing Meadows Park in Queens, ist das Ziel des heutigen Tages. Der International-Express – auch der 7-Train genannt –, wird mich dort hinbringen. Nach einer Reise, die gut eine Stunde dauerte, – wohl gemerkt, ich hatte das Abteil wieder fast für mich allein –, endete die Fahrt an der letzten Haltestation in Queens, in der Nähe des größten Subway-Zug-Bahnhofs von New York und in unmittelbarer Nähe des Citi Field Stadions, das von den Einheimischen, wegen ihrer Mannschaft den New Yorker Mets, nur das Mets-Stadion genannt wird und als Ersatz für das berühmte Shea Stadium gebaut wurde.

Eine unglaublich große Menschenmasse kam mir in Höhe des Stadions entgegen. Jetzt wurde mir klar, warum ich allein in der Metro saß. Die sind alle schon hier.

Entgegen des Gemenges wühlend – irgendwie schien ich in die falsche Richtung zu laufen –, befragte ich einen angespannten Cop, der einen kläffenden, zähnefletschenden Schäferhund an der gestreckten Leine hielt, nach dem Weg zu Flushing Meadows. Anstatt mir den Weg zu weisen, stauchte er mich zusammen, was mir einfallen würde, ich solle aus dem Weg gehen, er hätte wichtigeres zu tun. Letztendlich verwies er mich (ohne mich in Handschellen zu legen) doch noch in die richtige Richtung.

Ich näherte mich meinem Ziel. Schon von weitem konnte ich die überdimensionale Weltkugel erkennen.

Der größte Globus der Welt, wurde – genau wie die Parkanlage, die außerdem die größte ist in Queens –, für die New Yorker Weltausstellung 1939/40, sowie für die Weltausstellung 1964/65 entworfen. Ebenfalls auf dem Gelände, befindet sich der Austragungsort eines der weltweit größten Tennisturniere der Welt, die US Open. Man findet hier im Park, das Queens Museum für Kunst, den Queens Zoo, und das Königliche Theater.

Es gibt hier einiges zu tun für mich.

Die Unisphere, wie der riesige Globus aus Edelstahl genannt wird, steht in der Mitte eines großen Wasserbassin und wird im Sommer daher von hochsteigenden Wasserfontänen eingekreist. Durch den Erdball, der auf ein massives Stativ montiert ist, kann man hindurchblicken, da die stählernen Kontinente und Pole auf den umkreisenden Längen- und Breitengrade montiert sind. Wenn ich so direkt darunter stehe, wirkt er fast schon bedrohlich in seiner Größe.

Ich laufe durch den Park, unter langen, hochgewachsenen Alleen hindurch, als mir eine ausgelassene, fröhliche, südamerikanische Hochzeitsgesellschaft entgegenkommt und komme an langen Wasserbecken vorbei, die mit in die Höhe ragenden, zum Teil recht vergilbten, vom alter gezeichneten, Bronzeskulpturen versehen sind. Skulpturen, die an die Weltausstellung vergangener Jahre erinnern. Im Hintergrund die Flutlichtanlage des Arthur Ashe Stadion der US Open. Der New York State Pavillon, ragt zwischen den Bäumen hervor und wirkt mit seinen Observatory Towers – die damals zur Beobachtung des Geländes dienten –, fast schon futuristisch. Es hat einen Touch von Raumschiff Orion – nur in Farbe.

Kaum eine Menschenseele hält sich auf dem Grundstück von Flushing Meadows auf. Sind alle im Citi Stadium – oder im Queens Museum. Da schaue ich jetzt mal rein, höchste Zeit wieder mal ins Museum zu gehen.

Gleich am Anfang, unmittelbar nach dem Eingang, überraschten mich eine nicht geringe Anzahl an handgefertigten Tiffany-Lampen, aus der Zeit, Anfang zwanzigstes Jahrhundert. Wunderschöne, strahlende, Buntglas Tischlampen, hängend auf Bronzegestellen, sowie Steh- und Kugellampen im selben Design.

Welche mir besonders ins Auge stach, war die Turtleback Reading Lamp in pressed Glass und Bronze Stativ aus dem Jahre 1905. Eine wunderschöne einzelne Lampe, schwenkbar montiert auf einer Gabel aus Bronze, beinahe in Form eines Auges und bernsteinfarben leuchtend.

Auch sonst hat das Museum einzigartige Ausstellungsstücke auf mehreren Emporen zu bieten. Wie zum Beispiel ein großflächiges Plakat in Regenbogenfarben, auf dessen Hintergrund, hunderte von Uhren unterschiedlichster Zeigerstellungen abgebildet, sich auf über eine dreißig Meter lange Wand zieht.

Ein Torbogen auf dessen Seiten, links und rechts, zwei sich ineinander verknüpfende Bäume, bestehend aus tausenden von Arbeitshandschuhen, geschmückt mit herunterhängenden Silbermünzen, erstrecken. Die Säulen des Torbogens bestehend aus: Feuerwehrschläuchen, analogen Messuhren für Wasser, Bauhelmen, Waschstraßen Utensilien wie Bürsten und vielem mehr.

Dann kam ich in einen dunklen, großflächigen Raum, in dem sich das weltweit größte, plastische Stadtmodell befindet. Eine Miniaturnachbildung in 3D der Stadt New York City, im Maßstab von 1:1200, wird mit einzelnen Strahlern, die den Tageslicht-Effekt symbolisieren, beleuchtet. Es befinden sich circa 900.000 Hausmodelle, verteilt auf den fünf Stadtteilen New Yorks. Beim bequemen umgehen, ungefähr zwei Meter über dem Modell, wird einem erst einmal das Ausmaß dieser gewaltigen Stadt bewusst. Startende und landende Flugzeuge werden anhand von Bindfaden gesteuert. Ein jedes einzelne Gebäude ist maßstabsgetreu auf seinem Platz, einschließlich der Parkanlagen und der Inseln, wie Liberty Island oder Ellis Island, mit seinen Gebäuden und Statuen. Schiffe steuern den Hafen an oder liegen angedockt an den Piers.

Obwohl es heißt, dass neu hinzugekommene Bauten, dem seit 1964 bestehenden Modell, ergänzt wurden, stehen noch die Twin Tower an ihrem ursprünglichen Platz. Ich nehme an, aus nostalgischen Gründen. Jeder See, jede Brücke, jeder Fluss, jedes Baseballfeld, ist an seinem Platz.

Des Weiteren gibt es hier im Museum mehrere Ausstellungen, wie Zeichnungen des Karikaturisten William Grober, der in den früheren Jahrzehnten des zwanzigsten Jahrhunderts durch seine radikalen, politischen Darstellungen, meist Grafit auf Papier, bekannt wurde.

Das modern designte Queens Museum bietet noch eine weitere, vielschichtige, große Auswahl an unterschiedlichster Kunst oder viel mehr, das Museum ist modern designte Kunst.

Als ich mich dann, nach einem mehrstündigen Aufenthalt auf dem Gelände und im Museum, auf den Rückweg machte und auf Höhe der Citi Field Arena ankam, wurde mir der Grund des Menschenauflaufs vor ein paar Stunden bewusst. Es fand ein

Open Air statt, das von tausenden von Menschen besucht wurde. Mit ein Grund, weshalb ich Flushing Meadows für mich allein hatte. Auch ein Grund für die Abwesenheit ist, die Touristen verirren sich nur sehr selten bis hier heraus, was mir ganz recht war.

Ja, ich weiß, ich bin selber Tourist, aber ich bin ein Tourist der sich der Umgebung anpasst und man wird mich bestimmt nie mit Fotoausrüstung, Trekkingschuhen und Rucksack antreffen. Garantiert nicht.

Die Reise in der Metro, zurück nach Manhattan, war unbeschwerlich und unterhaltsam. Vom Lebensmittelverkäufer, Pantomime, Musiker bis hin zum Bettler, war so einiges vertreten, was für Entertainment sorgte. Wer muss da noch ins Theater.

Apropos Theater. Am Times Square, war Baustelle, also ließ ich dieses Jahr einen Besuch im Labyrinth der Sinne aus.

Ich war wieder in meiner vertrauten Umgebung und suchte ein erschwingliches Restaurant auf, da mir einfiel, dass ich – bis auf mein dünnes Frühstück –, den ganzen Tag noch nichts gegessen hatte.

Ich fand ein kleines, schmales Lokal und ließ mir von einem Kellner – der mit seinem Hut und rosa Hemd so gar nicht in diesen Laden passte –, einen Platz an einem kleinen Tisch an der Wand zuweisen und verleibte mir ein Slize Pizza und eine Coke ein, zahlte mit Visa und gesellte mich noch auf ein Absacker Getränk an meine Outdoor Bar am Flatiron um danach, durch die Nacht wandernd, in meinem Hotel zu verschwinden.

Am darauf folgenden Tag bummelte ich schon in den frühen Morgenstunden durch den Financial District. Das One World Trade Center ist seit dem letzten Jahr zugänglich, nun will ich herauszufinden, wie ich nach oben gelange ohne stundenlang in einer Warteschlange anstehen zu müssen.

Wie schon erwähnt, war ich früh auf den Beinen, deshalb nahm ich mir vor, da es ein herrlicher Sonnentag war, die Strecke zu Fuß zurückzulegen.

Von meinem Hotel aus ging ich die Eighth Avenue hinunter Richtung Süden bis zum Jackson Square, von dort wechselte ich in die Hudson Street, die mich durch Tribeca führte um dann an der Chambers Street ein kurzes Stück nach Osten bis zum Broadway und von dort wieder Richtung Süden, den Broadway entlang bis zur St. Paul`s Chapel, der wohl ältesten Kirche – bestehend seit 1766 – in Manhattan.

In der St. Paul`s Chapel hatte sich, unter anderem, schon George Washington zum Gebet niedergelassen.

Nach einem kurzen Aufenthalt in der Selbigen ging ich weiter. Die Straßen wurden enger, fast schon zu engen Gassen, Fulton Street, Cortlandt Street und schon stand ich wieder, zwischen den bedrohlich auf mich herunterblickenden Türmen der World Trade Center, im Gedenkpark des 9/11 Memorial.

Frisch poliert ragte das One World Trade Center in den Himmel, die daneben stehenden Trade Center befinden sich noch im Bau, doch der Oculus, ist für den Besuch geöffnet.

Ich betrete New Yorks neue Bahnhofskathedrale samt Einkaufspassagen, durchschreite die riesige Haupthalle und lass mich von einer Rolltreppe zum Eingang des World Trade Center führen.

OK! Von unten durch den Oculus und schon steht man vor dem Eingang, der einen zum Observatorium des größten Gebäudes der westlichen Hemisphäre bringt. Ich riskierte einen Blick nach draußen, vor das Gebäude. Dort bahnte sich eine Schlange von wartenden Menschen an, die circa drei Stunden Wartezeit versprach. Das brauch ich nicht. Morgen werde ich es, genau so, in Angriff nehmen.

Ich schlenderte noch unter den dreihundert Eichen hindurch, die, wie mir vorkommt, schon wieder ein Stück gewachsen sind, seit meinem letzten Besuch. Ich blicke dem in die Tiefe fallenden, beruhigenden Wasser der Bassins zu und verrenke mir beim Blick nach oben, unter dem One World Trade Center stehend, den Hals.

Ich verließ das Gelände über die Fulton Street, die eine umwerfende Aussicht auf den Turm des One World Trade Center verspricht. Zwischen den Straßenschluchten alter, historischer Gebäude, ragt diese Stahl- Glaskonstruktion gen Himmel. Immer wieder, beim Blick nach oben, kommt es mir vor, indem sich der Himmel und die vorüberziehenden Wolken darin spiegeln, als versuche der Turm zu verschwinden. Versucht, sich in Nichts auflösen zu wollen.

Wieder am Broadway angelangt, ging ich hinunter bis zur Trinity Church, die sich Broadway, Ecke Wall Street befindet.

Die Wall Street war zu Gründerzeiten tatsächlich eine Mauer, die die Holländer vor den angreifenden Engländern schützen sollte.

Sowie der Broadway, die einzige Straße die sich fünfundzwanzig Kilometer von Süden nach Norden quer durch Manhattan schlängelt, ein ehemaliger Indianerpfad war und als dieser auch beibehalten worden ist. Nur eben etwas breiter.

Nach dem ich mich eine halbe Stunde auf den Stufen der Federal Hall, zu Füßen George Washingtons, zur Ruhe gesetzt habe, ging ich in einen Starbucks, holte mir einen Kaffee und einen Muffin und begab mich hinüber zum Geldumschlagplatz Nummer Eins, dem Stock Exchange, in der Nassau Street. Da ich aber an der Börse nicht interessiert bin und kein Geld für Aktien habe, verweilte ich nur vor dem Gebäude und genoss, mit meinem Kaffee und meinem Muffin in der Hand, die Hektik der Anzugträger.

Ich schaute mir noch das zu einem Museum umgestaltet Innenleben der Federal Hall an. Vor Ort, fand ich einen geöffneten, altertümlichen Tresor vor, mit darin vorhandenen Wertpapieren und Geldsäcken, Gedenktafeln in der Empfangshalle und einer hohen, violett bestrahlten Kuppel.

Nach einem kurzen Aufenthalt in der Trinity Church, verließ ich das vom NYPD bewachte Gelände und schlängelte mich die engen Straßen von Lower Manhattan durch, bis zu Delmonico`s in der Beaver und William Street. Dem ersten Restaurant in New York, in dem schon Mark Twain, Charles Dickens und Oscar Wilde residierten um einen Happen zu sich zu nehmen.

Ich kam an die Stone Street und durchstreifte sie. Hier erinnerte mich alles an das tausende von Kilometer entfernte Bayern. Bierbänke stehen auf von blauweißen Wimpeln behangenen Kopfsteinpflaster und versprechen Biergarten Idylle pur. Ein uraltes Restaurant oder besser gesagt eine Schänke, die sich Bavaria nennt, wirbt mit einem goldenen Löwen, mit blauweiß karierter Schürze und lädt, in Deutschen Lettern, in ein Bierhaus ein. Eine Reihe von Fachwerkhäusern lässt die Gegend mittelalterlich wirken. War ich doch noch um ein paar Häuserblöcke in der Finanzmetropole aus Glas, Stahl und Beton, so glaubte ich mich hier um Jahrhunderte zurückversetzt.

Es wurde mir langsam zu beengend, ich suchte mir einen Weg durch die Schluchten und begab mich, auf gleicher Höhe, ans Ufer nach Osten, an den East River, in Lower Manhattan.

Dort wurde die letzten Jahre eine wunderschöne Plattform über dem Fluss errichtet, bestehend aus Dielenboden, Grasflächen und einer Menge Sitzgelegenheiten um sich etwas Entspannung zu gönnen, mit einem klasse Ausblick zu den Brücken Brooklyn und Manhattan und bis ans Ufer der Skyline Brooklyns.

Ein Dreimaster Segelschiff liegt vor Anker im Hafen von Manhattan und wird von kleinen Motorbooten umkreist. Und wenn ich mich umdrehe, die Skyline von Lower Manhattan, die so gar nicht in die ruhige Parkanlagen Idylle passt. Aber, wie ich jetzt schon etliche Mal erfahren durfte: New York ist Kontrast, Widerspruch und ein bisschen Wahnsinn!

Schiffe fahren den Fluss Strom auf und ab, Touristen lassen sich vor atemberaubender Kulisse ablichten, Hubschrauber kontrollieren den Luftraum, Pärchen genießen in der Sonne liegend das Leben, Sirenen heulen aus der Ferne und Lady Liberty winkt mir unaufhaltsam zu. Das Übliche.

Ich wollte mich schon auf den Rückweg machen, als ich auf der Höhe Frankfort und Gold Street, in der Ferne eine Entdeckung machte. Es handelte sich dabei um ein sehr hohes Gebäude (was sonst), das von weitem ausschaut, als würden eine Menge Schubladen unterschiedlicher Länge, von unten bis oben, aus den Außenwänden des Wolkenkratzers ragen. Der Sache galt es nachzugehen. Ich machte mich noch einmal auf den Weg zurück in die Schluchten des Südlichen Teils von Manhattan, wo ich vor etwa ein, zwei Stunden herkam. Nur lief ich diesmal eine andere Route – ob gewollt oder nicht –, vorbei an einer Mischung aus historischen und modernen Gebäuden wie ich sie bis dahin auch noch nicht gesehen habe.

Jetzt stand ich vor der City Hall, dem Sitz des Bürgermeisters, die in ein Meer von Sonne getaucht war. Auf dem Gelände des City Hall Park – der sich bis zum Aufstieg der Brooklyn Bridge erstreckt –, befanden sich durchtrainierte afrikanische Streetdancer, die allem Anschein nach ihr Handwerk verstanden.

Wenn ich schon mal hier bin, hier in der Nähe einer uralten Subway Station, von der ich aus diversen Artikeln erfahren habe, mit schmuckem Gewölbe und ausgelegt mit feinstem Mosaik, fragte ich doch gleich mal einen Officer, nach dem Zugang dieser spektakulären Station. Der weibliche Officer, den ich befragte, wusste nicht wovon ich sprach und leitete mich weiter zu Officer Ramirez. Ramirez wusste Bescheid und erklärte mir, dass die verborgene Station für den öffentlichen Zugang geschlossen wäre, aber man könne sie mit dem 6-Train durchfahren um somit einen Blick auf die Schönheit des lang vergessenen Schauspiels zu werfen. Vielleicht ein anderes mal, jetzt wollte ich erst meinem gesichteten Schubladen Wolkenkratzer näher kommen.

Ich verlor ihn aus den Augen und setzte mich erstmal – meine Karte studierend – auf eine Art Verkehrsinsel, irgendwo mitten in Downtown, auf der Suche nach der Stone Street, die ich auch noch inspizieren möchte.

Ich saß vielleicht fünf Minuten, als hektisch eine Frau auf mich zugelaufen kam und fragte ob ich in Ordnung wäre. Ich bejahte und erklärte ihr mein Vorhaben. Sofort war sie behilflich, studierte mit mir zusammen die Straßenkarte und zückte anschließend ihr Smartphone, mit den Worten: „We ask Google!"

Google fand meine Stone Street auch nicht. Ich bedankte mich bei der freundlichen Frau und zog weiter. Später fiel mir ein, dass ich bereits vor Stunden in der Stone Street war. Es war die Straße mit den bayrischen Biergärten. Man kann schon mal durcheinander kommen in diesem großen Städtchen.

So langsam kam ich meinem Ziel näher, es tauchte wieder auf – und ging wieder unter –, zwischen den Türmen der Hochhäuser und ich hatte auch wieder die Orientierung gewonnen. Ich war mittlerweile irgendwo zwischen Chinatown und Tribeca, beinahe schon am westlichen Ufer von Manhattan, angelangt.

Nun, endlich stand ich direkt darunter. Das Hochhaus war neu. Nur wage hatte ich den Bau die letzten Jahre wahrgenommen. Es handelt sich um das 56 Leonard Street Gebäude, das nach seinem Standort in der jeweiligen Straße benannt wurde.

Das 250 Meter hohe Apartmenthaus ist mit seinen 58 Etagen eines der größten der Vereinigten Staaten und wurde von den Schweizer Architekten Herzog & de Meuron entworfen, die auch für die Elbphilharmonie in Hamburg und einige Bauten mehr verantwortlich sind. Das Gebäude aus Stahl, Glas und Beton, erinnert, mit seinem auffälligen Außendesign, an aufeinander gestapelte Bauklötze, das mich wiederum, irgendwie an das Geschicklichkeitsspiel Jenga erinnert.

Jetzt spürte ich meine Beine nicht mehr, aber in die U-Bahn brauchte ich nun auch nicht mehr zu steigen, da ich ja schon beinahe am Hotel war. Gemütlich und etwas hinkend, wandelte ich vorbei an zwanzig Meter hohen Häuser Gemälden in Tribeca und durch das schöne SoHo, einmal mehr entzückt von den alten Feuertreppen der mehrfarbigen Gebäude und den hölzernen Wasserbehältern auf ihren Dächern.

Auf meinem walk begegnete ich immer seltener vorkommenden Oldtimern, wie Picup`s und alten Ford Mustangs und dem vielfältigen Einfallsreichtum den die New Yorker zur Nutzung der Grünflächen an den Tag legen.

Die Balkone der Feuertreppen wurden zu Gärten umfunktioniert, an denen sich meterhohe Ranken empor schlängeln. Riesige Büsche und Sträucher auf Dachterrassen waren von der Straße aus zu erkennen.

Es kursieren sogar Geschichten, dass sich manch Einheimischer New Yorker, kleine Kälber und Ziegen auf ihren, mit Gras angelegten, Dachterrassen hielten und Bienenstöcke, für den täglichen Bedarf an frischer Milch und Honig.

Aus einem mir nicht erklärbaren Grund, wollte ich heute Abend noch ins The Plaza Hotel, am Grand Army Plaza, an der Südseite des Central Parks.

Ein schöner Abendspaziergang, mit Schaufensterbummel und Live Musik die Fifth Avenue entlang, bis Central Park South.

Mich erinnert das The Plaza ein wenig an ein Schloss. Neuschwanstein ohne Türme. Neuschwanstein für Arme. Für Arme wohl kaum, kann man für eine Übernachtung gerne mal eintausend US-Dollar hinlegen.

Ich schritt die paar Stufen des Haupteingangs empor und glitt unter dem Baldachin hindurch bis ins Foyer. Auch innen erinnert es an ein Schloss. Hohe große Räume in denen runde Mahagoni Tische mit Blumen dekoriert sind. In anderen Räumen eine bunte Glaskuppel an der Decke, Rundbogenfenster erlauben einen Blick in beeindruckende Nebenräume, Marmorsäulen ragen in die Höhe und eine Menge Palmen und Sträucher verleihen dem Zimmer dazu noch einen orientalischen Touch. Das ganze wird erhellt und beleuchtet durch Kronleuchter, die hoch oben von der Decke hängen, mit mattem, warmem goldenen Licht. Es wirkt alles recht fürstlich und erhaben. Alt und reich. Wie die Gäste, die ein und aus gehen.

Mit dem größten Recht, setze ich mich auf einen bequemen Sessel in der Lobby und studierte die Leute die kamen und gingen. Ein interessanter Zeitvertreib. Der coole Doorman beschäftigte sich mit dem Tragen der Koffer, der Liftboy chauffierte die Leute in die Aufzüge, die Kellner verbeugten sich und machten Diener. Besser als Fernsehen.

Vor dem Heimweg mischte ich mich noch unter gesellige, gut gelaunte Leute in einem neueren Pub und genehmigte mir noch ein Gedeck, bestehend aus einem Budweiser und einem Single Malt, stieg anschließend in einen Train der Metro und wünschte mir selbst eine Gute Nacht, nachdem ich mir eine weitere Lebensgeschichte eines armen zerzausten Kerl anhörte.

Morgen geht es ins noblere Viertel Park Slope, in Brooklyn.

Zum einen hab ich mir Park Slope als Anlaufziel ausgesucht, weil es wegen der historisch, nostalgischen Brownstone und Apartmentgebäuden als die Greatest Neighborhoods in America und zum anderen, vom New York Magazin als die Nummer Eins der begehrtesten Viertel von New York City auserwählt wurde. Und außerdem, weil es an der Nordseite des Prospect Parks, mit seinem wunderschönen Torbogen des Grand Army Plaza, grenzt.

Park Slope ist ein schön anzuschauender Traum. Hier findet man aneinandergereiht, Kilometer lang, in jeder Straße, was sonst in anderen schönen Stadtteilen wie zum Beispiel Brooklyns, oder in der Upper West Side in Manhattan, nur vereinzelt herumsteht.

Wunderschöne Brownstone Bauten mit Erkern. Treppenaufgänge mit gusseisernen Geländern, verkleidet oder mit verschnörkelten Mauern. Hohe, in Blei gefasste Fenster, sorgen
dafür, dass die noch höheren Zimmer von Licht durchflutet
werden. Die Häuser sind von Terrakotta bis hin zu bunt in allen
möglichen, dennoch geschmackvollen, Farben gestrichen. Eingezäunte Vorgärten verleihen den braunen Sandsteinfassaden
den nötigen Kontrast in kräftigem Grün. Säulen schmücken die
hohen Eingänge, die mit massiven Eichentüren, wie auch mit
aufwendigem teuren Glas in Metal verkleidet sind. Alleen entlang der schmalen Straßen und Gehwege sorgen für angenehmen Schatten oder Regenschutz.

Ich nehme mir vor die Alleen zu durchwandern bis ich jedes
Haus und jeden Park gesehen habe. Mein Ausgangspunkt soll
der Triumphbogen am oval angelegten Grand Army Plaza an
der Nördlichen Ecke des Prospect Parks sein.

Der Triumphbogen, auch Soldaten- und Matrosenbogen genannt, wurde als Eingang des Prospect Parks von den Erschaf-
fern Olmsted und Vaux – die auch für den Central Park und
Prospect Park verantwortlich sind –, als Denkmal des einst hier
befindlichen Schlachtfelds erbaut. Die damalige Schlacht um
Long Island wird hier an beiden Seiten des Triumphbogens
anhand von Bronze Statuen zur Schau gestellt. Auf dem Dach
des Bogens, glaubte ich einen berittenen römischen Streitwa-
gen, mit daneben befindlichen, posaune spielenden, Engel mit
Rössern auszumachen. Hinter dem Bogen, befindet sich der
Bailey-Brunnen; ein düsterer Springbrunnen, auf dessen Podest
ein dunkles Pärchen erscheint. Unterhalb, im Wasser, sitzt der
Teufel, mit weit aufgerissenem, schreiendem Maul und Drei-
zack in der Hand. Andere verzweifelte Gestalten, sitzen mit
hoch gestreckten Armen unter der Fontäne und sind unter dem
Wassernebel nur schwer und verschleiert auszumachen.

Ich kenne den Triumphbogen in Paris, der ein Stück größer
ist, aber der Bogen hier, ist um einiges aufwendiger entworfen.

Gut! Das hier soll meine Anlaufstelle sein. Von hier aus lauf ich jetzt ganz Park Slope ab. Nehme ich mir vor.

Ich fing oben an der President Street, Ecke Prospekt Park West an und wollte mich schlangenlinienförmig bis zur 15th Street, Second Avenue durchkämpfen. Ein hartes Unterfangen, wie sich herausstellen sollte. Lohnen tut es sich auf alle Fälle, da die Gegend ästhetisch und malerisch zu gleich ist.

Auf meinem Pilgergang hoffte ich auf den Schriftsteller Paul Auster zu stoßen, der hier sesshaft ist. Stattdessen stieß ich mitten in ein Filmteam. Die Hauptdarstellerin saß auf den Stufen einer Treppe und wartete auf ihren Einsatz. Ich wurde umgeleitet auf die andere Straßenseite.

Auch hier war Halloween deutlich spürbar. Kürbisse blockierten Treppenaufgänge, fliegende Riesenfledermäuse stürzten von den Dächern, Kopflose Gestallten als Türsteher servierten ihren Kopf auf einem silbernen Tablett. Mit Spinnweben versponnene Fenster verwehrten mir den Einblick in die mysteriösen, geheimnisvollen Anwesen.

In einem Vorgarten lag ein großer Anker, aus einem wahrscheinlich ehemalignen Piratenschiff, als Dekoration. Irgendwann, eine schmucke Kirche. Kleine Schlösser mit Zinnen und Türmchen. Brennende Gaslaternen die im Einklang mit den Halloween Gestalten an die Zeit von Jack the Ripper erinnern.

Jede Stadt hat ihren eigenen Ripper.

In unaufdringlichen Pastelltönen gehaltene rote Häuser, gelbe Häuser, grüne Häuser, orange Häuser, kilometerweit aneinandergereiht. Häuser mit Dachvorsprüngen, spitzige Dächer und Turmdächer. Fassaden mit Torbogen, Erker, Veranden und Balkone. Und ein Irish Pub, das Park Slope Ale House, in das ich jetzt gehen werde um mich zu erfrischen.

Es scheint mir unmöglich, Park Slope komplett an einem Stück abzulaufen. Es geht schon, wenn man sich beeilt – aber ich will mich nicht beeilen, ich bin nicht auf der Flucht, ich will die Ruhe und die stilvolle Gegend genießen. Paul Auster hab ich auch nicht getroffen, bestimmt schreibt er an einem neuen Roman. Bestimmt.

Nach meinem kurzen Sit-in im Pub, nahm ich die Subway zurück nach Manhattan und tauchte auf, in einer wieder einmal fremden Metropole. Es dämmerte bereits und das Chaos und das pulsierende Treiben, verschwanden langsam im Nebel des schwummrigen Abendlichts.

Ich hatte, nach SoHo und dem Village, für mich ein neues Ausgehviertel entdeckt, die Lower East Side. Sie ist ebenso historisch alt wie SoHo und Greenwich Village, nur ein wenig verruchter. Eine sehr explosive Gegend, die wieder einmal vieles zu bieten hat.

Da gibt es eine Musik Bar in der Ludlow Street, das Piano. Eigentlich hatte ich vor, dort ein Getränk zu trinken, aber es spielte eine Band die mir nicht zusagte, ich somit den Eintritt verweigerte und ein paar Blocks weiterzog, in die Ludlow, Ecke Housten Street, ins Katz`s Delicatessen. Ich warf nur einen Blick hinein, da der Laden bis auf den letzten Platz belegt war und zog weiter, auf der Suche nach einem etwas ruhigeren Pub. Ich fand eins, das mir einen Platz an der Theke bot. Es war ein lauer Spätsommerabend und die Fenster standen geöffnet, so dass ich einen Blick nach draußen, auf die wohl gesinnten Menschen hatte.

Da saß ich nun am Tresen in einer Bar und bestellte mir ein frisches Budweiser, das aus einem der sieben installierten Zapfhahnen floss. Ein Budweiser, weil mir das malzhaltige einheimische Bier heute zu schwer schien. Ich saß da und schaute amüsiert und gespannt in die Runde. Die Beleuchtung im Lokal war wieder mal sehr düster, – kurz vor stockdunkel. Einzelne Spotts, erhellten gerade mal, vollkommen ausreichend und akzeptabel, die Stelle an der man sich momentan befand. Ich lehnte mich an die Wand, nippte an meinem Getränk und schaute durchs Lokal. Dort sitzen Amerikaner mit Asiaten an einem Tisch und lachen über dieselben Späße. Afroamerikaner philosophieren mit einheimischen, weißen Frauen, über das Weltgeschehen. Der Mexikaner kommt fröhlich grinsend mit einem Strauß Rosen (die gibt es überall auf der Welt) und zog von Tisch zu Tisch. Alles in allem, eine ausgelassene und friedliche Stimmung, in dieser großen, meist rastlosen Stadt. Die Menschen genießen ihren Feierabend, keiner ist auf Streit aus und ich hatte noch niemals, seit ich hier unterwegs bin, einen betrunkenen erlebt. Geschweige denn, einen betrunkenen der randaliert.

Ich hege immer noch die Vermutung, dass die Stadtverwaltung irgendwelche Beruhigungsmittel ins Trinkwasser mischt. Das ist natürlich Blödsinn, aber wie ist es möglich, dass ich noch nie an eine Meinungsverschiedenheit oder eine Streiterei geraten bin?

Nach ein paar Bier zog ich weiter durch die Straßen der Lower East Side, blickte von außen in die eine oder andere Jazz- und Blues-Bar, lauschte den Bands auf der Straße, besuchte noch einzelne Kunstausstellungen und von weitem funkelte das One World Trade Center in der Ferne.

Morgen werde ich es erklimmen.

Ich lief in die Dunkelheit, begleitet vom Sound der Großstadt, bis ich mich im Washington Square Park wieder fand. Dort ging der Abend bei einer russischen Folklore Band dem Ende zu.

Das Frühstück am Tag darauf im Hotel, verbrachte ich am Tisch eines aus Brasilien stammenden jungen Mann um genauer zu sein, aus Sao Paulo. Wir unterhielten uns über den Zustand und die Gefahren in New York City und seiner Heimat. Unter anderem, über die Gewalt auf offener Straße. Nach dem er einige Zeit aus dem Nähkästchen plauderte, waren wir uns bald stimmig, dass das New York des einundzwanzigsten Jahrhundert, im Vergleich zu Sao Paulo, ein Streichelzoo ist.

Es war hier auch schon anders. Eine Zeit lang, galt New York City als die gefährlichste Stadt der Welt. Aber Dank Giuliani`s Null-Toleranz-Politik, hat sich das etwas gelegt. Nicht zur Freude eines jeden Bewohner dieser Stadt. So mancher wünscht sich seine verruchte Stadt zurück, als die Zuhälter und Pornokinos den Times Square beherrschten und kein Tourist sich in dessen Nähe traute. Als die überwiegende Kunst der Stadt aus Graffiti bestand. Der Briant Park, Needel Park genannt wurde und Drogenumschlagplatz Nummer Eins war. Als in Little Italy noch die Mafia regierte und in den Katakomben Chinatowns noch rege Glücksspiele betrieben wurden. Als die Gangs sich noch gegenseitig lynchten.

Der größte Teil der Kriminalität hat sich – nach Einführung Giuliani`s Politik –, in andere Großstädte verzogen, aber ein Teil des Syndikats arbeitet noch im Verborgenen und an den Randzonen von New York City.

Ein neuer Tag, ein neues Unternehmen. Ich hatte schon vor ein paar Tagen ausgekundschaftet, wie ich ohne langes Warten und Anstehen, auf das Observatorium des One World Trade Center komme – und genau so machte ich es auch.

Als ich das Oculus in Lower Manhattan erreichte, ging ich, wie schon ein paar Tage zuvor, in den unteren Bereich des Bahnhofs und orientierte mich nach dem Ausgangsschild Observatorium. Ich nahm die Rolltreppe nach oben und als ich dann vor dem Einlass des One World Trade Center Observatoriums ankam, standen dort vielleicht zehn bis fünfzehn Leute. Ich riskierte einen Blick nach draußen, vor das Gebäude, da hier der eigentliche Zugang ist, und tatsächlich, eine Menschenschlange von mindestens einhundert Wartenden. Da war es doch besser, ich stell mich gleich hier an. Es dauerte keine zwanzig Minuten, einschließlich Bodycheck und Taschenkontrolle, bis ich ein Ticket für das One World Observatory – wie es sich nennt, bekam.

Durch den Eingang, führte der Weg durch dunkle Gänge, vorbei an hunderten dicht aneinander gereihten hellen, von den

Wänden strahlenden Displays, die den Besuchern die Entstehung des One World Trade Center in Wort und Bild zeigten. Ich laufe weiter. Der Weg führt mich unter der Erde vorbei am Fundament auf dem New York City gebaut ist. (Wenn es denn stimmt, als ich die Felsen berühre, kommen sie mir teils vor, als wären sie aus Kunststoff).

Am Ende des Tunnels ward Licht. Das Licht des Aufzugs der mich nach oben bringen soll.

Freundliche, uniformierte Damen, weisen eine bestimmte Anzahl an Gästen ins Innere der Fahrstühle und binnen weniger Sekunden begann die irre Fahrt nach oben. 1776 Fuß, in Bezug auf das Jahr der Unabhängigkeitserklärung der Vereinigten Staaten, hoch.

Die SkyPod Aufzüge, zeigen uns an den Innenwänden der geräumigen Kabine, währen der erstaunlichen Fahrt hoch zur Aussichtsplattform, auf sehr beindruckende Art, anhand eines sich innerhalb von vierundsiebzig Sekunden abspielenden Films, einhundertzwei Geschichten, die davon handeln, wie die Verwandlung von New York City, aus dem unbeständigen Land das es einst war, den heutigen bemerkenswerten Wald von Wolkenkratzern kreierte.

Oben angekommen dachte ich, jetzt bin ich auf eine ganz andere Geschichte reingefallen. Sie brachten uns nämlich in einen abgedunkelten Raum, und führten uns vor wie auf einer Sternwarte. Ich dachte bei mir.

„Ja klar, ich Depp, Observatorium ist gleich Sternwarte."

Es stellte sich als Scherz ihrerseits heraus. Es öffnete sich eine Tür und schon standen wir auf dem Portal der geräumigen Aussichtsplattform.

Der Ausblick durch die rundum Verglasung verschlug mir den Atem, ich glaubte über der Stadt zu schweben. Das hat was. Das hat absolut was. Was ich neulich im Miniatur Museum in Queens bestaunte, sah ich nun im gleichen Maßstab, nur original und aktuell.

Richtete man den Blick auf den Boden, gibt es eine Perspektive, inmitten einer vierzehn Fuß breiten Glasscheibe, die die Straße einhundert Stockwerke weiter unten anhand von HD-Aufnahmen symbolisiert.

Viele Schautafeln sorgen für Erklärungen mit Bezug auf die Aussichtspunkte. Es werden informative Vorträge gehalten. Es gibt ein Restaurant, mit ebenfalls diesem atemberaubenden Ausblick, ein kleineres Museum und natürlich Souvenirs.

Aber das faszinierendste, der Blick über die ganze Stadt mit ihren Inseln und Nachbarstädte. Man kann sich nicht mehr losreißen, es ist der absolute Wahnsinn. Die Sicht war, Dank des guten Wetters, ausgezeichnet. Ich konnte, obwohl wir uns im südlichen Teil Manhattans befinden, hoch, bis weit über Harlem hinausblicken. Die kleinen Fahrzeuge auf der Brooklyn oder Manhattan Bridge, bewegten sich lautlos ihrem Ziel entgegen. Schiffe und Fähren steuerten Staten Island, Government Island, Ellis Island und Liberty Island an. Die Avenues zogen Krater durch Manhattan. Der Verkehr wuselte unterhalb des Gebäudes, Schlangen von gelben Taxis, Ameisen kleine Menschen, die restlichen Wolkenkratzer alle zu unseren Füßen. Die Bassins der ehemaligen Twin Towers, von oben betrachtet, sehen aus wie Planschbecken. Die Hochhäuser von New Jersey auf der einen Seite, auf der anderen, ein Miniatur-Brooklyn und Queens, erreichbar über Spielzeugbrücken. Eine vorbeifliegende Cessna auf gleicher Höhe, sowie die fortwährend kreisenden Helikopter. Der – von hier aus betrachtet – winzige Triumphbogen des Washington Square Park war auszumachen. Die Sonne schien auf eine kleine City Hall in Lower Manhattan. Der neue Beekman Tower reflektierte das Licht, ebenso wie das herausstechende 56 Leonard Street Gebäude mit seinen herausragenden gläsernen Schubladen und natürlich, das majestätische Empire State Building, in weiter Entfernung. Und die Handwerker unter den Besuchern konnten die Bauarbeiten der anderen World Trade Center verfolgen. Durchaus beeindruckend das Ganze. Das riesige Schiff Manhattan, umgeben von seinem Hudson und East River.

Ich verbrachte Stunden hier oben auf Deck. Immer wieder kamen neue Menschen dazu und andere traten wiederum die Reise nach unten an. Ich setzte mich und hörte mir die Führungen an, erkundete das Museum, schaute erneut aus der Glasfassade und konnte von dem Ausblick auf die City nicht genug bekommen.

Irgendwann, Stunden später, als ich dann doch genug intus hatte, fuhr ich wieder mit dem rasanten Fahrstuhl nach unten, sinnierte noch ein wenig auf dem Gelände um den Tower, natürlich mit Blick nach oben, verweilte noch an den Bassins der ehemaligen Twin Tower und folgte mit meinen Blicken dem beruhigenden Wasserfall. Ich setzte mich unter die schattenspendenden Eichen im Park und überlegte was ich als nächstes in Angriff nehmen könnte.

Es war noch Vormittag, da ich recht früh von meinem Hotel aufbrach und mir das stundenlange Anstehen vor dem Observatorium schenken konnte. Ich lief, ohne mich nach diesem Pool der Ruhe, von der Hektik und Eile der Lower Manhattaner anstecken zu lassen und würde mich in das nächste Restaurant setzen um etwas zu essen. Entlang einer Straße in der es aneinander gereiht, alles zu geben schien, angefangen von Sushi, über Nails & Spa, jede Menge Burgern bis hin zum Express Shoe Repair, entschied ich mich für den Inder auf dem Weg, der mich schließlich lachend einlud, ihn zu betreten. Ich stellte mich in Sheezan Indian Restaurant an die Ladentheke und bestellte mir leckeres Tanduri, (irgendwas mit Hühnchen) dazu eine gesunde Portion Curryreis mit etwas Gemüse und eine kalte Coke, direkt aus dem Eisfach. Einen Platz inmitten der Tische ergattert, saß ich wieder einmal zwischen der Kontinenten der Erde und aß zufrieden und vor mich hin grinsend mein durchweg leckeres Menü.

Ich zog noch ein bisschen durch Downtown und kam unter anderem an skurrilen Neubauten vorbei, die ich bis Dato auch noch nicht wahrgenommen habe. Skulpturen die mich an Gaudi oder Hundertwasser erinnerten, eingepfercht zwischen den engen Schluchten der Wolkenkratzern.

Wie ich den Financial District früher noch unheimlich fand, amüsiert er mich mittlerweile. Die dicht aneinandergereihten Hochhäuser, formieren sich wie hunderte Meter in den Himmel reichende Wälle. Dazwischen immer wieder ein kleines Häuschen oder Lokal aus der Gründerzeit, in denen die Zeit stehengeblieben zu sein scheint. Wie der „The Dead Rabbit", Crocery and Grog im Historic District.

Ehe ich mich versah, stand ich wieder vor der Brooklyn Bridge. Gleich an der Zufahrt der Brücke, fiel mir eine besonders angelegte Nische, unmittelbar neben der Brücke auf. Es handelt sich dabei um die Startrampe der Polizeifahrzeuge.

Mit einem Fertiggericht aus einer Styroporpackung in sich hineinschaufelnd, harrte ein wartender Cop der NYPD in seinem Auto auf den nächsten Einsatz aus, den er bei Bedarf über Funk mitgeteilt bekommt. Kommt es dazu, schießt er wie ein Pfeil aus seiner Nische und verfolgt den fliehenden Verdächtigen über die Brücke in den nächsten Bezirk.

Genauso wie es der Motorradfahrer unmittelbar danach machte, den ich von der begehbaren Fläche der Brücke aus beobachten konnte. Er raste, angetrieben nur auf dem Hinterrad, ohne Schutzhelm wohl gemerkt, fast die gesamte Strecke, mit einer rasenden Geschwindigkeit und einem Höllenlärm in Richtung gegenüberliegendes Ufer. Der Cop hielt es nicht für nötig ihn zu verfolgen. Die New Yorker Cops haben weitaus wichtigeres zu tun, als irgendwelche Verrückte auf Motorrädern zu schikanieren.

Was es Neues gab auf der Brücke, waren in bestimmter Höhe, runde, fächerähnliche Messgeräte oder was auch immer das darstellen mochte, und die über der unter mir verlaufenden Fahrbahn hängenden Straßenlaternen, waren bestückt mit unzähligen Hänge- und Sicherheitsschlössern. Eine Verewigung der vorübergezogenen Passanten.

Ein asiatisches Model stand zum Shooting bereit und wurde von zwei Fotografen (und von mir) abgelichtet. Ich verließ die Brooklyn Bridge, Richtung DUMBO, das erste mal seit meinen New York Aufenthalten, bei schönem Wetter.

Entlang der Washington, Ecke Water Street, blickte ich durch den auf der Brooklyner Seite befindlichen Brückenpfeiler der Manhattan Bridge und erkannte das Empire State Building, das bei meinen letzten Besuchen vor Ort, noch im Nebel verschwand. Ich verweilte auf den Felsen zwischen dem Main Street Park und dem Empire Fulton Ferry Park und blickte entlang der beiden Brücken über den von Schnellbooten und Wassertaxen befahrenen East River, auf die sonnenbestrahlte Skyline von Manhattan. Auf dem Kiesbett neben mir, liefen Dreharbeiten zu wahrscheinlich einer Fernsehreportage.

Wie schon erwähnt, sechsundachtzig unterschiedliche Filmaufnahmen am Tag, in dieser ehemaligen Filmstadt.

Ich schaute mir die Erweiterung der ehemaligen Fabrikhallen an. Mittlerweile waren die Bauarbeiten dazu abgeschlossen und daraus waren beachtliche Einkaufspassagen und Künstler Ateliers geworden, ohne den äußeren Flair der Hallen groß zu verändern. Den verblassten Schriftzug aus „Es war einmal in Amerika", ließen sie unverändert. Jane`s Carousel schien neu poliert und reflektierte die strahlende Sonne. Ein auf den Stufen am Ufer posierendes weibliches Model in Camouflage Jacke, wurde für ein Modelabel festgehalten und auf dem Promenadendeck des River Cafè`s im Brooklyn Bridge Park, spielte ein Jazz Trio unter freiem Himmel, zu dem ich mich, mit einem Glas Brooklyn Lager, dazu gesellte und mit dem Blick in die Freiheit, auf den Klang der Musik hörte.

Eine knappe Stunde später saß ich auf einer der Bänke im Bridge Park, direkt am Ufer der Bucht des East River und bestaunte die beeindruckende Skyline von Lower Manhattan, wie sie langsam im Licht der untergehenden Sonne verschwand. Möwen kreisten unter den einzelnen Wolken am Himmel und Schnellbote und Jetskis zogen Wasserschneisen durch den Fluss hinter sich her. Mit dem Focus meiner Kamera machte ich einzelne Merkmale markanter Gebäude aus. So zoomte ich die Penthouse Wohnung des 56 Leonard Street Gebäudes her, die Aussichtsplattform samt Antenne des One World Trade Center, die ehrfürchtige Spitze des im Renaissance Stil erschaffenen Municipal Building aus dem Financial District und natürlich die guten alten hölzernen Wasserbehälter auf den Flachdächern der modernen Hochhäuser.

So langsam tauchte auch die Freiheitsstatue, in weiter Ferne, ins gelbe Licht der Abenddämmerung und die Staten Island Ferry steuerte ihren Heimathafen an. Ein Zeppelin zog hoch oben am Himmel an uns vorbei und wurde von Hubschraubern überholt. Kreuzfahrtschiffe näherten sich vom Meer kommend der City. Nun verschwand die Sonne in Form eines riesigen Feuerballs komplett hinter den Wolkenkratzern. Die gesamte Kulisse war in Gold getaucht. Es schien wie ein dichter goldener Nebel der vom Meer herauf zu uns herüberzog. Für mich ein Anstoß, zurück über die Manhattan Bridge, in die bernsteinfarbenen Lichter der Großstadt zu tauchen.

Ein Highlight, das ich mir immer wieder ansehen kann. Die hell erleuchteten Türme, hoch oben von der Brücke aus betrachtet. Die Hängelampen der gegenüberliegenden Brooklyn Bridge. Jane`s Carousel scheint in Flammen zu stehen. Der Mond im Einklang mit dem Abendrot am Horizont, strahlend leuchtend. Aber am überwältigendsten sind die funkelnden Skylines von Midtown und Lower Manhattan.

Ich kam dem Ende der Brücke näher, blickte entlang der historischen Straßenschlucht durch Chinatown und tauchte ein ins asiatische Viertel.

In einem großen Schaufenster eines antiken Trödlers, stand ein lebensgroßes Holzpferd, das da schweigend vor sich hin stierte und so gar keinen Auftrag hatte. Sämtliche Gemüse, Fisch und Haushaltswaren Läden hatten geöffnet. Ein orangefarbener Lamborghini kreuzte röhrend meinen Weg.

Ich arbeitete mich durch das Gedränge Chinatowns und ging, in SoHo angekommen, noch auf einen Sprung in den MoMA-Store in der Spring Street und entschied mich, nach längerem stöbern, für eine Tasse von Bauhaus. An der Kasse angekommen, fragte der Verkäufer mich, ob ich auf Bauhaus stehen würde. Als Antwort, öffnete ich meinen Kapuzenpulli und zeigte ihm mein Bauhaus Shirt, das ich darunter trug. Die Worte erübrigten sich.

Meinen obligatorischen Stopp – bevor es nach Hause ins Hotel ging –, legte ich natürlich bei meiner Lieblingsasiatin unter dem Flatiron Building auf einen Becher Bier ein. Auf meinem Stammplatz, Platz genommen, funkelte mir das Empire State Building heute in den Farben Blau, Orange, Blau entgegen. – was auch immer das zu bedeuten hat.

Das Frühstück am nächsten Tag und die darauf folgenden, wurde deftiger. Mittlerweile, traute ich mich neben Rührei mit Toastbrot, auch an Speck, Würstchen und Schinken (natürlich nur abwechslungsweise), aber an Ahornsirup werde ich mich wohl nie gewöhnen. Und natürlich zauberte ich mir weiterhin mein lecker Müsli, aus Quark, Birnen- und Apfelstückchen, einer Vielzahl an Körnern (ich nenn es mal Vogelfutter) und einer von drei verschiedenen Milchsorten, die hier reichlich zur Auswahl standen. Frisch gestärkt, wagte ich mich in den Tag, auf ein neues Abenteuer.

Auf Umwegen steuerte ich wieder einmal den Central Park an. Umweg, wegen eines Livemitschnitts einer Fernsehshow, die auf dem Broadway gedreht wurde. Der Bereich war dadurch natürlich abgesperrt. Von der Fifth wechselte ich hinüber auf die Seventh Avenue.

Die Carnegie Hall, die ich streifte, war endlich von ihrer Barriere befreit. Die Baustelle oder die Renovierungsarbeiten, die sich über Jahre zogen, schienen abgeschlossen zu sein und ich konnte die schöne Theaterhalle wieder in ihrer ganzen Pracht genießen.

Im Park, streckte ich mich entlang des kleinen Sees unterhalb der Caspow Bridge, mit Blick durch das hochgewachsene Schilf auf das The Plaza Hotel, aus und sinnierte über die verschiedenen Aufnahmen, die ich über diesen idyllischen Ort schon gesehen habe.

Später durchquerte ich den Iscope Arch und folgte den Klängen eines Saxophons, das ich in der Ferne hörte. Ein einzelner Spieler stand allein und verlassen unter einem langen von Efeu bewachsenen Brückenbogen und spielte sein Lied. Ehrfürchtig lauschte ich eine geraume Zeit den ruhigen Klängen seines Spiels und bedankte mich mit einem Dollar, bevor ich weiterzog.

Alls ich erneut alle viere in Sheep Meadow von mir streckte, da wusste ich, heute wird ein geruhsamer Tag werden. Während ich da im Gras lag und meine Ohren mit der Musik aus meinem iPhone verband, zog eine lachende, uniformierte, japanische Schulklasse an mir vorbei. Sie schienen auf einem schnellen Erkundungstrip durch die Stadt zu sein.

Anders machte es die relaxte, Buch lesende, leicht bekleidete, in der Sonne räkelnde, junge Frau, als – wie ich beobachten konnte –, der Spanner der um sie herumschlich, eine Aufnahme mit seinem Smartphone zu viel machte. Das wurde ihr nämlich irgendwann zu blöd. Mit einem Satz sprang sie auf und wünschte ihn, mit Worten die ich hier nicht wieder zum Besten geben will, gnadenlos zur Hölle.

Junge weibliche japanische Teenager mit Zeichenmappen unter ihren Armen schwebten in bunten, traditionellen, langen Gewändern an mir vorüber.

Die einen lagen sinnierend im Gras, die andern spielten Ball. Mütter schoben ihre Kinder. Radfahrer, die sich eine Pause gönnten, unterhielten sich. Das Emo Mädchen lief Musik hörend, mit geschlossenen Augen an mir vorüber. Und ich – immer noch im weichen Gras auf dem Rücken liegend –, blickte hoch in den wolkenlosen, blauen Himmel und mir fiel eine Song Passage aus einem Text der Irischen Gothic-Punk Band Virgin Prunes ein: „You could not see the clouds, because no clouds wehre in the sky. And no birds, no birds to fly."

Das mit den Vögeln traf nicht ganz zu.

Ich riss mich aus meinen Tagträumen, raffte mich auf und wagte mich zu einem ganz in der Nähe stattfindenden Modelshooting. Eine junge, äußerst attraktive Frau, mit langem rotblondem Haar, in engen knappen Shorts und einer weiten flügelartigen Bluse – die an ein Piratenhemd erinnerte –, stand in Pose. Das Shooting fand unter großen schattenspendenden Laubbäumen statt, unterbrochen wurde es nur durch das Eintreffen des Kontrast-Models, einem jungen Afroamerikaner der dazu noch ganz in Schwarz gekleidet war.

Ich ließ noch die, in der tief hängenden Sonne glänzende, Kulisse der Manhattan-Skyline auf mich wirken, bevor ich mich wieder zur Bethesda Terrace aufmachte und den drei Jungs, meiner alljährlichen Band, den „City of the Sun" beim spielen zuschaute und -hörte.

Der Seifenblasen-Mann lies Kinder in Riesenblasen tauchen, die Boote trugen Liebespärchen über den Lake. Und die Menschen saßen, angestrahlt von der untergehenden Abendsonne, vergnügt um den Rand der Fontäne des Engelsbrunnen. Auf dem Deck der Bethesda Terrace verzauberte mich der Anblick unterschiedlicher Ballerinas, die hier zur Probe übten oder einfach nur Lust zum Tanzen verspürten. Ich hatte auf jeden Fall Lust, mich an dem Anblick der geschmeidigen Grazien und über die dazu spielenden Musik, die aus dem Nichts zu kommen schien, zu erfreuen.

Wieder zurück bei Sheep Meadow angekommen, kam eine schüchterne Asiatin im engen, roten Badeanzug zwischen den lichten Bäumen zum Vorschein und bereitete sich für Filmaufnahmen irgend eines Modeprodukts vor. Da noch ein wenig zupfen, dort noch ein wenig Puder, schnell noch das Licht messen, in Pose stellen – und Action.

Ein paar Cops liefen vor mir her, das gab mir die Gelegenheit ihr Equipment, das sie an ihrem Gürtel tragen, in aller Ruhe zu studieren. Da hätten wir also eine Halbautomatik die im Holster steckt, eingepackte Handschellen aus Nylon, Handschellen aus Edelstahl, zwei Ersatzmagazine, Funkgerät, Feldflasche, Knüppel oder Schlagstock, eine Maglite, Pfefferspray, Teaser, Messer. Das war`s schon. Klappspaten und Gasmaske fehlen noch.

Auf dem Rückweg, gesellte ich mich, nachdem mir ein Platz zugewiesen wurde, in ein Restaurant und überflog die Speisekarte. Ich entschied mich für einen leichten Salatteller. Die Karaffe mit Eiswasser stand parat und nach ein paar Minuten kam auch schon meine Bestellung. Ich vergas, das die Portionen hier andere Ausmaße haben. Der Teller war lecker, aber fast unbezwingbar. Dank des leichten Weißweines und genügen Zeit, die ich mitbrachte, gelang es mir, meinen Teller zu bewältigen. Für Abwechslung, während des Essens, sorgte ein dezentes musikalisches Duo, das irgendwo abseits trällerte und der Blick auf irgendeine belebte Seitenstraße Midtowns. Egal, wo man sitzt, man sitzt immer auf einem Logenplatz im Theater.

Von der Hektik und Eile der Großstädter desinfiziert, lief ich nach Downtown, bis ich an eine Bar kam, die mir geeignet schien. Ich saß an einem offenen Fensterplatz und Amy Winehous` „You Know I`m No Good" behauptete sich durch die Lautsprecher, vorbei am Gemurmel und Getöse der ausgelassenen Gäste.

Ich brauch nicht viel. Hier zu sitzen, mit einem Getränk in der Hand, guter Musik in den Ohren und den Blick auf die Straßen New Yorks gerichtet, ist abendfüllend genug. Sind wir doch mal ehrlich, die meisten Menschen suchen die Konversation, weil sie sich ständig mitteilen und austauschen müssen um weiter zu geben, wie toll sie sind und was sie wieder geleistet haben. Oder? Brauch ich alles nicht – oder nicht ständig. Hier zu sitzen ist besser als jeder Krimi im Fernsehen, erlebnisreicher als eine Doku, bewegender als ein Erotikstreifen. Wechsle ich die Kneipe, wechsle ich das Programm.

Nach einer guten Stunde war ich am Times Square angekommen, den ich aber nur, da ich es gemütlich ausklingen lassen wollte, für meinen Subway Transfer nach Hause nutzte. Ich stieg ein in den eisgekühlten Wagon, setzte mich zwischen die bunt gemischte Bevölkerung, steckte mir Musik in die Ohren und schloss die Augen.

„Stand clear of the closing doors, please!"

Als ich wieder im Hotel angekommen war, legte ich meine Habseligkeiten in meinem Zimmer ab und nahm mir vor noch eine Runde um den Block zu drehen. Vielleicht auch noch einen Sprung zur High Line, mal sehen.

Ich entschied mich für um den Block, blieb dann aber in Höhe SVA Theater, dass sich gegenüber der Straße befindet, stehen und versuchte herauszufinden, was es mit der angesammelten Menschentraube auf sich hat.

Im SVA Theater, soviel wusste ich, fanden Premieren neuer Fernsehserien oder kleinerer Spielfilme statt. Es interessierte mich nicht wirklich, auf wen die Masse wartete, also war ich im Begriff zu gehen. Als die Leute plötzlich anfing zu tuscheln, zu lachen und Beifall zu klatschen, drehte ich mich um und entdeckte mit Müh und Not eine kleine Sarah Jessica Parker, die freundlich in die Menge winkte, bevor sie in ihrer Limousine verschwand.

Ich hatte keine Ahnung, dass das wehrte Fräulein so klein ist. Kannte ich sie doch höchstens – High Heels tragend – aus der Serie „Sex and the City." OK, vielleicht auch aus anderen Filmen. Was mir gefiel, war ihre Liebenswürdigkeit den Leuten gegenüber. Keinerlei Arroganz oder Abgebrühtheit. Einfach nur sympathisch und menschlich.

Die hohe Luftfeuchtigkeit brachte in mir wieder einmal den Zombie zum Vorschein. Meine Haare standen in alle Richtungen, das Gesicht war verschwitzt und aufgequollen. Ich glaubte zu erkennen dass mir die entgegenkommende Menschenmenge aus dem Weg ging, sogar eine Schleuse bildete, die ich problemlos durchqueren konnte. Das kam mir nur entgegen, da ich heute – nach diesem ruhigen Trödeltag gestern – vorhatte, einen Marschmarathon zu bewältigen. Ich hatte mir vorgenommen die Queensboro Bridge zu überqueren und auf dem Rückweg von Queens nach Manhattan, von der Südseite der Brücke aus, eine Fotosaison der Midtown Skyline von Manhattan, die entlang des East River Ufer verläuft, zu schießen.

Wie schon vor Jahren, überquerte ich entlang des Fußweges der Queensboro Bridge den East River, dann die Insel Roosevelt Island, die ein Stück in der Mitte des Flusses verläuft. Die Aussicht von der Queensboro, ist nochmals eine ganz andere – im Vergleich zu den weiter unterhalb hängenden Brücken –, ich blicke auf einen komplett anderen Teil der Stadt.

Über mir schwebt, entlang der gläsernen Hochhäuser Fassaden, die Gondel, die die Touristen wie auch die Einheimischen auf und von Roosevelt Island bringt. Ich nahm mir vor, so bald als möglich, die Gondel zu besteigen und auf der Insel im East River zu stranden. Demnächst.

Ich stieg die Brücke am anderen Ende des Flusses, vorbei am Queenbridge Park, hinunter und tauchte, nachdem ich die Brücke endgültig am Queensboro Plaza verließ, ein in Queens.

Auf der Insel angekommen, lief ich – wie so oft –, ohne ein bestimmtes Ziel vor Augen durch den Borough.

Mehr oder weniger, suchte ich eine Möglichkeit um zu wenden, um auf der anderen Seite der Brücke zurückzulaufen, wegen der Aufnahmen der Manhattan Skyline. Es gab aber keine andere Seite. Die Queensboro Bridge ist nur auf einer Seite begehbar. Somit machte ich mich auf den Rückweg wie ich herkam und schoss ein paar Aufnahmen von den Bauten oberhalb der Wolkenkratzer. Warum eigentlich nicht, die Hochhäuser kann man auf jeder Postkarte bestaunen. Was ich jetzt hatte, waren historische Backsteinhäuser mit Fenstersimsen aus Stuck, ebenso die Säulen entlang der hohen Fenster waren konstruiert als wären sie importiert aus Zeiten des Barocks und die geschmiedeten Balkone in Verbindung der Feuertreppen sind so oder so ein Augenschmaus. Wunderbar.

Nach verlassen der Queensboro wandelte ich lange die First Avenue entlang, bis ich in die Fünfte wechselte, hielt mit meiner Kamera Dinge fest, die nichts mit dem typischen New York zu tun hatten, wie: uralte Türschlösser auf verblichenen Eichentüren, unscheinbare, aber sehr kunstvolle Kirchenrelikte, eine in die Jahre gekommene goldene Statue von Mutter Teresa mit Kind. Wenn man die Augen offen hält, ein Museum auf der Straße, für jeden zugänglich.

In der Fifth Avenue angekommen, besorgte ich mir im Bryant Park einen Snack und etwas trinkbares und machte es mir auf den sonnenüberfluteten Stufen der New York Publik Library gemütlich. Nach längerem ruhen und beobachten des dahinströmen und wuseln der vorüberziehenden oder mit mir auf den Stufen sitzenden, begab ich mich abermals auf eine eigenmächtige Führung durch die Stadtbibliothek New Yorks.

Wieder einmal war ich vor Begeisterung hin und weg. Allein von der hölzernen Deckenkonstruktion, den beeindruckenden Fresken und den unglaublich aussagekräftigen Gemälden an den Wänden. Ein Bild zeigt Mose wie er die Steintafeln vom

Berg Sinai herunter trägt ins Tal. Ein anderes Wandgemälde symbolisierte einen der ersten Buchdrucke, mit Drucker der eine Tafel mit gesetzten Lettern zur Überprüfung in der Hand hält. Einer näheren Beschreibung der Bibliothek bedarf es nun wohl kaum mehr – hatten wir ja schon.

Mich zog es wieder nach draußen, wir hatten schönes Wetter. Ich deckte mich ein mit einem Hot Dog und einer kleinen Flasche Wasser, das ich mir am Stand um die Ecke besorgte und zog die Fifth weiter, hinunter Richtung Süden.

Es war einiges los, auf einer der teuersten Einkaufsmeilen der Welt.

Hier muss der Ladenbesitzer schon mal 2.750 US Dollar Jahresmiete hinlegen, pro Quadratfuß wohl gemerkt, und das sind nicht einmal 0,1 Quadratmeter.

Hier war vorwiegend die Aristokratie unterwegs, aber natürlich sah man auch einen großen Anteil Obdachloser am Gehweg sitzen, vorwiegend junge Leute mit trostspendenden Hunden an ihrer Seite und Pappschildern in den Händen, die ebenfalls zu einer Spende aufforderten.

An einer Kreuzung musste ich warten, bis der Verkehr vorüberzog, und wieder stieß mir dieser säuerlich stechende Gestank in die Nase. Ich kam dahinter was es mit diesem Geruch auf sich hat.

An jeder Straßenüberquerung stehen übervolle Abfalleimer, aber die sind es nicht, die den ätzenden Duft in der Luft verbreiten. Regnet es in New York, regnet es zum Teil sehr stark, aber kurz. Dadurch werden die vollen Eimer ausgespült und der Sud sammelt sich in den ausgelatschten Kuhlen der Straße unmittelbar nach dem Gehsteig. Scheint nun wieder die Sonne, und zwar heftig, trocknet das ausgespülte Schmutzwasser in den Pfützen und übrig bleibt eine Pampe die schon fast an Säure erinnert. Ganz schlimm, stelle ich es mir an den so genannten Hundstagen, zwischen Juli und August, vor. Da nützt auch die Meeresbrise, die zwischen den Häuserschluchten durch die

Stadt weht, recht wenig. Aber dass es in einer so großen und belebten Stadt nicht ständig nach Veilchen duften kann, müsste auch jedem einleuchten.

Ich kam im Flatiron District an, und, da waren sie wieder – Frau mit Hut. Was dieses Jahr Trend war: Frauen mit Hut. Entweder großer Schlapphut, like the 1970s oder diese schönen Hüte wie Mann sie schon in den 1920er bis 1950er Jahren trug. Wie ich finde, eine sehr schöne Mode. Wem es steht! Später auf dem Flugplatz, sollte ich zwei deutschen Touristinnen begegnen, die zwanghaft meinten, sie müssten den Trend mit nach Hause führen – sah ganz schrecklich aus.

Coney Island fiel für mich dieses Jahr aus, da wir bis jetzt keinen schönen Sonntag hatten. Oder ich hatte es einfach vergessen. Aber ich hatte eine Alternative. Der Strand in Williamsburg, entlang dem East River.

Ich bestieg zum vierten Mal die Linie L in der 14th Street und fuhr mit einem Affenzahn unter dem Fluss hindurch in die Bedford Avenue nach Williamsburg Brooklyn. Hier ging es wieder gemächlicher zu, hier bestimmte ein anderes Tempo den Alltag auf den Straßen, hier gab es kunstvolle Graffiti, von Andy Warhol bis zu namhaften Rappern, an den Außenmauern der Häuser, hier wucherte noch das Gras zwischen den Bordsteinen und den Straßen. Den Straßen, die schon fast beängstigend leer waren.

Ich lief die Bedford Ave. entlang bis zur 9th Street und bog ab, vorbei am Rouge Trade, ging zwischen dem Bushwick Inlet Park und dem East River State Park hindurch und stand am sandigen Ufer mit Blick auf Manhattan. Jetzt hatte ich meine Manhattan-Skyline-Kulisse, und vieles mehr.

Es kam mir vor, als würde ich auf ein anderes Universum blicken. Es schien so nah und doch so anders und unerreichbar weit. So unwirklich im gleißenden Licht der Sonne, verschleiert hinter leichten Dunstschwaden. Dazwischen das dunkle Blau des East River, der hier und da durch weiße Linien von

Schiffen, Fähren und Jachten durchbrochen wurde. Alte, vom Wasser gezeichnete Pflöcke alter Landungsstege ragten aus den Tiefen des Flusses. Möwen durchzogen kreisend und kreischend die Lüfte und schnurrende Helikopter drehten ihre Erkundungsflüge, doch sie beeinträchtigten keineswegs den Blick auf die atemberaubende, überwältigende Aussicht.

Durch den Einfall des Lichts, das vom Wasser des River`s gebrochen und von den gläsernen Fassaden der Wolkenkratzer reflektiert wurde, erinnerte mich das Ganze an ein unwirkliches Gemälde.

Pärchen, Familien und eine Handvoll einzelner Menschen genossen das Schauspiel, das gar kein Schauspiel war, eher ein Stillleben. Sie saßen, teils umarmend, auf den Felsen die den Sandstrand vom Wasser trennten, und träumten, über den Fluss blickend, den Sonnenstrahlen beschienenen Beton-, Stahl- und Glasgebirgen entgegen. Was für ein wirklicher Widerspruch.

Ich saß lange am Ufer, genoss die Sonnenstrahlen, das rauschen der Wellen die gegen die Felsen schlugen und die Geräusche der Stadt, die von weit her herüber schallten. Das ist Urlaubsfeeling pur. Urlaubsfeeling im Sinne von Sonne, Strand und Meer.

Danach setzte ich mich in den Bushwick Inlet Park und schaute einer gemischten Gruppe von Kindern beim Fußballspiel zu. Gemischt insofern, da die Gruppe aus Mädchen, Jungen, Asiaten, Afrikanern, Amerikanern, Mexikanern und weiß ich noch was allem bestand. Es funktioniert.

Die Sonne verschwand schon hinter dem Horizont, als ich wieder in der 9th Street Höhe Rough Trade ankam und einem Auflauf, schwarz gekleideter Menschen am Straßenrand, gegenüber dem Plattenladen, begegnete. Es schien so, als gäbe es abermals ein Konzert heute Abend. Unmittelbar vor dem Laden, ebenfalls ein wartender, großer Van, mit getönten Scheiben, nebst Begleitfahrzeug.

Ich überlegte mir, ob ich noch einen Blick in den Laden werfen sollte, tat es auch und stöberte noch ein wenig in den Platten, Shirts und Büchern, bevor ich ihn wieder, vorbei an noch mehr wartenden, verließ. Ich wollte schon Richtung Innenstadt ein Pub ansteuernd weiterlaufen, als hinter mir plötzlich ein großes Getöse, begleitet von Klatschen und Jubelrufen ausbrach. Ich drehte mich um und sah die Jungs von Green Day – ihr wisst schon, die mit dem American Idiot, (heute wieder aktueller den je) aus dem Van steigen und lächelnd und winkend im Rough Trade verschwinden. Nun war die Sache mit dem heutigen Auftritt auch geklärt. Also, dachte ich mir, treten dort neben Bands wie Kula Shaker auch Weltstars auf. So unbedeutend kann der Plattenladen hier nicht sein.

Gemütlich streunte ich durch das Viertel, schaute in sämtliche Einbuchtungen und Hinterhöfe und beäugte die auf den Straßenständen angebotenen Gegenstände, bevor ich mich auf ein Guinness in einem alten, schönen Pup niederließ. Diesmal gab es keine Pizza umsonst, deshalb bestellte ich mir einen Burger zu meinem Bier und verwöhnte mich selbst, indem ich ihn noch mit einem zweiten hinunterspülte. Prost.

Ich verließ das Pub und verweilte noch bis zur Dunkelheit in dieser bezauberten, bunten Umgebung, setzte mich danach in die L-Train Achterbahn, fuhr erneut unterhalb des East River hindurch und schlenderte, wieder in Manhattan angekommen, hinunter zum Bowery. Ich will den Abend in meiner neu erkundeten Ecke, der Lower East Side ausklingen lassen. Ich marschierte entlang der Gassen und Straßen, bis ich auf einmal wieder vor dem legendären Katz`s Delicatessen in der East Housten Street, Ecke Ludlow stand.

Diesmal werde ich hineingehen, Hunger hatte ich keinen mehr, aber das spielte keine Rolle.

Am Eingang, des fast bis zum letzten Mann (und Frau) gefüllten Lokals, stellte ich mich an und erwarb einen Bon, auf diesem später der Betrag vermerkt wurde. Danach stellte ich mich an die lange Theke zu den so genannten Cuttern, die wie eine Maschine, mit flinken Bewegungen und scharfen Messern, das berühmte Bastrami-Sandwich zubereiten. Der für mich zuständige Cutter fragte mich, wie ich es denn gern wolle und ich entschied mich für die gewöhnliche Variante mit Toast, grünen Tomaten und Essiggurken. Nach ein wenig Smalltalk über Germany und seine langjährige Tätigkeit in diesem koscheren Feinschmeckerladen, überreichte er mir mein Menü und ich suchte mir einen Platz in der Menge. Was sich wegen Überfüllung, als gar nicht so einfach herausstellte.

Schließlich fand ich einen freien Stuhl an einem Tisch mit drei einheimischen, redseligen Amerikanern und begann zu genießen. Der Schinken schmeckte vorzüglich, ganz hervorragend, er zerging wortwörtlich auf der Zunge. Womit ich mich weniger anfreunden konnte, waren die grünen Tomaten und die sauren Essiggurken, aber das machte nichts, es ging mir hauptsächlich darum, hier zu sein und um einige der wichtigsten Delikatessen New Yorks zu probieren. Und, na ja! Auch ein bisschen wegen Harry und Sally, deren Gestöhne ich aber nirgendwo hören konnte.

Während dem Essen schaute ich in die Runde und nahm den Deli unter die Lupe. Der ganze Raum ist durch Neonleuchten an der Decke hell erleuchtet, was schon fast den Eindruck eines OP Saals hinterlässt. Die langen Wände aus hellem Holz waren bedeckt mit eingerahmten Fotografien berühmter Persönlichkeiten die hier verkehrten. Ansonsten ist der Raum eher schlicht gehalten, mit hölzernen Stühlen an rechteckigen einfachen hellen Tischen. Trotz der Schlichtheit des Lokals, hinterlassen die Leuchtreklamen und bunt gemischten Bilder an den Wänden, einen gemütlichen Flair.

Beim Verlassen des Deli, überreichte ich meinen Kassenbon und es wurde abgerechnet. Billig ist es nicht, aber es lohnt sich, vor allem, wenn man etwas typisch amerikanisches erleben möchte.

Ich tingelte weiter die Ludlow Street entlang und tauchte immer tiefer ein in die Lower East Side, in der ein Lokal, Bub oder Bar aneinander grenzten. Ich hatte freie Auswahl und entschied mich zuerst für einen Laden, an dem sich eine kleinere Menschentraube versammelte.

Nachdem ich mich dem Eingang näherte, verlangte der breite, kahlköpfige Türsteher meine ID. Anfangs wusste ich nicht, was er von mir wollte, bis er es mir schließlich erklärte und abermals meinen Ausweis forderte. Schmunzelnd zog ich ihn aus der Innentasche meiner Jacke und überreichte ihn ihm mit den Worten, dass ich doch wohl auch in dieser spärlichen Beleuchtung nicht mehr als unter einundzwanzigjähriger durchgehen würde. Ohne Worte und ohne eine Mine zu verziehen seinerseits, bekam ich meine ID wieder zurück und verschwand im dunklen Innern des Lokals. Ich hielt mich nicht lange auf, von außen schien die Bar mehr zu versprechen als sie von innen hielt.

Ich bewegte mich in ein Pub ein paar Blocks weiter, entschied mich für einen Fensterplatz in einer dunklen Nische, setzte mich, bestellte mir ein Bier und ließ erneut die Welt – diesmal beschienen vom Licht der Straßenlaternen –, an mir vorübergleiten.

Eine vollkommen andere Perspektive.

Nach ein paar Drinks, verließ ich das Pub, verkabelte mich mit meinem iPhone, bewegte mich in Richtung Westen und zog durch SoHo, bis spät in die Nacht hinein.

Der nächste Tag, stand ganz im Zeichen von Hell`s Kitchen.

Aber zuerst machte ich noch ein paar Besorgungen im Garten Eden, bei mir um die Ecke. Kekse, Wasser, – ein unglaublich schickes Shampoo habe ich erworben. Öffnet man die Old Style Flasche und lässt etwas vom Innhalt herausfließen, denkt man, Erdöl würde einem über die Hände laufen, es roch auch entsprechend. Aber das Produkt das sich „Lathers White Granda`s Wonder Pine Tar Shampoo", Since 1878 oder so nannte, war unglaublich gut und die Schwarze, ölige, zähe Flüssigkeit, stellte sich bei Anwendung als wohlriechender weißer Schaum heraus. Ich war entzückt. So weit, so gut.

Jetzt galt es zu allererst die Sachen zu packen und mich auf den Weg nach Hell`s Kitchen zu machen. Ich fing an – da Samstag und somit Flohmarkt war –, in der Ninth Avenue, 39th Street, die ich ohne größere Umstände mit der Subway erreichte. Wie schon bei meinem letzten Besuch, war ich begeistert von diesem Flohmarkt, der noch ein Flohmarkt ist. Wo bringen diese Leute nur diese original alten Sachen her. Dominiert werden die Stände wieder mal von russisch sprechenden New Yorker, die höchst wahrscheinlich von Brighton Beach herüber reisen und ihre Stände in aller Frühe aufbauen.

Unzählige alte Emailschilder, ein Sortiment an Disney Figuren aus den 1950ern. Blech Cadillacs. Schatullen und Meerjungfrauen noch aus der Piratenzeit. Anthrazitfarbige Bakelit Telefone mit Spiralkabel und Wählscheibe. Und ein Pfeife rauchender, handbemalter Popeye aus Gips, inklusive Motorrad. Soda Flaschen aus Zeiten Al Capones und Stoffpuppen, so alt, als hätten sie sich schon längst in sich selbst auflösen müssen.

Ich selbst entschied mich für einen original Marshal Stern (was man halt so braucht), den ich mir sogleich ans Revers meiner Jacke steckte.

Nachdem ich meinte genug gestöbert zu haben, bewegte ich mich weiter nach Westen und bemerkte während des Laufens, dass sich etwas zusammenzubrauen schien. Die Anzahl der Menschen nahm zu und vor allem, sie wurden von mal zu mal bunter und fiktiver. Es schien sehr mysteriös, in diesem mir eh schon fast unheimlich erscheinenden Stadtteil. Wobei die Figuren, die mir entgegenkamen oder mich überholten, eher erheiternd als beängstigend wirkten.

Wie sich bald herausstellte, war es keine Invasion Außerirdischer, sondern, es handelte sich um die New York Comic Con. Und der immense Glaskasten, in welchem dieser Event stattfand und auf den alles zusteuerte, ist die hiesige Messehalle. Das Jacob Javits Conventiön Center.

Die New York Comic Con, ist die größte Fan-Convention Nord Amerikas, an der auch VIP`s geladen sind wie zum Beispiel: Stan Lee, Frank Miller, William Shatner, Vin Diesel, das Pärchen aus Akte X und viele mehr. Sie findet einmal im Jahr statt und ist Comics, Comic-Romanen, Film und Fernsehen, Anime, Manga, Spielzeugen und Videospielen gewidmet.

Und dementsprechend bunt und speziell war es dann auch.

Schon als ich noch am Flohmarkt stöberte, standen zwei leicht bekleidete Damen vor mir. Die eine mit orangen Haaren, die zu Hörnern toupiert wurden, die andere in bonbonfarben Pink. Wobei ich mir nichts dachte, schließlich bin ich in New York City.

Doch je weiter ich mich Richtung Messehalle bewegte, desto schriller wurde es, das konnte kein Zufall mehr sein. Natürlich musste ich das Geschehen verfolgen. Was mir da über den Weg lief war schon ganz speziell schräg: Kobolde in Grün, eine Sensenfrau, gekleidet in kniehohen Lederstiefel, Leder-Tanga samt BH, ein blau schwarzer Umhang der bis zum Boden reichte, lange weiße Haare bis zum Hintern und eine vier Meter lange Sense in der behandschuhten, mit Schnallen versehenen, Hand. Natürlich sehr stark, aber gekonnt, geschminkt und behangen mit Ketten jeglicher Art. Jede Menge Manga-Figuren mit Rattenschwänzen. Mr. and Mrs. America. Frauen mit grellen Perücken, Camouflage Hosen und Raketenantrieb auf dem Rücken. Von der kleinen Maid bis hin zur großen Lolita. Ein drei Meter großes und zwei Meter breites aufgeblasenes Etwas, das sich wie ein Mensch in Zeitlupe bewegte und fast aussichtslos gegen den Wind ankämpfte. Ein paar Leute auch in Officer Uniform? (Das war keine Verkleidung). Feen nur mit Efeu bekleidet, waren dem Wald entsprungen. Rosafarbene Bardamen mit den dazugehörenden gleichfarbigen Haaren, hatten ihre 1950er Jahre Matrosen im Schlepptau. Und alle verschwanden sie in dieser riesigen Halle aus Glas, die am heutigen Tag über 150.000 Comic-Fans aufnehmen soll.

Ich zog langsam weiter, staunte belustigt über die bunt gemischte Auswahl an Comic Helden und Mangas, lief weiter, vorbei an einer Flut von gelben Taxis und VIP Vans. Im Hintergrund das New Yorker Mode Logo, hoch über mir, rot leuchtend zwischen den grauen Hochhäusern Hell`s Kitchen`s und darunter ein Kiosk auf Rädern, auf dessen Rost mich ein Schaschlikspieß anlachte, den ich mir dann auch prompt besorgte und weiter auf die High Line zog, deren Ende hier in Hell`s Kitchen begann.

Unter mir die niemals enden wollenden Baustellen, über mir meterhohe Werbeplakate die den braunen Ziegelhäusern Farbe verleihen. Abstellgleise für ausrangierte Wagons der Metro, füllten eine Fläche von einem Fußballfeld.

Plötzlich hörte ich etwas seltsames. Ein schleichendes Summen einer nicht zuzuordnenden Melodie zog durch die Luft. Der gleichbleibende Klang fing ganz leise, kaum hörbar an und steigerte sich schier ins Unerträgliche. Das seltsame daran war, man konnte die Richtung aus der die – nennen wir es mal Musik – kam, nicht oder nur sehr schwer bestimmen. Die Menschen rundherum, standen nach allen Seiten verstört blickend und sich verlegen fragend, herum.

Das ganze war ein Kunstobjekt aus Klang, eines angesagten Musikers aus Japan. Die geisterhafte Musik, erzeugt aus verschiedenen Synthesizern, kam aus am Boden und an Pfeilern montierten Boxen und sorgte allgemein für Verwirrung unter den perplexen Besuchern der Parkanlage. Da war es vielleicht ganz in Ordnung, dass das Spektakel und unheimliche Intermezzo von herannahenden Hubschraubern unterbrochen wurde.

Ein Zeichen, weiter zu ziehen, auf der Suche nach neuen Ausstellungen, verborgen zwischen den Büschen und Sträuchern des Parks. Noch einen Blick auf das IAC Building werfend, das tagsüber ebenso asymmetrisch uneins wirkt wie nachts unter Beleuchtung, bewegte ich mich weiter zu, auf den südlichen Abstieg des Parks.

Es gab wirklich Neues zu entdecken und mit Schrecken musste ich feststellen, dass das schönste Gemälde überhaupt, abmontiert wurde. Das küssende Pärchen, das einst in den 1950er Jahren auf dem Times Square fotografiert wurde und vor Regenbogenfarben posierend hier auf der High Line präsentiert wurde, war weg. Stattdessen stierte mich eine kahle, graue Betonwand an. Hoffentlich nur kurz um Platz für Neues zu schaffen.

Dafür gab es als Ausgleich, eine Vielfalt anderer Objekte zu entdecken.

Am anderen Ende des High Line Parks zum Beispiel, auf Höhe der künstlichen Bächlein und Ruhebänken, gab es – wie passend –, den Sleepwalker. Ein sehr realistischer und täuschend echt wirkender Schlafwandler. Eine in Fleischfarben übermalte Bronzefigur mit ausgestreckten Armen und den Kopf, mit geschlossenen Augen, leicht zur Seite geneigt. Ein Werk des Künstlers Tony Matelli. Gekleidet nur in Unterhose.

Der Künstler wollte (in der Stadt die niemals schläft) mit seinem Objekt darauf aufmerksam machen, dass die Menschheit, abgelenkt durch ihre technischen Medien wie Smartphone und ähnlichem, nicht mehr am Leben teilnimmt und dadurch eben wie Schlafwandler oder Zombies, (an die mich die Skulptur eher erinnert) durchs Leben wandelt – oder eben auch nicht.

Von der einen Statue an der anderen vorbei, kletterte ich die Stufen des Parks hinunter auf die Straße und besuchte das Whitney Museum of American Art, im Meetpacking District. Ich schaute nur in den Vorraum, erkundigte mich, was es zu sehen gab und entschied mich, die Ausstellungen gegenüber in den öffentlichen Gebäuden zu besuchen.

Es begann zu Regnen, gerade recht um auf ein Neues in den Galerien Chelsea`s zu verschwinden. Darüber ich jetzt nicht – obwohl es nochmals viele, vor Jahren noch nicht vorhandene

Bilder, Gemälde und sonstige Objekte zu sehen gab –, berichten werde.

Die vergangenen Jahre war ich schon einige Male in diesen modernisierten Lagerhallen, dennoch ist es bei jedem Besuch etwas Neues und außergewöhnliches. Allein die Werbeschilder, zwischen und entlang den Straßen der Hallen, passen sich der Kunstszene an. Einst kahle Häuserfassaden werden durch meterhohe Hochglanz Fotografien, zum Teil sehr erotisch, kunstvoll in Szene gesetzt.

Ich verbrachte den Rest des Tages in dieser aufregenden Atmosphäre. Zwischen düsteren schwarz weiß Filmen auf großflächigen Leinwänden und einiges mehr, was von sensationellen Künstlern, die hier ihr Können in aller Art und Vielfalt präsentierten, ausgestellt wird.

Ich spannte meinen Schirm auf und genoss den ruhigen Gang durch die fast menschenleeren Straßen von Chelsea, blieb hier und da mal stehen, bummelte vorbei an Schaufenster, die auf mich ebenfalls wie Ausstellungsräume wirken, holte mir einen Kaffee und einen Donut bei Dunkin Donuts, setzte mich in einen Park auf ein trockenes Plätzchen und ließ die Vögel und andere Hungerleider an meiner Pause teilhaben.

Am Abend, bei Einbruch der Dunkelheit, machte ich mir zum Ziel, Aufnahmen des hell erleuchteten One World Trade Center zwischen den Häuserschluchten der Fulton Street im Financial District zu machen. Leichter gesagt als getan – bei meiner Vorgehensweise.

Da Manhattan ja der kleinste Borough New Yorks ist und ich schon Töne gespuckt habe, hier wäre alles zu Fuß erreichbar, machte ich mich natürlich von meinem Hotel in der 23rd Street, zu Fuß auf den Weg.

Ich nahm weder Karte noch Navigation (über das mein i-Phone sowieso nicht verfügt) mit. Was ich wusste, ich werde die Fulton Street finden, in dem ich mich nur immer schön Richtung Süden, in der Nähe des East River entlang bewege.

Manhattan ist riesig, vor allem bei Dunkelheit. Ich lief und lief, orientierte mich ausschließlich an den Lichtern der Wolkenkratzer von Downtown und an Straßenschildern die mir nichts sagten.

Nun kam ich irgendwo in eine Wohnblock Siedlung die mir nicht ganz geheuer war. Die Ecken waren düster, ebenso die Anwohner. Ich wusste nicht mehr genau, wo ich mich befand, es muss wohl zwischen der Lower East Side und Chinatown gewesen sein. Mein Ziel schien noch meilenweit entfernt, und ich bekam Hunger.

Ich nahm mir vor, das nächstbeste Lokal oder den nächsten Imbiss anzusteuern der am Straßenrand erscheint. Von weitem strahlte mir ein geschwungenes rotes OPEN in Form einer Neon Leuchtschrift entgegen. Kurz vor mir steuerte ein Officer auf die Tür zu, ich folgte ihm, in der Hoffnung auf der sicheren Seite zu sein in dieser unheimlichen Gegend. Wir traten ein, in einen mit Flutlicht artigem Neonlicht erhelltem großen Raum, der mich ein wenig an eine Bahnhofsabsteige erinnerte. Die Tische und Bänke waren gezimmert aus hellem Holzimitat und eine kurze Theke mit fünf Hockern, wurde von gemischtem weißen Publikum, Anfang, Ende sechziger Jahre besetzt. Sie wirkten heiter, angetrunken und ausgelassen und hatten untereinander recht viel Spaß. Eine der betagten Damen meinte noch, sie müsse (gekleidet in unvorteilhaften schwarzen Leggings) mir gegenüber, irgendwelche sportlichen Vorführungen darbieten. Ich ignorierte.

Durch das freundliche asiatische Mutter Tochter Personal schloss ich, dass ich mich in Chinatown befinde.

Ich studierte die vergilbten Gerichte-Tafeln – die sowohl in Chinesischen als auch in Englischen Schriftzügen zu lesen waren – über der Theke und bestellte mir frittierte Hähnchenflügel mit Pommes und dazu ein Heineken. Ich wurde bedient und umsorgt als währ ich ein Gesandter des Königs von China.

Was mich während des Essens störte, waren nicht die lustigen, zahnlosen Gestalten auf den Barhockern. Mich störte vielmehr, dass sich der immer noch anwesende Officer, fünf-zehn Meter mir gegenüber, mit gespreizten Beinen, seine Hän-de in die Hüften gestützt, positionierte. Seinen grimmigen Blick auf mich richtete und mich unausweichlich in seinem Blickfeld behielt. Ich war ja wohl die harmloseste Person in diesen Räumlichkeiten.

Ich ließ mich erstmal nicht beirren, genoss mein Essen und erst recht mein Heineken und schaute mich im Lokal um.

Mir gefiel der Laden, es gab alles: Von den Cornflakes über Eis in der Gefriere, bis hin zu meterhoch gestapelten, bedruck-ten Schachteln für die bestellte Warenauslieferung. Jugendliche mit Basecaps kamen und gingen und in der Glotze, oben unter der Decke, lief American Football.

Beim Blick an die Decke, fiel mir auf, dass ich allein von meiner Position aus, zwölf installierte Überwachungskameras ausmachen konnte. Nun berechtigte sich für mich mein Unbe-hagen. Die Gegend schien wohl genauso sicher zu sein, wie ich befürchtet habe.

Nach meinem Mal, bestellte ich noch ein Heineken, fläzte mich in meine Eckbank und wartete ab, was als nächstes pas-sieren würde.

Das mit dem One World Trade Center, von der Fulton Street aus betrachtend, habe ich mir vorerst abgeschminkt. Da ich schon mal hier bin, bleibe ich auch in der Gegend.

Nach einem lächelnden Dankeschön der China-Mama für das Tip, ging ich hinaus auf die Straße und tauchte weiter ein in das bunte, lebhafte, mysteriöse Viertel Chinatown bei Nacht.

Nach einigen unkontrollierten zickzack Läufen durch die Stra-ßen, kam ich zufällig in die Doyers Street, die ich so oder so vor hatte demnächst mal aufzusuchen.

Die Doyers Street, damals auch Bloody-Angel genannt, weil in besagter Straße, wegen der Glücksspiele in verborgenen Hinterzimmern und den darauf entstehenden Resultaten, durch Gewinn oder Falschspiel, der ein oder andere schon mal zur

Strecke gebracht wurde. Und natürlich wegen der damals noch häufig stattfindenden Bandenkriege, deren Teilnehmer sich hier zu Auseinandersetzungen trafen. Die Straße an sich, hat sich seit dieser Zeit kaum verändert. Rissiger Asphalt, beleuchtet nur durch das Licht nahe liegender Fenster angrenzender Häuser und den verschiedenen Leuchtreklamen in chinesischen Schriftzeichen. Einige Stores mit dichten Rollläden sind verbarrikadiert, junge Asiaten lehnen an den Häuserwänden, tuscheln und tauschen sich untereinander aus und ein paar der Restaurants, Bars, Salons und Groceries sorgen für geschäftigen Umtrieb. Wie es hinter den Kulissen ausschaut weiß ich nicht. Will ich vielleicht auch gar nicht wissen.

Als ich wieder kehrt machte und mich in das etwas lebhaftere Little Italy begab, entdeckte ich Höhe Hester Street, verborgen in der Dunkelheit, ein wunderschön besprühtes Garagen Rolltor. Das komplette Tor war mit dem Porträt eines weiblichen Gesichts im Stil der 1920er Jahren bedeckt, versteckt hinter einer runden weißen Sonnenbrille und Rosen auf ihrer Stirn unter ihrem schwarzen Pagenkopf. Das Ganze ebenfalls gebettet in rot weißen Rosen vor grünem Hintergrund. Der verschlossene Store muss dem Namen nach einem Besitzer jüdischen Glaubens gehören, der für Chanel Paris wirbt. Warum auch nicht.

In der Mott Street in Little Italy kam ich heraus und wusste wieder wo ich mich befand. Der helle Schriftzug Little Italy`s, spiegelte sich in abwechselnden Farben, in der nassen Straße wieder. Die Sitzgelegenheiten auf den Gehsteigen waren leer, die Stühle hochgeklappt, doch in den Bars und Restaurants pulsierte das Leben.

Auf meinen Streifzügen durch Chinatown und Little Italy, durchlebte ich eine wunderschöne Odyssee durch vergangene Zeiten. Beleuchtet nur in blassem gelben Straßenlicht, durchlief ich die letzten Stunden wie durch einen Film.

Einen sehr alten Film.

Weiter auf meinem Weg zurück ins Hotel, kam ich an Schaufenster vorbei, die für Kinderklamotten im Halloween Style dekoriert waren. Da gab es kleine Schaufensterpuppen mit Tutu und Kürbisköpfen oder Pullis in Kindergröße, mit dem Totenkopf-Logo der Band Misfits darauf und Teddy`s mit schrägen, bunten Sonnenbrillen.

Ich tingelte durch SoHo, das im Schein der Straßenlaternen, das durch das nasse Kopfsteinpflaster reflektiert wurde, noch einmal den Flair vergangener Zeit versprühte. Die Zeit der Graffiti Künste. Hier schien das Anti-Graffiti-Gesetz nicht angekommen zu sein. Sämtliche Ladentore waren mit kunstvollen (oder weniger kunstvollen) Sprüchen und Zeichen bis hoch in die dritte Etage verziert. Auch vor den Hydranten wurde nicht halt gemacht. Warum auch.

Jetzt bin ich in Bowies Nachbarschaft angekommen, sein Ableben hat Spuren hinterlassen. Hauseingänge und Wände waren mit Bildern, Songtexten und Symbolen von David Bowie versehen.

Ich streifte große Theater, in denen „Shakespeare in the Park" aufgeführt wird und beeindruckende, hochgewachsene, gotische Kirchen, die sich hinter hohen Zäunen und Mauern in der Dunkelheit verborgen hielten.

Die Rückseite einer Lederjacke, die ein weiteres Schaufenster dekorierte, wies mich auf folgende Weisheit hin: „Live your Dream and share your passion!" Right!

Nun hatte ich das Empire State Building im Augenschein. Von hinten näherte sich, schier unerträglich, die Sirene einer Ambulanz. Ich zückte meine Kopfhörer und betäubte meine Ohren. Das ESB, das heute in gleißendem Weiß strahlte, verschwand in dicken Nebelschwaden. Es verschwand und kam wieder zum Vorschein. In Höhe Flatiron, bog ich in die 23rd, streifte das sagenumwobene Hotel Chelsea verschwand in meiner Unterkunft und kam nicht mehr zum Vorschein – für Heute.

Am darauffolgenden Morgen regnete es noch immer.

Ich liebe New York bei Regen. Ich liebe es, wenn ich am Fenster sitze und hinaus ins Innere der melancholischen Stadt blicken kann.

Ich saß im Starbucks, vor mir einen Becher Kaffee und aus den Boxen klang leichter, ruhiger Jazz. Den Blick auf die vom Regen nass gewordene Straße gerichtet, beobachtete ich ein wunderschönes, wehmütiges Ereignis. Ein Ereignis wie aus einem Stummfilm.

Auf der regennassen Straße lag vor meinen Augen ein demolierter schwarzer Regenschirm und versuchte sich, anhand des Fahrtwindes vorbeifahrender Autos, wie ein angefahrenes Tier, aufzurichten. Bei jedem Windstoß, wand und bäumte sich der Schirm kläglich und versuchte ein paar fließende Schritte von links nach rechts, vor und zurück zu machen. Den einzigen farblichen Touch gaben die vorbeifahrenden gelben Taxis die den Schirm immer und immer wieder zu ungelenken Bewegungen nötigten. Das Ganze, durch mein von Regentropfen verschleiertes Schaufenster betrachtet, kam mir vor wie das Video eines Amateur-Kurzfilm. Der Tag kann beginnen.

Ich wollte beenden, was ich gestern bei Dunkelheit angefangen hatte, aber nicht erreichte. Ich zog abermals los, hinunter nach Lower Manhattan um die bekannte Aufnahme „One World Trade Center von der Fulton Street aus betrachtet" zu schießen.

Ein großes Stück nahm ich die Subway, sie war voll, es regnete. Ich liebe die volle U-Bahn.

An der Station 23rd Street, Eighth Avenue, bestig ich den vollen Wagon und kuschelte mich zwischen zwei hübsche Afroamerikanerinnen. Ich lehnte mich zurück und schaute in die Runde. Die Leute hörten Musik, ein Rasta der seine riesige Mähne unter einer Mütze verstaute, meditierte, die junge Puerto Ricanerin tippte auf ihrem iPhone und lächelte, einige sahen aus dem Fenster, andere schienen überhaupt nichts zu sehen und der Rest schien überwiegend vor sich hin zu träumen oder zu schlafen.

Beinahe hätte ich meine Station verschlafen. Ich wollte in der 4th Street aussteigen und den Rest zu Fuß gehen, da ich dieselbe Strecke wie heute Nacht ablaufen wollte. Ich musste feststellen, bei Tageslicht schaut alles halb so wild aus.

Als ich in Chinatown eintauchte, kam mir ein bunter, traditioneller Umzug entgegen. Ich weiß nicht was es zu feiern gab, aber die Maskeraden waren groß. Geschmückt mit bunten Gewändern und aufgesetzten großen Köpfen mit lächelnden Gesichtern. Der Umzug kam Fahne und Banner schwenkend auf mich zu und ich musste ausweichen um nicht in ihrem Sog mitgezogen zu werden. Es war nicht dieselbe Strecke wie vorherige Nacht, aber es ist ja auch egal, welchen Weg man in New York City einschlägt.

Hier offenbarte sich mir noch einmal der gnadenlose Kontrast von alt zu neu, von klein zu groß, vom Baustil der Jahrhundertwende bis hin zur Moderne. Ich durchschritt die alten Backsteinhäuser mit ihren Feuertreppen, die in vollkommen mit Haushaltsgeräten, vollen Plastiktüten, Klappstühlen, Blumentöpfen und Kartons überfüllten und zugestellten Balkonen endeten, und in nicht zu weiter Ferne sah ich, die neuen, modernen Hochhäuser der Skyline von Lower Manhattan. Ich streifte den wellenförmigen Beekman Tower entlang der Pearl Street unter der Brooklyn Bridge hindurch, bis ich direkt in die Fulton Street einbiegen konnte.

Ich blickte durch die alten historischen Gebäude der Fulton Street und dahinter tauchte der vom Nebel verschleierte Turm des One World Trade Center auf. In ihm spiegeln sich die Wolken am Himmel, sowohl auch die umliegenden Häuser und lebhaften Straßen. Dem Anschein nach scheint der gläserne Turm eingebettet zwischen den hochgewachsenen nostalgischen Bauten der Fulton Street zu sein. Der Anblick ist grandios, ich verstehe weshalb es ein so beliebtes Motiv für Fotogra-

fen aus der ganzen Welt ist. Als würden zwei Welten aufeinan-
derprallen.

Genug gesehen. Der Financial District ist mir bei düsterem
Nieselwetter zu ungemütlich. Ich hau ab in den Norden. Im
nördlichen Midtown, werde ich eventuell Unterschlupf unter
Tage finden.

Ich nahm den nächsten zur Verfügung stehenden Train hoch
nach Midtown. Dort verschwand ich erst einmal zwischen den
Schluchten des Rockefeller Centers. In der Radio City Music
Hall priesen sie Victor Manuelle an, aber Salsa ist jetzt nicht so
meins, dachte ich mir.

Ich bewegte mich weiter, bis zur Eisplattform unter dem
ehemaligen General Elektrik Building des Rockefeller Center
und was ich da sah, erfreute mich besonders. Unter der in Gold
glänzenden Prometheus Statue, liefen tatsächlich vereinzelt
Menschen auf dem Eis. Das erste Mal, dass ich die Fläche mit
Eis bedeckt erlebe. Sind wir schon so nah am Winter, hab ich
was verpasst? Wie lange bin ich schon hier?

Nachdem ich mich in der neu bepflanzten Parkanlage auf
einer der Bänke vor dem schmalen, langen Wasserbassin ausgeruht habe, wollte ich vorbei an der Globus tragenden Atlas Statue, in die gegenüberliegende St. Patrick`s Cathedral gehen,
doch die Fifth Avenue war wieder einmal gesperrt.

Ist denn schon wieder Präsidentenalarm?

Vor der Kathedrale standen Einsatzfahrzeuge der NYPD.
Die ganze Avenue entlang, Absperrungen entlang der Gehsteige. Das Kaufhaus Saks war fein rausgeputzt und geschmückt
mit unzähligen amerikanischen Flaggen.

Dann konnte ich die laut schallende Musik mehrerer Blas-
orchester durch die Menschenmenge hindurch hören. Ein Stra-
ßenumzug fand entlang der Fifth Avenue statt, ein bunt gemischter Umzug verschiedener Republiken.

Wunderschön geschmückte Frauen und Männer kamen,
fröhlich lächelnd, die Avenue entlang auf uns zu marschiert.

Die einen Frauen in langen farbenfrohen Gewändern und spektakulärem Haarschmuck, aus eher einem afrikanischen Teil der Erde stammend. Die anderen aus einem Teil Südamerikas, etwas freizügiger mit engen, knappen weißen Shorts und elegant anliegenden Blazer, mit tief geschnittenem Dekolletee. Gleichermaßen, marschierend im Takt der Kapelle, die Fifth hoch nach Norden. Eine Vierergruppe Frauen aus dem tiefsten Afrika, jede für sich in auserwählter Farbe ihr Kostüm tragend. Brasilianerinnen in tief roten, knappen Kostümen, mit dazu passender Kopfbedeckung und kniehohen Stiefel, schwangen den Taktstock. Darauf folgend, Tambour schlagende Männer mit maßgeschneiderten blauen Uniformen, besetzt mit goldenen Knöpfen. Die Musiker der Tubas, Hörner und Trompeten, stolz in ihren Uniformen, ihre auf Hochglanz polierten Instrumente spielend. Allesamt flanierten sie für Stunden die Fifth Avenue entlang in Richtung Upper East Side und weiter.

Leider erfuhr ich den Anlass dieses bunten Spektakels, mit Teilnehmern verschiedener Kontinente nicht. War mir in diesem Moment auch egal. Ich war verzaubert von den fröhlichen, lachenden Gesichtern dieser schönen Menschen.

Während der Promenade ging ich noch ein wenig Shoppen in der Fifth Avenue. Wollte doch mal sehen, ob ich in einer der teuersten Meile der Welt, nicht irgendwo ein erschwingliches Schnäppchen für mich finde.

Bingo!

In einem der Stores für Männerbekleidung, fand ich wieder einmal ein Hemd ganz nach meinem Geschmack, aber in falscher Größe. Die Verkäuferin eilte los ins Lager um die richtige Größe für mich zu suchen, aber aussichtslos, nichts war auf Lager.

Super, ich bin hier in New York City in einer der bekanntesten Straßen der Welt und die haben mein Hemd nicht in meiner Größe. Irgendwie beruhigte mich das, weil es so normal ist.

Der Sog, inmitten des Verkehrschaos der sich anstauenden gelben NYC Caps und hunderten von Fahrzeugen, zog mich weiter, hindurch unzähliger, multikultureller Menschen und vorbei an kolossalen Bauten.

In der Ferne, am auslaufenden Ende einer der Straßenschluchten, ließ sich die in die Höhe wachsende Baustelle eines weiteren World Trade Center erahnen, auf dessen Dach, die in der Sonne reflektierenden Kräne sich unaufhörlich drehten und wendeten. Auch das Flatiron schimmerte aus der Ferne im Sonnenlicht, und je näher ich darauf zusteuerte, desto heller wurde es.

Stand ich noch zwischen den Straßen im kühlen Schatten der Skyscraper, wurde ich nun im Madison Square Park von der Sonne warm umarmt. Stände im und um den District hatten geöffnet und luden meine Gelüste zu einem asiatischen Nudelgericht ein, das ich mir in der Menge auf einer Parkbank im Park gönnte. Ruckzuck waren die Eichhörnchen da. Ich gab nichts ab, nicht aus Geiz, sondern weil ich denke, Nudeln mit pikanter Soße sind nichts für Eichhörnchen. Eichhörnchen sind keine Ratten. Oder doch? Ich sehe hier eh kaum Ratten.

Es heißt, New York City hat soviel Ratten wie Einwohner, und jeder dritte Bewohner dieser Stadt, wäre schon mal von einer gebissen worden. Aber außer zwischen den U-Bahn Gleisen und im Washington Square Park, begegneten mir noch keine.

Immer wieder musste ich empor an diesem faszinierenden Gebäude, dem Flatiron, schauen, aus jeder Richtung, aus jedem Winkel. Aus einer bestimmten Perspektive schaut es aus, als wäre der Bau nur eine sechzig Zentimeter dicke Wand und von schräg vorne betrachtet, schaut es aus, wie ein in den Hafen einlaufendes Schiff.

Schließlich entschloss ich mich, meine Nudeln noch mit einem Bier am Kiosk meiner Freundin, deren Stammgast ich mittlerweile geworden bin, hinunterzuspülen.

Heute Abend – oder besser den ganzen Tag – war alljährlicher John Lennon Geburtstag -abend. Ihm erneut einen Besuch abzustatten war genau das Richtige um meinen vorerst letzten Abend in New York City ausklingen zu lassen.

Schon von weitem hörte ich den mir mittlerweile vertrauten Chor der anwesenden Fans im Central Park, unterstrichen von verschiedenen Instrumenten, spielten und sangen sie die Lieder der Beatles und John Lennon`s.

Ich befand mich noch auf der Central Park West und steuerte den Park gegenüber dem Dakota an und schon bot sich noch einmal das gleiche Intermezzo, wie all die Jahre zuvor. Johns Seele war anwesend und wir begrüßten sie mit seinen Liedern. Gegenüber im Dakota bei Yoko, brannte Licht und wir hofften, dass sie auf einen Sprung vorbei schaut. Es war bereits stockdunkel, die Stimmung schlug um von heiter bis zu bedrückt und wieder zurück. Wie immer waren wir eine große Familie, hier in Strawberry Fields. Das IMAGINE-Mosaik war, wie die Jahre zuvor, bis zur Unkenntlichkeit geschmückt mit: Kerzen, Bildern, Blumen und sonstigen Accessoires die an John erinnern. Ein paar Gesichter der Anwesenden waren mir noch vertraut von den vergangenen Jahren hier an der Gedenkstätte.

Ich setzte mich noch einen Augenblick zu Gleichgesinnten auf eine der Parkbänke und trat dann meine Abschiedsroute an, zurück ins Hotel. Am westlichen Ausgang von Strawberry Fields, stöberte ich noch in den T-Shirt und Button Ständen, warf einen Blick in die siebente Etage des Dakota und winkte zum Abschied.

Entlang des Parks bewegte ich mich in der Dunkelheit die Central Park West entlang, bis zum Columbus Circle, streifte die bunt geschmückten, nach Hafer und Dung riechenden Kutschen samt altertümlichen Kutschern, verabschiedete mich vom The Plaza und vom gegenüberliegenden gläsernen Apple Cube. Ich bugsierte mich durch das Gedränge der lebhaften, schrillen Fifth Avenue, geradewegs auf das erhabene Empire State Building zu und schaffte es lange nicht den Blick von diesem erhabenen Gebäude abzuwenden.

In der 33th Street wechselte ich hinüber zwischen die Seventh und Eighth Avenue zum Madison Square Garden der in helles violettes Licht getaucht war. Violet, aus Gründen die ich hier aus Anti-Werbegründen nicht nennen mag. Auf jeden Fall, verlieh es dem alten Kasten ein wenig Farbe.

Das wunderschöne, gegenüberliegende Post Gebäude reflektierte die Farbtöne und sah aus wie ein neu eingeweihtes Theater. Ich lief weiter die Eighth hinunter und besorgte mir noch ein Slize Pizza beim Italiener, bevor ich hinüber zum Flatiron schwenkte und mir noch ein Abschiedsbier am Kiosk genehmigte. Die ganze Strecke nahm ich nur verschleiert war, da ich, glaube ich, ein wenig Flüssigkeit in den Augen hatte.

Aber, wie schon erwähnt, laufe ich hier während des ganzen Aufenthalts mit einem lachenden und einem weinenden Auge durch die Straßen. Einmal wegen der freudigen Erlebnisse und hauptsächlich wegen der unbeschreiblichen Atmosphäre die mich ständig zum Lachen und zu einem Dauergrinsen verleitet. Und zum Anderen, der Gedanke an die Abreise, die ja irgendwann bevorsteht, der mich dann gleichermaßen aus dem Konzept bringt. Wie auch immer, ich kann ja wieder kommen – hoffe ich.

Das Shuttle-Taxi, das ich am Tag zuvor bestellt hatte, ließ noch auf sich warten, deshalb habe ich noch genügend Zeit mir ein Frühstück zu gönnen und mich vom Hotel zu verabschieden. Und ich hatte noch Zeit – das Wetter war auf meiner Seite, die Sonne schien, meine Stimmung nicht – einen kurzen walk über den um die Ecke liegenden High Line Park zu machen und auf dem Weg dort hin, einen Blick ins Hotel Chelsea zu werfen.

Von hier oben auf der High Line, zehn Meter über der Straße, hatte ich einen weiten Ausblick bis tief in die Stadt hinein, vorneweg durch die 23rd Street in der ich die letzten zwei Wochen wohnen durfte.

Ich blickte über die Hafeneinfahrt hinunter zur Freiheitsstatue und winkte ihr leise zu. Ich verweilte eine knappe Stunde auf den Ruhebänken, studierte noch einmal die Schautafeln und Ausstellungen des Parks und hatte keine Ambitionen die Stufen auf die Straße hinunterzusteigen.

Als ich es doch tat, kam ich an einer deutschen Gaststätte heraus, mit Biergarten und Einladung zu einem Weißwurst Frühstück. Sollte dies eine schicksalhafte Vorbereitung auf das was mich zu Hause erwartet sein, dann hat das Schicksal keine Ahnung. Schweren Herzens lief ich, in Begleitung der trostspendenden Sonne, die Straße entlang, den Blick in Vintage Schaufenster – mit dem passenden Namen „my little sunshine" – gerichtet, zurück in mein Hotel, setzte mich in die Lobby und wartete auf mein Taxi.

Im Taxi herrschte eine drückende Stimmung, die mein Chauffeur, in dem er mir Nüsse anbot, versuchte aufzulockern.

Noch drückender wurde die Stimmung, als wir uns am Flughafen zum Boarding anstellten und ein verlassener gelber Rucksack, auf den Sitzen im Gate übrig blieb. Er schien niemandem zu gehören und stand unmittelbar neben uns wartenden Passagiere.

Was ist nun zu tun?

Das Gemurmel der Passagiere wurde immer nervöser, sie begannen mit den Füßen zu scharren und riefen irgendwann nach dem Personal, das umgehend den Besitzer auszurufen versuchte, der sich dann auch nach einer weiteren viertel Stunde des aufreibenden Wartens meldete. Er focht noch einen kurzen, aber durchaus heftigen Disput mit dem vorbeieilenden Sicherheitspersonal aus, dann stiegen wir bombenlos ins Flugzeug und hoben ab.

Irgendwann zu Hause angekommen, setzte ich mich an meinen iMac und schaute um einen günstigen Flug, wie auch Unterkunft, nach und in New York City.

EPILOG

Ja, so war das in New York City. Großartig war`s.

Habt ihr`s gemerkt? Das ist meine Stadt. Dort gehör ich hin. Ich kann es mir nur nicht leisten hier zu wohnen. Und hier zu Arbeiten ist eine Herausforderung derer ich nicht gewachsen bin. Wer das Chaos hier, in den Subway Stationen, auf den Straßen, den Fußwegen oder Brücken erlebt hat, wird das verstehen. Leben ja. In diesem Chaos arbeiten, nein.

Ich komme wieder als Besucher oder sollte ein Wunder geschehen, dann bleibe ich natürlich. Ich bin hier noch lange nicht fertig, ich habe hier noch einiges zu erledigen.

Ich war noch nicht einmal auf Staten, Governors oder Roosevelt Island, bin nicht einmal die George Washington oder die Verrazzano Narrows Bridge entlanggelaufen, ich habe noch keinen Gospelchor in Harlem besucht, ich trank noch keine Longdrinks hoch oben auf irgendwelchen Rooftop Poolpartys, war noch niemals beim Essen in Queens Astoria, geschweige denn im Bronx Zoo oder in einem Broadway Musical, …

Wenn ich es mir recht überlege, war ich noch niemals in New York.

Ich picke mir natürlich hauptsächlich die positiven Momente aus meinem Aufenthalt heraus. Zurückblickend denke ich oft, wahrscheinlich hatte ich in gewissen Situationen auch einfach nur Glück. Da ich mich zum Teil in sehr finsteren, abgelegenen Ecken herumtrieb, hätten meine Aufenthalte auch anders verlaufen können. Die Stadt mag sicherer geworden sein, dennoch ist das Verbrechen existent. Es bewegt sich mehr in den Randgebieten und im Untergrund. Eben nicht an Orten an denen die meisten Touristen und somit das größte Polizeiaufgebot herrscht. Brenzlig ist es nach wie vor in der Bronx, gewissen Gebieten von Brooklyn und Harlem und eben entlang des East River oder an den Piers von Manhattan, aber dort ist es eben auch am spannendsten.

Und ich gehe nach New York, weil mich dort jedes Jahr etwas Neues erwartet, unabhängig von der Vielseitigkeit, hab ich hier die ganze Vielfalt der Welt auf einmal. Hier habe ich das Meer, den Strand, ich bewege mich durch klein Italien, durch China, little Korea, das hispanische Queens, durch die puertoricanische Bronx, und wenn ich mich durch klein Odessa, drüben auf der anderen Seite am Meer bewege, habe ich zwar nicht die typischen Zwiebeltürme, aber ich habe allemal den russischen Flair. Ich bekomme hier Gerichte vorgesetzt, die es um den ganzen Globus verteilt nicht besser gibt und ich kann mir eine von einhundertundsiebzig Sprachen aussuchen.

Es gibt hier unzählige, für jeden begehbare, Rooftops, mit den dazugehörigen Pools, noch dazu in schwindelerregender Höhe mit Blick auf die Skyline von Manhattan. Oder es gibt jede Menge Freibäder, wie zum Beispiel im wunderschönen Central Park.

Nichts hab ich besucht, absolut nichts.

Die Amis und ihre Fixierung auf Waffen. Die meiste Zeit war ich zu Fuß an der Oberfläche, auf den Straßen und Avenues unterwegs. Hab mir den einen und den anderen Laden angeschaut, von außen und natürlich auch von innen. Aber nur ein einziges Mal, bin ich auf einen Store gestoßen, in dem es Waffen zu kaufen gab. Der Laden, irgendwo in Midtown, war speziell für den Polizeibedarf ausgerüstet: halb- und vollautomatische Schusswaffen, schuss- und stichfeste Westen, Handschellen, Abzeichen, halt der übliche Krimskrams. Ich überlegte mir noch eine Polizeimarke zu kaufen, ließ es dann aber. Ich denke, ohne einen Ausweis der NYPD, hätte ich hier überhaupt nichts erwerben können.

Wahrscheinlich fand ich deshalb keinen dieser Stores, weil ich nicht danach suchte.

Oder die New Yorker ticken einfach anders als der Rest im Lande – das so oder so.

Dank

An dieser Stelle, möchte ich mich bei niemandem bedanken, da ich alles selber gemacht habe: Satz, Umbruch, Schriftwahl, Recherche, Korrektur und Gestaltung.

Vielleicht, bei den Entwicklern diverser Lexika, welche mir als Nachschlagewerk, das eine und das andere mal, aus der Predouille geholfen haben. Oder Wikipedia, aus deren Quelle ich ein wenig schöpfen durfte. Und für den Druck, doch noch einen Dank an BoD. Aber sonst …

Mag sein, dass dieses Werk als das Buch mit den meisten Rechtschreib- und Gestaltungsfehlern in die Geschichte der Literatur eingeht, (dafür ich mich auch ein bisschen entschuldigen mag) aber dann ist es eben so.

Andererseits berufe ich mich auf den Aspekt künstlerischer Freiheit. Alles ist so, wie es sein muss. Wie es auch ist, hatte ich eine Menge Spaß auf meinen Reisen und deren Umsetzung und wollte euch nur ein wenig teilhaben lassen.

:)